献给新时代最可爱的

大庆石油物探人

向大庆物探开创者建设者致敬

编撰委员会

解码 大地深处

JIEMA DADI SHENCHU

吕天琳◎主编

黑龙江人民出版社

图书在版编目（CIP）数据

解码大地深处 / 吕天琳主编. — 哈尔滨 : 黑龙江人民出版社, 2019. 9
ISBN 978 - 7 - 207 - 11928 - 5

Ⅰ. ①解… Ⅱ. ①吕… Ⅲ. ①报告文学—中国—当代
Ⅳ. ①I25

中国版本图书馆 CIP 数据核字（2019）第 214160 号

责任编辑：崔　冉
封面设计：张　涛

解码大地深处

吕天琳　主编

出版发行　黑龙江人民出版社
地址　哈尔滨市南岗区宣庆小区 1 号楼（150008）
网址　www. hljrmcbs. com
印　　刷　永清县晔盛亚胶印有限公司
开　　本　787 × 1092　1/16
印　　张　17. 75
字　　数　260 千字
版次印次　2019 年 12 月第 1 版　2021 年 6 月第 2 次印刷
书　　号　ISBN 978 - 7 - 207 - 11928 - 5
定　　价　60. 00 元

序言

一曲礼赞新时代石油精神的壮歌

在庆祝改革开放40周年，全面贯彻落实习近平总书记加大国内油气勘探开发力度批示精神的重大时刻，2018年12月，按照中国石油集团党组决策部署，大庆物探与东方物探实现了重组整合，标志着集团公司物探专业化重组划上了圆满句号，实现了集团公司物探企业的历史性“大团圆”，东方地球物理公司大庆物探一公司宣告成立。

大庆物探是崛起于松辽盆地的一支能征善战的英雄队伍，是大庆精神、铁人精神的孕育者和践行者，为大庆油田实现一次又一次跨越，为国家的能源工业发展做出了突出贡献。融入东方大家庭后，大庆物探初心不改，将一如既往高举旗帜，弘扬传统，发挥优势，改革创新，决心在新的征途上建功立业，再创新的辉煌。

大庆历来有为中国石油事业发展建设提供强有力思想保障和文化支撑的传统，除了积累下产生广泛影响的思想文化建设方面的典型经验，还产生了一些极具代表性的经久不衰的文艺作品，诸如歌曲《我为祖国献石油》、电影《创业》、电视剧《铁人》、话剧《地质师》等。然而专门表现石油物探内容的文艺作品不多。

这次大庆物探与大庆作家协会联手，约请来部分骨干作家，结合“讲好物探故事，传播先锋文化”这个主题进行采风活动，深入地震生产一线和科研单位体验生活，亲身了解大庆物探人的生产和生活情况，然后创作反映物探人精神风貌的报告文学作品，很有意义，也非常必要。从世界范围来讲，石油物探行业不但面临成本和价格的挑战与冲击，全球化竞争带来的压力也不小，这就要求我们中国石油物探人必须清醒地把握国内国际大势，脚踏实地做好基础工作，增强抵御风险的能力，还要努力练好基本功，全面提高综合素质。大庆物探是在大庆精神、铁人精神哺育下成长起来的一支久经历练、能征善战的勘探队伍，经过60年的砥砺与锤炼，创造了令人瞩目的业绩，涌现出许多模范精英人物，应该说值得书写，值得记录，值得赞美。

从收集上来的作品可以看出，我们的作家朋友是下了真功夫的，无论是从思想性还是艺术性上，都能从根本上准确把握大庆物探这个英雄群体的精神品质和价值追求，真实地反映了每一支地震队、每一个科研室、每一个项目部在团队建设、经营管理、思想作风、技能水平等方面展现出来的全力以赴的精神意志、不折不扣的理想信念、苦干实干的人格操守、攻坚啃硬的良好形象，合力谱写了一曲礼赞新时代石油精神的壮歌。

作家们的笔触饱含激情，带着一种本体的温度走近旷野上这群驾驭着钢铁的有血有肉的找油人，深入每一个朴实又质感的内心世界，从一颗颗丰富的心灵中发现梦想。什么是现实主义题材，要我说，铺在沙漠平原、穿过荆棘丛林、越过山峰高地、跨过江河湖海的地震测线就是；那些离开家门，随勘探设备车辆驰驱万里、转战四方的物探人就是。他们的故事里有与国家命运息息相关的个人规划，有使人感慨、令人动容的苦事难事心腹事，有可能一辈子都没有读者的远大憧憬和奉献情怀，有渴望得到尊重和普遍理解的生命关切……所有这些，作家们都或多或少，或深或浅，或明或暗地捕捉到了，触摸到了，体会到了，所以回到笔端，大家的作品里才会有在场的真实和原生态的厚重，客观上真切表达出了作家们对创作对象的深入理解，对社会生活的现实安慰。

大庆物探业务重组到东方物探后，找油找气能力、装备技术实力明显提升，队伍精神面貌和企业文化建设发生显著变化，干部员工坚持用大庆精神、铁人精神规范思想和行动，自觉弘扬东方物探先锋文化理念，努力实现无缝对接。一年来，整体上队伍稳定，各项工作推进有序，我们有理由相信，在东方物探党委的正确领导下，大庆物探的明天一定会更美好。

习近平总书记指出："文艺是时代前进的号角，推动文艺繁荣发展，最根本的是要创作生产出无愧于伟大民族、伟大时代的优秀作品。"作家们正是按照总书记的要求来写我们大庆物探的，写我们整个石油物探行业的，因此我们也要时刻牢记总书记的谆谆教诲，重视用先进文化铸魂育人。

2019年恰逢中华人民共和国成立70周年，大庆油田发现60周年。在给大庆油田发来的贺信中，习近平总书记指出，60年来，几代大庆人艰苦创业、接力奋斗，在亘古荒原上建成我国最大的石油生产基地。大庆油田的卓越贡献已经镌刻在伟大祖国的历史丰碑上，大庆精神、铁人精神已经成为中华民族伟大精神的重要组成部分。我们要以贺信重要指示精神为鼓舞，继续高举大庆精神、铁人精神的旗帜，开拓进取，创新经营，坚定不移地推进企业高质量发展，心无旁骛地为祖国找油，为祖国加油！

长期的艰苦实践证明，大庆物探的企业文化是企业和市场和谐发展的文化，是企业和员工共同进步的文化，是企业和社会与时俱进的文化。我们要和广大员工群众一道，积极工作，勤奋进取，不忘初心，牢记使命，以这次"大庆作家写物探"为契机，以大庆精神和东方物探先锋文化为统领，努力丰富发展大庆物探文化的新内涵，用我们的实际行动向中华人民共和国70周年华诞献礼，坚定信念为祖国加油找油，为新时代不懈奋斗！

赵秀良

2020年1月于大庆

（作者系中国石油集团东方地球物理公司总经理助理、大庆物探一公司党委书记）

目　录

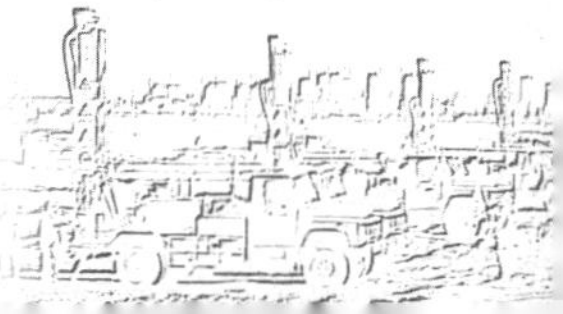

野外，那群找油人

王鸿达

引　子

朋友，一提到大庆石油工人，你可能会想到整日和隆隆钻机为伴的钻井工人，你可能会想到整日穿梭在采油井房、磕头机之间忙碌的采油工人，他们为祖国加油的辛苦也许会叫你感动。可是在大庆，还有这样一群找油人，他们的辛苦却不太为外人所知，这就是大庆物探人。接触了他们，我才知道了“野外”的含义，“野外”对他们来说，不仅仅是地理空间环境上的，还是心理上的，常年在野外忍耐那种寂寞……茫茫的新疆沙漠戈壁、一望无际的呼伦贝尔大草原、巍巍的小兴安岭深处、松嫩两江平原、城市乡村的边边角角都留下了他们风餐露宿的身影。

朋友，说到野外，你也许会觉得对当下都市年轻人是一种猎奇的体验。可是我采访过的一个地震队年轻的“80 后”书记这样跟我说，在海拉尔大草原上他待过 7 个月没回城里，看什么都眼睛发绿。这还是海拉尔从春到秋最好的季节。

有人说，他们是地质科学家的眼睛，也有人说，他们是石油开发的先行侦察兵。走进地震队，无论是亲眼看到的还是听到的，他们的工作环境和工作任务都要比钻井工人、采油工人辛苦。在大庆物探队伍中，又有这样一支地震队，他们以“特别能吃苦、特别能战斗、特别能忍耐、特别能奉献”的“四特”精神叫响了油田内外，被誉为“攻无不克、战无不胜”的铁军，他们曾经两次走进人民大会堂，接受党和国家领导人颁奖，被誉为“找油找气的尖兵”。自 1978 年建队以来，他们转战二连浩特、海拉尔、松辽、小兴安岭等十多个探区，完成三维 4543 平方千米、二维 12000 千米共 83 万 9000 多炮的地震资料采集工作量，他们先后荣获“全国杰出青年文明号”、中国石油天然气集团公司基层建设“百面红旗”、管理局“基层建设样板单位”等 78 项荣誉。这支承载着无数荣誉，为油田勘探开发立下赫赫战功的队伍，就是大庆物探 2287 地震队！

一

2019 年元月 3 日，时令小寒，一大早，我们在物探公司企业文化部于中国部长的陪同下，驱车 200 多公里，前往双城永胜乡 2287 地震队施工前线采访。

这个暖冬，让冬日里的阳光也格外灿烂。一行的作家诗人有吕天琳、刘莉、胡彦江、李永峰。上午十点半，两台吉普车开进了双城永胜乡 2287 地震队施工区。个头不高的年轻的马超书记和面孔黝黑、身体粗实的盖保成队长已在驻地迎候着我们。在利用车库改造的队部坐下，于中国部长向我们如数家珍地介绍了 2287 地震队的情况。这个队典型的树立、宣传、推广，也凝聚了于中国部长的心血，看得出他对 2287 地震队的荣誉倍加爱惜的情结。

接着去参观驻地食堂和停车场，近千人用餐的食堂和上百辆特种车辆存放的车场在这荒郊野外搭建起来不是一件容易的事，2018 年 11 月份施工前，负责后勤保障的地震队书记马超和后勤班长马涛是提前半个月来这里打前站的。

两幢板房搭建的食堂里，师傅们正在准备午餐。厨房灶间的副食备料已经洗好、切好，主食间的

冬季野外勘探钻井作业现场

米饭、馒头已经在电蒸箱里蒸得热气腾腾。马超书记特意向于部长说，主副食灶间和餐厅之间特意有一个室内过道连着。后来我才得知，以前队里在前线施工时，食堂搭建得简陋，主副食灶间和餐厅都不是连着的，大冬天往往饭菜端上桌就凉了。这次到前线来，他特意改造了食堂结构，让工人干完活回来，无论多晚，都能吃上一口热乎饭了。

驻地西侧一片平整的圈起来的庄稼地，就是停车场，几台钻井车停在那里。盖队长告诉我们，到了晚上 170 多台车都收回来，这里就停得满满当当的了。腊月的风从旷野里吹来，让我们都裹紧了发给我们穿的工服的帽子，54 岁的盖队长却光着头。诗人李永峰要把自己来时戴的头帽给他戴，盖队长摇摇头说不用，这还算冷啊。看来他已习惯野外的寒冷了，这样暖冬的腊月天对他们根本不叫冬天了。他依旧不停歇地向我介绍着各种车辆，看来这些车才是他的宝贝。

下午去野外看各工种班的施工作业，这样的野外才真叫野外，数十成百号工人撒下去，按照各班组的流程独立作业，田野里、树林里、草丛里、沼泽泡子里，像撒羊粪蛋似的看不到身影了，连陪同我们的副队长姜洪亮也不知道每个作业班的确切位置。从驻地驱车跑了近一个小时车程，来到了一个偏僻的村子，在村子的东头，我们看到一台仪器车停在那里，车上插着天线。这台仪器数据采集车在野外就相当于指挥车了。姜副队长陪同我登上了仪器车，一名瘦瘦的仪器操作员正对着电脑显示屏在不断喊话下达指令："放炮——"又不断有请示声传进他的话筒，他这是一张嘴对百张嘴，查排列，下达放炮指令。陪同我的人告诉我，他这一天喊话下来，回到队里一句话也不想说了。听到显示屏里的电波不断传来的爆破声，倒是让人按捺不住想到现场去看看。

离开了仪器车，我们又向野外找去，按照工序，本来想找钻井班的。又开过了两个村子，在村外的田野里发现了两个红点，渐渐近了，看到是两个遥爆工人在放炮，他俩身上都背着遥爆包（爆炸机）。我们的车停下了，我们下了车向那两个人靠拢过去，在约有五十米的地方，那两个工人叫我们停下了，他俩正要准备给一个炮点起爆。"不知会产生多大的爆炸力。"女作家刘莉有点紧张。吕天琳说每个炮点下是两公斤炸药，地下的深度距地面有十来米。正说着话，脚踩的地垄沟震动了一下，并有一声沉闷的地下声响。炮放完了，我们走到那个炮点，看数据标识，果然是11米深。那两个穿橘红色工服的遥爆工又向这片田地的下一个炮点走去。

我们又去找钻井工了，刚刚走过一片庄稼地，看到一台钻井车开进地里，我们也走进去，一台水罐车也停在了边上。钻井车的井架竖起来了，三个工人开钻起来，是钻直径10厘米的井眼，边钻水罐车的水管笼头边往钻眼里注水，随着钻头往下推进。上边一个工人不断在加套管，钻深10米左右后，钻进杆一根一根被拔了出来。另一边，一个包好卷筒炸药的工人把炸药管（药柱）从井眼放下去。二十分钟后，这个补爆的炮点就完成了。钻井车和水罐车离开了，两名遥爆工过来了，随着遥爆装置的启动，从井眼喷出一股不到一米高的泥浆水注，爆破成功。

姜副队长又带我们去寻找放线班。车子穿过两个村屯，在一片野地里发现了放线工的身影。先是从一片丘陵沼泽地带钻出几个扛着大小线圈的工人，越过一条公路，向一个大泡子里走去。姜副队长告诉我，放线工人都是沿着测量工探好的排列线去放线，不管多难走的路也不能改变线路。此刻，我们的眼前出现了一幅很美的画面，放线工走进积雪的冰泡子后，排成一行向前行进，白白的雪面，一个个红红工服的身影，夕阳正西下。作家老胡和刘莉举起了手机在拍照，我也禁不住蹚雪走进泡子，前边放线工的身影已移到冰泡子对面的高岗野丛中了。雪面上的风吹得我们脸红了，脚也冻得渐渐麻木起来，而他们一天要背着三四十公斤的大线平均走上三四十公里的路。在地震队有句顺口溜，叫仪器车操作员的嘴、放线工的腿、钻井工的水……这些是干活的关键。

天渐渐地黑了，我们返回队部。钻井班的车队陆续回来了，放线工和遥爆工还没有收工，他们是最晚收工的两个班。回到驻地，吃过晚饭，我特意遥望了一下外面的夜空，今天是农历大年三十，夜空中没有月亮，乡村的夜漆黑，只有星星在眨着眼睛。再有一个月就过年了，他们过年回不去，大年三十的晚上在这远离亲人的野外，陪伴他们的只有夜空中的星星了，星星会不会好奇他们这群常年与野外为伴、与星星斯守的人呢？

二

要说在 2287 地震队干的时间最长的老人儿，那就应当是队长盖保成了，54 岁的他一晃在 2287 地震队已干了 28 年了。这是一位很憨厚朴实的东北汉子，也很健谈。我第一次见到他，他就滔滔不绝地向我打开了话匣子。

盖保成的老家是肇东四站，说起对物探队的情结，还是在他是孩子的时候。有一年初冬，屯子边上靠江湾的大地里，来了一伙戴狗皮帽子穿杠杠服的人，在大地里放炮，一放一股黄烟。他和小伙伴们都跑到屯外去看，看着看着就让他羡慕得不得了。知道这些人是从大庆来的，屯子里有人家还热情地把他们请到家里去吃饭，蒸黏豆包吃。盖保成又和小伙伴趴在窗户上瞅，狗皮帽子摘下来，发现这些人里还有女的。和盖保成一起趴在窗户上看的还有一个青梅竹马的村丫儿（后来成了他的妻子），更是惊讶不已。盖保成那时就有一只虫子在心里蠢蠢欲动了。那一年是 1978 年，没想到他与物探地震队的缘分这一结就是几十年！

放线班正在通过排列准备铺线

盖保成高中毕业报考了东北石油大学，选择的专业就是地球物理勘探专业。1990 年大学毕业后，他就分到了大庆物探 2287 地震队，从遥爆工到仪器车操作员，地震队的所有工种他差不多干遍了。副队长当了 8 年，之后队长干到现在。这是一个乐观的汉子，好像什么困难在他身上都压不倒他。

他随 2287 地震队转战东西南北在野外，28 年只有 4 年春节是在家中度过的，无论在多艰难的环境遇到过什么困难，他好像什么都忘了，或者说习以为常了。在野外饮食不规律，患上了糖尿病，他更是不当回事。而对当地政府给予的一些帮助，他却一点没忘。

2016 年末，2287 地震队接受了公司下达的到青冈、望奎等六县一区二维勘探的任务，这是一次涉及地方政府面最多、工区战线拉得最长、时间最紧的勘探任务，2017 年元月初，他带着地震队全部人马进驻施工的中心地带青冈时，此时距离春节仅有半个月的时间了。更叫盖保成着急的是，提前半个月来打前站的马超书记，还没有跟当地有关部门协调好，队伍开进来也无法展开施工作业。他向马超问明了情况后，得知问题出在县公安局那里。

地震队施工离不开炸药，而炸药库的选择是最头痛的事情。这次他们根据六县区作业面合理的地理位置把炸药库选择在青冈县境内，这可叫县公安局治安大队的李队长不答应了，虽然炸药在县郊区，但也等于安放了一颗定时炸弹，还听说地震队放炮作业，放炮会不会给村屯带来危险？要过春节了，任何安全隐患都不能忽视。素有铁面外号的李队长要封库，无论马超怎么向他解释都不好使，最后他说除非征得上级领导的同意。其实，每到一地施工，他们都是要与当地领导联系，召开相关部门协调会的，这几天，马书记也一直在跑县委和公安局，可就是见不着主要领导。经打听，县委主要领导到绥化开党代会去了。

盖队长听说了这个情况后，十分着急，大队人马和设备都上来了，晚开工一天就要损失十几万元。他问马超，有县委书记的电话吗，马超说县委杨书记的手机号让他淘弄到了。盖队长操起电话就要打，马超说这样打电话是不是有些冒失，万一杨书记在开会不便接电话，或接了电话一口回绝，可就没有回旋的余地了，不如发个短信探探口风。盖保成想想也是，稍后，一条两人斟酌好的短信就发了出去：

杨书记您好，我是大庆油田物探公司 2287 地震队的负责人，按照中石油和大庆油田的部署，今冬在贵地进行石油勘探，目前我们人员设备已进驻青冈开发区，请求得到您为首的县委和政府的支持，目前我们最需要的是在您支持下尽快召开地企协调会……以便我们施工顺利进行。对此，我们地震队将感激不尽！

这条短信是在元月 7 日上午十点多钟发出的，工夫不大，一条短信回复了过来：

盖队长您好，能否等我几天？

盖保成一看有门，就又回了一条短信：

我们等一天就要损失十几万元，时间紧，任务重，请领导多理解。

这条短信迟迟没回，让盖保成心里又着急起来。等到中午饭，一条短信又从盖保成的手机跳了出来：

请去找常务副县长 ×××，我已落实他尽快与你们开协调会。

盖保成一看，心中一块石头落了地，也暗暗佩服这位未谋面的县委书记雷厉风行的作风。

下午他们去找了副县长，副县长马上召开了由县公安局、土地局、农业局等相关部门参加的协调会，副县长在会上既要求盖队长他们保证施工期间的安全，又要求相关部门全力支持地震队工作，不许“关卡要”，不要给青冈人丢脸。

协调会的第二天，盖保成就带领公安局治安大队李队长等人去实地察看他们生产打井放炮的情况。走进农田，几炮响过，李队长放心了：“才这点动静，我以为多大动静呢，你们尽管干吧。”盖保成和马超相视一笑，隔了几日后终于可以甩开膀子干了。

就在盖保成和马超带着队伍抢工期加班加点大干的时候，年也说来就来了。大年初一的这天下午，地震队的驻地柞岗乡及周边地区突然发生大面积停电。闻知这停电是输电线路设备故障造成的，因过年，当地维修工作迟迟没有进行。这可急坏了盖保成，他深知工人住的宿舍取暖和食堂蒸饭都得用电。从下午三点开始，整个驻地供热管网就停止工作了，再等下去，管路中的水就会冻住，水管冻裂那麻烦就大了。他马上想到他们临时住的废弃厂房原来是修理厂，会不会有发电机？他给远在海南过冬的厂主打了电话，厂主想了想说，有一台发电机，就是时间长了他忘记扔在哪了。盖保成一听，马上带人在厂里各个角落找了起来，等到在仓库找出来后，发现这台废弃多年的发电机还缺个零件，他马上打发人到县城电机件铺去买，又与青冈县电业局取得联系，请他们派一个会修发电机的师傅过来。

天渐渐地黑了，收工回来的工人就这样黑灯瞎火地挤在冰冷的屋子里等着来电。大过年的，外边乡村里传来的鞭炮声更叫每个人心焦。去县城买配件的员工和修发电机的师傅终于在大家焦急的等待中到来了，盖保成立即叫人提着汽灯、打着手电给师傅照亮，维修起来。经过一个多小时的维修，发电机倒是维修好了，线路接通后，就是发不了电，从电业局请来的师傅也无能为力了，不知毛病出在哪儿。大伙的心又一下变凉了，盖保成的眉头也紧锁了起来。

送走了师傅，盖保成马上又想到叫在大庆休假的材料员刘应斌送一套备用发电机过来。他随即拨过去电话。此时已是晚上九点多钟了，刘应斌正和妻子在父母家过年，接到电话他跟父母打了声招呼，说队里前线有事了，就穿衣往外走。妻子也听见了电话，怕他一个人夜里开车不安全，就说了声“我也跟你去吧”。

刘应斌开上卡车在去杏五井队部的路上，想到把发电机吊到车上还需要吊车，找谁呢？这大过年找谁出来都是件麻烦事。可一想到在前线摸黑挨冻的工友，他就给没在前线施工的 2283 地震队吊车司机冯革打了电话，请他帮忙。冯革二话没说就开着吊车来了，他怕人手不够，还把老婆孩子也带来了。两家人顾不上说拜年的话，这边是刘应斌两口子，那边是冯革一家三口，一起把发电机搬出库房，吊到车上，又用绳子固定好。此时已是午夜时分，还能听到鞭炮声。刘应斌这才有些过意不去地说："大过年的把你们全家都折腾出来了。"冯革嘿嘿笑着说："咱地震队的人谁还把过年当个事儿。"这样一说，刘应斌也苦笑了笑说："可不是。"

跳上车，刘应斌拉着媳妇直奔 127 公里外的青冈县柞岗乡去了。媳妇张娜路上不断小声提醒他开慢点，怕他打瞌睡又不断跟他说话，年三十儿守夜他缺觉。天慢慢地亮了，她嗔怪地说了一句："看来今天说好跟俺回娘家又泡汤了。"刘应斌心里一动，这么多年，因他这老跑野外送料，很少陪媳妇回家过年的。真亏欠她呀！

且说午夜过后，盖保成听说刘应斌已把发电机装上车了，正跑在送来的路上，他才松了一口气。困意袭来了，他从下午一直紧张忙活到现在，再加上昨夜陪着每个班组收工回来的工人吃年夜饭，问候大家，下半夜又检查一遍驻地周围安全情况，几乎一夜没合眼。马超书记看着比自己大二十岁的盖保成眼睛熬得红红的，就叫他去打个盹儿，说等车来了去叫他。盖保成这才回到寝室去打个盹儿。

盖保成这一觉儿睡到凌晨五点多，等他醒来时，听到了外面工人的欢呼声。他揉了揉眼睛走出去，看到驻地的灯亮了起来，听到供热锅炉轰鸣起来，和周围黑漆漆、静悄悄的村镇形成了鲜明的对比。马超正安排刘应斌两口子找地儿休息，盖保成嗔怪马超没有叫他。马超说看他太困了，没忍心叫他。他叮嘱马超照顾一下张娜，人家这可是大过年来驻地。年三十儿他叫人在驻地大门上挂的两个大红灯笼也亮堂了起来。

这一刻，盖保成觉得这是他这么多年在野外过得最亮堂的一个春节了！

三

小时候我特别喜欢听《我为祖国献石油》中的一句歌词：头戴铝盔走天涯……我觉得这句歌词准确地说是写物探人的。石油工人里钻井工人、采油工人找到石油就安了家，而物探人永远没有“家”，他们总是在走，他们的“家”总是在野外，在远方。

吴锋，40岁，2007年参加工作，当过放线工，现在是遥爆班班长。年纪不大的他，在2287地震队也是走南闯北的老人儿了。在野外，他有过与水鸟、与野猪遭遇的经历，也有过与大漠孤烟和沙尘暴遭遇的经历，当然，也有过跟乡野屯民家的狗打交道的经历。说起这些来，他好像更喜欢和自然界的动物打交道，因为自然界的动物不和他动心眼，起歪心思。虽然自然界的动物也叫他害怕过，自然界的荒漠也叫他孤独过，但那是因为他无意的冒犯。

那年在肇源义顺屯里放线，队里公共关系员已和村里协调好了，上午吴锋刚在一户村民院放线穿过去，下午查排列线故障查到这户人家时，排列线中断的两头，一头就拴在狗窝一边，一条大狼狗正蹲在窝里伸着长长的舌头，吴锋不敢进院了。吴锋喊这户人家的主人，一个膀大腰圆的村民正站在院中，冷着眼说你进来接线呀，没人不让你接呀。原来这个喝得有点微醉的村民，听信了别人的话，想讹队里点儿钱。

2009年春夏之交，吴锋他们在泰来县汤石镇施工，一天他放线在一个挺大的野泡子里，从早上八点一直干到下午两点，他穿着水衩在水里。6月初，泡子里的水拔凉冰腿，等到晌午时，头上的日头又晒得人冒汗了，他就摘掉了安全帽，光着头在水里干。几只水蚱鸟一直在他们头上盘旋，因为泡子芦苇塘里有它们的鸟窝，鸟窝里还有刚出生的鸟崽儿等着它们叼食来喂。看他们老不离开，水蚱鸟就恼怒了，一只水蚱鸟从半空俯冲下来，对着吴锋的头啄了几下，钻心的痛只好让他走上岸来。鸟的鸣叫让他们明白怎么回事了，也不觉得委屈、不觉得疼了，风和日丽的美景也止疼啊。

又是一年夏天，吴锋他们在小兴安岭西北坡逊克境内施工，遭遇到一次野猪的袭击。在山地施工，他们得学会像狗熊一样爬树，否则他背的遥爆装置就接收不到从十几里之外的仪器车发出的起爆指令信号。那天上午他刚背着包从一棵橡子树上下来，正往山道上他们那台战旗车那儿走，谁承想从树丛里吭哧吭哧跑出一头 300 多斤重的黑野猪，这野猪或许是饿了出来寻食吃。吴锋是头一回见到这山里的动物，吓得撒丫子就往车上跑。车里早有先上去的工友给他打开了车门，他一上去，车门就被两个工友锁死了。那野猪追到跟前，见他上了车，围着车身转了两圈，然后就用嘴在车后拱车身，试图把车拱翻。四个人在车里吓得一动不敢动，那台车被拱得摇摇晃晃往前出溜了十几米，就是没翻。司机死死地把着方向盘，踩着刹车。大概野猪拱累了，这才罢休，摇头晃身地走了。等他们回到驻地，听说了他们遭遇的经历，大家都为他们捏把汗，这才想起起先队长告诫大家出工时一定要小心的话。

“大漠孤烟直”是吴锋从中学课本里学到的浪漫想象，可现实中他体验到的“大漠孤烟直”却远没有那么浪漫。2013 年和 2014 年，吴锋两次去新疆都赶上了沙尘暴，十几吨的大罐车被刮得直摇晃，人更是得老老实实待在帐篷里，不敢走到外面去看那“孤烟”了。这样昏天黑地地待在帐篷里简直可以叫人发疯！就是没沙尘暴的日子也好不到哪里去，下午三点以后，沙漠地表温度最热，鸡蛋能烤熟了。背上 30 多斤重的遥爆装置走在这样的沙漠里绝不是一件轻松的事。走上十几里，工鞋就得磨破烫脚，而他们放线工、遥爆工就得走啊！这是他走过最难行进的路，干热、火烤的路！

不用脚走也出事了。一次吴锋开水罐车在一片工区干完活往下一个干活地点转移时，车坏在了半道了，气门杆坏了。这天早上六点多坏的，通知维修班来修，维修班的人说附近买不到这个部件，得从挺远的库尔勒进料。买部件来回得 4 天时间，叫他一个人在这里等。这 4 天是吴锋最难过的 4 天，陪伴他的只有孤独寂寞。白天能看到两次送饭的人，其余时间就他一个人守着这台车和无边的沙漠。手机没信号，他没有任何东西来打发时间，特别是晚上，他觉得这个世界只剩下了沙漠和他一个喘气的人。他睡不着觉，这种孤独是常人无法体验到的，他不知道最后一个夜晚能不能挺过去。第 3 天夜里，王辉来了，王辉也是一个水罐车的司机，吴锋得救了。这种野外工作，让他们工友之间能像亲兄弟一样彼此关照！

马涛，后勤班长，48 岁，2006 年来 2287 地震队。马涛的工作也是走，没见到马涛之前，就听盖队长说，每天从早到晚在驻地院子里不停地走来走去的那个人就是马涛，他的头发是一绺绺地贴在脑门上的。他是在按照三点一线走，驻地、车场、食堂。他是个急性子，说话快，人走起来也像刮一阵风似的急。

见到马涛，人果然是这样的，长形脸，身材瘦瘦的，说话语速快，不停地眨眼，火烧屁股似的坐不住，总像有什么事找他，随时抬脚要走。2287 地震队有“二马”保障后勤工作，一个是书记马超，一个就是后勤班长马涛。说起爱将马涛，马书记也说，野外地震队的后勤工作太多、太杂，就得“马不停蹄地去做”！马不停蹄用在马涛身上真准。他说他的手机有这样的记录，每天平均要走上五万步！如果他要是一个放线工、一个测量员一点也不奇怪了，可他是一个后勤班长！

俗话说，兵马未动粮草先行。每次上前线施工，后勤工作都得提前半个月先上，选驻地啊，选停车场啊，建食堂啊，建宿舍啊。等大部队上来后，后勤保障更要给力。不说别的，就说吃饭吧，在野外施工有时一天要开六次伙的，最早是凌晨四点钟给上早班的工人开，然后是七点钟给正常点儿出工的开，中午再开，晚上再分三次给收工的工人开，晚上先开钻井班的饭，八点钟开放线班的，最后夜里十一点查排列、遥爆班的工人回来开最后一顿饭。不用说别的，就这六顿饭就够忙活的了。而有的野外施工工地离驻地远，还要人往前线送饭，那送饭的路途可不是什么好道，在海拉尔春天蹚雪、夏天蹚河也是常事。

也许你不相信，一个后勤班长忙得竟连喝水的工夫都没有。马超是这样解释的，喝水就得跑几趟厕所，几泡尿也会耽误好多事，说不定车坏在半道了要人上去修，他得找修理工；说不定食堂用电出故障了，他得亲自去修（马涛当过电工）。

人总不是铁打的，马涛也有累倒的那天。那是在泰来大兴乡东方红村施工时，有一天晚上，团团转的马涛不“转”了，他的腹部疼得以至于抬不起脚了。马超书记发现后赶紧和司机李亚楠往齐市医院送，先到了一家医院，结果B超坏了看不了，接着又送到一家部队医院看，折腾到夜里十一点，检查结果出来了：急性肾结石！医生说这是平时不常喝水造成的，结石积在肾里了，医生还把片子给他们看，先前吓了一身冷汗的马超书记看了造影结果，等医生走出去后半开玩笑半认真地对马涛和李亚楠说：“马涛，你这结石长得怪，怎么长成了心形了呢！”一旁的李亚楠也开玩笑说：“马涛这是把心掏出来给咱队了！”而另一边，马涛正打点滴排石呢，听着马书记和工友逗他开心的话，他也不敢笑。看着浑身大汗湿透的马书记和李亚楠，他心里默默感动着。当然还有更叫他感动的，队里出于对他的关心，也因工作关系，把他爱人临时借调到2287地震队来工作了，比起那些不能见面的夫妻，他马涛是有福的！

我刚一见到姜永利时，被他一米八的个头、方阔脸膛、浓眉，一副关公忠厚的相貌惊住了，觉得这样的人是不适合干公关工作的。地震队有专门公关员，我也是来这里后头一次听说，原来叫土地员，顾名思义，土地员是和土地打交道的，姜永利的工作也是走，走地方关系，打通作业面的畅通渠道，实际上就是和人打交道。

姜永利让我想起了中国神话小说中的土行孙，他是一个有本事的人。他得为地震队先行开道，靠一个人之力战众“地头蛇”。事实也正是如此，在绿色草原施工时，有一个鱼池主，放线通过他家鱼池，按正常国家补偿标准，仅需补1万多块钱，可他纠集家族亲友提着镐把、砍刀排成阵势，非要50万元。姜永利临危不惧，负伤不怯阵，大有关公誓为主把关到底的气势，这个“主”往小了说是大庆物探，往大了说就是国家。

对作业面占地业主合理的要求，姜永利也能尽最大努力满足人家。在双城庙台子工区物探勘测面儿，涉及一家养殖示范基地，这个示范基地有6个养猪场，2018年入冬地震队来的时候，正是闹黑猪瘟疫最严重的时候，这家公司的人说啥也不让放线工从他们场里通过，怕人带菌进来。当时养殖公司大老板在国外，二老板做不了主。姜永利就通过电话与大老板沟通，晓之以理，动之以情。大老板被说服，从国外回来，不过人家提出要求，在场区作业时，要穿上防菌服，还得给进场工人培训一下。姜永利痛快地答应了给工人买防菌服，满足了对方的要求。

姜永利与当地人打交道，不光有勇还有智慧。2010 年初冬在泰来汤石工区施工时，一天清早，一个农民找到队里，说他家的一头牛被队里的放炮眼（井口）别折了腿，冻死在田里了，要队里赔偿。队长一听就让姜永利前去察看。姜永利到了地里，确实发现一条折了的牛腿插在一个冻硬的炮眼里，旁边倒着一头僵硬的牛。察看了一会，姜永利就发现了问题，他把牛腿拔出来，想起有人跟他讲过的常识，“七咬中间，八咬力，咬断中间十二三”，这条十二三岁口儿的牛的腿本不该从中间折断，是人为插进炮眼里的，再看牛毛发黄发焦，是胃火过大，这头牛是病死的无疑。姜永利一一点破，说要不找兽医来吧。这个农民讪讪地低下了头，承认自家牛是病死的，把牛腿插在炮眼里就是想讹队里点儿钱，谁承想竟遇到个行家呢。

还有一年冬天，在肇源义顺工区施工，一天一个养蜂的农民找上门来，说他冬眠的蜜蜂被地震队放炮震死了。姜永利随后跟着去了他家，他家房山头的蜂箱中有 8 箱蜜蜂死了，姜永利打开死了蜜蜂的蜂箱，发现只有一箱有蜂王。他知道一个蜂箱里要有一个蜂王，而这些蜂箱里没蜂王，显然这些蜜蜂是被人临时收集到箱子里的。而且他察看养蜂人家院子，判断出这些蜂箱里冬眠的蜜蜂是被冻死了——冬眠蜜蜂越冬对温度要求很高，他家蜂箱上面原来是盖着苞米秸防冻的，可是苞米秸被院子里的羊吃了，蜂箱暴露在外面就冻死了冬眠的蜜蜂。姜永利说得这个青年农民心服口服，末了说：“你这个找油的，咋知道这么多呢？”

我采访姜永利时，也为他小诸葛一样的智慧感到惊诧，他不以为然地一笑说：“都是常在屯子里跑得来的。”一是工作需要，他常和村里人打交道，了解村情，再一个他没事愿意和屯子里人唠嗑儿。姜永利从小也是在农村长大的，这些年他常在村子里跑，他说，村里人只要不涉及利益啥都愿意跟你说，拿你当亲人。我理解姜永利说的，也佩服他真是个能人！

四

2287 地震队从 1990 年起到 2007 年曾先后五次下海拉尔施工，每个人的感受都是不一样的。在海拉尔施工不像在别的地方施工，一般工期都比较长。

说说大雪纷飞时草原上的经历吧。

2007 年 3 月去海拉尔施工，对设备队长李亚楠来说是记忆深刻的，一场暴风雪就给他们来了个下马威。3 月份在草原上刮冒烟泡起暴风雪是常有的事，当地人叫“闹白灾”。所有的路都被大雪封死了，他们得一边开道，一边开车，像老牛车一样慢慢行进，为的是所有设备车辆都能到达指定的驻地。作为设备队长，李亚楠最担心哪台车被陷在半道上，一旦被雪埋上，白茫茫的一片，回头再想找都找不到。

天渐渐黑了，李亚楠心里也十分着急，可车队还像陷进泥潭里的蜗牛一样行进缓慢，他担心天黑了，就难以辨清往驻地去的方向了。蓦地，远处出现了两个移动的雪点儿，他以为是两个去驻地打前站的人来接他们。等走近了，看清不是，是两个牧民。这两个牧民用不太熟练的汉语，焦急地连说带比画，好半天终于叫李亚楠弄明白了，他们的几头牛和几匹马在放牧时没来得及赶回去，被暴风雪阻隔，陷在前方一片没冻结实的沼泽地里了，想请他们帮个忙儿，用大胶轱辘车给拽上来。怎么办？一边是急等着要赶回驻地的车辆，一边是蒙古族兄弟陷在沼泽里不拽出来就要冻死的牛马。朴实憨厚的李亚楠当即决定，他亲自带一台沙驼车和两个工人去救牧民的牲畜，其余的人和车辆继续慢慢铲雪前行。

到了沼泽地李亚楠才发现，在他们来之前，两个牧民已用小四轮往外拽牛马了，结果小四轮力量不够，越拽牛马越挣扎，有两匹马和一头牛已陷死在沼泽里了。李亚楠和两个工人赶紧下车，帮忙把其他半陷在雪里的牛和马拴上绳子，沙驼车的轱辘直径一米六，李亚楠一踩油门，沙驼车吼叫着把牛和马拽了出来。暴风雪还在疯狂地刮着，人和马站在雪地里都有些打晃。两个牧民拱手千恩万谢，叫李亚楠他们到不远的蒙古包家里喝碗奶茶暖暖身子。李亚楠谢绝了，说他们急着赶回驻地。天黑得更叫李亚楠心焦，他担心半夜也赶不到驻地了。

一个牧民看出了他的心思，同另一个牧民嘀咕了几句，叫他把马和牛赶回家，又挑出一匹强壮的马，说给李亚楠他们带路，可抄一条近道引他们回到驻地去。

就这样，在那个牧民的引领下，李亚楠总算在半夜时赶到了驻地。这次经历也叫他领教了暴风雪的厉害，连这里的牧民都有马失前蹄的时候，何况他们呢？

果然，这场暴风雪后，又一场暴风雪让他们经历了又一次事故。那是队里请来的一位工程师给电台升级，司机开车从 2284 地震队驻地送工程师往 2287 地震队驻地来，结果他们的车在半道上陷在半人深的雪里了。方向迷失了，手机也没信号，跟驻地没法联系，司机扒开堵住车门的雪，走出好远给队里打电话才联系上。李亚楠和张庆君开着大轱辘沙驼车去营救，他们晚上 7 点多离开驻地，迎着暴风雪，走了 4 个多小时才找到陷车的位置，这段路要是在平时也就是一个小时的车程。他俩把陷住的卡车从雪窝里拽出来，在前边打着大车灯给他们开路，凌晨 4 点才到达队里，整整折腾了一夜。到了驻地才发现，两台车的车厢都灌满了雪。

海拉尔的雪也给后勤班长马涛留下了深刻的记忆。他是最先去建驻地的，蹚着没膝盖的雪，把选好的驻地上的雪铲开，搭上帐篷就住人。食堂没建好，就啃着冻馒头填饱肚子干活，那馒头一咬一口白茬儿，很多人的胃病就是这么得的。由于道路难走，就分成了大驻地和两个前线驻地，食堂建在大驻地，炊事班做好饭得往两个前线驻地送，这样一来，食堂得做三拨饭，最早一拨往前线驻地送的饭得早两点起来做，然后用德国摩尔车送，往前线驻地送饭还要过一条河，叫辉河。送饭的师傅来回坐在车厢上面，先是披挂上一身雪，等辉河化开了，又溅一身泥点，脸上也沾满了灰。十来公里的路来回要跑一个多小时。

都说海拉尔工区活好干，尤其是放线班和遥爆班，一马平川的大草原，没有人为障碍物，像马撒欢一样跑吧。可是2007年的海拉尔呼河工区，却多是丘陵、沼泽、塔头地，许多老职工都说，就是在大庆油田，冬季的活儿都没有这样难干。

3月，2287地震队刚刚进去，先是两场大暴雪让他们举步维艰，一眼望去，都是刺目的白，晴天没有护目镜很难适应强光，到了夜里这里还和严冬一样寒冷，在帐篷里，瓶装矿泉水一夜之间可以冻成锤子。驻地选在了距离辉苏木（蒙古语：乡镇）两公里的野甸子上，看起来就像选在了茫茫一片荒无人烟的雪野里。

3月的第三场大暴雪是从3月23日晚开始下的，历时两天的暴风雪使整个海拉尔地区交通全面瘫痪，六七级大风夹裹着雪团雪粒毫不留情地灌向人的口、鼻、领口，野外能见度不到5米，放线施工无法进行，只能停工等候。更为头疼的是，雪停后，施工路线全部被大雪覆盖，之前探索出的路线已面目全非，只能重新探索开辟……放线工人扛着大小线蹚在齐腰深的雪里，没有借力点，每一脚都要站稳踩实才能拔出另一只脚，否则整个身子就会扑在雪窝里被雪埋没，工人们裤腿里、鞋口全被雪灌得满满的。几十公里的线铺下来，裤腿、鞋里的雪水已将脚脖子、脚泡得发白，冰凉冰凉……这就是可爱的放线工啊！当放线班长向我讲述这一切时，我的脑海里还闪现着在物探公司看到的一组放线工在海拉尔放线时的照片，蹚在没膝深的雪里穿着红工服的工人还在对着镜头笑！可是谁会看到他们那一双双埋在深雪里被冰得雪一样白的脚呢？我的眼窝湿润了……

这群人都是让我肃然起敬的人呐！“80后”戴着一副眼镜，面孔文质彬彬的张祝林跟我说，他们虽然是一群在当今社会被忽略的在野外工作的人，可他们也是有理想、有情怀的人。得知他大学毕业刚参加工作就跟着到过海拉尔工区，我说可不可以把你刚来队里那段野外经历，当日记写一写给我看呢，他答应了我。

张祝林是2006年从东北农业大学机械系毕业的，他学的专业本来和勘探一点不搭边儿，可是那年毕业，大庆油田一到学校招人，他就报名了。分到大庆物探2287队，他干的是又苦又累的维修工。地震队车辆设备最多，维修工最少，而且这活儿在野外是不分时间、地点，必须得干的。现在他已是地震队的副队长了。春节刚过，我再去地震队采访时，张祝林把他答应过的写他去海拉尔施工经历的日记交给了我。

刚参加工作的张祝林初到海拉尔大草原，可以说除了对工作的热情，还有对这片广袤草原的好奇。那时候每天是不知道累的，和修理班老师傅学修车，因为他是学机械的，并会用电脑统计材料账，队里把汽料库给他管理。

那时候每天早上 4 点多就爬起来把往前线带的料整理、装好，弄完基本也该吃早饭了，吃完饭跟修理班孟师傅他们学修车，开始主要是打下手。晚上队里车都收回来，加油人不够就去跟着帮忙加油。每天晚上车陆陆续续回来，要持续到 10 点多。给张祝林留下很深印象的一件事是，最开始加油加到 10 点多的时候，他会坐进修理班的车里等陆续回来的车辆。远远地会看到漆黑的车场有个手电筒在晃啊晃的，光点由远及近、由小变大，借着加油机旁木杆上挂的灯泡他才看清是队书记李星。张祝林说："如果是现在我应该会出去和领导打招呼，说说话什么的。可那时候就知道在修理车里傻坐着，看着领导的手电筒在车前晃啊晃的再晃远，心里想着，这是书记在检查车辆回没回齐呢。每天加油晚到 10 点钟左右，都能看见这个手电筒在车场里晃啊晃的。有时晃到我跟前来会问问我这个地震队新兵的一些情况，野外生活习不习惯，想不想家。那时候我只觉得书记在尽职责，直到多年后，我才从别人嘴里听说李书记以前在钻井班作业时头部被井管砸过受过伤，每当劳累过度或连续熬夜容易昏迷过去。那时我就想，当时我怎么就没关心关心这个年龄可以做我父亲的人呢?"

海拉尔的天气是比较极端的，大风一刮刮好几天。那年一去赶上一场大暴风雪。大风夹杂着雪花呼呼地一直刮了一整天，当时整个队都没出工，人们都像冬眠的刺猬一样蜷缩在自己的被窝里，看着头上的帐篷被大风拉扯着肆意地扭摆。出于好奇，也是为防止汽料库被大风掀了，张祝林穿上厚厚的工服，戴上围脖，把自己裹得严严实实的就出了帐篷。身处大暴风雪中，最直接的感受就是呼吸困难，然后就是走路困难，想不被刮倒就得把身体斜向风来的方向保持平衡。背对着风刮来的方向看向车场，车场里的车就像京剧里的黑白脸谱一样，一半黑一半白，迎着风的一半被雪盖住，另一半就像跟这暴风雪没关系一样片雪不染。有一小群不知道叫什么名字的鸟，在几排车之间来回地躲避风雪。再往外走，看见帐篷迎着暴风雪的一面，已经堆起了厚厚的快半人高的积雪。他从一侧踩上去，上面居然冻了硬硬的一层，能将整个人撑起来。

作家深入施工现场亲身体验物探操作程序和施工人员的辛劳

那年收工搬驻地很突然，早上4点修理班开始拆床搬屋里的东西，收拾完屋里的东西就开始拆帐篷。早上四五点钟的海拉尔天刚蒙蒙亮，灰蒙蒙的天上落下几滴小雨，和着一阵阵大风落在一望无际的草原上。汽料库拆得已经就剩一副铁架子了，修理班的寝室才把帐篷顶扒开。修理班帐篷旁边支着用废机油桶改的大锅，里面煮着由于提前搬家没来得及吃完的羊肉，大桶用铁架架着，旁边围着四个喷灯在底部呼呼加热。大桶里面的水已经沸腾了，热气左右摇摆着向外冒着。这边大家干着活，歇手的时候就到大桶里拽出羊腿，削下几片肉沾着草地上放的蒜蓉酱美美地吃上两口。天渐渐晴了，抬眼看看远处水洗过的草原，心中只剩下无限的畅意……

2287地震队以前每次去海拉尔都圆满地如期完成任务，而最后一次去却没有完成任务便回来了。但这一次每个人心里仍然是高兴的，包括第一次去那里的张祝林。

2007年的春天那三场大雪融化了之后，大草原上露出了勃勃的生机。在他们施工的区域内有一个天鹅湖湿地，这片湿地是国家级保护湿地，每年春天都有从贝加尔湖飞回来的天鹅在此安家。2007年雪水大，天鹅湖湖水充沛，更早早引来了天鹅筑窝。随着天气的转暖，有放线工在放线时在湿地里看到了天鹅蛋，为了不让爆破工破坏、踩坏天鹅蛋，他们总是在经过的草丛一边小心地做上记号。

尽管如此，地震队在和当地湿地保护部门请示时，有关部门还是不让他们在湿地穿过作业，因为天鹅是国家一级保护动物，又是极其敏感的飞禽，在产蛋孵化期间任何细小的震动都会影响天鹅孵化。

他们停工了。撤回前的那天晚上，队里人人向家里发回了这样一条短信：天鹅下蛋，不让干。这是2287队建队以来唯一一次没有完成野外施工任务，可是他们却赢得了所有人的尊重。公司领导像以往他们完成任务凯旋时一样迎接他们，那些年轻的职工在给女朋友发回"天鹅下蛋，不让干"的短信后，收到的都是女朋友点赞的回复。

张祝林也没有遗憾，虽然他这是第一次来海拉尔施工，也是最后一次。张祝林从队友的口中知道，他们在以前的施工中，救治过受伤的黄羊，也放过合同工抱回帐篷的狼崽儿。他们不仅是一个施工质量过硬的群体，也是一个保护生态环境的文明群体。

离开驻地那天上午，许多人和张祝林一样看到、听到一群天鹅排成行在天空嘎嘎叫着，像是在为他们送行，每个人都心生感动。是啊，这群常年在野外与大自然为伴的人，最懂得与自然界的生物相互尊重、相互依赖的重要性了。

五

命运对马超来说似乎开了一个玩笑。13年前，22岁的马超刚刚大学毕业，曾经到过河北省涿州市，差一点留在这里工作；13年后，35岁的马超作为大庆物探的职代会代表，又来到了这里，参加东方地球物理公司职代会。2018年底，大庆物探正式并入东方地球物理公司，而东方地球物理公司总部就在涿州。旧地重游，弹指一挥间，马超感慨颇多。如今的马超已不是当年那个风风火火的毛头小伙了，他已是2287地震队这个在全国石油行业叫得响的荣誉标杆队的党支部书记了。

在这次职代会上，马超受到了来自全国石油物探同行的格外关注。

那几天马超激动得睡不着觉，他知道那些赞许的目光是因为2287地震队以往骄人的战绩赢得的。作为新时期2287地震队带头人之一，他也深感肩上的压力，在化石资源越来越匮乏的今天，“找油难”成了同行热议的话题。讨论中大家忘记了吃饭时间，深夜躺在床上还在想着发言的话题……当然马超也会想起此刻那些还奋战在冰天雪地里的队友们，要把他们的想法、心愿也带到这第一次参加的东方公司职代会上来。

当然，马超偶尔也会想一想他自己，也会想一想他个人的成长经历，当初正是在涿州这个地方做出的人生决定，改变了他的命运。他还想到了妻子，当时他是和同学的她一同离开这里的，当年他们正值青春芳华，有满腔的热血激情，那时的妻子就是点燃他人生理想火花的催化剂。尽管生活让妻子多了一些抱怨，可是他不后悔当初的抉择。

职代会结束，在返回东北的火车上，马超脑子里还浮现着当年和爱人高妍一起来大庆的情景，嘴里不由得哼出当年那句让他俩激情澎湃的歌词：“我当个石油工人多荣耀/头戴铝盔走天涯……嘉陵江边迎朝阳/昆仑山下送晚霞……”

马超和高妍的老家都是陕西，只不过一个在陕南，一个在陕北。2006年秋天，他俩一同从长安大学地球物理系毕业，经导师介绍，分到了涿州一家水文地质研究所。两人都到研究所报到了，接到了同学电话，说大庆到他们学校来招人了。一听到“大庆”，马超就热血沸腾了，那是他从小就向往的地方。他和高妍一说，两人一拍即合，当晚两人就乘火车返回了西安，在母校旁边的一家招待所找到了大庆油田招人处，两人报了名。第二天，招人处就叫他俩拿着介绍信去大庆报到了。高妍打电话告诉家里时，家里人不同意，嫌大庆太远，冬天又太冷。

可是两个年轻人已经在去东北的火车上了，48个小时的车程的确有些辛苦。一过山海关，两个人都有些水土不服，先是马超上吐下泻，接着又是高妍浑身起了红点儿。经过一路的折腾，他俩来到了大庆，从萨尔图火车站到杏五井物探公司所在地，两人看到路边经过的破破烂烂的采油老区，心里有点发凉。到达后没两天，家境尚好的高妍家里又打来了电话，她母亲叫他俩回去，已经给他俩联系好了长庆油田一个机关单位。高妍有点打退堂鼓了，马超心里也有些犹豫。

就在这时，入厂教育会上公司组织人事部綦蕴诚副部长的一番话，坚定了马超留下来的决心：责任胜于能力，既来之则安之。马超经过一夜的思想斗争，打消了走的念头，也说服高妍留了下来。实习时，马超分在了2280队，高妍分在了2286队。

生活也许远没有歌中唱的那样浪漫，可更能磨炼一个人的意志和品质。经过几年的摔打，这个身材不高的西北小伙子，身体更结实了，意志更坚强了。工作上他一步一个脚印干得扎实。他由一个地震队施工员到施工组组长，由地震队见习队长到生产技术副队长，2015年，刚刚30岁的他就担起地震队党支部书记的重任。

地震队的书记应当是一个"杂家"，既要管全队的后勤保障这块，又要管全队人员的思想动态。一个长期在野外的地震队，战斗力强不强，队伍精神状态端不端正、涣不涣散，书记工作是关键。有时他还是一个心理学家。跟马超接触，我觉得他就是一个心理学家，和工人们在一起时说说笑笑，工人心里想的什么他都知道。

这些在野外工作的人，身边没有家人，从来没有给自己过过生日，可马超却能记住每个人的生日，收工回来，一份生日饭或礼物，会叫过生日的人格外感动。

地震队施工期多是在跨年的冬季，他们已经不知道和家人在一起过年是什么滋味儿了，可是大年三十儿这天晚上，马超总能让炊事班弄出一顿丰盛的年夜饭，并和每拨收工回来的工人在一起吃这顿年夜饭。可"80后"的他一晃已十年没有回家和父母、妻子在一起过年了。西北老家的年味儿和大庆小家的年味儿都叫他淡忘了。

今年的大年初六，我再次来到2287队采访时，看到他一向阳光的脸上略带一丝忧郁。问他，他告诉我过年妻子一个人带着4岁的孩子回老家过年去了，走的时候妻子本来希望能和他一道回去的，因为67岁的岳父刚刚查出胰腺癌晚期，这可能是老人家过的最后一个春节了。他多想和妻子孩子一道回去啊，他担心老人的身体，也担心这么远的路途，妻子一个人带着孩子很艰难！他想和妻子、孩子视频通话，可是怨气未消的妻子把他手机微信拉黑了。都说男儿有泪不轻弹，马超跟我说这些时，我看他眼角湿润了。我知道一份责任、一份使命、一份荣誉，在这个年轻人肩头的分量。自古家国情怀难两全啊！

记得去年岁末我刚一走进杏五井物探一公司办公楼时，看到会议室里墙上刚刚换上的单位全称：东方地球物理公司大庆物探一公司，我问为什么叫东方地球物理公司，于中国部长告诉我，因为美国有一个西方地球物理公司，那是一个老牌的同行公司。我明白了，咱东方正年轻呢。

日出东方，东方代表着希望。笔者相信这支由大庆精神、铁人精神打造的物探队伍，这样一支风雪雷电任随它铁骨铮铮的铁军，有2287 地震队这样的铁军先锋，在与东方地球物理公司并轨转制的改革大潮中，必将乘风破浪，昂首远航！

结束在前线 2287 地震队采访的那天早上，我看到一轮红日正从地震队放线放炮的田野东边地平线上冉冉升起，曙光中，我恍惚看到走来了那群野外找油人：盖保成、马超、姜洪亮、张祝林、李峰、姜永利、马涛、李亚楠……他们的红工服像初升红日一样鲜艳美丽。

【作者简介】王鸿达，笔名洪荒，国家一级作家，中国作家协会会员、黑龙江省作协全委会委员、大庆市作协主席，连续五届被聘为黑龙江省作协签约作家。2017 年获得黑龙江省文化名家暨“六个一批人才”荣誉称号。2018 年获得黑龙江省第九届“德艺双馨艺术家”荣誉称号。自 1982 年开始发表作品，先后在《人民文学》《当代》《中国作家》等刊物发表长、中、短篇小说 400 多万字。出版长篇小说《青春斑驳》《冷云传奇》《正步》《青马湖》，中短篇小说集《遥远的羊草》《孤鸟》《城市和鱼》《白井房》《乌拉嘎》《重影》等。作品获首届东北文学奖；获第一届、第三届、第四届、第七届、第九届、第十届黑龙江省文艺奖；获全国第三届“金盾文学奖”；第十二届中国人口文化奖。有作品被改编成电视剧，部分作品被译成英、法文传播到国外。

地心的轰鸣

红　雪

腊月的老江身泡，冰封雪裹，凛冽的西北风打着旋儿，裹挟着冰面上星星般闪动的红点。

那红点，是人影；那人影，是找油人；那找油人是大庆物探2289地震队的将士。

冰面上，星罗棋布地插着小红旗和小蓝旗，一条条红色的导线，伸向了远方。

“轰！轰！轰！……”走在冰面上，脚下不时传来轰鸣声和震颤。

钻机的马达轰鸣，穿透雪雾，向外延伸，四五分钟，一个起爆点钻好了，接下来有人把一米多长的“小火箭”（药包），顺着钻孔下到地下，整理黑色雷管导线，插上小红旗，忙而不乱。

泥浆撒欢，喷射到工人们的衣襟上、脸上，顺着脖子淌进衣服里。没有人停下来，只是胡乱抹一把，继续下一个。

这时，只见一台大卡车驶来，有人喊“吃午饭了”！

在哪吃？

就地。

冰面是炕，水罐车是桌，菜是白菜炖豆腐，佐料是咸菜条，主食是馒头。风小了一些，似是老天动情，给了老江身片刻的宁静与温馨。

同行的两位女作家有些惊叹，她们也要尝尝野外吃馒头就咸菜条的滋味。咬一口，又一口，我看到，她们的眼角有泪溢出。因她们注意到有几张孩子似的脸在人群中出没，一问，是“90后”。

“这还算好的，有保温车送饭。以前都是自己把馒头围在腰间带上来。邪乎一点的，就要啃冻馒头了。”钻井队长，也是2289队副队长盖赵宇轻描淡写，“习惯了、习惯了。”

“跟我的孩子差不多大！他们现在应该坐在暖屋子里玩游戏呢。”女作家感慨。

野餐，风卷残云，来不及细嚼慢咽；凛冽，迅疾降临在热汤盆里，刹那间凝成了冰碴。

三五分钟后，钻机又轰隆隆响了起来。

“上来两个多月了，必须赶在开化前拿下这个区块。”走在我身边的 2289 地震队党支部书记关仲波，大个、红脸膛，眼球充血，语速不快，可让人感到敦厚踏实。

放线班作业工人顶着寒风在齐腰深的雪野上穿越

物探地震队，说白了，就是以 TNT 为武器，通过地震波，探测地下地质构造，从而发现石油储层位置，通俗点说，就像给人看病的核磁医生一样打探地心。

虽然来大庆 30 多年，可对于物探人的了解，我还只停留在光影与文字上。这次，“大庆作家写物探”创作采风，给我们这些身在大庆不知大庆的作家补了一课。

而我们看到的老江身泡的一幕，不过是 2289 地震队摆开的肇 35 三维区块 1032 平方公里战场里的一个小镜头。

1

2289 地震队的大营扎在了大同区一个叫金福瑞肥业的四层楼里，租的。

楼外一幅巨幅标语先声夺人：难离故土，地震尖兵再战大同望雄起；不忘家乡，物探儿郎重返肇州耀东方。

标语顶天立地，似乎在张扬一种气概。

“其实我老家是肇州的。”关仲波说，今冬的这个施工区块，横跨大同区、肇州县、安达市，还有肇源县，首先遇到的难题就是公关，整不明白，老百姓不让施工，寸步难行。还有呀，地表情况复杂，有防疫搞的养殖场，有一级防范的储气站，还有像老江身一样的养鱼池。地下也复杂，各种管线纵横交错，各种电缆、光缆密如蛛网，稍有不慎碰坏了，就会酿成大祸。

别的队不想接这个活，2289队接了。

没有金刚钻，不揽瓷器活。既然接了，就不能掉链子。

啃硬骨头，需要口钢牙；征服拦路虎，需要硬功夫！

出征动员会上，关仲波忽地一下站起来，挥动手臂：“一个队伍能不能迎难而上，靠的是困难面前敢不敢亮剑！我们的剑是什么？就是必胜的信念、顽强的意志力，誓以勘探为业，乐与天地共舞，我坚信，只要我们众志成城，就一定会是胜利的一方！”

勘探施工正在雨季林间展开

关仲波嗓门粗，有爆发力，说话像一串排炮。须臾，掌声蓦然响起，持续了5分钟，工友们热血沸腾。

会一散，2289 队 160 多台水罐车、数据采集车、导线车、指挥车……浩浩荡荡开往前线。当日下午，大庆长垣——肇 35 区块，就响起了隆隆炮声。

可谁也不知道，关仲波是刚刚拔掉输液瓶，匆匆赶来的。他的冠心病已不允许他过度劳累，通往心脏的血管堵了 80%，医生下达了必须做支架手术的诊断。可关仲波惦记着工友，惦记着找油，拎上一塑料袋阿司匹林、波立维、替米沙坦等治疗心肌梗死、高血压、高血脂的药片，匆匆跑到了会场。

在中国东北松辽盆地搞石油勘测，一般须在入冬和开春这段时间完成，冰冻的大地，给了物探找油人一个可以任意驰骋的空间，车辆能够碾轧冰面和沼泽，呼隆隆驶过，人可以在收获的庄稼地里跋涉，少了眺望的障碍。

“是那山谷的风，吹动了我们的红旗；是那狂暴的雨，洗刷了我们的帐篷……”这是一首写勘探人的旋律优美的歌，引人遐思，让人迷恋。关仲波从 1995 年走出大庆石油学院的校门，就踩着这首歌的旋律，踏进了大庆物探的大门，从此与严寒、酷暑、狂风、暴雨，荒漠、沼泽、山峦、沟渠以及钻井、放线、爆炸有了纠缠不清的关系。

想当年，有勘探队员来到关仲波生活的肇州农村竖起井架钻井勘探。围着轰隆隆的钻机，小小的关仲波羡慕不已，母亲叨咕，咱家要是出个这样穿工服的人，那可是烧高香了。母亲的祈望，深藏在了关仲波的心底，他发奋读书，考入了大学，而学的恰恰是地质勘探。四年大学寒窗苦读，梦想成真。

可关仲波的梦，一旦经过现实的磨砺，就坍塌了。常年野外奔波，齐齐哈尔、海拉尔、内蒙古……逐油而迁，日月晨昏，风雕、雪刻、雨淋，不到半年，白净的面容，就成了黑包公，身体也发出一股股酸汗味，那是因为，已经半年时间没洗上一次澡了。想儿子的母亲偷偷来大庆看儿子，一次，说儿子在前线，回不来；两次，还是没见到面……第三次，费了好大劲儿搭车去了前线，终于看到儿子，母亲一下子傻了，儿子和工友住在一个废弃的马圈里，头上能看见星星，室内还有阵阵恶臭，洗漱的水冻出了冰碴……再看儿子，完全变了模样。

母亲的鼻子酸了。

“儿子，受苦了！”母亲搂着关仲波，抚摸着他粗糙的脸，泪水在流。

“不苦，习惯了！”关仲波擦着母亲脸上的泪水，安慰母亲。

磨砺是最好的老师。关仲波之所以没有当着母亲的面流泪，就是因为经过物探队的熏陶，从师傅、工友那里切身感受到大庆精神和铁人精神实质，那就是困难面前不低头，做个真正的汉子。

其实，关仲波偷偷哭过、怨过、逃避过。可哭过、怨过、逃避过后，遥望青天一顶、荒原一片，老石油们奋力拼搏的经典镜头、铁人王进喜奋力跳泥浆池的壮举，老是在他脑海里翻腾。

“人家能行，我也不能做孬种！”关仲波咬了咬牙，擦干泪，昂起头。

更残酷的考验还在后头。

1998 年初春，塔里木盆地传来喜讯：茫茫沙海之下可能储存巨量油气！喜讯就是出征的号角，大庆物探秣马厉兵准备进军“死亡之海”！作战令刚刚发出，地震队的小伙子们摩拳擦掌，都想在大战中一试身手，建功立业。作为放线工的关仲波第一个报了名，可领导考虑他刚处了个女朋友，这一走不知啥时能回来，就委婉地劝他慎重考虑考虑，最好与女友关系稳定了再说。领导的好意，被关仲波毅然拒绝：作为找油人，不闯一趟塔里木，不配当男子汉！

想象，永远也跟不上现实。塔里木残酷的自然环境，令人类望而却步。飞沙走石遮天蔽日，几百里荒无人烟，晚上是冬、早晨是秋、中午是夏，气候恶劣变幻无常，给了小伙子们一个下马威。一个工作日下来，有工友躲在驻地帐篷角落里默默抹眼泪，有的呆坐着望天……此刻，飞扬跋扈的风沙，渐渐被驯服了些，一轮大大的月亮，升起在广袤的沙海之上，像一枚铜镜俯瞰着沙窝里的点点灯光。不知是谁按下了录音机的键子：

……我的热情好像一团火，燃烧了整个沙漠！

蓦然，工友们的呼应响成了滚雷：

太阳见了我也会躲着我
它也会怕我这把爱情的火
沙漠有了我永远不寂寞
开满了青春的花朵
……

年轻的心，有时不需要解释和安慰，一首歌、一句诗，就可点燃他们的激情与骁勇。

风沙是阻挡不住找油人的脚步的，寂寞是湮没不了青春的斗志的。年轻的关仲波懂得：困难像弹簧，你弱它就强。

“拼了”，关仲波把这两个字在心里反复咀嚼，并付诸行动。工友们发现，每天他是全队起得最早的、睡得最晚的、干得最多的，他扛着大线一走就是十几公里，身上的信号服被汗水湿透，又被风吹干，脱下来往地上一放就能站住。当时他的胃溃疡病犯了，疼得直出汗，工友们都劝他回去养病，可他笑着说不要紧，别人能吃的苦他也能吃。然而，终因过度劳累和严重脱水，他先后三次晕倒在工地上，可醒来仍然继续工作，没承想又第四次晕倒了。工友们七手八脚，按人中，大声呼叫他的名字，他才慢慢醒来，他被工友强行背到工棚。

“仲波，你想吃点啥，我给你做。”工友蒋于松看着关仲波紫红的面容和干裂的嘴唇，想为他做点什么。可蒋于松说出这话，就有些后悔，因为身处沙漠腹地，给养跟不上，已经好多天没看见绿色蔬菜了，只能就咸菜干嚼吹进不少沙子的大米饭。

关仲波咧嘴一笑：“我想吃一碗面条，上面撒一点香菜，绿绿的、热乎的。”

这是个花500元钱吃一碗面条的故事。蒋于松讲给我听这件事时，我以为就是个桥段。关仲波说是真的，老蒋开车跑出一百多里地，才从一个牧民那好说歹说煮了一碗刀切面，蒋于松一路上像捧个宝似的，捧到关仲波面前……尽管碗里的面已经坨了，可他吃得狼吞虎咽，吃得热泪盈眶……因为这面条里，也掺进了同甘共苦的兄弟情。

作家现场采访物探一线员工

英雄出征终有凯旋日。半年后，拿下塔里木区块勘探任务，关仲波随着大部队撤出沙漠。

“仲波，跟我一起去北京吧！”女朋友看到他消瘦疲惫的样子，心疼得失声痛哭。

关仲波沉默了，她知道女友心疼他、爱他，可他不能当逃兵，就委婉地说：“苦日子快熬出头了，咱们已经看见曙光了”。

女朋友抹了抹眼泪，莞尔一笑：“你就骗吧！”

是呀，恍惚间，关仲波已经在地震队前线征战 24 个年头了，他一直“骗”着妻子和家人。从放线工、施工员、技术副队长，直至 2004 年 10 月因头角峥嵘的业绩和出色的指挥才能，被提拔为 2289 地震队党支部书记。

战士自有战士的襟怀，找油人自有找油人的抱负——以铺开的资料采集网、轰鸣的钻机声、滴滴的起爆信号和隆隆的炮声为乐。他当时发烧不退，出现严重虚脱的现象，队领导、同志们多次劝他休息几天，可他总是想，工地这么吃紧，一个指挥能离开吗？他忍着病痛坚持在前线指挥生产，后来由于劳累过度和睡眠不足昏倒在工地上，同志们忙把他送到医院。刚打完吊瓶，稍有一些清醒，他又急着赶回生产前线，继续组织生产，只有听见隆隆的炮声，才使他感到欣慰。

地震生产正如火如荼的时候，妻子临产的日子到了。妻子要剖腹产，必须要他去签字。在大家的一再要求下，他在妻子临产前1个小时赶到医院，望着妻子埋怨的眼神，他流下了愧疚的泪水，他欠她的实在是太多了，她为了他放弃了自己心爱的事业，而他却没有在爱人最需要他的时候给她足够的安慰、体贴和关爱。剖腹产后，刚刚出生的儿子出现危险，一度送到儿科抢救，就在忙得不可开交的时候，他因高烧不退和身体疲劳，再也坚持不住，险些晕倒，医生连忙给他注射治疗。就这样，本想照顾妻子的他，却躺在妻子旁边的病床上，一起打着点滴。稍有好转他就往工地打电话，询问生产情况，妻子看他心在前线，就要求回家休养。他安顿好妻子、儿子后，马不停蹄地赶回前线，再一次投入紧张的生产中。

“我真对不起爱人和孩子……”男儿有泪不轻弹，只是未到伤心处，谈起家人，关仲波掉泪了。

在关仲波征战沙海、荒原、湿地、草原、山地，“头戴塑盔走天涯”时，妻子的事业也发展到了美国，打电话催他移民美国。生活条件优越、工作环境舒适、收入丰厚，诱惑力不可谓不大。那段时间，关仲波内心好似针扎一样难受，思想激烈地斗争，但关仲波最后还是选择了留下。他已经离不开心爱的石油勘探事业，他了解地震队的生活，理解前线工人的艰辛，离不开日夜奋战在一起的纯朴弟兄。在他的感染和坚持下，爱人放弃了自己心爱的工作，毅然回到了祖国，回到了他的身边。

那一次，关仲波特意买了一束花，到机场接妻子。走出候机厅，妻子一眼看见关仲波手捧鲜花，她快步跑过去，紧紧搂住了他，给了他一个深深的吻。

关仲波说，那次机场相拥，他和妻子很忘情，都流泪了。

2

相对于关仲波出自农家的身份，2289 地震队主管设备安全的副队长蒋于松有着纯正的“油基因”，父亲于 1960 年从玉门来大庆参加石油大会战，蒋于松是名副其实的油二代。

1992 年，蒋于松从技校毕业后，就进了地震队。

干了差不多半辈子物探，老蒋说现在的心情就像过山车，“五味杂陈”！

老蒋的感慨是有原因的。

“二十多年前，我回老家温州，表弟、表妹羡慕我呀！”老蒋说，因为身上有着“大庆石油工人”的标签，福利好、挣钱多，他是光宗耀祖，荣归故里，表弟领着他无论走到哪，都要大声说“这是我表哥，大庆石油工人”。可渐渐地，他就觉得老家的人不那么以他为荣了。

“你看看，我表弟前两天发给我的照片，他自己盖的三层小楼，多气派！”老蒋打开手机，向我展示一张照片，老蒋说，“早年，他们还问问我每个月挣多少钱，一说出来，亲戚直吧嗒嘴，艳羡。现在，他们怕刺激我，不再问了，只管说他们一年收入了多少多少钱，开了个什么什么公司，换了什么牌子的轿车……”

中午，老蒋喝了一杯白酒，他说平时他基本不喝酒，今个有作家来采访，高兴，有了倾诉对象，有人能认真听他絮叨了。

老蒋说到妻子和儿子，哭了。

“我媳妇差不多是我骗到手的。”老蒋一语惊人。见我片刻愣怔，解释说，“你看我个子不小，外表还算顺溜，可找对象难，搞物探的都难呀！”老蒋说，好心人给他介绍了差不多一个连的对象，可人家姑娘一听说是物探的，连见面都不见了，有的见了几面，谈得挺好，姑娘对他也有好感，可自己随队出工，南征北战，没早没晚，没星期礼拜，没节假日，老是失约，有时甚至几个月也见不到他的影，姑娘就蔫儿退了。

“我爱人是外地的，不知道物探工作的性质，没经受住我忽悠……

就成了。”老蒋咧嘴狡黠地一笑，又迅速刹车，说他结婚时快30岁了，是名副其实的大龄城市青年。次年有了儿子，可顾不上呀，爱人找了个工作，和他差不多，倒班，这下苦了儿子，常常被扔在家里，由一把锁头看守着。让老蒋记忆深刻的是一次休假去学校接儿子，儿子听说他来了，不顾老师劝阻，背起书包就往外跑，大声喊“爸爸”，一下子扑进了他的怀里，狠狠地亲着他的脸。目睹那一场景的家长和老师都不知发生了什么。

老蒋眼睛红了。

“可现在儿子对我完全不是那么回事了。”老蒋说，他前几天给上大学的儿子发个微信：“儿子，除了要生活费外，你就不能给我打个电话吗?”须臾，儿子回了一条微信：“老爸，你还好吧!”看到儿子的回复，他又哭了。

“不怨儿子，是我亏欠儿子的太多，平时与儿子交流太少，生分了。”老蒋端起酒杯，一扬脖喝了下去。

亏欠家人时间和感情，可老蒋干起工作不含糊。

去年12月末，在拜泉施工时，一台水罐车在翻越一处丘陵地带时，没有发现冰面下的清沟，掉了进去。好在清沟不深，可靠车辆自身很难出来。怎么办?前线正等着用水，工期像催命鬼。老蒋急呀，他跑到附近村屯求援，可没有大型车辆可用，救不了。不能等，老蒋干脆下到冰水中，利用沟沿上的大树和倒链，凿冰挖土，一点一点自救。汗水与冰水，浸湿了他的棉裤和棉袄，被嗖嗖的冷风一吹，浑身像针扎一样难受。忍着、忍着……5个小时后，终于自救成功，老蒋却发起了高烧。

又说到喝酒。老蒋说，在完达山那次，他一辈子也忘不了。

千百来号人马开到了前线，可因临近“十一”，当地公安部门担心出问题，拒绝审批雷管炸药。没有雷管炸药，对于地震队来说，就等于人断了粮食！等，一天天地等！可报告迟迟没下来，老蒋干脆天天从驻地红旗岭往红兴隆跑，来回200公里，太阳未出出发，月亮高悬返回，白天就在办公人员门口等。也许是感动了办公人员，临近下晚班，人家主动约他去喝酒。因为知道他不能喝酒，那位办公人员半开玩笑半认真地说，你喝一杯，就批你一车炸药。老蒋未加犹豫，端起酒杯，三两三的杯，连喝三杯。

“那次，可把那个办公人员吓坏了，我喝完酒就昏迷了……”老蒋说，他都不知道是怎么回到驻地的。可这次“冒险”，也让审批部门的同志看清了他这个人：准成！

没几天，酒精中毒还没缓过劲儿的老蒋听说批了，一骨碌从床上爬起：“走，去前线！”

3

尽管孙冬来在大学学的是地球探测与信息技术专业，后来读研究生学的是地震资料综合解释专业——可他不想去地震队。

为啥？

孙冬来说，大三那年到物探公司参观，看到物探员工一个个造得没模样了，中午吃饭就一个菜：白菜炖土豆，食堂是一个破马棚改的，低矮、狭小，没凳子，站着，一拨一拨轮流吃，跟抢饭差不多。后来又到测井参观，不一样了，人家住的是空调房，吃的是四菜一汤，有肉，有鱼，还有免费啤酒，可劲喝。再有呀，孙冬来学校的地址在大庆东风新村繁华区，而物探公司像一个飘摇在母岛之外的小舢板，鸾远、荒凉……孙冬来的心里七上八下，怕毕业被分到物探。可偏偏怕啥来啥，他毫无悬念地分到了物探公司，而且是2289队。

让孙冬来改变想法的是第一次去海拉尔施工。别看大多前线物探人都五大三粗，一脸憨态，可这是一个技术密集型行业，对分来的大学生还是爱护有加的。队长让孙冬来搞内业资料整理。大冬天，前线工人住的都是帐篷，晚上躺在硬板床上，嘴里呼出热气，在被子上凝成了霜。放在地上的鞋子，因为沾了雪，前半夜化了，后半夜就被冻在地上，早晨起来不得不用镐往下刨。

“我被安排到一个土坯房中，情况好多了。”孙冬来说，半夜，同住一屋的企管员和加油员给他掖被子，还把大棉袄压在他的被子上，早晨还帮他打洗脸水。

"我感动了，物探人温暖着呢……再说我一个新来的，凭啥住好房？这说明问题呀。"孙冬来的抵触心理，渐渐冰释，爱也就从那时冒芽开花。

每一次任务来临到任务完成，对于前线工人来说，都是一次自身生理极限的考验。

2017 年 3 月 6 日，大雪无涯，乍暖还寒。已是 2289 队副队长的孙冬来看到炮点的一名工友由于劳累躺在玉米地里的秸秆上睡着了。那一刻，孙冬来感慨万千，眼窝发热，随手用手机拍下了当时的情景。回到仪器车上，孙冬来握笔的手有些颤抖，在施工日志上歪歪扭扭留下这样几行字：当我走到他身边的那一刻，他没有发觉；当我按下手机快门记录这一场景的那一刻，他还是没有发觉；当我驻步几分钟离开的那一刻，他依然没有发觉！看他睡得那么香甜，我并没有舍得叫醒他。

孙冬来说，物探将士们已经适应了这种在野外恶劣环境下，在常人无法忍受的低温下睡觉休息，他只是希望那个工友尽可能多睡一会儿，多休息一会儿！是呀，连日高强度、超时限地工作已经让他们疲惫不堪，可肉体可以被摧毁，但是物探人顽强的意志力、必胜的信念绝不能被摧毁！

铺线、排通、起爆……与时间赛跑，与复杂的环境博弈，难题随时都会找上门来。

接到双城区块采集任务时，距离有效施工周期仅剩下不到 3 个月的时间。要在这么短的时间内完成 8 万余炮的采集任务，就必须保证每天完成 1500 炮！而双城地区高铁、火车、公路对排列干扰十分严重。为了把握火车通过的规律，最大限度地降低火车对放炮速度的影响，孙冬来带领工友统计火车进入和驶出工区的准确时间，精确到秒。然后科学安排生产流程，严格掌控生产节奏，使仪器车避开火车通过的密集时段。

针对夜晚 102 国道大型运输车接连通过，超高车违规行驶的实际，孙冬来决定利用道路两边的树木，把大线架设到高树上，既杜绝了超高车辆挂折大线的隐患，也减少了公路车辆对采集放炮的影响。同时，为了提高效率，孙冬来确定二十秒为一个放炮周期，并以此为标准，把放大线、埋置检波器、查排列等十几道工序，与600名员工进行任务精细分解和人员精准定位，凭借工序之间的高度默契、个体工作的高度准确、队伍整体的高度自觉，来降低、克服、弥补外部因素造成的干扰。

为了搞好公共关系，推进施工进度，孙冬来与当地百姓亲密接触，适时讲解地震勘探的性质和意义，还带领工友为当地居民清理冰雪道路，在坡度较大的路段撒上煤灰，便于居民出行。在春节前夕，还到同心乡、希勤乡、兰陵镇4户孤寡老人家进行帮扶慰问，送去了大米、白面、豆油等生活用品，帮助同心乡李大娘清理了院内积雪，协助希勤乡陈大爷修好了木质仓房……受到帮助的村民很感激，竖起大拇指："这帮孩子，可真好！"

孙冬来背过爆炸机，插过小旗，埋过雷管，放过大线，插过检波器，查过排列，脸上生过冻疮，遭遇过去留的选择……也有过去研究院蹲办公室的机会，可他毅然决然地放弃了，继续留在地震队。

其实，孙冬来起初面对的不是留不留在地震队的问题，而是留不留在大庆。大学毕业那年，孙冬来恋爱了，女友是她高中同学，后来学医的女友回到了他们共同的老家庆安当医生，工作稳定。女友希望他回到老家工作，并帮他找了一个公务员岗位。二人在一起工作，朝夕相处，日子安稳，多好呀。孙冬来也答应了女友。可经过实习的孙冬来偏偏爱上了物探，就不想回老家了。女友拗不过他，只好放弃了医生工作，来大庆和他成婚。

"我家条件不好，没钱买房，结婚时我们是租房住的。"孙冬来说，到现在，妻子只是个物探家属，相夫教子，独自撑着家，真是委屈她了。

好在妻子从来没有当面埋怨过他。孙冬来说，只能以后退休了，慢慢报答妻子的恩情。

4

关仲波提到盖赵宇，蒋于松提到盖赵宇，孙冬来提到盖赵宇……

还有张昭也提到盖赵宇。

张昭是个个头有一米八五的大男孩，“90 后”，陕西咸阳人，2014 年从东北石油大学毕业，就直接来到了 2289 地震队。关仲波评价张昭“踏实有才”，蒋于松说“这孩子仁义”，孙冬来说“小张皮实”，张昭只是呵呵一笑。

2289 队扎营后，需要整章建制，图表上墙，资料需要完善，这活都交给了张昭。小张干得有板有眼，像模像样。

“人家父母是果蔬种植大户，有六七十亩的果园，在当地有名气。”蒋于松说，父母来看张昭几回，觉得孩子太苦了，想让他回家当果蔬销售老板，可张昭不走呀，“就是你们碰到相当的，给这孩子介绍个对象。”

物探人找对象难已是公开的秘密。现如今有多少姑娘愿意找个“头戴塑盔走天涯”的情郎呢？

大家叹息。

我是在老江身前线见到盖赵宇的，他个子不高，正在和十几个季节工一起钻井接钻杆，泥浆喷了他一身。

32 岁的盖赵宇是正牌物探人后代，等于接过父亲肩上的人线走上前线的。

乍来到地震队，看到单薄细溜、白白净净的盖赵宇，不仅老物探看不起，就连那些季节工也不正眼看他。

咋的？还不是油二代这个特定词。真可谓成也油二代，败也油二代。成，是因为继承了父辈们的好传统，像个男子汉；败，是因为良好的家庭环境，把油田子女惯出了拈轻怕重、无所事事的毛病。

盖赵宇很苦恼。

苦恼能使人一蹶不振，也会激发人昂扬雄起。

当时队里考虑到盖赵宇是物探子女，年龄小，娇生惯养，就把他分到测量组背爆炸机、埋土堆、发点号记草图，干一些比较轻快的活。这可是盖赵宇第一次接触陌生的测量仪器，看到那些英文字母，他晕头转向——配置集做不好、坐标系统不会建、放样过程中找不准点。别人一天十几二十公里地走，自己只走几公里就累得气喘吁吁，像一摊烂泥。他看到，有季节工不怀好意地冲他笑。

“要是男子汉，你就干出个样，不给前辈丢脸！”一天晚上，队里休整聚餐，盖赵宇喝多了，一股酸楚涌上心头，泪水不知不觉流了下来，师傅刘伟看在眼里，拍着他的肩头厉声说。

“师傅，我——一定不辜负您的期望！”盖赵宇擦干了眼泪。

不会就请教师傅，一遍、两遍，哪怕师傅都烦了，他也不放弃。经过半年多的苦练和摸索，盖赵宇技术水平和业务能力迅速提高，从开始的每天只能走四五公里到面对复杂地形也能轻松地完成二三十公里。就这样他第一年出工就在没有老师傅带领下当上了测量小组长。

2009 年，因工作需要，盖赵宇更换了岗位，去放线班当了排列兼职司机。新工种，一切又要从零开始。同龄人在休息玩游戏时，他却在钻研驾驶员技能知识，虚心跟着老排列员学习如何处理排列技术。通过学习，融会贯通系统的经验和方法，他对处理排列故障有了一套自己独到的见解。

2010 是特殊的一年。为了减少成本，物探公司提出一人多岗的要求。地震队缺少的是司钻。由于司钻苦、累、脏，外雇工司钻不稳定，想来就来，影响施工。盖赵宇就主动要求担任司钻兼司机。这是他穿着厚厚的工服第一次亲手操作钻机。因为还不会处理各种钻进过程中遇到的问题，一次次地打不进去，衣服一次次地被井里返上来的泥水弄湿弄脏。有时井打进去了，可药又下不进去。盖赵宇急，恨自己无能。可他并没有喊冷、喊脏、喊累、喊难。衣服不知被汗水、泥水浸湿多少回，又干了多少回。白天，他顶着寒风在外打井，晚上回来将白天遇到的问题及时向老司钻请教。冬天的夜晚格外的寒冷，只要外面有工友维修钻机，盖赵宇就过去边看边学边帮助维修。就这样，他在最短的时间里掌握了钻机故障维修技术。在肇 35 三维区块施工中，他根据地形地貌，提出将原有钻进方式改为开大泵量，改用清水钻进、慢钻、轻提、猛放的一连串动作配合，轻松地解决了“三步一漏失，五步一卡钻”的问题。

“小盖行呀！”从刚开始外雇工对他的小看、排斥到信服，从同事冷言、劝阻到认可，从领导顾虑、担心到肯定，盖赵宇完成了显而易见的“变身”。

作为“80后”青年，盖赵宇不断超越自己。2016年盛夏时节，集团公司组织了职工技能大赛，在师傅刘伟的鼓励下，盖赵宇报了名，并在刘伟手把手指导下，在技能大赛中折桂，是大庆参赛的选手中成绩最好的一个，也是队里唯一一个能开车、能钻井、能包药、能查线、能放炮的“五能全才”。

“全才”并不是十全十美，同样有对妻子的亏欠，这也是盖赵宇的一块“心病”。妻子是头台油田机关科级干部，尽管与盖赵宇都在大庆，可属于两地分居，孩子和老人照顾不上，二人一度开始冷战。

可妻子的爱是默默的。盖赵宇的父亲夜里突发脑血栓，住进了医院，妻子怕他知道影响工作，就一直隐瞒，等他父亲的病情稳定后才告诉他。

“不是吹，咱们物探小伙个个都优秀！”刘伟这话的潜台词是，盖赵宇的爱人最终放弃了科级岗位并且每月少开2000多元工资，自降为工人岗调到离家附近的企业当了名采油工，还不是舍不得小盖和孩子！

5

说起盖赵宇的成长，就不能不提一个人——刘伟——盖赵宇的师傅，他是2289队的遥爆班长，绰号“刘三针”“刘三真”，或是“刘能”，是物探公司仅有的三名首席技师之一。

“刘三针”与盖赵宇的父亲是同事，唯一不同的是，“刘三针”是油二代。在大庆物探，提起刘伟，可能知道的人很少，但只要说到“刘三针”，那可是无人不知、无人不晓。

2016年冬，2289地震队承担了双城南区块三维地震采集任务。要在两个月内完成8万多炮的任务，大家只能一天当两天用，两天当三天使，每天工作都在17个小时以上。连日操劳且严重缺少睡眠，刘伟的心脏受不了了，大夫提出严重警告：必须住院静养，否则一旦突发心梗，有生命危险！

刘伟心里犯难了，前线大忙，“一个萝卜一个坑”，自己又负责炸药雷管的使用与监督，如果住院，不仅影响生产，安全也存在隐患。于是他就和医生死缠硬磨，医生只好答应，可输液治疗后回驻地静养。

那几天一到上午 11 点之后，电台中就能听到刘伟的声音。大家都以为他听了医生和大家的劝解，安心在驻地休息、治疗。实际上，他把指挥车变成了“点滴所”。每天，他躺在车上，一手打着吊瓶，一手操作电台，遥控指挥。为了不让大家知道他在前线点滴，他与组员之间电话联系，不准组员在电台里喊他。有时需要他去现场，他马上拔针，最多的时候，一个小时内就拔了 3 次针，由此得了绰号“刘三针”。

后来，工友有感刘伟真心忠于企业、真心爱岗敬业、真心体谅别人，又都叫他“刘三真”。还因“除了书记、队长没干过，物探没有没干过的工种”，再加上无论什么技术难关，只要刘伟在，就没有攻克不了的，为此工友们又恭敬地叫他“刘能”。

“我的老伴也是骗来的，不懂物探，羡慕石油工人，可一结婚，不是那么回事了，老是守空房呀。”刘伟说，老伴从年轻到年老，就是个家属，照顾他和孩子，可他工作拼命，带徒弟严格，物探前线干了三十一年，整出一身病，老伴担心呀。

就在采访刘伟的一个月前，他出面劝导阻拦施工的村民，突然滑倒摔坏了胸骨，医生下令休息，不能少于一个月，他又再次“违约”，在医院待了 12 天，又拔掉输液针返回了工地。

老伴听说了，不放心，自己坐着大客车到前线看他，到了工地附近才打电话告诉他。见面那一刻，老伴竟孩子似的哭了：“都五十岁的人了，一身要命的病不知道吗？可得悠着点呀。”老伴一哭，刘伟也忍不住了，抱着老伴抹眼泪。一旁的工友也都受不了了，泪水唰唰地流下来。

“真没出息，不哭了，都不哭了。”刘伟一挥手，“走，老伴，附近有家特色小吃，我领你造一顿。”大伙破涕为笑。

吃完饭，刘伟将老伴送上回家的大客车，看着客车走远，刘伟的鼻子又酸了。

是什么力量支撑刘伟他们如此玩命呢？

刘伟的回答很自然：干一行爱一行，要对得起拿下大油田的父辈，对得起“大庆”这个响当当的名字！

6

刘伟说，采集副队长华永顺笑得天真无邪，像个孩子。

遗憾的是我没见到他。

关仲波说，华永顺是队里一千多名员工中每天回来最晚的人，下半夜两三点钟是常事；也是出工最早的人，每天他要带领放线班工作在生产施工第一线，全面指挥地震采集各道工序的作业施工，检查检波器埋置质量，随时处理现场生产中的一些突发事件，电台里有他指挥铺线时嘶哑的声音，测线上有他处理排列时奔忙的身影，仪器车上有他检查资料质量时锐利的目光……他，就像陀螺，一直转着。

还有修理班长颜士庆，白天带领修理工在工地上忙碌，晚上回来后，还要跟着大家一起修理有故障的车辆。有的车因为底盘有问题，他就躺在冰冷的地上修理；有的要拆卸轮胎螺丝，他就钳、钻、铣一起上。夏日炎炎，汗水砸在脚背；寒冬时节，棉袄腾腾冒着热气，又被冻成了一块“铁片”。

还有很多很多可以大书特书的人，点点滴滴，如星河涌动。这点点滴滴汇成了洪流，耸成山峰，把荣誉的殿堂渲染得绚丽多姿，把2289地震队的旗帜撑得更高，染得更红。

硬汉并非铁石心肠，而往往都是讲情讲义的。关仲波得知工友鞠伟的爱人罹患重病，家庭困难，拿不出治疗费用，就第一个拿出工资资助，并倡导全队干部职工献爱心、送温暖，为鞠伟捐款。一年的除夕夜，关仲波在一次工作检查时头部意外受伤，血流不止，头骨隐约可见，在医院缝合了十多针，打完点滴，匆忙返回工地，工友都劝他回家养伤，可他却说：“今天是春节，我受了这点伤不算什么，我是党支部书记，怎么能丢下大家，我要和你们一起迎新年。”就这样，他有20个春节是在前线工地陪工友度过的。

盖赵宇也常和外雇季节工说：“我也是农民的孩子，我的父母现在就在农村务农，看到你们就仿佛看到了我的家人。”每次开工前，盖赵宇都把每个工友的生日存在电脑中，提前一周把即将过生日人员的名字写在施工日志上，在生日当天通过电台祝工友生日快乐！2017 年 2 月 17 日，是放线小组长乔立新的生日，盖赵宇像往常一样，拿起电台讲道：“今天是乔立新的生日，我代表放线班的全体将士，祝你生日快乐！”他刚要放下电台，就听电台里说道：“盖队，也祝您父亲生日快乐，我也代表放线班的全体将士，祝他老人家福如东海，寿比南山！”听到这些话，盖赵宇浑身一颤，瞬间流出了眼泪。原来，他父亲的生日，工友们是在他微信上看到的！

人怕敬，尤其是仗义、豪爽、大度的物探人。

在野外地震队，最先到达工地的一定是队领导，最晚收工的肯定有队领导，节假日顶在前线的肯定有队领导，最难最苦的活冲在前面的一定还是队领导，员工家中有个大事小情帮着忙活在前面的依然是队领导……

有了榜样在前，就有了战无不胜的感召力，就成了一支钢铁之师。

茫茫旷野，18 台钻机的马达声，遥相呼应。水罐车在田野上穿梭，寒风中忙碌的红色人影，包药、下药、回填，紧张忙碌；铲点、打眼、放大线、钉锤、埋置检波器，有条不紊；还有仪器车内，荧屏跳动，一条条微波，不断被采集汇总……

三江平原、内蒙古海拉尔、松辽盆地、塔里木沙海……大庆物探人用脚板和智慧，深耕地心，为祖国找油，将豪迈和胸襟，赋予隆隆炮声，写在大庆、黑龙江、全中国乃至世界的版图上。

【作家简历】红雪，本名秦斧晨，黑龙江省巴彦县兴隆镇宁小铺屯人。现任《大庆晚报》副总编辑、大庆市作家协会副主席兼秘书长。作品散见于《人民日报》《解放军报》《解放军文艺》《诗刊》《星星》《草堂》《鸭绿江》《北方文学》《青年作家》《诗选刊》等国内报刊，著有诗集《散落民间的阳光》《碑不语》、法制新闻集《见证》。

旷野里容不下空旷的人生

刘 莉

> 大旷野
> 你是一颗野草与天空的对话
> 你是地平线
> 也是我的千山万水
> 大旷野啊
> 你是老卡车运来的白天和黑夜
> 你是我和宇宙胸腔里鼓荡的大风
>
> ——摘自马行诗集《无人区》

1919年，自从一个叫明特罗普的德国人提出“地震折射”地球物理勘探法，即通过人工激发地震波，记录分析在弹性不同的地层内的传播规律来探知地下的地质情况，地球的内部构造就不再是秘密了。一百年来，人类执着地对自己的家园、脚下的大地做着一次比一次清晰的透视，一个个大油田相继被发现。成立于1965年10月的大庆油田物探一公司2122地震队，半个多世纪以来，勘探的脚步踏遍了我国松辽盆地、三江盆地、内蒙古二连盆地、海拉尔盆地，蒙古国塔木察格等地区，密集的炮声响遍山野、沼泽、丘陵、水域、戈壁、沙漠、草原和市区。54年来，他们奔走在大自然的怀抱中，日月星辰给了他们探索的眼睛，四季更迭赋予他们生长的力量，风霜雨雪让他们领悟人生的真谛。

一

2017年的秋末冬初，陈霄得知即将到来的这个冬天将是近十年来最严寒的凛冬时，身为2122地震队队长的他有些庆幸，他和兄弟们不用受罪了，因为大部队刚刚从海拉尔四子王旗前线撤回，他正在做着最后的收尾工作，再有几天也可以回家了。几个月的奋战，他们经历了当地最炎热的夏季，地表温度曾达到50摄氏度以上。经历酷热炙烤，已十分疲惫的队伍也该休整休整了。按照惯例，即使冬季有施工任务，也不会再派他们了。陈霄和他的队友们准备这个冬天好好陪陪家人，特别是能和家人一起过个年，这是多少地震人的心愿啊。果然，还没到立冬，寒风就像狮子的利齿一样呲了出来，从小在海拉尔长大的陈霄，开始牵挂起年迈的父母，他知道草原上的冷是要加倍的。他每天都关注那里的天气，时常和父母电话联系。一场又一场大雪，一次又一次降温，遇到这样的灾年，家乡不知又有多少牛羊被冻死，那些曾经的小伙伴们不知又要损失多少财产。

然而，就在这时，海拉尔盆地东明凹陷二维采集项目再一次摆到了公司领导的面前。这是全公司近年来最难啃的一块硬骨头，除了天气原因，还有复杂的地表施工环境，最让人头疼的是当地的土地关系一直没有解决。因为施工区在一个农场境内，他们一听说有大型车辆开进去而且还要钻井放炮就连谈都不要谈，赔偿也不能接受。因此，项目就一拖再拖，迟迟没有动工。如今到了最后的期限，如果再不开工，到了春夏农作物生长旺季，就更困难了。

公司领导权衡着各队的情况，尤其是队长。

陈霄，38岁，2122地震队队长，2004年于西安石油大学毕业，先后当过地震队仪器操作员、操作组长、见习队长、副队长，是从基层一步步走上来的。正式担任队长虽然只有一年多，只经历过4个工区的洗礼和考验，但是他带队伍过程中表现出来的沉稳和担当以及可靠的人品，是受到全队员工及上级组织认可的。队长是一支队伍的灵魂，因为将帅在外，带着千余人的队伍、百余辆特型汽车、近百栋各类营房、百余吨雷管炸药，在茫茫四野中施工，任何小问题如果得不到妥善解决，都会演变成带来灭顶之灾的事故。队长不仅是指挥生产的能手，更是各方面综合能力的强者，比如与地方打交道、与老百姓沟通的能力，就很重要。基于以上几方面考虑，公司领导最终把这个“硬活”交给了陈霄所在的2122队。

临危受命的陈霄，刚刚回到大庆，就和队党支部书记吕颖辉一起被召到了公司。这位戴着眼镜、脸被晒得黝黑但仍书生样的男子在接受任务的时候，看上去十分平静。那一刻他觉得这是组织对自己的信任，从小在内蒙古长大的他，对来自上级或朋友之间的信任看得特别重。此时出现在他脑海里的首先是动用个人关系，从家人到朋友，尽快打通与当地的关系，二是要动员队伍连续作战。这时，站在他身旁的吕颖辉向他投来大哥般坚定的眼神，他的心里踏实下来了。

2122队没有让人失望，陈霄通过朋友辗转找到了当地农场主，一听说是老乡，还有朋友的面子，农场主就收起了先前的强硬态度，进入谈判模式。陈霄很真诚地向他们详细说明了工程性质，打消了他们之前的疑虑，最终达成了共识。与此同时，吕颖辉也鼓动起队伍的士气，并和先头部队一起来到草原，与等待在这里的陈霄会合，一起选择地点安营扎寨。随后，大部队就轰隆轰隆地开了上来。

二

自从2122地震队来到这里以后，呼伦贝尔的风神和雪神就像商量好了似的轮番向他们示威。风神和雪神不明白，草原上的动物都躲进了深洞，可“小红点”们还是早出晚归地在风雪中跋涉，难道他们不怕冷吗？除了这冷，大草原被白雪覆盖，整个世界只剩下“白”这一种颜色，风停的时候，寂静袭来，又加剧了这白，就变成了巨大的空。身处这样的大旷野中，也许只有这群身穿石油红的人，和他们放炮制造出的响动，才使这个空、白的世界显出一点生气，但也立即就被那无边无际的宇宙般的空旷吞没。风神和雪神如何明白，这群找油的“小红点”是用自己的热血抵抗着极寒，用自己强大的内心填充着空旷。

冬季在海拉尔施工，不仅2122队建队以来从未有过，大庆物探历史上也是第一次，而且还赶上这样的冷冬。所以，防冻是摆在他们面前的首要任务。他们给员工配发了羊羔皮衣、皮裤、皮帽，双套棉工服、棉手套、防冻防滑鞋、围脖、口罩等劳保用品，把员工武装到了“牙齿”。他们还规定，严禁在雪原上坐卧、停留，严禁单人作业。中午送餐必须做好保温措施，饭菜送到工地温度必须保持在60摄氏度以上，员工吃到嘴里的温度必须在50摄氏度以上。外雇钻工邱军明跟着2122队施工已经多年，他说这个队的领导处处为他们着想，真把他们当兄弟，虽然天冷活累，但心里热乎，干得痛快。

草原地震勘探施工画面感极强，辽阔的草原是物探人驰骋的战场

相对于人员防冻，设备防冻更是挑战。钻井打炮眼必须要配水罐车，最容易冻住的是出水阀门，他们用汽车尾气管改装加热，效果不错，但水罐会不会整体冻上是他们最担心的。来海拉尔之前，钻井副队长王庆贺就考虑到这个问题。虽然他们多次冬季施工，但这种情况还没发生过。呼伦贝尔草原的气温降到了零下49摄氏度，大大超出了他的预料，最担心的事情终于发生了。那天傍晚他们收工以后，他得知这个消息，立马启动预案，组织人除冰。八台水罐车如果不采取措施，第二天早晨将全变成实心罐，钻井没水就得停工，炮眼打不了，炸药就下不到地下，地震波也不会产生，一切都得停下来，这么多人、这么多设备，停工一天，损失的不仅是经济利益。

王庆贺拿来电钻，钻工王振华自告奋勇，就往水罐车上爬，可惜注水孔太小，他魁梧的身躯下不去。王庆贺几个箭步就爬上了水罐车。王振华协助他从镶了冰沿的注水孔下到了罐内，随后他就被淹没在车内的黑暗中。只见下面的人掏出手机打开手电照了一圈，厚厚的冰墙，狭窄的空间，只能容纳一个人，他蜷缩在里面，像掉进冰窟窿将要被冰封似的。可是还没等开始干活，手机的手电就灭了。下面的人喊上面的人照亮，可上面的手机也被冻关机了。好在王庆贺已经知道罐车内的情况，就摸黑干了起来。一缕月光从洞口像牛奶般洒下来，王庆贺的眼睛也很快就适应了，他一边用电钻一点一点地钻开冰墙，一边呼喊车顶上的人准备水桶。随后，一桶一桶的冰就连续不断地提了上来。

夜越来越深，气温越来越低。8 台水罐车内同时发出钻冰的声音，王庆贺和钻井班的兄弟们彻夜奋战，终于给罐车清理出了一定的空间。然而，他们知道，这将成为他们经常性的工作，只要寒流不过，钻冰的频率就不会降低，那划破夜空的隆隆的电钻声，成为萦绕在 2122 地震队驻地上空的另一种“生气”。

三

呼伦贝尔大草原近些年也面临着生态危机，“环保意识”对于在草原上长大的陈霄来说也许就特别重视。2122 队之所以被称为“环保队”，也许就与队长有关。施工中，他们尽量找到勘探与环保的平衡点，把对草原的伤害降到最低。

陈霄每天都跟着放线班在施工地检查检波器的埋置，这是施工的重要一环，也是环保的重要工作。为了避免取土伤害植被，他们就利用压实的积雪替代沙土覆盖检波器，既保证了采集质量，又保护了草原环境。还记得几年前他们到草原施工的时候，陈霄看到施工车辆碾轧草地，尽管压倒的小草遇到雨水还会复活，尽管松软土地上的车辙也会慢慢平复，尽管对草地所有者给予了经济补偿，但他还是觉得车轮就像碾过自己的心一样疼痛，特别是听说他们放炮留下的空洞，马踩进去会造成伤害，他就更下定决心要减小影响。他们在严密计算的基础上，在保证施工质量和信号灵敏度、准确度的前提下，提出减少炸药用量，从原来的6~8公斤降到2~4公斤。他的环保理念很快得到全队员工的认同，从地上的小草到天上的飞鸟，草原的一切都成了他们保护的对象。就在这一年的夏季，他们在海拉尔四子王旗施工的时候，遇到了连续多日地表温度50摄氏度以上的高温，为了防止中暑，地震队的人每天中午休息两小时，在仪器车之间撑起遮阳布躲避太阳直射。然而，鸟儿们找不到凉棚，一望无际的大草原连棵树都没有，天又大旱，饥渴的鸟儿们总是在地震队给营地周围洒水防尘降温时，纷纷从四面八方朝这边飞来。它们叽叽喳喳、蹦蹦跳跳，给地震队带来了欢乐。然而，由于旱情太重，水洒到地面很快就蒸发，远方飞来的鸟总是失望地离开。看到这种场景，有的员工提议，在营地边上挖一个蓄水池，池中铺上塑料布防渗，定期往池中注水，这样来喝水的鸟儿们就方便了。队上采纳了这个建议，从那以后，地震队的营地就成了鸟类的天堂。也许这些鸟儿会记住这个夏天，记住这群穿着红色工衣的人们。还有一次，放线班在427.5线施工，突然听到草丛中有幼鸟的叫声。这些粗声大气的男人被这细弱的声音吸引着，原来是一只与大鸟走散的小百灵，翅膀还受了伤。放线工邹海翔急忙把小鸟捧在手里，查看了伤处，暂时把它放在工程车里安顿好。收工后，他编了鸟笼子，给小百灵安了家，还买来鸟食，精心饲养。直到小百灵的伤完全好了，而且长成大鸟了，能独立生存了，他才恋恋不舍地把它放回了草原。

在2017年的庙台子二维地震采集项目中，他们更是将环保进行到底。该工区位于城乡接合部，横跨肇东和哈尔滨市内的6个大型城镇区，以及70多个大小村屯。为此，陈霄安排专门人员，对全工区大面积果园、树苗位置进行详细调查，提前论证最大变观距离。在施工后期，出现了两块用技术手段无法避免的树苗地。面对细细嫩嫩才一米多高的小苗，陈霄又动了恻隐之心，他决定钻井车、水罐车禁止开进苗地，动员大家抬钻机挑水打井。于是，他召集全队骨干人员在苗圃地头召开现场会，他说："兄弟们，进去施工是咱的责任，保护树苗也是咱的责任，总书记说绿水青山就是金山银山，这片刚刚成活的树苗

沼泽和水域施工最能考验物探人的意志

不能在咱们的脚下糟蹋掉，我提议车不进地、人不踏苗，向铁人老前辈学习，人拉肩扛挑水打井！”陈霄的话虽然并未立刻得到大家的认同，因为按照以往的经验，只要赔偿到位，一切都不是问题。但是“环保”不是这个概念，陈霄不想给大家讲那些大道理，只让他们看看脚下细弱的已经成活的小树苗，它们每长出一片叶子，都是一个新生命发出的宣言，车轮能忍心把它们轧倒吗？于是，大家把车辆远远地停在作业点外，连司机都走出驾驶室，一起抬钻机进苗圃。同时，为了保证施工进度，大家一路小跑着挑水，水桶不够就把脸盆拿来，铁人王进喜当年端水打井的场面果然在这里重现。就这样，他们优质快速地完成了园内的施工，同时把对果园树苗的赔偿降到最低，既保护了环境，也节省了资金。

四

这天早晨4点半，2122地震队的营地像平常一样准时响起车辆发动声，食堂里也走出第一批吃完早餐的人，开开关关的食堂大门随着他们的进出，腾起一团团白雾。一个小伙子端着一盆热水站到院子中央，只见他一挥手臂把热水扬成一个半圆，水立即变成冰粒，释放出一道耀眼的白光，在深蓝色的天幕上似礼花般绽放。穿着笨重羊皮工装的人们脸上现出了少有的惊喜，人群里发出一声惊叫："漂亮！"

白光一闪即逝，可人们还是久久地望着天空不肯离去。是啊，这群人在北纬47°高寒地带的极寒气候下，每天早出晚归，在雪野里奔走至少3万步，近20公里，巨大的施工强度和安全、质量指标压在他们身上，使他们已经忘记了欢笑，劳动似乎成了生命唯一的形式。此时，这个年轻人的嬉戏让他们感到一丝快乐，甚至还有美，还有感动。

"礼花"放完了，人们意犹未尽地背着成捆的电缆、起爆器、测量仪等装备，朝着各自的工程车走去。穿梭在队伍里的陈霄担心司机陈静明昨晚折腾了一夜不能出工，得安排人替，可是各班组都是一个萝卜一个坑，让谁替呢？但一转身他就看到了陈静明，心里顿时涌上一股暖流。只见陈静明把皮帽子的两片护耳反扣在脑后，正在掀引擎盖子。这台大卡车已经快到报废期了，也许只有他才能驾驭得了。望着陈静明忙碌的身影，陈霄想起昨夜的一幕。

劳累了一天的人们收工吃完晚饭都快10点了，大家抓紧时间用热水泡了脚，就都睡下了，营地很快进入了梦乡。零点左右，陈霄被一阵急促的敲门声惊醒，立即翻身下床掀开帐篷小窗，看到月光下有个牧民正在推门并大喊救命。陈霄定睛一看，原来是图拉嘎。这个叫图拉嘎的牧民住在距离营地两三公里远的地方，是他们唯一的邻居。可是自施工队来了以后，他就净"整事儿"，真不是个"好邻居"。施工队的车辆需要从他家门前的路上通过，放线也要经过他家的牛羊圈，他就是不同意。为了阻止车辆通过，他竟然往路上撒碎玻璃和钉子，还经常站在路口索要买路钱，一辆车要100元。钻井副队长王庆贺每次都要跟他讨价还价，他高兴的时候才能降到80元。现在深更半夜他跑来求救，一定是家里出事了，陈霄立即开门放他进来。他说不好汉语，边说边比画。听的人明白了：他妻子肚子痛，在床上打滚呢，他只有一辆摩托车，请求地震队出车送他们去医院。大家都知道，距离最近的旗医院也要100多公里。到了这时候啥也别说了。陈霄立即披衣出门，叫醒了开卡车的司机陈静明和队医任海涛，他们一起赶到了图拉嘎家。队医初步诊断是急性阑尾炎，必须立刻送医院。就这样，陈静明拉着图拉嘎夫妻连夜赶路，送到医院后，医生说再晚来一会儿就要穿孔，如果真那样的话，手术难度加大，旗医院恐怕也应付不了，那麻烦可就大了。

陈静明从旗医院回来的时候，营地的食堂已经亮起了灯光，帐篷里也有人进出了，他索性直接洗了把脸就去了食堂，赶上了第一波吃饭。

队长陈霄看着他把引擎盖支好以后，就过来拍了拍他的肩膀说：

“陈哥，昨晚辛苦了，一夜没睡吧。”

“嗯，一会儿到工地抽空补一觉得了。”陈静明也不看队长，只顾着埋头捅咕车。

“哦，那别冻着，多穿点。”

“嗯”。

在这个集体里，大家的对话向来都这样简单、明了，直来直去。

图拉嘎的妻子出院以后，图拉嘎对自己过去的行为很不好意思，特意杀了一只羊给地震队送来，一是表示感谢，二是向他们道歉。食堂管理人员不要，图拉嘎不高兴了，以为是瞧不起他，不想与他和好。陈霄懂得牧民的规矩，就让人收下了。他对图拉嘎说：“兄弟，你送了礼物给我们，我们也不能让你空手回去。”说着就让食堂的师傅们给他装了一袋子青菜，这可是冬天雪原上最珍贵的东西。图拉嘎羞愧地说：“我以后再做那种事，就让草原上的狼来……咬死我家的羊……还有牛……”陈霄摆着手不让他再发这种毒誓，两个男人的大手紧紧地握在了一起。从那以后，图拉嘎成了地震队的半个队员，时常来帮着干活，每次来都提着自家煮的奶茶让地震队的兄弟们品尝。

由于图拉嘎过于主动热情，还闹出个笑话。一次，前一天在他家周围布好大线，检测时发现电瓶故障，放线班的人逐点排查，当走到他家不远的地方，发现埋在雪里的电瓶不见了。这是施工中最常见的事情，因为这种电瓶和农用摩托车的电瓶是通用的，经常被人偷走。然而，在这片大旷野上能有什么人经过呢？他们自然就想到了图拉嘎，难道他是个不守信用的人？他们狐疑着向他家走去。一抬头就看到图拉嘎站在家门口正朝他们招手呢，嘴里还哇啦哇啦地喊着。原来，好心的图拉嘎以为地震队的人昨天把电瓶忘在了野外，虽然少有人经过此地，但万一被人拿走怎么办？所以，他就自作主张地把电瓶拆了下来，带回家义务为他们保管。第二天早晨他早早地等着地震队出工，当远远地看见“小红点”的时候，就向他们手舞足蹈地喊叫。放线班的人明白了，一边走一边朝他喊道：“哈哈，图拉嘎兄弟，你可真是好心办坏事啊！”

五

眼看就要到新年了，可呼伦贝尔雪原上的大风一点也没有减轻的迹象，而且还像是故意要弄这些“小红点”，时不时地带着雪沫想把他们裹在里边一起卷走。2122 地震队的工作也到了最要紧的时候，但元旦还是要过的，形式很简单，就是下午 3 点收工，全队会餐。

到了开饭的时间，可人没有到齐。党支部书记吕颖辉猜到他们在哪里，有人建议把他们喊回来，但被吕颖辉阻止了。果然，他们都在那个高岗上。

在营地以东不到一公里的地方，有一个高岗，不知是谁最先发现这里有移动信号。从那以后，几乎每天收工后，高岗上都有三五成群的队员。冬季天黑得早，他们收工又晚，那些打电话的人站在夜幕下，捂着耳朵，眼睛望着天空，像是对着星星喊话。一次，吕颖辉发现从高岗上下来的青工曾晓旭眼里闪着泪光，见到书记还有些不好意思。28 岁的晓旭是 2012 年从中国石油大学毕业的大学生，现在担任见习队长兼施工员。对象是辽宁老家的，两年前就定下了婚期，可是由于施工任务一个接着一个，一直拖到上个任务四子王旗工程完工以后，2017 年 10 月才举办了婚礼。他本打算在接下来的冬天里能好好度个蜜月，好好陪陪父母，没想到结婚才几天就被召回了大庆。来到呼伦贝尔以后，得知妻子怀孕了，晓旭往高岗上跑的次数也就多了起来。

地震队，一个工期一般都在 3 个月至 5 个月，最长的塔木察格项目达到 8 个月，这就意味着在这段时间内，没有双休日，没有假期，没有极个别情况都是不回家的。所以在地震队，有多少人父母病重甚至去世都没能赶回去，像妻子生产不在身边这样的事也很平常。因为没有信号无法通知他们，即使碰巧打通了他们的电话，也因交通不便，辗转回到家里也会错过，索性家人们就不通知他们了。那天吕书记望着晓旭眼里的泪花，以为他快要当爸爸了高兴的，后来才知道，他妻子在怀孕期间得了肾炎，这对妻子和胎儿都极其不利，甚至会有危险。由于妻子住在农村的娘家，医疗条件跟不上，每半个月就要到沈阳做一次治疗，真是让人揪心啊。吕书记得知实情以后，对晓旭说：“队里给你7天假，回去看看吧。”晓旭却说：“我回去也没啥用，多打打电话安慰安慰就行了。”

曾晓旭这样说，不是他的心肠硬。虽然在人们眼里他还是个孩子，但他在心里早就树立了“好男儿志在四方”的信念。自从来到地震队，就把自己当成一颗种子深深地埋在事业的土壤中，并很快得到了队领导和师傅们的认可。夏天在四子王旗施工项目中，他被任命为见习队长，负责表层调查工作。每天早上天还没亮，他就带着微测车队出发了，寻水源，找交叉点，每天都能完成10个点的超额工作量，为井深设计提供了及时准确的数据支撑。在他的努力下，表层调查工作提前半个月顺利结束。当时正赶上2122地震队仪器操作员人手不够，他又主动要求去仪器组学习锻炼，只有短短一个星期，他就完全掌握了操作流程，能在仪器车电台里准确无误地指挥爆炸组放炮。由于每天放炮采集的工作量巨大，他经常连续工作四五个小时，有时候嗓子都喊哑了。那段时间曾晓旭经常要进行角色转变，一会是指导野外生产的管理者，一会又变成了内外兼修的施工技术人员，真是哪里需要他就出现在哪里。这次施工中，鉴于他优秀的表现，队领导又给他压担子，让他负责野外地震采集的组织协调工作。晓旭的干劲更足了，每天起早贪黑地奔波在工地上，去完测量到钻井，上完放线去仪器，每天都在各个班组之间穿梭，协助队长工作。由于施工区域北部高岗众多，下面地层岩性复杂，钻井工人不好把握钻井深度，那么冷的天，他竟赤裸双手抓泥浆察看地下的岩性，真是好样的。所以，他不要假期的回答全在吕书记的意料之中，吕书记在心里默默地说：“好小子，真是棵苗子!"

元旦会餐推迟了近一个小时，人们陆陆续续从高岗上回来了。陈霄举杯向大家祝贺新年。祝酒词虽然简单，但句句说到人们的心坎上："大家辛苦了，新年快到了，让我们共同祝愿家人身体健康，万事如意，祝我们2122队安全、优质、顺利完工，回家过年!"

大家报以热烈的掌声，估计刚才他们在高岗上都把这个消息告诉家人了。"回家过年"，对于普通人来说是理所当然的，但对于这个群体却是多么奢侈啊。因为冬季是勘探施工的黄金季节，所以在一线地震队工作，十来年都赶不上一个春节在家，是很平常的事，一提到回家过年，陈霄就想起了父母。自从他大学毕业加入物探队以后，过年只回过一次家，虽然施工3次进入海拉尔盆地，都想着趁机回家看看，但都没能成行。这次他们的驻地离家也就四五十公里，是最近的一次，他想这回怎么也要回去看看老人。但是眼看工程快要结束了，老人知道儿子这次又要食言，所以就让陈霄的哥哥姐姐开车带着他们顶风冒雪来工地看他了。陈霄的父母都是"文革"前的大学生，毕业后响应号召扎根边疆基层，来到了内蒙古林场，最后落脚在海拉尔。陈霄选择做一名四海为家的勘探找油人，骨子里的那种浪漫，也许就是受了父母的影响。两位老人远远地看到茫茫雪野里孤岛般的驻地和被雪埋了半截的营房，母亲流下了眼泪。虽然他们年轻时也经历了艰苦创业，但自己受苦和儿子受苦是不一样的。虽然心疼儿子，但见了面一家人还是欢天喜地的。当然，儿子不能让父母知道他们是怎么在冰天雪地里吃饭，怎么披星戴月从早干到晚，反而还有些炫耀地让父母看他们的新式营房，参观电器化厨房，这可比50多年前他们来林场安家时好太多了。那天下午，这难得一聚的一家人，在小小的营房里多么祥和，多么欢乐啊。

就在陈霄想心事的时候，忽听门外传来一阵马嘶。不用看大家就知道准是图拉嘎来了。果然是他，身后还跟着他的老婆。只见夫妻俩一人提着一壶酒，手里拿着银质酒杯，一亮相就博得了满堂彩。在大家的掌声里，他们唱起了祝酒歌，夫妻俩边舞蹈边给大家斟酒。

金杯里斟满了醇香的奶酒
赛勒尔外冬赛
朋友们欢聚一堂尽情干一杯
赛勒尔外冬赛
远方来的好兄弟啊
赛勒尔外冬赛
图拉嘎一家会想念你们
赛勒尔外冬赛
……

尾　　声

2122 地震队承担的海拉尔盆地东明凹陷二维勘探采集任务，终于在 2018 年春节之前安全、优质地顺利完工。60 天之内，他们共完成表面调查 194 个点，测量完成 367.13 千米，采集完成 7207 炮，创下了大庆物探冬季海拉尔施工的成功先例，并且各项指标都创出佳绩。

2018 年除夕之夜，每天遥控指挥放炮的仪器组长马效国，女儿缠着他要出去放炮。他为女儿点燃了爆竹，每天在炮声中度过的他，看着女儿欢乐的样子，眼里突然闪出了泪光。对于难得和家人一起过年的人，这个年要比一般人更加珍惜，不仅是团聚，还有刚刚完成了一场艰巨的任务，那种轻松、那种满足和那种幸福，是别人无法知道的。

多么祥和，多么欢乐，多么美好……

【作家简历】刘莉，本名刘丽，女，1963 年出生于黑龙江省大庆市。中国作家协会会员，鲁迅文学院第十八届高研班学员，大庆市作家协会、大庆石油作家协会副主席。十九岁开始发表文学作品，散见于《诗刊》《文艺报》《散文百家》《春风》《北方文学》《飞天》《边疆文学》《地火》《石油文学》《岁月》等报刊。著有散文集《大庆往事》《一个人的油田》(龙版网电子版)，小说集《开满鲜花的原野》。

多篇作品获得省部级奖。曾获首届“岁月文学奖”，第三届“中华铁人文学奖”提名奖，第四届“中华铁人文学奖”。2012年在鲁院学习期间，学院组织对其散文作品进行研讨。

草原上唱响大风歌

李广生

他们，就像一群习惯于守望荒芜和寂寞的候鸟，每年固定的一段时间，都要远离城市，远离人群，远离父母和妻儿。

他们，工作期间终日与荒原为伴，与专业采集设备为伴，与隆隆的炮声为伴，与雨雪风霜为伴。

有一天，当你走近他们，你就会对附着在他们身上那些粗犷、豪放、坚韧的雄性词汇有更新的诠释和理解，你就会不由自主地被感动，被影响，被震撼……

他们，就是大庆物探2160地震队，一支驾驭铁甲战车勇往直前的草原铁骑，一支唱着大风歌战无不胜的勘探铁军。

响当当的金牌队

提起大庆油田，人们自然而然会先想到铁人，想到钢铁1205钻井队。脑海中随之闪现的是身着红色工服的钻井队员、高耸入云的井架、不知疲倦的磕头机、深埋地下的输油管线。而对于钻井之前给大地做CT、问诊号脉的头道工序——勘探，却知之甚少，甚至一无所知。

通过与物探人面对面地接触，我了解到，目前的勘探，最常用的方法就是地震反射波法，即综合利用人工激发产生的地震波在弹性不同的地层内的传播规律，来勘测地下地质情况。地震波在地下传播的过程中，地层岩石的弹性参数发生变化，会引起地震波场发生变化，并发生反射、折射和透射现象，再由人工接收变化后的地震波，经过数据处理、解释后，即可准确反映出地下地质结构及岩性，从而达到地质勘查的目的。

如果将这些抽象的理论具象到鲜活的实践中，那就是测量、钻井、布线、放炮、采集数据。这也是大庆物探2160地震队几十年如一日机械、枯燥、单一的作业轨迹，循环往复，冬去春来，年复一年。

在中石油的勘探大军中，2160地震队堪称一支老字号的勘探队了，它1964年建队，历经半个多世纪的风吹雨打，磨砺蜕变，一群血性男儿用他们的智慧和汗水创造了大庆油气勘探史上无数个响当当的第一：大庆油田第一支反承包地震队，第一支绿色作业示范地震队，第一支年完成采集10万炮地震队，中石油第一支成功与美国ESSO公司合作、引入国际先进HSE理念的地震队，第一支整建制出国、完成年工作量最多的地震队……

而在历年石油勘探行业组织评定的各种生产奖项中，2160地震队也一路挺进，披荆斩棘，摘金夺银，先后获得省部级集体荣誉5项、市局级荣誉46项，并被中石油授予金牌队。德高望重的老队长袁福生曾荣获全国“五一劳动奖章”，贾相国、关仁权、邢永义、汤国兴、王宏斌、季中华、侯艳军、温庆等一大批中坚力量，先后被授予市、局级先优模等光荣称号……

就是这样一支响当当的金牌队伍，在岗在编的正式职工才114人，其中党员占了三分之一。36名党员，36面鲜红的旗帜，铿锵引领着2160地震队前进的方向。在野外勘探的艰苦实践中，队里的每个人都踌躇满志，奋勇当先，迸发着以一当十的能量，将2160地震队的荣光播撒到祖国的山川大地，用一阵阵震耳欲聋的炮声，唤醒了沉睡的荒原，坚定而清晰地传递着大庆的声音、石油的声音、中国的声音。

“24万炮”世界纪录背后

荒原、戈壁、沙漠、泡沼，大风、大雪、严寒、酷暑，这就是2160地震队野外勘探的真实环境。7个多月，200多天，年度地震采集24万炮，这就是2160地震队创造的世界纪录。

野外勘探是一件苦差事，尤其是在国外，交通不便、通信不畅、语言不通，接连几个月回不了家，那种离乡背井的孤独和寂寞，是常人无法忍受的。但是这些都阻挡不了2160地震队奋然前行的脚步。自2006年至2011年，短短5年时间，2160地震队先后3次深入人生地疏、地势复杂、气候恶劣的蒙古国，2000多名将士驰骋在异国他乡的土地上，横跨春夏秋三个季节，用一阵阵隆隆的炮声书写着中石油勘探史上的灿烂和辉煌。其中最令2160地震队骄傲和自豪的是，2007年3月至10月，2160地震队历时7个多月，在塔木察格大草原上完成地震采集24万炮，创造了中石油历史上年度炮数最多、陆上勘探项目最大的地震采集行业记录，同时也创造了世界陆上炸药震源生产的奇迹。直至今日，这个坚挺的记录依然没有被国内外同行们打破。

然而，在这一组组光鲜的数字背后，隐藏的却是一个个酸甜苦辣的故事。

2160地震队的施工区域塔木察格大草原，位于蒙古国东方省乔巴山市境内，地理位置偏远，天高地阔，草木葱茏，除了随处可见的黄羊、狐狸、野兔之类的野生动物之外，周围方圆200公里内难见人烟。这也意味着，这是一片处女地，除了荒凉，什么都没有，比如路。

一天晚上，一辆满载工人的大巴车回来迟了，风高月黑，一时找不到回家的路。而驻地为了省电，关掉了所有的照明灯，草原上顿时黑漆漆一片。手机没有信号，无法和外界取得联系。司机只能硬着头皮，领着大家盲目地走，盲目地闯。就这样，晕头转向绕了两个多小时，油箱都快见底了，车子还是鬼打墙似的在草原上打着转儿。最后司机也没辙了，车子熄了火，大家蜷在车上将就了一夜。等到第二天早晨醒来，睁眼再看，驻地的几顶大帐篷就在几公里外的地方大张旗鼓地立着呢，想想昨天夜里的东奔西突，“三过家门而不入”，大家真是哭笑不得。

风是塔木察格的常客，大风、小风、旋风、沙尘暴，如履平地，说来就来，说走就走。在这样的鬼天气里，甭说野外作业，即便躲在帐篷里，沙尘仍旧会从门缝里鬼头鬼脑地挤进来。塔木察格的沙尘非常细，烟雾一样四处弥漫着，吸一口就会呛得喘不上气来，就连晚上睡觉时也奈何它不得。早晨醒来，脸上、耳朵里、嘴里满是沙子，洗、抠、漱，忙活半天才弄干净。为此，队员们编了一段顺口溜：“塔木察格苦、塔木察格苦，一天二两土。白天吃不够，晚上接着补。”

塔木察格的水质也不好，矿化度高，即便里三层外三层地用净化器处理了，也不能饮用，喝了准拉肚子。生活用水清一色都是从国内拉过来的，一天十多吨，往返二百多公里，成本非常高。因此，日常的洗洗涮涮就不得不用当地的水了，时间一久，许多人的脸上开始脱皮，眼睛红肿，迎风流泪。澡就更不敢洗了，洗了就浑身发痒，身上的小红点儿星罗棋布，数都数不过来。

关于塔木察格，人们谈的最多的还是这里的蚊虫。塔木察格的蚊子又大又黑，膘肥体壮，当地流传的一首谚语做了十分形象的描述：“夏天棉衣穿在外，三只蚊子炒盘菜，老太上马比猴快。”塔木察格的蚊子比较诡异，叮人从来就不打招呼，而且胃口极大，吸血鬼似的晚上叮，白天也叮，连盹儿也不打。那一年2160地震队的营地恰好驻扎在一片水泡子旁边，因为有了水，蚊子便愈发多了起来。队员们从外面施工回来，不大一会儿的工夫，脸上、手上、脚上就会被蚊子叮出一个个大包来，有时即便隔着一层衣服也不管用。而人被无孔不入的蚊子叮咬了以后，皮肤出奇地痒，而且会留下一块块黑斑，很长时间也不见好。

2009年国庆前夕，2160地震队进驻蒙古国塔木察格地区施工

这边蚊子正洋洋洒洒地肆虐着，那边幸灾乐祸的黑盖虫又铺天盖地袭来了，你想躲都躲不开。黑盖虫似乎中了什么魔法，无论你怎么划拉、怎么躲避，都前赴后继地往你的脸上扑，往身上爬，往耳朵里钻。野外是这样，驻地也好不到哪儿去，帐篷里、被窝里到处都是，

黑压压的一片，怎么抖落也抖落不干净，看了有些恶心。但大家实在是困急了，索性被子往脑袋上一蒙，爱咋咋地，热死怎么也比恶心死强啊。

嗡嗡的苍蝇也不甘落后，无论走到哪，都跟风中裹着的沙粒似的，噼里啪啦打人的脸。一天早晨，2160 地震队副队长季中华巡查完出工的车辆以后，刚喝了一口粥，就发现了两只死苍蝇，这种情形季中华早就习以为常了。季中华两筷头子麻利地将苍蝇挑了出去，接着喝。等到中午吃饭的时候，厨师端上来一盘土豆炖茄子，还没动筷呢，季中华便发现了一只死苍蝇。为了不影响大家的食欲，季中华偷偷地将苍蝇夹了出来。可是季中华没有想到，最后这盘菜竟然成了挑苍蝇大赛，大家你一只我一只，越挑越多，最后这盘菜真的没法吃了。季中华扔下筷子，气哄哄地跑到后厨，找到忙得满头大汗的厨师说，这地方苍蝇是多，可是你怎么也得把菜里的苍蝇挑干净了再上呀。厨师却一脸无辜地说，我都挑出去十多个了才端上桌的。时至今日，一提起土豆炖茄子，季中华就恶心，这道东北老家的美味佳肴算是与他拜拜了。

2007 年，“口蹄疫”暴发，蒙古国海关对肉类和肉制品查得严，国内的猪肉眼瞅着运不进来，因此 2160 地震队餐桌上主打的荤菜便是牛羊肉了。塔木察格水草丰茂，滋养的牛羊肉也的确好吃，煎炒烹炸咕嘟炖，厨师每天都换着花样儿去做。可是几天下来，有的人就吃伤了，一看见牛羊肉就反胃，就吐酸水，宁可一日三餐都吃素的，或者就着咸菜干噎馒头，也不愿再碰一筷子。菜里没有荤腥，营养跟不上，吃不饱，力不足，士气削弱了不少。2160 地震队的党支部书记王宏斌看在眼里，急在心上，如果再这样耗下去可真不行了，怎么也得想点儿招，多少弄点儿猪肉，哪怕弄点儿猪油也行啊。后来，经当地一位“高人”指点，王宏斌瞒天过海，巧施妙计，从国内“走私”了几大桶猪油，一时间满足了大家的胃口。施工结束后，队伍刚回到国内，百八十号人便秋风扫落叶似的卷进附近的一家餐馆，每张桌都不约而同地点了同一道菜——酱肘子。还没等领导的开场白说完呢，就有人迫不及待地上手了，也就是一两分钟的工夫，桌上就风卷残云地剩下一根溜光水滑的猪骨头了，把饭店的老板和服务员惊得目瞪口呆。

乔巴山市不但地理位置偏远，而且生活物资匮乏。一次，队里派人去市里采购生活用品，别的不说，就连卫生纸也断货，最后把所有的店铺都跑了个遍儿，回来一拢，还不到2000卷。香烟更不好买，东奔西走弄回来几百条，大家伙扯巴扯巴就没有了。有的人烟瘾犯了，抓心挠肝地难受，又无计可施，只能六神无主地咬着一根草棍儿，一圈圈地围着帐篷转呀转的。

施工人员身背75公斤左右的大线涉水作业

通信更是大问题。蒙古国地广人稀，3G信号尚未普及，队员们无法和家里取得联系。后来，队里想了一个办法，也是最原始的一个办法——鸿雁传书。书信攒上几天之后，由运拉物资的生活车捎到国内的边境口岸——内蒙古新巴尔虎左旗，再分头寄走。而国内的来信呢，则要先寄到新巴尔虎左旗，再由生活车拉到蒙古国。如此，解决了很大问题。但有的时候，书信在路上走的时间久了，大家即便收到家里的来信，有个大事小情的，打开一看，时过境迁，黄花菜都凉了。正如木心那首《从前慢》所描绘的那样："从前的日色变得慢，车、马、邮件都慢，一生只够爱一个人……"

电视也没有信号，但是不能让大家一天天大眼瞪小眼地苦熬吧。于是队里架上了投影仪，左一部右一部地放电影。电影放完了，还有2000多本故事书、武侠书呢，大家如饥似渴，你争我夺，一本本都翻烂了。后来，队里又在驻地附近辟建了一个简易的、缩小版的水泥篮球场，开辟了一块草地排球场，以丰富大家的业余文化生活，驱走远离祖国、远离家乡的孤独和寂寞。

出门在外，尤其是国外，由于语言不通，即便平日里再能耐的人也成了聋人和哑巴。一次，时任副队长曲英波带着几个队员到乔巴山市购买生活物资，中午饿了，钻进一家餐馆，想点一道木樨柿子。曲英波先画了一个形散神也散的西红柿，又比画了半天，餐馆的人才弄清楚。可是鸡蛋无论怎么画，人家都无动于衷。这时候一个队员灵机一动，大声学鸡叫，并模仿鸡下蛋的样子。待那个队员满头大汗地模拟完了，餐馆的人才恍然大悟。过了一会儿，一盘生西红柿、一盘煮鸡蛋便一红二白地端了上桌来。还有一次，几个队员施工的时候迷了路，被蒙古国边防部队荷枪实弹的士兵给截住了，带到营房，叽里呱啦吼了半天。2160 地震队的队员中有一个叫温玉军的，急中生智，现学现卖了几句半生不熟的蒙古语，再加上一些哑语般的手势，脸红脖子粗地比画了半天，蒙古国的边防士兵这才“悟”懂了温玉军的意思，知道他们是找油的，就把几个队员放行了。那些年，2160 地震队常年在蒙古国和我国的内蒙古施工作业，耳濡目染，许多人或多或少都能说几句常用的蒙古语。

尽管野外施工条件异常艰苦，但是 2160 地震队有一个信条，那就是：与天斗其乐无穷，与地斗其乐无穷。多年的血性打拼，锻造了他们的钢筋铁骨，再大的困难也压不垮他们，再大的阻力也拦不住他们。

说不尽的铁骨柔肠

走进 2160 地震队，你就走进了一个铁骨柔肠的硬汉世界。

笔者第一个见到的是修理班长彭江涛。彭江涛是 1991 年参加工作的，在 2160 地震队先后从事过钻工、司钻、司机、爆炸班长、修理班长等工作。星移斗转，彭江涛这一干就是 28 年。古人云，工欲善其事，必先利其器，而彭江涛的“利其器”则是一个细碎活儿，“天地之间修车最累，虽然不跑非常疲惫”，每一天彭江涛都披星戴月，从早忙到晚，中午也不休息，只要腰弯下去，就再也直不起来了。所有的车辆维修，彭江涛都严格按照“十字作业法”进行操作：洗车、四轮保养、更换各部件漏油油封、更换损坏的黄油嘴、润滑、喷漆、灯光、转向、刹车、喇叭，每一道工序都一丝不苟，毫不含糊。尤其是喷漆的时候，每一次彭江涛都主动上手，一天下来，累得腰酸背痛，熏得头昏脑涨，脸上也弄得花花绿绿的，像一只“大熊猫”。而“熊猫脸”必须用汽油才能洗干净，那些日子彭江涛的脸被汽油腐蚀得脱了好几层皮。值得欣慰的是，彭江涛经手的80多台车辆，年检的时候全部一次性达标通过，无一返工。

身为修理班长，荒原上的每一台车无时无刻不牵扯着彭江涛的心。一次，一台微测井钻机的风挡玻璃被飞起的石子崩碎了，彭江涛闻讯后，第一时间赶到现场，顶着刺骨的寒风，颠簸了30多公里，硬是把这台没有风挡玻璃的车子开回了驻地。而此时的彭江涛已经冻得脸色发紫，嘴唇发白，瑟缩成了一团，半天说不出一句完整的话来。

在外施工的这些日子，彭江涛每天早出晚归，也没时间回家看儿子。想想这么多年一直是自己带着儿子生活，而自己又常年在外，无暇顾及。都说男儿有泪不轻弹，只是未到伤心处。一谈及这些，彭江涛还是忍不住流下了热泪。那两行硬汉的热泪，浸满了彭江涛对儿子的深深愧疚和无限思念。

2160地震队每个人的身上都有一股不服输的劲儿，而王庆辉的拼劲在2160地震队是出了名的，他被队员们戏称为“拼命三郎”。王庆辉是2003年来到2160地震队的，经过5年的千锤百炼，2008年走上了施工组长的岗位。在2013年的英54三维项目中，王庆辉主要负责钻井外业工作。由于当年夏天洪水肆虐，工区南部大面积积水，形成了很多犬牙交错的空冰，周边新砌的大坝又横纵交错，车辆难以通行，造成部分激发点无法按图索骥钻孔打井。但是这些都难不倒王庆辉。哪儿有问题，他就风风火火地出现在哪里，每天奔波20多公里，及时调整激发点位置，确保钻井不受影响。渴了，喝口凉水；饿了，嚼口馒头。几天跑下来，人瘦了整整一大圈儿。

2016年夏天，2160地震队征战海拉尔盆地楚9井区三维及贝东三维两个工区，王庆辉担任井深设计任务。针对部分区域表层岩性复杂及速度变化快的实际情况，王庆辉及时调整微测井密度，分区域进行井深设计。为了增强个别区域井深设计的合理性，如期完成整个区块的地震采集任务，他废寝忘食，加班加点，常常“连轴转”工作到后半夜。困了，就掐几下大腿。实在坚持不住了，就站起来，在地上走上几圈儿。

2017年11月26日，松辽盆地北部阿拉新东三维工区野外生产全面展开，钻井队当天就要施工。而整个作业区域是一个长900米、宽800多米的泡沼冰面，大部分被一人多高的芦苇覆盖着，而且很多地方都是空冰。从外面看，简直就像一个天苍苍野茫茫的迷宫，钻井班无法确定钻井的准确位置。王庆辉和施工组的队员只能徒步探路，有时寻寻觅觅一个多小时才能找到一个设计点。一天，王庆辉脚不沾地一直忙到下午两点多，错过了饭时，在往回走的路上，突然觉得脚下越走越凉，一抬腿，才发现脚底的袜子全湿透了，鞋子前掌也“狮子大开口”，完全裂开了。

踏平坎坷，走过泥泞，没有什么能够挡住物探人前进的脚步

这次出工之前，王庆辉把妻子和刚刚6个月大的女儿送回了老家，让岳父岳母帮助照顾。其实岳父岳母年纪都不小了，身体也不好，王庆辉有些过意不去，但是又没有别的办法。前几天女儿生病住院，妻子既当妈又当爹，忙得脚打后脑勺。可工区这边刚开工一个多月，正是袓劲儿的时候，容不得他儿女情长。如今一提起女儿，王庆辉的眼睛便湿了，他说以前出工，从来不知道什么叫“牵挂”，现在知道了，手机上每天传来的女儿的一颦一笑，都深深地牵动着他的心。

每一次野外作业，都是一场没有硝烟的战争。钻井班长徐东庆就像一个运筹帷幄、纵横捭阖的将军，他的身后永远跟随着17台隆隆作响的钻机、150多名意气风发的队员，荒原就是他的前线，荒原就是他的战场。

2015年冬天，2160地震队在海拉尔施工时，由于不能确定工区地层情况，无法及时开展各项后续准备工作，地震队的领导心急如焚。

徐东庆了解这一情况后，主动请缨，带着兄弟单位一个钻机组的 9 个人，奔赴工区开展前期地形探察工作。由于天气恶劣，地形复杂，施工条件异常艰苦，先后有 8 个人临阵脱逃，最后只剩下徐东庆和一名钻工了。徐东庆不信这个邪，横下心来，两个人自己司钻、打井、回填。手磨出了血泡，脸也冻伤了，徐东庆全然不顾，3 天之后圆满完成了探察任务。

2017 年 12 月的一天傍晚，天降大雪，工区里的两台水罐车突然发生了故障，当不当正不正地停在了一段坡路的中间，情况十分危急。徐东庆赶到现场后，一边联系驻地修理工，一边对两台故障车进行安全制动处理。然后爬到坡路弯道 200 米处的地方设置了警示牌，并站在路边一圈圈地摇晃着手电筒，拦截来往车辆，提醒司机减速慢行。风刮着，雪落着，徐东庆就这样雕塑一样站立着，指挥着。脚冻麻了，脸冻木了，身子冻透了，直至 40 多分钟后，两台故障车修好了，他才一瘸一拐地离去。

时间就像无声的沙漏，一转眼，徐东庆已经带领钻井班摸爬滚打了 7 年，钻井班也逐渐锻炼成 2160 地震队的一个钢铁班组。2017 年冬至 2018 年春，钻井班克服稻田多、水泡多、鱼池多、沙岗多、林带多的实际困难，以日平均 1200 口井的速度高效作业，完成生产任务 7 万多炮。野外施工的那些日子里，工人们一身水、一身泥地在茫茫荒原上辛勤忙碌着，脸上冻出了口子不喊疼，鞋子湿透了也不叫苦，那种硬汉的坚强和隐忍，着实让人动容。

由于常年在外施工，家里都是由爱人操持着。这么多年，爱人理解他、支持他，从不因家中琐事拖累他。可就在 2017 年的 9 月，爱人突然生病，身边没人照料，徐东庆不得不请了几天假。望着被病痛折磨得日渐消瘦的爱人，这个七尺男儿禁不住潸然泪下。那一刻，他忽然觉得，这么多年他欠家里的太多了，欠爱人的太多了。可就是在陪同爱人看病期间，2160 地震队 2017—2018 年的施工任务下来了，徐东庆二话不说，匆忙将护理爱人的任务扔给了女儿，连夜赶回了队里。

在野外施工中，安全一直是一个大问题，稍有不慎就会造成人员伤亡和财产损失。HSE 管理员张云龙是一个抓安全的狂人，有事儿琢磨安全，没事儿也琢磨安全。多年野外作业的经历，让他更清楚安全在生产中的重要性。由于野外施工人员多，人员素质参差不齐，安全教育十分重要。每次施工前，张云龙都要分班组、分岗位地对工人进行安全培训，教育工人对各种安全风险进行有效识别，比如电源插座的正确放置、电缆线的埋置深度、安全门的设置、警示牌的摆放，做到“安全责任入心，安全理念入脑，安全管理入手，安全监督入眼”。

一次，张云龙在日常巡查中发现，队员们喝水的茶炉加水口是裸露的，一下子让他警觉起来，因为前几年在省外就曾发生过类似的装置被人投毒的事件。为了保障队员们饮水安全，他和甲方的安全监督员围着茶炉一坐就是几个小时，反复研究，反复试验。几天后，一个可以防投毒的 U 型装置终于出现在了茶炉加水口的位置，搅扰得张云龙寝食难安的一块石头终于“嘭”的一声落了地。

2017 年 12 月一天的下午，当张云龙途经一片泡沼冰面的时候，突然发现一根 3 万伏的高压线电缆从空中垂落下来，摇摇晃晃地荡着秋千。当时施工作业已经开始了，来来往往的车辆和人员特别多，一旦触及后果将不堪设想。见状，张云龙立即组织几个队员设置了警戒线，并告知当地供电部门。但供电部门并不是高压线的“主人”，电话打了一个又一个，几经周折后，仍无果。无奈，张云龙只好带着两个队员，蹲在车里，坚守了一夜。直到第二天上午，等来了高压线的“主人”，张云龙才如释重负地长出了一口气。

笔者在 2160 地震队采访的时候，发现了这样一个怪现象：许多队员都一直保持沉默，即使谈也很少谈到自己。“这些年，大家太苦了！”最终还是现任党支部书记曲英波打破了难挨的沉默。他说：“地震队常年在外，远离家乡，远离亲人，哪个人的身上没有故事？但是大家宁愿埋在心里，不愿提及，因为一提及，就钻心地疼。”

那座难忘的浮桥

一条河、一座桥演绎的故事，而今已经成为一段佳话、一个传奇。还是让我们把时针拨回 15 年前吧：

2003年10月，2160地震队远赴内蒙古的新巴尔虎左旗施工，施工的区域大都集中在边境线附近，被波涛翻滚的乌尔逊河分割为东西两个部分。当时，穿越乌尔逊河有一条捷径——一座战备浮桥，终日有边防战士把守，只允许军人和军车通过。而距离战备浮桥六七十公里的地方，建有一座水泥架构的桥梁。如果抛开捷径绕行的话，100多台辎重车辆，1000多人的泱泱大军，浪费的时间、人力和资金，将是一个巨大的数字。当时驻守边境、看护战备浮桥的是边防某团某连，连长姓马，时年20多岁。而曲英波也刚30出头，血气方刚，为了争取施工时间，执意要见马连长。一开始马连长一万个不答应，但架不住曲英波晓之以理动之以情地软磨硬泡，最终两个年轻人还英雄惜英雄地成了兄弟，马连长于是大手一挥，战备浮桥一路绿灯。

2160地震队的人马刚运过去三分之一，边防某团的团长便匆匆赶了过来。团长横鞭立马，放眼观去，只见浮桥上车水马龙，尘土飞扬，一派繁忙。团长于是大喝一声，让边防战士把浮桥给封了，然后气鼓鼓地问2160地震队的人："你们是哪儿的？是干什么的？是谁让你们过的浮桥？"这时候马连长抢过话说："他们是大庆的，是地震队的，是为国家找油找气的。我看见他们绕行那座水泥桥太远，太辛苦，就临时决定让他们从浮桥这儿过的。"团长听了，不禁勃然大怒，扔下一句狠话："如果你再让地震队的人过浮桥，信不信我把你这个连长给撤了？"团长前脚刚走，曲英波后脚就找到马连长，苦着脸说："老弟，你什么时候高抬贵手啊？现在都停3个多小时了。"马连长狠狠地瞪了曲英波一眼："曲哥，你就别难为我了，你没看到团长都发火了吗？"曲英波用几乎哀求的语气说道："要不老弟你就打我一嘴巴子吧，消消火，解解气。现在边境线那边的帐篷都结冰了，物资再拉不过去，兄弟们都快冻死了。老弟，就算曲哥最后求你一次了。"马连长看了看曲英波，咬了咬牙，又长吁了一口气："曲哥，也就是你说话了，过吧！即使团长再骂我再打我，哪怕撤了我，我都认了，谁让我认识你了呢。"马连长的话音刚落，身边的一个排长突然上前制止："连长，这座浮桥团长指示了，不让地震队的人过。"马连长一下子急了："如果不让曲哥他们过，信不信我把你这个排长给撤了。"排长低着脑袋，嘟嘟囔囔撤到了一边。后来曲英波才知道，过几天，边境一带要搞军事演习，要用这座战备浮桥。因此，战备浮桥上车辚辚马萧萧，压得变了形，团长才发了那么大的火。

转过年来，整个施工任务结束了，2160 地震队回到国内休整。2004 年 6 月的一天，曲英波正在和 3 名队员一起吃饭，突然一个噩耗从边境那边传来，马连长在执行任务的时候，突遇车祸，壮烈牺牲了。听到这个晴天霹雳般的消息，曲英波当时就傻了，悲伤的泪水不知不觉从眼眶中溢了出来。走，饭也别吃了，连夜赶往海拉尔，去看马连长最后一眼，曲英波当即决定。因当时正值旅游旺季，游人多，车次少，没有买到座号，曲英波他们 4 个人硬是站了一宿，小腿和脚都站肿了，下车的时候两腿僵直，回不过弯儿来，路都不会走了。

参加完马连长的葬礼，曲英波一行要返回大庆，但是被马连长的一个朋友截下了，说："马连长牺牲了，你们再也用不着他了，可是你们竟然站了一宿的火车来见他最后一面，看来马连长真的没有交错人哪。今天晚上我请客，也算是替马连长请客，你们一定要给面子。"待曲英波一行吃完送行饭，趁着夜色赶到海拉尔火车站的时候，一下子惊呆了，马连长所在连队的战士一下子来了六七十个，整齐列队，站在火车站入口处，向曲英波一行人行军礼，以表敬意，感动得 4 个人几度哽咽，热泪盈眶。

马连长牺牲以后，每年的除夕之夜，曲英波都会给马连长的爱人和孩子打电话拜年，表达 2160 地震队对马连长家人的问候和祝福。

2007 年的夏天，2160 地震队第二次赴蒙古国施工。一天，物探公司的几位领导来队里检查工作。来的时候，是开着车子蹚着乌尔逊河过来的，河水虽浅，但水流湍急，就连车牌子都冲掉了。领导检查完工作，仍从原路返回。但当时天已经黑透了，如果再蹚河过去，极不安全，走别的路，又找不到出口。这时候曲英波思忖了一下，说："我们还是从浮桥上过去吧，那条路我熟悉。"浮桥找到了，可是曲英波说破了嘴皮子，守卫浮桥的边防战士就是不让过。情急之下，曲英波说了一句，还是把你们连长叫来吧，我和他说话。其实，曲英波也不知道新来的连长姓甚名谁，他只是想再做一次努力。新任的连长姓何，闻讯赶了过来，严肃地对曲英波说：“这座桥是战备浮桥，只允许军人和军车通过，你们是不能过的。”曲英波没接何连长的话茬儿：“我是大庆油田2160地震队的，我叫曲英波，和你们老连长马连长是朋友。”何连长愣了一下，一拍脑袋，随即哈哈大笑起来：“真是大水冲了龙王庙，一家人不认一家人了，难道你就是我们边防团传说中的‘曲哥’吗?”“对呀，我就是‘曲哥’呀，但不是传说。”言毕，两个人紧紧地拥抱在一起。

诸如此类的故事，多年以来，一直在2160地震队的后续施工中精彩地上演着。乌尔逊河上的战备浮桥也被人们亲切地称为军民连心桥，曲英波和马连长之间的佳话也成为2160地震队一个经久不衰的传奇。

“一晃，马连长牺牲16年了。马连长牺牲的时候，孩子才一岁多。现在孩子已经17岁了，都读高中了。”曲英波仰起头来，朝着西北方向，脸色凝重地说道。

“四特精神”的最好诠释

特别能吃苦、特别能战斗、特别能忍耐、特别能奉献的“四特”精神，始终是2160地震队的魂。

温玉军可以说是2160地震队的元老级人物和活化石了。他是1983年来到2160地震队的，一晃，36年过去了，当年17岁的毛头小子，现在已经变成年过半百的小老头了。谈及2160地震队，温玉军不无感慨地说，当初他刚来2160地震队的时候，干的是放线的活儿。大冬天的，荒郊野地里，一个人扛着几十公斤重的线东奔西跑，又冷又饿又累，几天下来，实在有些吃不消了，就哭着跟家里人说不干了。但是等到第二天太阳冉冉升起，大地铺满光辉的时候，温玉军重又焕发了生机和活力，因为有一个信念始终在支撑着他：我是一名光荣的石油工人，我是铁人的后代，我没有理由不坚持下来。因此，在以后的工作中，无论是放线，还是在食堂做饭、烧茶炉、钻井、爆炸、司钻、修理汽车，温玉军干一行，爱一行、钻一行，样样拿得起来放得下。尤其是作为2160地震队的一名老队员，温玉军在影响和带动年轻队员、稳定军心方面，更是充分发挥了积极的示范和引领作用，成为2160地震队的一根定海神针。

钻井队长杨永生也是2160地震队的一员宿将了，这些年来战斗过的地方大大小小也有20多个了，但是最让他难忘的还是阿敦础鲁。那是2016年的4月份至2017年的1月份，2160地震队深入内蒙古呼伦贝尔大草原的阿敦础鲁，过山车般经历了从零上42摄氏度到零下42摄氏度高达84摄氏度的温差，感受着“一半是火焰，一半是海水”的冰火两重天。

地震队刚到阿敦础鲁的时候，正值初春。春寒料峭，帐篷里还没有安装取暖设备，零下四五摄氏度的低温，就连脸盆里的水都结了冰。晚上睡觉时，大家不得不戴着狗皮帽子，以抵御寒冷。这样的境况一直持续了20多天。

夏季的呼伦贝尔草原深情拥抱物探人

夏天来临，阿敦础鲁的天气突然大变，连续多日的42摄氏度高温，仿佛天上下了火，地上着了火，热得人没着没落的。即便帐篷里风扇摇曳，吹的也是热风，夜里不得不光着身子睡，可还是受不了，热汗漓淋，无论坐在哪、躺在哪，身子都黏糊糊的。末了跑到帐篷外，一盆盆地往身上浇凉水。

在阿敦础鲁测量的时候，有几户牧民担心地震队的车辆会轧坏他们的草场，阻挠施工队伍进入。尽管队里领导苦口婆心做了许多工作，最终均无功而返。走访过程中，钻井队长杨永生了解到这几个“钉子户”中，工作最难做的一户牧民是姐妹俩。姐妹俩的丈夫前几年都因病去世了，现在两个人供养着3个大学生，经济十分困难，就连井也打不起，人畜饮水都要跑到很远的地方人挑肩扛。房子漏了、院墙倒了，也没人打理。于是杨永生决定先从这户牧民入手，十几个人忙活了一小天，打了一口井，又帮助她们修了房子、砌了院墙，还给3个大学生捐了款。2160地震队的这一举动，让姐妹俩深受感动，宰杀了一只羊，邀请杨永生和地震队的人吃饭。一口井，感动了一家人，也感动了阿敦础鲁大草原。从那以后，牧民们在路上遇见杨永生，脸上即刻绽开了花，破着嗓子用生硬的普通话喊道：“杨，杨，我们喜欢你，晚上到我们家吃羊肉去!”

后来，这个故事被编进了微电影《阿敦础鲁》。在2016年西安举办的第三届“中国梦·劳动美”全国职工微影视大赛中，《阿敦础鲁》荣获最佳故事片金奖以及最佳编剧、最佳导演等11个单项奖。值得一提的是，剧中的男一号杨成德，就是由杨永生本色出演的。

阿敦础鲁的秋季极为短促，冬天却寒冷而漫长，零下42摄氏度，滴水成冰的极端天气，让本来就举步维艰的野外作业更是难上加难。天寒地冻，北风呼啸，每一分每一秒，队员们都在不停地奔跑，一头汗水、一身泥浆地奔跑。但是只要一停下来，头上、身上的热汗立马就变成了冷汗，衣服上的泥浆也霎时硬邦邦的，贴在身上那个钻心透骨的凉啊。而那些钻井和放炸药的人呢，必须身手敏捷，一气呵成，否则井口就会被冻住，就会半途而废。而这每一炮，采集的时间仅仅7秒。就是这短短7秒的有效采集时间，必须布下8700多道线，放置8700多个检波器，同时接收一个炮点的爆炸能量。可以说，荒原上的每一炮，都浸透着地震队员太多的心血和汗水。一天1700多口井、1700多炮，测量、钻井、放置炸药、布线、采集数据，哪个活儿都不轻巧。一天下来，最多的要走四五万步，行程20多公里，这种日复一日超负荷的体力和脑力交织的劳动是常人无法想象的。

而最近的这次野外施工，2160地震队将地点选择在了杜蒙县敖林西伯乡庄头村水库。据季中华介绍，这次施工的区域长30多公里、宽

20多公里，作业面达到了600多平方公里，整个工期4个月左右，大约要放11万炮。

地震作业的黄金期大多是冬季，正值春节前后。今年季中华的儿子正读高三，成绩非常优秀。但是季中华一直忙于工作，很少和儿子沟通，就连春节也没有回去。儿子认为爸爸不关心他，情绪低落，甚至产生了辍学的念头。前几天，一个电话从大庆那边打了过来："有你这样的爸爸，我算是倒了霉了！"说完就把电话挂了。每次提起这件事，作为父亲的季中华心里都十分难受。

但是对于自己的队员，季中华却像"老抱子"似的，看护得严严实实。是啊，160台套机械车辆、1006个人，这样一支庞大的队伍，如果不严格管理，就连吃喝拉撒睡都容易出问题，更别说施工作业了。季中华每天起早贪黑，凌晨5点10分准时起床，仔仔细细在驻地巡视一圈，绝不让任何一个人、一台车误工。晚上七八点钟，甚至九十点钟，季中华都要耐心地等待最后一台车、最后一个人安安全全回来，才能安心上床睡觉。

"物探铁军"初春之际征战呼伦贝尔

对于季中华的这一点，白秀峰最有发言权了。白秀峰是1992年来到2160地震队的，现在负责外雇工管理工作，地震队五分之四的外雇人员中，他能认识四分之一，而季中华却能认识三分之一，即便叫不出名字，也知道是干什么的。这些外雇工大多是省内的，也有吉林、内蒙古的，其中三分之一是"老人儿"，以前干过物探的活儿，像秦百成、丛万山、曲才、韩继丰等人，在2160地震队连续干了20多年，对物探有着深厚的感情。每年的农闲时节，用不着通知，就大包小裹地赶过来了。

对于2160地震队的明天，季中华始终信心满满："我们2160地震队是一个团结、实干、向上的集体，众人齐心，其利断金，这些年大家一直在努力，争做物探行业的排头兵。”

“物探史上有名的战役都是我们打的，有些纪录空前绝后，我们是物探公司当之无愧的王牌军。”曲英波不无自豪地说，“如果明年还按照东方地球物理公司的项目制来干的话，我们2160地震队的活儿得嗷嗷的。”“四川区块的勘探作业马上就要列上日程了，我们有信心拿下这个大活儿，因为山地作战我们2160地震队有优势。”一旁的季中华十分肯定地补充道。

采访结束的时候，笔者和2160地震队的几个领导和队员互相留了电话和微信。在温玉军的微信朋友圈里，笔者看到了一组题为《回忆青春》的音乐相册，100张或黑白或彩色的照片，配以简洁的文字介绍，真实地记录了那个青春激荡、热血沸腾的年代。题头，有这样一组文字：

2160地震队的战友们，让我们一起回忆那段艰苦的岁月和美好的时光吧。

那一年，我们刚刚走出校园，雄姿英发，朝气蓬勃。为了响应国家的号召，只身来到石油生产的第一线——物探公司2160地震队。当时，我们还都是十七八岁的小伙子、小姑娘，对生活、对工作、对未来怀揣着那么多美好的憧憬和渴望。

自从踏进2160地震队那一天开始，我们一路风雨、一路泥泞、一路坎坷地走过来，饱尝了工作的艰辛、失败的痛苦和成功的欢乐，也品味了友情的温暖和爱情的甘甜。风霜雨雪，酷暑严寒，强健了我们的身体，也磨炼了我们的意志。

2160地震队的战友们，你还记得那空旷的原野上隆隆的炮声吗，还记得那马达轰鸣的钻机声吗，还记得放线时脚踏雪地的咯吱声吗，还记得睡在你上下铺的兄弟吗，还记得地震队里的大馒头和午餐的大白菜汤吗，还记得我们一起走村串屯到老乡家御寒取暖蹭吃蹭喝吗……

在2160地震队这个大家庭里，我们团结、我们互助、我们奋进，我们工作、我们生活、我们成长。每一天我们都在努力，每一天我们都在拼搏：测好每一个点，布好每一道线，钻好每一口井，采集好每一个数据，这是我们的神圣职责，也是我们的无上荣光。

那么，就让我们记住那段光辉的岁月吧。尽管有的人韶华已逝，有的人离开了2160地震队，有的人退出了工作岗位，但是那一行行青春的足迹，已深深地刻印在了一望无际的荒原里，那是我们生命之中不可复制的璀璨时光。

我骄傲，我是物探人，我们在荒原上留下了第一行脚印。

我骄傲，我是物探人，我们用滚滚的车轮唤醒了沉睡的大地。

我骄傲，我是物探人，我们离乡背井、抛家别子，在艰苦的跋涉中，一步步实践着伟大的诺言。

大风起兮云飞扬——2160地震队确有这样的气魄与豪情，他们大部分时间驰骋在辽阔的大草原上，以扎实的勘探业绩和笃定的理想信念，敲响铿锵的出征鼓，唱响时代的大风歌。

就让我们唱得这样豪迈，伴随着这隆隆的炮声，向荒原致敬，向逝去的青春致敬，向伟大的物探事业致敬！

【作家简历】李广生，1968年出生于黑龙江省肇源县，1988年毕业于绥化师专中文系。黑龙江省作家协会会员、大庆市作家协会副主席、萧红文学院第十六届中青年作家班成员。现任大庆市社会医疗保险局副局长。在《北方文学》《天池小小说》《诗林》《地火》《岁月》《海燕》《短篇小说》《青年文学家》《北极光》《雪花》《辽河》《诗东北》《中国劳动保障报》《黑龙江日报》等国内70余家报刊发表文学作品400多篇（首），有作品被《散文选刊》转载。出版散文集《回忆是一种美丽的痛》《零落的往事依然芬芳》。

塔东寻梦

宋　铮

人类从未停止过探寻地下奥秘的脚步，许许多多地下资源被一一找到并利用起来。但人类探寻地下资源的过程还很漫长，还有许多未知的领域需要开创和探索。

1859年8月底，德雷克井在美国宾夕法尼亚的泰特斯维尔油溪完钻，现代石油工业从此发端，标志着碳化氢社会的悄然开启。石油和天然气为人类探索地下的一大成果。在寻找和发现石油和天然气的过程中，人类已经形成了许多成熟的技术，也正在开发和利用新的技术，这其中，有一项必不可少的技术——地球物理勘探技术。

2019年新年伊始，我第一次走进了应用这项技术走四方找石油气的大庆物探人群体，渐渐地从一头雾水到迷蒙初开再到拨云见日，我见识了物探人的艰难，也感受到了什么是平凡中深藏的伟大。从某种程度上说，没有物探人，就没有石油事业。他们是石油行业的先行军，是探索者、发现者，也是光明未来的指路者。

那一天，我去了大庆物探一个野外地震队。物探工作的流程大约是这样，先是测量点位、做标记、布线（每一条线上固定的距离内有一个数据收集器和检波器），然后钻井、投放炸药、放炮，检波器接收到的地下数据通过数据收集器（采集站）、光缆线传到仪器车上，再然后，技术人员对数据进行技术处理，把数据中不必要的信息处理掉，最后就是技术人员对数据的研究和解释了。他们要对这些数据反复进行对比分析，优选有利目标，确定勘探部署方向。

运用地震资料进行地质构造解释一般是多解的，那些庞大的数据不会说话，他们只是告诉技术人员有这样一种可能，也有那样一种可能，“上穷碧落下黄泉，两处茫茫都不见”。物探技术人员的攻关道路漫长坎坷又迷雾重重。

塔东项目技术攻坚团队正在研究经过处理的地震采集资料

在大庆物探研究院塔东研究室采访的过程中，我一直非常沮丧，我知道这是一支久经历练又何其精良的队伍，我也知道他们的苦、他们的累非常人能够想象。然而，如何用笔把他们描述出来，于我却是个难题。我告诉他们，我想要鲜活的实例，我想要直白的感人的过程，而每当此时，他们都是苦笑着，似乎我的要求让他们为难了。听着他们头头是道地解释技术原理，看着那些复杂的地质剖面图，想象着他们日复一日地熬心烧脑，我恍惚觉得他们真的是一群沉默坚忍、重负躬身的了不起的人，可以说是他们奠定了石油事业发展的基石。

看透岩层的火眼金睛

一座位于院子深处的小楼，散发出久远岁月的痕迹。没有牌子也没有标识，他们默默地隐身在这里，一天天、一年年，探索着地下的世界。他们工作的地方，是一个面积百余平方米的房间。他们一排排坐在那里，眼睛紧紧盯着电脑屏幕，一动不动，仿佛是在沉思，又仿佛只是在和电脑上的图像较劲。我站在他们中的一个人身后，看到了一排排细细密密的曲线，曲曲弯弯的构造图，还有不知道代表什么的数字，那些繁杂的数据、曲线、图像仿佛是个无穷无尽随时都在变化的魔方。他们跟我说，他们就是这样每天都对着看、对着想，有时不知道是怎么回事，不知道数据后面到底隐藏着什么，有时知道是怎么回事，也隐隐约约知道那数据想要说出的是什么，但如果完全确定，还得做大量细致的分析，分析着分析着，可能又迷惑了，又不知道怎么回事了。我突然想起了小时候看姐姐绣花，她低着头一针一线地细细穿引，有时绣着绣着，感觉不好了，她就唉声叹气，把已经密密麻麻的针脚拆了再重新穿引。姐姐绣花是可以看到、可以触摸的，而地下的一切却是抽象的，猜想再猜想，直到一切看起来合理了。这一切不仅需要耐心和时间，更需要意志、勇气和智慧。我突然想，应该用什么样的文字去表述他们？他们如同一座座大山，挺拔坚强；又如同一条条河流，蜿蜒曲折？或许，任何文字的表达都是苍白无力的。他们坚如磐石，他们又柔如流水，他们啊，是一支特别能战斗的队伍，他们又是一支隐身于世外的默默的探索者。

分析解释的过程是反复的，无穷无尽的，有时觉得合理了，分析着、解释着，又感觉还有漏洞，还得再换个思路。有时，一个区块的解释方案出来了，感觉也是合理了，但他们还是不确定，于是推倒再重来，这样大的重来有个三五次太正常了。更别说在一个点上、一个面上的推倒重来，更是经常又经常。剖面图乱糟糟的，怎么画？可以这样画，可以那样画，但总得有一条最合理的线。横的、竖的，平面的、立体的，反反复复，一条路走不通就走另一条路，有时走的是绝路还得返回重走。

接触多了，我已然觉得他们已经习惯了自我否定，在别人还没有提出疑问的时候，他们自己就提出了无数的疑问，找出无数的解释。那一天，和我们接洽的是个年轻人，是研究院一个从事宣传工作的年轻人。他说他是物探技术人员中的逃兵，他原来也是从事地震资料解释的，但那种天天枯坐的日子实在太过煎熬，看着老师傅们天天坐在那工作，自己还不好意思偷懒，正好有机会从事事务性工作，他就出来了。

与野外采集不同，这群人可以不经受风吹日晒，也不必挥汗如雨。他们日复一日地苦思冥想，夜复一夜地漫漫追寻，他们的苦和难是隐形的，是无法触摸的。他们艰深的思索和内心的压力没有人可以看得到，可他们却都有看透地下岩层的火眼金睛。有时他们自己也不能确切表述出来，甚至我也找不出恰当的文字去描述，那种苦和难只可想象，也唯有想象，才可能让我离他们大海一样翻涌波动的内心更近一些……

解释工作本身是不需要解释的

了解多了，我越发感觉到塔东研究室解释工作本身是不需要解释的，工作特点和思维方式决定了他们就是那么安静的一群人，不急躁，不盲从。他们仿佛甘心接受命运的安排，有困难了咬牙挺住，有问题了想法解决，坚持不懈地走在不断攻克难关的征途上。

2017 年 4 月，塔东研究室接到一个外部项目。从 9 号接到任务开始，到 25 号项目结束，项目负责人柴绪兵就住在单位没有回过家。他每天早上要和项目组的人交流工作进展情况，安排布置一天的工作，晚上还要整理一天的工作进展情况，完成需要整理的资料，思索尚未解决的问题。有时可以小睡一下，有时忙着忙着天就亮了。那些天，他没洗过一次澡，自己都不敢闻自己身上的异味。研究室里的其他人也都没有回家，他们分成 7 个小组，采取流水作业的方式，成图的、综合分析的、做多媒体的，谁是谁的上一个环节，谁是谁的下一个环节，分工严明、衔接有序。同时他们还制定了时间表，10 点干啥，11 点干啥……那些日子，他们真正到了不知今兮何兮的状态，不知道日子过去了多少天，也不知道正在过的日子是哪一天，有时睁开眼睛，还得努力分辨一下，到底是白天还是黑夜。项目终于完成的时候，大家照了照镜子，又彼此对看了一眼，十几天的光阴仿佛身陷囹圄的囚徒一般，一个个胡子拉碴的，脸上生出醒目的皱纹。

研究室主任丛培泓笑着和我说了一件事。有一天，他遇到了从他们研究室调出去很久的一个人。那个人是因为承受不了这里的工作压力而要求调出的。他们聊天的时候，丛主任突然发现那个人变了，脸上散发着光芒，说话的语气也是欢快的，那种轻松昂扬的状态让他突然感觉到自己多了一点莫名的沧桑和老气。

除了夜以继日攻关的男同志，研究室还有许多女同胞。都说女人是水做的，她们爱哭，她们也的确哭了一场又一场。有时一个项目接一个项目地延续，一天连一天地加班加点，更有反反复复的难以抉择的问题，让她们偶尔情绪崩溃。她们号啕大哭，发誓干完这个再也不干下一个了，甚至发誓现在就走，再也不干了。可哭着哭着，眼泪还没干呢，她们就又不知不觉地钻到电脑里去了。

机房里密密麻麻排列的几十台计算机合力发出沉闷的嗡嗡声响。因为机房对温度和湿度都有要求，所以空调常年得开着，夏天屋外阳光猛烈，屋内潮冷阴湿，女同志只好一律穿着棉衣、棉裤、棉鞋，即使是这样，她们大多还都有风湿等疾病。因为总是长时间坐着不动，等到感觉疲劳的时候，常常是脖子已经酸硬麻木了，因此她们几乎每个人又都患有颈椎病。长时间盯着电脑，好多人眼睛也都过早地花了，未老先衰，从眼睛开始，有人开玩笑说。

诚然，也会收获喜悦。比如运用大庆物探人的解释成果，根据塔东研究室的部署建议，在哪个区块、哪个地方布井，取得了工业突破；比如项目汇报时得到了甲方的一致好评和肯定，等等。但那种喜悦带出的幸福感是很短暂的，稍纵即逝的，他们只是在那样的时刻长长舒一口气而已，笑容刚刚绽放在脸上，又迅速恢复了平静。可见，欢笑对他们来说是奢侈的，因为这喜悦根本不足以抵销他们付出的辛苦，他们深知前面的道路还漫长，因此丝毫不敢松下气来。

从事勘探及时研究的职业让塔东研究室的科研人员养成了讲今论古的习惯，或者用哲学的话说，他们看山不是山，看水不是水。看到山他们想到的不是山本身的雄伟壮阔，而是想到地质结构，想到山的地史演化。看到雨水回旋着流入地下，他们也会想，这雨水为什么这样流，会想到河谷、河床等地貌形态，以及侵蚀、沉积等地质过程。他们觉得，把地下的东西搞清楚是挺有意思的事情——几亿年地下的沧海桑田，把地下的奥秘揭示出来，于他们是成就，也是一种实实在在的获得感。他们的眼睛盯着地下，他们的心里想着地下，来自地心深处的回应有时被他们误认为是音乐的乐符，似乎可以听到地下遥远的声响。把地质历史时期的水进水退、油聚油散想清楚弄明白，于他们是兴奋的。他们甚至想象，是不是可以做成一个动画，鲜活生动地勾勒出地史的演化概况，让人们都清楚地知道这一切是怎么来的，这样的科学普及应该是非常有意义的。

别看工作室平时略显沉闷，偶尔也会爆发出欢快的笑声。比如，项目长安排了一天的工作，而且强调："你们抓紧干活，今天就必须给我干出来！"他们会高声回应："周扒皮！"项目长故作威严："闭嘴，赶紧干活！""知道了，周扒皮！"笑意还留在嘴角，人却立时安静下来，也忙碌起来。

最令人称奇的是，有时候这个不被大多数人熟知的团队，常常把苦思冥想当成工作中最平常的部分，用以放飞自我，同时也把寝食难安当成了生活中最普通的状态，用以磨砺自身。他们从不抱怨自己曾经和正在承受的压力，也会安然地继续承受即将到来的压力。所以，他们才会从奋斗中感受快乐，来蓄积绵延不断的信心。他们是那么普通的一群人，然而，他们又是那么特别的一群人。他们让我知道了普通中蕴含的伟大，无声中潜藏的力量。我甚至想，如果每一个企业都有这样一群把付出当作享受的人，都有这样默默努力的人，那么这个企业还有什么战胜不了的困难，这个企业还有什么停滞不前的道理？

"我们的梦想在塔东"

石油天然气是不可再生资源，总有枯竭的一天。无论大庆油田曾经有过怎样的辉煌，未雨绸缪方可持续发展。近年来，除了自身资源的深度挖潜，大庆油田开始了"大庆之外找大庆"的艰难探索，这当然要有强大的物探技术来支撑。

2011 年 12 月 25 日，在大庆油田的积极争取下，塔里木盆地塔东区块探矿权正式移交给大庆油田。建设"新疆大庆"的行动迅速打响。勘探开发，物探先行，塔东研究室应运而生。

此次移交的塔东区块位于塔里木盆地东部，涉及21个油气探矿权，总面积为12.6万平方公里。在塔东搞物探技术，难的不仅是陌生的环境、陌生的地质条件，更有地质条件本身的复杂性。松辽盆地约经历1亿年的地史变迁，塔里木盆地至少经历8亿年的地史演化。8亿年沧海桑田，应该是经过了由海洋到陆地，由陆地到海洋的多重反复。人们经常形容复杂的地下结构就像一个盘子摔碎了，无数双脚又踏过去碾得粉碎。如果说松辽盆地是一个破碎的盘子，塔里木盆地就是一层层无数破盘子的累积。进军塔东，怎一个难字了得。

塔东移交的第二天，丛培泓就和他的队员们忙上了。“我们的目标是塔东，我们的梦想也在塔东。”丛培泓勉励他年轻的同事们的话掷地有声。他们就在几间旧库房里简单入住，开始着手地震资料平台的组建工作。他们接收到的资料不仅数据庞大，就是同一个数据也有不同版本，不知道哪个版本是正确的。有的数据年代太过久远，还得转换格式才能读取出来。他们想，反正也是远离亲人、远离家庭，没有其他俗事打扰，干脆除了吃饭睡觉就干活吧，甚至有时连睡觉也是节制的。他们一个资料一个资料地查，一个资料一个资料地规范、标记，一个资料一个资料地分析解释，一干就是半年多时间。半年，一百多个日子，没人知道他们是如何辗转难眠的，更无法读懂他们是如何猜疑彷徨的。总之，那些日子，他们没有留意过满天的繁星，没有体验过弥漫的风沙，甚至没有感受到寒冷的侵袭，全部的精力和思绪只是被眼前繁复的数据牵引着进入幽深的地下。那样的一种状态用忘我来形容也是轻飘飘的。转年的2月初，丛培泓就带着厚厚的资料和满满的信心，去做地下情况的全面汇报。深受震撼的领导、专家，即便是难以置信，即便是无法想象，还是在他们无可辩驳的资料面前频频点头。然后，他们开始端出总体设计方案，到9月，井位就布上去了，再然后，就是滚滚油气呼啸而出……

有个永远坐在身旁的老师傅，真好

大庆油田自会战年代起就传承下来一个好做法或者说一个好传统，

叫作“师带徒”：每当有年轻人入厂，要和经验丰富的老员工结成师徒对子，要签合同，合同到期还要考核。塔东研究室也延续了这个好传统。但在他们这里，除了签合同的师徒，每个老员工都是年轻人的师傅，或者说，每个年轻人把所有老员工都当成了自己的师傅。这里的师傅不仅是传技术、传经验，还传如何做人。总之，师傅是年轻人的依靠，是年轻人成长的动力，是年轻人成长的方向，也是年轻人成长的源泉。老员工们都知道，年轻人有知识、有理论，但他们毕竟经验不足，心理脆弱，处世的经验欠缺，所以，他们对年轻人的“带”是全方位的。刚毕业那年，在新疆油田做项目，柴绪兵心里没谱，总是担心自己干不好出问题。和他一起工作的陈淑梅鼓励他：“孩子，没事，放心大胆地干，干好了是你的，干不好是我的！”一句话，让柴绪兵心里暖暖的，紧张的心瞬间放了下来。在每一个项目中，老师傅们平时和年轻人一起干活，但汇报时都是让年轻人上，他们则坐在徒弟身旁或者身后。每当年轻人紧张，有回答不上或一时不知道如何回答的问题，老师傅们就马上开口接过来。那个永远坐在旁边的老师傅，让年轻人心里稳稳的，他们知道有人在时刻为他们担当着。日久天长的相处中，徒弟把师傅们当成了自己的靠山，是背景，也是风景！无论多么紧张，多么有压力，一想起有师傅在身旁，他们心里就特别放松。

在工作室里常常出现这样的情况，年轻人觉得有问题了，或者是不知道咋办了，就会拿着资料到老师傅那去请教，而老师傅们即使是思路被打断了，一会儿还不知道怎么接续上，也毫不在乎，马上和他们一起研究起来。有时孩子们着急，张嘴就喊，“师傅，快来看看”，而师傅们无论多忙都是放下手头的工作，走过来耐心地解释。老师傅们常说，都是些孩子，得有人帮助他们才能进步，谁都是从年轻时候走过来的，年轻人嘛，你得对他们有耐心。

在塔东研究室，你要问起谁是谁的师傅、谁是谁的徒弟，他们都得想半天，想想自己是和谁签合同的。其实在他们这里，辽阔的大地就是课堂，每一张资料都是他们的考卷，老员工们既是师傅，也是监考和阅卷评分的人，老员工自觉把年轻人当成了自己的爱徒或子弟，签不签合同已经不是问题了。在我看来，长期在一个锅里吃饭、一个门里出入，他们更像是一家人，彼此间早已有了暖暖的亲情。

青春的另一种注册方式

塔东研究室称得上是一个充满青春朝气的群体，在这里没有什么“平均年龄”，一种阶梯式的呈现成就了他们的成长状态，他们大多数人生理年轻，有的心态上年轻。当我用心来感受他们，当我用文字来呈现他们的时候，我感受到了一种平凡中蕴含的勃勃生机、血潮中涌动的磅礴力量。

丛培泓是塔东研究室的主任，他的人就如同他的名字，一潭深水般安静从容。

1989 年，从大庆石油学院毕业后，丛培泓走进了大庆物探。至今他依然记得刚参加工作实习的那段日子。他随勘探工人去野外实习，在荒无人烟的大地上，在一眼望不到边际的原野中，他在风雨里、在烈日下布线、打孔、作业，听着轰隆隆的地震炮声，感受着大地的震动，慢慢地他就找到了一种作为男子汉的豪迈。仿若他可以听到大地赞美的声音，可以感受到旷野深厚的安慰，从此他坚定了在物探行业工作的决心。实习结束后，他开始从事地震数据解释及地质综合研究工作，历任研究院解释员、解释组长、解释室副主任、解释室党支部书记等职务。2012 年 3 月，他到这个新成立的研究室担任主任一职。

说起作为领导的难，丛培泓类似总结地说，这是个全新的组织模式，你得成天琢磨这个事，怎么去管理，怎么去搞技术，怎么去找市场。而且由于项目太多，要处理的问题也就多了，上面安排布置的工作也多。常常是今天确定了一个重点工作，明天又来了一个重点工作，有时，有好几个都是重点工作，都是重点时怎么办？每个重点都得有人干吧？可一个室就这么二十几个人，扒拉来扒拉去，分身乏术啊。那种时候，真想像战场打仗招兵买马一样，一声招呼，就能进来一个队列的精兵强将。

说起这些的时候，有个青年员工坏笑着说：“头，说说你的头皮呗，一有难事你就挠头，头皮是不是现在不发麻了，发疼了吧！”丛培泓笑了笑，似乎是触动了什么心事，脸色闪出片刻的凝重。一个既要抓管理，又要抓技术的人，他比技术人员多了一重责任，而管理的难有时他是力不从心的，怎么拼命也无法解决的。听人说，他经常有睡不着觉的时候。他自己解释说，有时工作头绪太多，躺在床上想，想着想着，想起一件事的一个思路，就爬起来记下来。他说，重新建一个这样的室，说明领导重视，领导一重视压力就大。他说，领导重视的好处是，可以向领导提要求，领导能解决的就给解决了。但他是这个室的负责人，他不可能有事就找领导，领导也不可能什么事都为他解决，他的难只有自己一点点想办法。

说起管理，我在他们的年度计划或者是长远计划提示板上，看到了他们一年年的工作思路，看到了他们一年年的解决问题的方法。比如“突出重点，全面保障，动态调整”，比如“谋长立远，着眼全局，夯实基础，紧跟要求”。他就像个指挥若定的军官，用自己的智慧攻克着艰难险阻。如今，他们已经形成塔东超深层碳酸盐储层预测技术系列，从关键技术、关键领域入手，层层推进，努力拓展着研究手段。

除了日常管理，丛培泓每天都身着白大褂，和员工们一起在工作室里紧张攻关。他不参与具体的项目汇报，但每一个项目都有他日积月累的心血。他是领导，他不带徒弟，但年轻人张嘴不叫他领导，都叫他师傅。每天单位谁走得最晚，他心里都有数。他就像这个单位的守护神，不自觉地就把这里当成了自己尽心尽力的所在。

在大庆物探研究院，柴绪兵是个迅速成长起来的年轻人。我依然记得他给我讲解物探技术的样子，用直白的语言说出深奥的技术，那娓娓道来的样子让我越来越相信他已经是这个行业的行家里手了。同时我非常好奇，这么年轻，他是如何迅速成长起来的呢？

柴绪兵 1986 年出生，2008 年大学毕业，2012 年任塔东研究室副主任，2016 年任党支部书记。十几年的时间里，他从松辽盆地转战到准噶尔盆地，再到塔里木盆地，再到海拉尔盆地，被人形象地称为“用青春描绘纸上大地的石油物探人”——我似乎看到一个瘦弱的身影，艰难地行走在坎坷甚至是荆棘丛生的路上。执着是柴绪兵的特质，踏实努力是他的本性，他性格的基因决定了他成长的速度。

大庆石油学院毕业后，柴绪兵到物探公司参加工作。随地震队去前线实习期间，测量、钻井、放线、遥爆、仪器，他从一个岗位到另一个岗位轮流实习，每一个岗位他不仅用心干，还要弄明白为什么这么干。他跟在老师傅身后，把能想到的问题都问到了，都弄明白了。人们在这个年轻人身上感受到一种独特的品质，似乎他的愿望不仅是走好脚下的路，还在铺垫着通向远方的路。作为优秀实习生，他被选中以访问学者的身份赴俄留学，以 8 科全优的成绩完成学业，紧接着被选调到物探研究院。3 个月短短的实习期过后，他就进入解释项目组，从事地震资料解释工作。2010 年 5 月，柴绪兵开始独立承担地震解释项目，成为研究院最年轻的解释项目长。项目长可是一个要求非常高的岗位，不仅需要掌握石油地质、物探、测井等多方面的专业知识，更需要精细的软件操作技术和综合的油藏评价能力，还必须具备一定的综合管理能力。年轻的他在巨大的挑战中，昂首阔步，迈向了更加宽广的道路。

而道路无论多么宽广，依然困难重重。在太平川南三维地震资料解释项目中，甲方提出了许多此前没有的高要求。那一段时间柴绪兵心事重重却又心无杂念，他把所有的精力都放在了资料解释上。每天重复的日子里，他都走着“机房—食堂—寝室”简单的“三点式”线路，有时，只是“机房—食堂”这两点。日子过去了多少天他不知道，季节的转换他也没有注意，只是机械地添衣或减衣，机械地吃饭或者睡觉。8 个多月的寝食难安，8 个多月的晨昏颠倒之后，他走上前台，沉稳又从容地进行项目答辩。专家们看着这个还略显稚涩的年轻人，本来是瞪大眼睛要挑毛病的，最后却只能唏嘘着纷纷给出好评。这个项目应用到实践中，为井位建议及勘探目标的确定提供了重要依据。这是一场小小的战役，胜利之后的柴绪兵内心没有一点骄傲之感，倒是增添了信心和斗志，他唯一的体会就是爱拼就会赢。接下来是新疆石南三维地震资料解释等一个又一个项目，每一个项目他都倾尽全力，每一个项目都让专家们纷纷点头，他就是这样沿着用自己心血铺就的道路向前努力着。

田明峰是个闪闪发光的年轻人。的确，每一个人都有自己独特的性格，每一个人都有自己成长的轨迹。哪一个年轻人，在青春激昂的岁月里没有过自己的梦想，没有过干出一番事业的雄心，但有的人成功了，有的人却在岁月的悄然逝去中慢慢放弃了梦想。看田明峰的成长轨迹，我越来越相信，除了自身的智慧条件，认真、努力、执着、坚定是他不可或缺的成功元素。

2009 年从大庆石油学院毕业后，田明峰只身来到物探公司。他和所有实习生一样，先去地震队实习。他和所有的实习生又不一样，他把野外无边无际的行走当成工作中必然的一部分，不抱怨，更不迷茫，那种辽阔和宽广于他似乎是释放激情的地方，更是积蓄信心的道场。一年中，他有时是静静地观察、准确地记录，有时是飞速地奔跑、快速地检查。最初的一年里，冻土和野草合力啃噬坏了他 4 双工靴，狂风和寒冷合谋往他脸上布了层层冻疮，甚至让他感冒发烧，他却一天也没舍得离开野外工地。

两年后，田明峰开始担任解释项目长。准噶尔盆地“陆梁地区中浅层滚动勘探目标研究”“塔东古城地区勘探项目研究”等一个个项目都顺利完成，并获得卓著的效果。每一次研究，田明峰都和组内成员一起，收集前人研究的资料，查阅相关文献，再将这些资料消化吸收，严格做到对区域地质特征了如指掌，对油气成藏的关键条件烂熟于心，同时采用多项技术，推理、归纳、总结，得出合理的结论，有时甚至还要反复推翻自己的结论，反复论证自己的结论，直到除掉最后一点疑虑，去掉最后一点担心。他有多少次连续工作 20 个小时以上，他自己不记得，别人也数不过来。2012 年，田明峰承担新疆地区项目解释任务，那是他的家乡，是他成长的地方，更是他父母依然居住的地方。他一次次地飞到新疆，一次次在飞机上努力寻找那个熟悉的地方，一次次想象亲人们的模样。他不是铁石心肠，他也想念自己日渐老去的父母，他总是告诉自己下一次，下一次一定回家，可他的下一次永远成了下一次。如今的田明峰，获得了很多荣誉，“杰出青年岗位能手”“青年突击队标兵”等闪光的证书，不断演化成他前行的动力和信心。

传说中的齐明博是什么样子，我没有看到。但在他们给我的资料里，在他们不厌其烦的讲述里，我想，这样的一个人应该是与柴绪兵和田明峰一样的人。虽然，他们的出身、他们的相貌以及他们的性格都不一样，但他们有着相同的热爱，有着相同的梦想，更有着相同的拼搏、奋斗和勇气。所以，他是这个室里年轻的解释长，有丰厚的科技成果，有突出的工作业绩，是领导眼里的好苗子，是员工心中的好榜样。他们用自己的创造性实践完成了对青春的另一种注册方式，那就是我的青春我做主。

她们的T台通向地层深处

物探解释项目不只是男人们砥砺成长的演练场，也是类似陈淑梅这样极具独特创造精神的女性们的大舞台。

我是在采访间隙给陈淑梅打的电话，当时她正在机房里忙碌，听说我要采访，她放下自己的工作。听她的声音我想象她的样子，那温婉的声音让我觉得她应该是纤细瘦弱的，还应该戴着眼镜，一副学者的威严和严谨形象。我对她充满好奇。直到第二天见面，我才知道有时想象是靠不住的。真实的她白净的圆脸，和气中透着洒脱。

她和每一个在物探技术行业中走过的人一样，经历了从事物探解释工作的重重磨砺。而作为女人，作为一个妻子和母亲，她还有自己的另一重艰难，那就是工作要求，让她无法顾及家庭。好在她懂得权衡，可她更能拼命。她曾担任多年的项目长，她总是匆匆忙忙地往来于家庭和单位之间，做家务的时候，她心里还在画着地下曲线图。更多的时候，她是在孩子和丈夫的睡梦中起身，在电脑上继续工作。她是个豁达的人，也是个爽朗的人。她不觉得女人和男人有什么不同，也不觉得她就应该拒绝些什么。所以，领导们都知道，有难题了找陈淑梅。常常会听到这样简洁的对话：“老陈?”“啥事?”“没问题!”

但她也有崩溃的时候。那是2010年，儿子要高考了，陈淑梅还在忙。有一天儿子对她说，妈妈，我都觉得你不是我亲妈，你想没想过我就要高考了啊? 泪水就在那一刻突如其来。于是，她第一次跟领导提了个要求：不进组、不负责、不出差、不汇报。可她还是进了组，还是担任了项目长，她在新疆一待就是两个月，她还是在乌鲁木齐机场厕所里换了衣服直接走进会场汇报。她是个严谨认真的人。在北京机场等待中转时，下飞机第一件事她先去找电源，把计算机电源接上就低头整理资料。在飞机上，她依然是埋头于资料中，直到用光了两块备用电池。

2017 年底，陈淑梅体检时查出乳腺有肿块，不知道是否是恶性，那么大的风险她还不想去手术，想着工作完成后再去，直到被领导和同事强行送进医院。手术刚好，她就拖着虚弱的身体去了单位。没有人要求她这么做，领导也劝她回家多休息，可她就是心里放不下单位，只有让她坐在计算机旁，看着幽深的地下结构图，看着繁杂的曲线才能安下心来。

如今，陈淑梅已经不再担任项目长了，她的主要任务是带徒弟。因为她是个技术全面的人，还是个耐心十足的人，更因为她是个有担当的人。赵腾飞、周宇航、赵建芝、王菲菲……一个个正在成长的年轻人此刻正沿着她指引的方向快速前行着。

还有一些不得不提的女性。事实上，这个室的成员大多是女性，她们或者年轻，或者已不年轻，但她们同样都是热爱工作的人，都是在需要的时候，毅然放弃休息，不计较个人得失的人，都是全身心投入从不抱怨的人。

我在研究室的宣传栏里看到过一张她们工作时的图片，她们没有亮丽的服饰，都穿着白大褂，神情都是那么专注、那么认真——认真专注的女子都是迷人的——在我看来，她们无论是青春张扬，还是略有风霜，却都是那么美丽动人。

值得一提的是，她们之中有一个特殊的女人叫别慧秋，说她特殊是因为她的身份——院长夫人。按照常理，院长夫人也是女人，没有什么特殊的。但如今这个年代，当官的夫人都是娇贵的，自己娇贵自己，别人也都娇贵着。但这个别慧秋却是个例外。她从来不把自己当院长夫人，走路似乎都带着风，干起活来更是风风火火，没有一丝娇柔和造作的模样。哪儿有问题了，找到她，她二话不说立马顶上去。

那一年，她在新疆项目组工作，母亲病了她都没回来，不是领导不让她回来，是她不忍心将工作交给别人，让别人分担自己的压力。按说，她可以当个项目长，可以被授予各层级的荣誉，但她自己从来都是坚决不要。就在大家向我讲述她的故事的时候，每个人都是小心翼翼的，生怕她知道了会不高兴。室领导为了顾及她领导夫人的身份，有时口头表扬也省了。所以，她在这个室里就是一个热热烈烈工作的平常人，是被人有意忽略的人。可在我看来，恰恰是因为她，那个院长的形象也无形中高大起来。

中午在计算机房，我看到了吃过中饭就去工作的刘彩霞。她是个生于1988年的年轻人，沉默腼腆。刚参加工作的时候，看着老师傅们每天描描画画的，觉得这工作既枯燥又无趣。可慢慢地，她看到了师傅们说起什么头头是道的神情，看到师傅们专注的表情是那么帅气有魅力，她开始学起师傅们的样子。这一学不要紧，她发现了自己的浅薄，那些线条、那些图像代表了什么她知道得太少，层位怎么追、断层怎么画她都太过吃力，这时她才知道，尽管她是研究生毕业，与实践相比，她欠缺的还是太多了。她立志要干出个样子来。刘彩霞如今也有了自己的“独门功夫”，她年轻，掌握新技术快，她看师傅们辨别图像费时费力，便开始尝试专业软件图像识别技术。很快，VVA软件、GEOEAST软件被她运用得轻松自如，她终于成为师傅们的好帮手。

和刘彩霞一样，张英玉、孟庆英……她们都是石油物探科研战线上的精英模范——简称“物探模特”，她们的T台通向的是地层深处。正是这些默默无闻的知识女性，她们经常是一个项目完成了，还没来得及喘口气，听到领导说另一个项目需要人手，二话不说就又顶了上去……

采访结束的时候，太阳从灰蒙蒙的天空中露出头来，送来丝丝缕缕的暖意。我重新打量一遍我眼前这支由丛培泓、柴绪兵带领的解释团队，他们的目光告诉我，中国的找油找气事业是大有希望的。此刻他们正在竭力打造一把开启地下宝藏的钥匙，沿着心头那个追梦的神奇目标，矢志前行，我有理由相信，他们一定能将地下油藏的奥秘一一揭示出来。我希望会是如此，我也相信终会如此。

【作家简历】 宋铮，1967 年生于黑龙江尚志，20 世纪 80 年代末就读于东北师范大学。中国石油作家协会会员、大庆作家协会常务理事、石油文学编辑部主任，作家、评论家。获第二、三、四届中华铁人文学奖，出版散文集《心音散唱》。

物探远征军

齐　中

在对大庆石油行业的通常认知中，大多数人熟知钻井，物探却鲜为人知。或许是因为铁人王进喜是大庆钻井人，大庆物探没有这样的标志性人物的缘故吧。那么，你了解现实中的大庆物探人吗？即便你深知大庆物探人如何驰骋于松辽盆地，占据国内市场，却未必掌握他们跨出国门，远征国际市场的故事。事实上，如果我不走进大庆物探，不深入了解它“走出去”战略的实质内涵，不深入它的市场开发中心，不亲自接触它涉外项目部的将士们，就不算真正走进大庆物探，更无法走进他们真实的内心世界。

从松基三井喷出工业油流的那一刻起，中国诞生了一个举世瞩目的整装大油田——大庆油田。从此，大庆像一道绚丽的彩虹，晴朗了神州大地，摘掉了中国贫油的帽子。从那一刻起，人们或许只记住了钻井人，却忽略了最先找到井位的人，而这样的人恰恰就是物探人。作为油田开发建设的头道工序，大庆物探人率先走上前台，乃至跨出国门，他们不畏风霜雨雪，在跋涉中寻找，于空白中发现，驰驱旷野，置身沼泽，穿越沟壑，进驻荒漠，在常人无法忍受的条件下，把踏勘的足迹镌刻在大地上，为蒙昧的荒野插上了文明的旗帜。是的，他们是一群默默无闻的人，却又是一群将光环戴上头顶的人，他们更是于天地间丈量大我、追逐梦想的人。

上篇：中国大庆来的CEO

异域探险

委内瑞拉是南美洲一个美丽的国度，它东与圭亚那接壤，南同巴西比邻，西靠哥伦比亚，北傍加勒比海，是个富庶的石油国度，更是旅行者的好去处。可曲德民率领的25人团队却不是到这里来旅游的，他们是中国大庆物探拓展国际市场深入南美的一支远征军小分队。面对有美国、法国等多家大公司参与的具有国际标准的石油勘探俱乐部，大庆物探起初没有任何竞争优势，不仅如此，曲德民他们还要面对当地极端险恶的自然环境、文化和生活完全陌生的人文环境，以及与国内安全相差十万八千里的社会环境……搁在眼前的一切都严峻考验着以曲德民为首的委内瑞拉项目部25个兄弟的抗压和心理承受能力。

曲德民身材不高却目光炯炯，他黝黑的肤色至今似乎还残留着南美日晒雨淋的痕迹。作为大庆物探委内瑞拉项目的负责人，他道出的心里话令人感触颇深。据他讲，在油田开发的诸多环节里，物探比钻井苦，在国内还能应付，到了委内瑞拉绝对是苦不堪言。施工没有路，就得先修路；遇山阻拦，就要翻山越岭，艰难的程度远远超出常人的想象。可以说，石油物探作业就是一个覆地翻天的活儿。他们一个团队，25个男人，一直工作生活在异国他乡的野外，一干就是一年半载。遇到施工搬迁，车队从城市穿过时，那种长久压抑的心情更是一言难尽。委内瑞拉盛产石油，也盛产美女，当美女们婀娜的身姿款款呈现在眼前的时候，弟兄们那种眼神啊，完全是一种天性的流露。终于穿过招摇的城市，到达另一处乏味的营地，大家便立即投入工作，以此转移心潮里那汹涌激荡的荷尔蒙……

如果非要把曲德民他们在委内瑞拉的野外勘探工作算作旅游的话，那也只能说他们是一群置身境外的“心有旁骛”的“探险者”，而他们“旁骛”的正是石油。在险象环生的梅里达山脉艰难翻越，在巴利纳斯地区的雨季无畏跋涉，生死时刻考验着他们。有时遭遇暴涨的河水，遭遇鳄鱼、毒蛇、蟒蛇当道，更是让他们心惊肉跳，如临大敌。肆虐的洪水、无尽的沼泽、无底的泥潭都是一道道拦路虎，有时不得不先抢救陷入泥水里的钻机和被冲断的传输电缆。关键时刻，25 个兄弟只能在泥淖里爬行，忍受奇特蚊虫的叮咬和专门吸食血液的蚂蟥……漫长的巴利纳斯雨季不知道为曲德民他们设置了多少艰难险阻、多少道天然屏障，他们都一一闯过去了，然而最难以跨越的还是他们内心对家国亲人的无尽思念。

突破语言关

曲德民毕业于长春地质学院，通晓英语。委内瑞拉曾经是西班牙在南美的第一个殖民地，说的是西班牙语。语言是交流工具，作为项目部经理和前线生产总指挥，离开翻译寸步难行，可又不能啥事都靠翻译。怎么办？没有别的出路，语言这东西，你非下苦功靠自己学不可！

曲德民无疑是个聪慧的人，在语言学习方面极具天赋。工作紧张、繁忙，平时抽不出时间，他就采取零打碎敲的方式，利用工作间歇和吃饭时间学一点儿，晚上再系统地学习发音。

学语言没有捷径可循，听说读写，重在开口练。曲德民从一句“Hola guapa!”（你好）打开了与当地雇员学习、交流的窗口，由简单的问候“Guapo，Guapa（帅哥、美女）”到“Aa Ee Ii Oo Uu”五个元音与 19 个辅音的分别组合，弄懂了音阶，然后再到单词、句子和语法。在学习西班牙语过程中，曲德民发现西班牙语不仅是一种美妙动听的语言，而且单词中有许多与英语相同或相似的词，于是他总结出一套独特的、专门适合自己的学习方法，不久练就了一口流利的西班牙语，就连当地的土语、黑话甚至脏话也逃不过他的耳朵。随着词汇量的不断增加，他开始捧起委内瑞拉的《税法》《劳动法》等相关的法律法规硬啃起来，为拓展委内瑞拉市场，更好地解决招标，协调好与当地雇员的纠纷等问题，奠定了良好的人文基础。

在他的带动和激励下，项目部每个人都在通过各种渠道刻苦学习西班牙语，加上身处委内瑞拉现实语境的便利条件，很快整个团队就顺利突破了语言关。

入乡随俗

西语的熟练程度为曲德民他们打开了对外交往的大门。在研究和掌握了委内瑞拉的相关法律之后，他发现中委两国之间的法律存在着很大不同，尤其在《劳工法》中，居然有这么一条奇特的明确规定：外国公司在当地雇用一名员工上班，雇主要负责其全家的医疗费用，就是说外方员工的父母、妻子、子女等你都得管。这就无形中增加了大庆物探投资项目的成本。

曲德民清醒地意识到，要想在这里站稳脚跟，第一步就得入乡随俗。在委内瑞拉，当地工会组织掌管着劳工方面的一切事务，在各种劳动过程和劳动纠纷中，工会扮演着重要的角色。如果雇工与雇主发生了什么不快，往往都有工会在背后出谋划策、推波助澜，工会可以操纵很多事情，也可以制造出很多麻烦。与工会组织弄得不融洽、不和谐，若想顺利完成勘探任务，门儿都没有。一旦处理不好，雇工就会变成胶皮糖黏住你就没好，要么找雇主的茬儿，要么故意怠工，要么就是工会的代表上午找你唠个事儿，下午又找你唠个事儿，不外乎什么雇员的手套露指头啦，就说你没及时给更换，或者说这块工区生产不安全，那块工区有安全隐患。更气人的是，有的雇员在施工时，干脆用刀将脚上好端端的一双工鞋弄出个口子来，然后就万事大吉地待在一边不干活了，简直成了“滚刀肉”！有一次，一名工会代表凑热闹找来说，某某雇员的妈妈来了，那名雇员得马上放下手里的活儿去照看母亲。由于掌握的雇工资料没那么详细，我方人员没法确认来的是不是他妈妈……有时候工会代表还会见缝插针，找碴儿说为雇员看病不及时啦，得让雇员休息两天啦，等等。反正各种刁难的事儿时常发生，处理不好，工会就组织罢工，只要工会想组织罢工，随便找个理由就行，遭殃的还是曲德民他们。

当地工会在施工现场有两个监察小组：一个是HSE（健康、安全、环保）小组，另一个是安全自检小组。这两个小组依照《劳工法》每周到雇主施工现场检查两次，有时提出的问题令你啼笑皆非。比如他们竟然说，我方催促雇员快点干活了，与雇员发脾气了，等等。大庆物探驻委项目部追求的是共同价值理念，讲的是大庆精神、铁人精神和“四特”精神，对物探人来说这是一种精神支撑，可在委内瑞拉你不能跟他们讲这些。大庆物探要想站稳海外市场，就得找到一个切入点、突破口，形成一个适合当地的工作模式，第一位就是跟当地工会领导处哥们、处朋友，私下里，他们都称曲德民是中国大庆来的CEO。

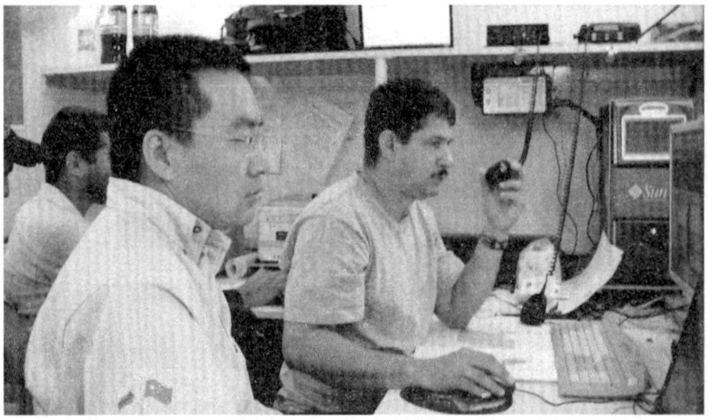

外方技术人员正在工作中

中国人信奉的是儒家文化，儒家文化最重要的一点就是包容，而不是排斥。为了更好地开展工作，曲德民常常跟委内瑞拉雇员坐在同一张桌前吃饭，这令当地雇员很感动，时间长了，雇员们觉得中国人把他们当人看，不歧视，说中国人随和、不牛气、平等待人，然后便不停地数落起美国人和法国人，说他们逢年过节，给雇员俩钱就打发走了。

委内瑞拉的土地私有化程度相当高。比如，我方勘探有时占用农田，事先与农民什么都讲好了，农民也答应可以干活。等勘探任务布置妥当了，农民突然来找你说，今天不行啊，今天是防匪日，你们不能勘探。面对这样的理由谁也没什么辙，因为当地的法律规定了，没有农民的许可，你的设备进不了地。再说，当地的农民也不是一般意义上的农民，他们身上有刀又有枪，咱们惹不起。惹不起，你就得调整生产运行时间和方式，就得换地方重新布置任务。

惹不起当地农民还有一个原因，咱们的勘探队没有自己的保卫人员，得雇用当地的农民为咱们看设备，连看基地大门的都是雇的当地农民。

委内瑞拉放线施工场景

委内瑞拉用工模式与中国不同，雇用当地雇员必须按小时付劳动报酬。所以常常是项目才开始，雇员就开始磨洋工，出工不出力。赶上雇员加班加点生产时，也与国内的结算形式大相径庭。国内一般是按天计酬，委内瑞拉是一刻钟一刻钟地累加结算。过了一个15分钟就得成倍加钱。有的雇员为了增加报酬，时常搞点小破坏：偷偷把钉子给扔了，说钉子没了干不了活；需要用冰时，他给你往冰里撒些土；需要发电机时，他给你往油箱里掺沙子，或者充分利用检修故障的时间，来赢得高额报酬。这样做似乎并不违法，因为他们在工地上的一切正常和不正常活动都受法律保护，而咱们对雇员一不能催促，二不能凶，否则必然引起纠纷乃至罢工。

有时候当地雇员直接罢物探项目部的工，工地上一切准备就绪了，雇员们不让开工，理由是在他们的利益分配上出现了不公。这样的罢工往往一耽误就是好几天，而雇员们却不知道是甲方的事，与咱们乙方无关，常常是搞得项目部25个人都窝在工地上，那种滋味儿也是相当难熬的。

但凡遇上了这种事，项目部的人就更想家、想老婆、想孩子，挂念父母，留恋祖国的工作环境，只有在这时越发深刻懂得祖国的含义。在国内，不管多么苦、多么累，顶多对工资收入偏低发点牢骚而已，绝不会对周围的作业环境产生安全上的担忧，更不用担心有罢工的事情发生，心里头总是坦荡荡的，即便是在陌生的旷野也不会有恐惧感。

小试牛刀

海外开发市场，竞争的激烈程度不言而喻。

委内瑞拉对曲德民他们来说是陌生的，面对错综复杂的社会环境，每一项挑战都是全新的。就拿施工项目来说吧（起初拿的是小项目），甲方根本不认可咱们，他们看你的眼神完全是漠视的、盛气凌人的，赤裸裸地不加丝毫掩饰地下结论说：你们这么生产、这么个组织形式，在委内瑞拉是不可能进行物探作业的。

此前，委内瑞拉甲方的头脑里根本没有“大庆物探”的概念。事实上自1998年开始跨出国门闯市场以来，大庆物探就形成了丰富的勘探实战经验，组织生产技术和方法已非常成熟，多么复杂的地表地质条件都没问题。经过三番五次的商谈，双方签了较小的合同，尽管小，可还是让大庆物探人抓住了一线商机。曲德民代表大庆物探承诺说，甲方限时完成多少工作量，咱就按要求保质保量完成，不仅保质保量完成，而且还要做到提前完成。经过几次小项目的实际验证之后，终于取得了甲方的信任，他们完全认可了大庆物探人的能力。这就像中国人在国外承建大桥似的，外国人认为这样建设桥梁非塌了不可，待到大桥落成了，老外眼里瞧见的却是意想不到的好。曲德民说，大庆物探人用自己的办法，保质保量地完成了项目，在咱们内心里发扬的还是大庆精神、铁人精神和物探的“四特”精神，这就是硬实力。

小试牛刀，甲方跟曲德民他们混熟了，便给曲德民讲了一个恐怖的故事——当然他们是心怀善意地讲给他听的，大概是想给曲德民上一堂防恐课，让他遇事不慌吧。他们说在当地有家哥伦比亚物探公司，挺牛气的，勘探设备清一色的美国造，技术非常先进。后来被当地工会组织给盯上了，想着如何能搞到手。想来想去，终于想出了一个极其简单的办法，既不去抢，也不去偷，而是以黑社会的名义给那家公司写了极其简短的一封信——“限你们48小时之内滚蛋!!!”

这家公司倒也认真，接到信件有板有眼地拆开一看，吓得公司上下惊慌失措，所有人员立时跑得溜干净，连个影都没留下。当地工会得手了，捡了个大大的便宜，所有设备原封不动地留下来，一无所有的工会组织借机成立了公司，摇身一变当上了老板，左挖右找雇了几个懂技术的人员，开始干起了物探生意，用咱们中国俗话说，叫“空手套白狼”。这个故事的言外之意就是告诉曲德民，千万千万不要小瞧当地的工会组织，他们可不是好惹的，若想在委内瑞拉玩转了，得先过好工会这一关。

平息罢工风潮

提到一次罢工时，曲德民心情变得复杂起来，良久闷坐在椅子上不知从哪说起。这次罢工瞬时间把他推到了风口浪尖，成为他终生难忘的一种痛苦的回忆。

小来小去的罢工，曲德民都能应付自如，可这次是一次特殊的罢工风潮，来势汹涌，把在委大庆物探基地围了个水泄不通，项目部25个兄弟全被困在里面。乌云低垂，天气闷热，令人窒息的场面，每个人的神经都到了崩溃的边缘。“我们要涨工资，我们要提高待遇”的口号声接连不断。有几个罢工者往院子里扔矿泉水瓶子和石子，还有一些人在路口燃起了轮胎，浓烟滚滚，弥漫天空。有些情绪失控的人，竟然同护院的看守人员发生了身体接触，大有抢夺枪支的意思，守卫人员不得不鸣枪吓退。种种迹象让曲德民意识到，这一定是有组织、有预谋、有目的一次大罢工，如果不能及时控制局面，罢工会愈演愈烈。

基地地处偏远的角落，属于委内瑞拉与哥伦比亚交界区域，想搬救兵，山高路远来不及。如果不立即想出解决的办法，罢工持续一天，大庆物探就得耗资10万到20万美元，弄不好将本次标的毁于一旦。想冲出去也是不可能的，罢工者死死堵住了大门口。曲德民想，先控制罢工者的情绪，避免发生过激行为，以自保为前提，然后进行谈判。他转身回到屋里，给特殊控制区的“老大”打了电话，说遇到了大的罢工，请求“老大”给工会的头头儿打个电话，先安抚一下工会的头头儿，争取时间拿出切实可行的对策再同罢工代表进行谈判。“老大”跟曲德民的个人关系不错，立即给工会的头头儿打了电话，说了什么，无人知晓。此地是非常地带，绑个人就像黑社会似的，把你眼睛一蒙，手脚一捆，吓不死，也得吓蒙了。或许工会的头头儿真的给了“老大”一点面子，不多时，罢工势头有些收敛。曲德民抓住这一有利时机，跟弟兄们说，我出去跟罢工代表谈判，你们谁也别动，在营区安静地候着，保佑我平安归来吧。兄弟们都持反对意见，认为这次罢工情况特殊，危险因素大，只身一人去谈判安全系数太低，要去大伙一道去。曲德民坚定地说，不行，都去的话，他们会认为我们胆怯，反而对谈判不利，就这么定了，我去同他们谈！

中方人员凭借睿智和真诚赢得了外方雇员的信赖

曲德民来到大门口，对一名国民自卫队员说，请你跟着我，我去说服他们。那名国民自卫队员跟着曲德民走出了大门。罢工的人群见曲德民一个人出来了，非常惊讶，人群嘘的一声变得安静了，一个个瞪着溜圆的眼睛瞧着这位身材不高镇定自若的中国CEO。曲德民向罢工的人群深深鞠了一躬说：“我是中方的项目经理，也就是你们说的CEO，我郑重向所有本地雇员承诺，我说话算数，请你们相信我。”曲德民娴熟、地道的西班牙语一下子拉近了与当地民众的距离，罢工突然变成了像是听一位知名人士演讲，现场气氛忽地热闹起来。曲德民示意大家肃静，人群唰地静下来了，所有人都想听曲德民接下来说什么。曲德民当然清楚，所以直截了当地请各工会代表跟他谈判。人群中走出几个人来。曲德民态度和缓地说，外面太热、太晒了，我们能否坐在屋里一边喝水一边谈。他们同意了。

屋外瞬间风平浪静了，罢工的人都躲进周围的树林里，边乘凉边等候谈判结果。屋里，曲德民开门见山对劳工谈判代表说，中国有句俗话，叫作“有事摆在桌面上”，现在咱们敞开心扉说心里话，能否告诉我，你们罢工的目的是什么？

过了好一会儿，曲德民终于搞明白了，原来他们罢工和围堵中方的目的，缘于委内瑞拉政府承诺为当地百姓修路和打水井的事情泡汤了，于是便把不满情绪迁怒到中国人身上，让中方替政府埋单，为他们提高待遇、增加收入。曲德民心平气和地向代表们解释，希望双方都退一步，如果代表们提出的要求合理，中方自会承担；若提出的要求不合理，又超出中方承受能力，且又不听中方劝阻继续罢工的话，那中方也没有其他选择，只好中止项目运作，放弃一切经营打道回府。

曲德民这样一说，劳工代表们反倒有些慌了，突然意识到罢工的利害关系——倘若中方真的中止项目的开发，就等于断了当地劳工的生活费，继续维持罢工的结果，也就等于失业了。于是双方达成了协议，和解了。此时甲方的代表也赶来了，见中方巧妙地化解了危机，连连称赞中方的智慧，表示更加愿意同中方合作。一场突如其来的工潮，经过恐惧、面对与和谈之后，终于云散烟消。

工会两兄弟

一波平了，一波又起。当地工会兄弟两个人，这次又来找曲德民闹事，没什么正当诉求，就是来找麻烦的。据说这哥俩原本是五兄弟，在当地工会很有势力，后来死了仨，死因是委内瑞拉政府给当地的百姓建安居屋，雇用劳工数量比较大，工会内部为了争抢劳工的活儿，发生群殴致三死一伤。现在存活的两兄弟，其中一位是个跛子。曲德民也想借机跟他们谈谈，劝他们别来滋事。可这哥俩很牛，抱着免谈的态度天天来闹你，今天找你说医疗保障不够好，劳保方面不到位，明天来说中方催促劳工干活了。当地的法律规定，不许催劳工干活，催劳工干活会增大安全风险，因为人的体力是有限的。面对故意找碴儿的兄弟俩，曲德民没有示弱。过了几天，曲德民接到老熟人——委内瑞拉总工会主席打来的电话，对曲德民说，跟那哥俩儿有啥事不能坐下来谈呢。曲德民说不是不想谈，是那两兄弟不跟他谈。主席说没关系，我打电话让他们跟你谈。

与兄弟俩谈判的那天，曲德民带了两个当兵的跟在身后。人家那哥俩见势也不含糊，拉了两车人过来。曲德民说，其他人都不参与，就咱们仨，把手机都关了再谈！

经过一番谈判，曲德民发现这哥俩有一个共同点，只要你能降住他们，他们就信任你、忠于你，乃至全身心地为你出力、为你卖命。曲德民利用这一点因势利导，温和地说，我可以聘你们哥俩为我们的项目做事。那哥俩听了非常高兴，刚想说给多少钱，曲德民没容他们说出“钱”字来，话锋一转，我有个条件，这个项目我要求啥时候完成，就得啥时候完成，如果你们能帮我做到提前一周完成，那就在原工资额的基础上增加百分之几的好处费。工钱未多费口舌就谈妥了。哥俩还发了誓，保证按要求做到。还别说，这哥俩还真肯卖力气，后来工地上有想闹事和要罢工的，哥俩主动平息解决，根本不用曲德民操心了。

驻委项目负责人正在化解一场矛盾

仔细回想一下，大庆物探在委内瑞拉的几乎所有项目，个个都存在不同程度的危险，中方的不少做法都是在生死关头逼出来的。跟这哥俩谈判前，当兵的对曲德民说，“修理”这哥俩！曲德民说，绝对不行，不但不能“修理”，还要充分利用他们在工会中的作用。几天之后，这哥俩中的跛子被打死了，不知是什么人干的。曲德民觉得很可惜，剩下的那位，后续工作还需要他，以防万一，曲德民只好雇了两个警察天天保护他。

即将离开工地时，当地一些小型工会主动给咱们签字，有一份签字书上这样写道：中国大庆物探在此地未留下任何问题。简单的一句话，意味着即便还有劳工故意找后账告刁状都没人受理了。也有不签字的，借口多是没给他们买这个买那个。这时哥俩中活着的那位再次派上用场了，他说只要他带头签字，谁也不敢不签字。果然他履行了诺言，曲德民也信守了承诺，他紧紧握着曲德民的手说，以后再到这来，愿效犬马之劳。

这是曲德民和他带队的项目部在委内瑞拉勘探找油的真实记录。然而在回国途中，因为遇到了突发事件，他们还是遇到了一点麻烦，项目部25个兄弟中有两人被冲散了，几经波折，最终一个从埃塞俄比亚，另一个从巴基斯坦取道回到了祖国。曲德民最后一个回国，25个兄弟终于在祖国平安的大地上拥抱在了一起。

中篇：举着国旗去找油

友谊是最大的效益保障

在委内瑞拉待久了，大庆物探项目部每个人的视野都变得更加开阔了。大庆物探驻委项目部的25个兄弟们深知，远离祖国，这里不比国内的和平安全环境，离开祖国和亲人撇家舍业，在这样的国度里创业、打拼，为的不只是个人的利益，重要的是为了开辟大庆物探的海外市场，为的是拓展出大庆物探更大的生存和发展空间。在一个与祖国安居乐业完全不同的环境中，大家都承受着竞争、反恐、安全、协调、施工等诸多方面带来的压力，有时不得不面对生死的考验。因此对他们来说，不仅需要海外拼搏的工作和生活经验，还要有敢于在险境中死里逃生，在逆境中化险为夷的经世智慧，当然还包括绝不能让大庆物探遭受重大损失，绝不能让25个兄弟的父母失去儿子、妻子失去丈夫、子女没了父亲的现实关切。在直接参与完成的10个地震勘探项目中，大庆物探实现产值达到两亿美元，这两亿美元的创收，是在与美国、法国、白俄罗斯、挪威等国际大牌物探公司竞标中实现的，竞争的激烈程度可以说是你死我活的。仅PDVSA一个项目，他们个个都进入了英雄的角色，一方面需要拿捏把握项目的难点和关键点，另一方面还要及时与国内沟通，求得资金和技术装备的支持。经过科学组织、精心策划、合理分配人员，驻委项目部战胜了众多大块头公司，一举拿下了这6106万美元的项目，在CARINA大型综合项目上，为大庆物探创收纯利润1500万美元，是签约额最大、赢利最多的项目之一。这些赢利颇丰的项目的成功离不开这支跨国远征团队的集体智慧和他们团结奋战的英雄壮举。当然还有十分重要的一条，那就是谁来保障项目的安全执行。

曲德民在交际上独具慧眼，他结识了当地部队的一名上校阿尔弗雷多。就拿实施CARINA三维地震大型综合项目来说吧，如果没有阿尔弗雷多的支持，完成这个项目是难以想象的。这自然得益于曲德民同阿尔弗雷多上校良好的交往，不然大庆物探也不会平平安安地赚取纯利润1500万美元的丰厚收入。

人与人的交往与国别无关，重要的是患难见真情。这事还得从曲德民先帮助阿尔弗雷多上校说起。彼时，阿尔弗雷多的女儿安妮得了重病，在委内瑞拉一直治不好，上校很犯愁，担心宝贝女儿的未来，可在委内瑞拉实在找不到治病的出路，为此他一筹莫展。恰好在这时，阿尔弗雷多和曲德民偶然在一次宴会上相识，曲德民流利的西班牙语令阿尔弗雷多非常赞赏，频频与他交流。说着说着，阿尔弗雷多忽然想到自己宝贝女儿安妮的病情，神情忽然变得严肃起来，曲德民还以为自己哪句话说得不对了，刚要向他解释，没想到话还未到嘴边，阿尔弗雷多跟他耳语了几句后，两人悄悄离开了餐桌，转到一旁聊起来。上校问曲德民能否帮一个忙，将他女儿安妮送往中国去治病。曲德民询问了病情，二话没说，当即给国内的大学同学打电话联系相关医院和医生。之后阿尔弗雷多携女儿安妮飞往中国的首都北京，一切接待均由曲德民国内的同学精心安排，他们为安妮请来专家诊治，并提供方方面面的帮助。安妮的病很快治愈了，回国后的阿尔弗雷多成了曲德民非常要好的朋友，因为感受到了曲德民他们的真情实意。在CARINA项目的执行过程中，一切安保事宜都受到了阿尔弗雷多上校全方位的支持与帮助，为该项目的顺利实施开辟了绿色通道，筑起了防恐、防罢工的堡垒，将项目部25个兄弟牢牢置于安全的保护中，同时也将组织生产、技术把关、经营范围统统纳入了安保体系，确保了该项目没有遭受任何意外冲击。

限于国内国际的多种原因，一段时期以来，委内瑞拉局势始终不稳定，国民自卫队士兵和警察的枪支经常遭到抢夺，大庆物探基地附近的银行和金库也常常被抢，甚至还发生过枪击杀人的事件。有一次作业施工地点离哥伦比亚边境不足 20 公里，那里的治安环境混乱不堪，黑恶势力猖獗，常有绑架的事发生，而且绑你不商量，当地人谈虎色变。在这种高危环境中施工，曲德民他们丝毫不敢怠慢，他们立即撤下当地保安公司的雇员，全部换上阿尔弗雷多上校的部下，项目部的施工车辆也及时换上了快捷又实用的对讲机。外出执行任务的中方员工，一律有阿尔弗雷多上校的军方人员陪伴。

面对这样的工作环境，项目部每个人都深有感触，在国外待久了，大家才真正懂得“祖国”的含义。特别是处在未知的安全和作业环境里，几乎所有人都无法抑制心中对家人的思念，慢慢地，心里还会滋生出一种莫名的负疚感，觉得愧对年迈的父母，对不起自己的老婆孩子，孤独寂寞的感觉油然而生，常常情不自禁落起泪来……但又一想，为了站稳大庆物探海外这块市场，这一切付出都是值得的。大家默默地在心中藏起思念，再把它们化作做好项目的强大动力，竭尽全力在当地社会各阶层中辛苦耕耘，播撒中国人的情怀，传递儒家文化，将中国人的良好品格植入委内瑞拉的土地，以他们的工作实绩和良好作为，赢得了委内瑞拉人的尊重和赞誉。

经历了风风雨雨的大庆物探驻委项目部，逐渐在南美洲开辟出了自己的第二故乡，站稳了脚跟，将自己的生活习惯悄然融入当地的风土人情中，将标准的西班牙语与当地方言融会贯通，像说家乡话一样与当地人展开交流，友好往来。与阿尔弗雷多的交往使曲德民深深感到，友谊不仅是一种增进感情的安全红利，还是获取市场的效益保障。为了增进与当地甲方人员、部队军官、工会社区领导、庄园主等各阶层的友好情谊，也为排解员工的思乡之苦，曲德民领着 25 个兄弟借圣诞来临或新年伊始，和他们举办圣诞、新年晚会，在活跃的气氛中加深友谊。在适当的时候，驻委项目部还积极参与当地的社区活动，救助贫困及身体有病的老人，为当地学校捐赠书籍和学习用品，主动参加当地雇员的生日宴会，为婚丧嫁娶敬送礼品礼金，增进了与当地雇员的感情和凝聚力，夯实了深入合作的良好基础。

征服甲方

大庆物探在委内瑞拉拿项目，完全是夹缝中求生存、求发展。美国物探和法国物探，靠的是先进设备和先进技术，对生产安全的评估要求非常高，认为不安全的绝对不干。美法是大公司，拿了大项目砍成块，进行二次承包、三次承包，然后坐享其成。大庆物探驻委项目部属小公司，安全保障方面远不如美国和法国评估得好。既然在夹缝中行走，靠的只能是克服困难的勇气，靠的只能是吃苦、付出和精打细算了。拿到了项目也不敢“砍块”，砍块就挣不到钱了，赔本的买卖自然不能做。在执行项目的过程中，必须审慎地对待当地的安全形势，顾及当地的劳工、法律、工会这些因素，这些错综复杂的关系处理起来非常棘手，曲德民和他的项目部不敢有丁点儿的大意。

曲德民前后参与了40多个项目的投标，在一个经济环境不稳定、政策起伏多变的国家，遇到的困难和麻烦可想而知。项目投标是关键的一步棋，弄不好会满盘皆输，这就需要动脑筋，得在投标前保持良好的心态，对投标价格仔细分析，计算环节的把控上要趋于精确。心有数人不慌，剩下的是有条不紊地组织踏勘，想方设法掌握第一手资料，这对投标来说至关重要。石油勘探不同于在城市里逛街景，你得跑到千里之外，那里的自然环境是物探施工作业的必然条件，无论自然环境多么差，周围环境多么险恶，留给你的只有做好二字。所以每次投标前曲德民都要亲自组织踏勘，对探区的主要河流、森林、草地、岩石等都要做详细的踏勘记录。光这样还不行，社会因素也不能甩在一边，必须把当地的经济政策、通货膨胀率和行业工资标准考虑在内，必须把项目标底的预算降低到最小的误差范围内，这些全是动脑筋、玩心思的活儿，没有任何捷径可走，必须下苦功夫不可。

项目拿到手了，曲德民的神经一刻也不敢放松，抛开复杂的自然环境、技术层面上的难度和周边糟糕的治安环境不说，更重要的是还得协调好劳工关系，或者和当地农场主的关系。这两项动态的关系非常难协调，非常牵扯精力。劳工问题在执行项目过程中尤为重要，不能在无形中增加施工成本。为了避免发生劳动纠纷，曲德民和他的核心成员们不得不聘请当地有丰富经验的律师来协助处理雇员劳动合同、房屋租赁合同、设备租赁合同。还有，农场主也是个难剃的头，很能摆谱，事先得提前预约、宴请，要不他根本不搭理你。有了这些铺垫，才能摆平农场主。最后一步就是协商了，双方先共同清点农场主的牲口数目，共同计算占地面积，防止节外生枝。还有我方的设备也得雇用农场主的人来看护，没有设备的完好率，机器就是一堆废铜烂铁，就是丢了西瓜捡芝麻，所以与农场主有关的任何问题都不能忽视，处理不好很容易弄成经济索赔案，你得马上停工打官司，一旦停工，影响勘探进度那是必然的事情。在对待农场主的问题上，曲德民事先制定出应对突发事件的预案，一旦工程受阻便立即启用。

项目顺利过关了，工程款结算也是一道坎儿，谁知道同甲方结算时，当地的货币会贬值到什么样啊！执行项目的过程，哪一样工作也不轻松，全是折磨人的事。有一次在对市场跟踪、调研、勘察、测算之后，通过地震、电法、磁法等综合手段获得三维地震资料，但在最后一炮的一条测线上，甲方技术员提出此井下药深度有 10 厘米误差。10 厘米的误差从技术层面来说，属于误差允许范围内，我方十分尊重他的意见，毫不犹豫地调回了已经开走了的钻机，当着甲方技术员的面，重新钻井，重新下药。这样的情况看上去费事误时，但恰恰是这种精益求精的作风，深深打动了甲方，赢得了甲方对我方的尊敬。甲方为此给中国大庆物探人一个点赞加好评，在工程结算上积极配合我方，确保了工程的创收。

巧夺追加项目

完成了巴里纳斯 6100 万美元的项目，大庆物探项目部在委内瑞拉的市场开发进程基本接近尾声，大家终于获得了喘息的机会，可以静下心来等待结算和筹备回国的事情。在空闲的时间里，25 个兄弟集体做东，宴请甲方代表。中国人的热情传递出的是一种温暖、一种恋恋不舍的情怀。席间，甲方的一位朋友敬酒时，悄悄透露了一个消息，说他们还有一个2800万美元的项目要招标，目前已经有4家国际知名公司盯上了这块肥肉。为了确认消息的真实性，曲德民他们利用敬酒之机同甲方另外几个朋友咨询此事，得到了肯定的答复。

面对新的商机，曲德民手心直痒痒，他干净利落地选择了推迟回国。这一决定也激发了25个兄弟的干劲，大家异口同声说：“干、干、干，然后再凯旋！”

巴里纳斯项目位于委内瑞拉巴里纳斯拉萨瓦奈达镇，是前总统查韦斯的出生地。政治家诞生的地方，充满了政治味道，党派林立，外加令人难以理解的社会关系。当地驻军具有外挂职能，可充当警察、交警、武警维护当地治安和社会秩序。在这样的环境下找谁来帮忙呢？曲德民左思右想，终于在头脑中挖出一个大人物来，他就是甲方石油老总罗德里格斯。曲德民清楚地记得，当时巴里纳斯三维区块是美国公司干的，遗憾的是美国人没干完就中途退场了，甲方肯请中方接过这个项目。曲德民接手后居然一炮打响，获得了巨大成功。罗德里格斯竖起大拇哥称赞说：“中国人，了不起！”

罗德里格斯对中国的茶颇感兴趣，尤其喜爱中国的龙井，另外对中国民族乐器——琵琶情有独钟。曲德民就让国内的朋友选择优质的龙井和音质上乘的琵琶，以最快的速度寄过来。然后联系了罗德里格斯，携带礼品拜见。老总深谙中国文化，崇尚礼尚往来，愉快地伸出了友谊之手，承诺愿助我方一臂之力。

甲方总监海勒曼也表示赞同，认为中国大庆物探干得最好！美好的赞誉加上友谊之手的推动，2800万美元的追加项目终于落在大庆物探人手里。那一天所有人都松了一口气，但内心却不敢放松，他们深知“编筐编篓重在收口”的道理。为了2800万美元追加项目能顺利实施，还要有更加安全的措施做保证，这种保证自然离不开阿尔弗雷多上校。有了这种保证，我方施工想穿越过哪个州、哪个省就会变得畅通无阻，要人、要兵、要车都能随时调用，就连开往工地的载人往返车辆也由阿尔弗雷多上校的部队护送，施工现场也是阿尔弗雷多的部队把守，几乎到了戒备森严的地步。但在某一特定情况下，军队的人也不敢硬顶，比如特殊控制区的人，军队是不敢惹的。所以为了以防万一，我方的专车由前文所述的“老大”的人驾驶，保镖也是“老大”的人，左右相伴，因为“老大”的人与特殊控制区的人来往频繁，关系密切，这样做更安全。

然而智者千虑，还是保不齐有一失。一次，曲德民和卢春阳在施工区附近的树林里协商工作时，保镖离得远了一点，曲德民和卢春阳被潜伏在林中的4个特殊控制区的人给绑走了。到了特控的地盘上，绑匪把枪往两个人脑袋上一顶，说不害怕，那是瞎扯，谁经历过这等事呀！两人都不清楚被绑架的目的，只听他们叽里呱啦地说，准备把他俩以一百万美元的身价卖到哥伦比亚去。曲德民一听着急了，可一遇急事他便会急中生智，他索性喊着“Jacinto、Jacinto、Jacinto（哈辛托、哈辛托、哈辛托）”！那4个特控听他喊“哈辛托”，立即问他们跟哈辛托是什么关系，曲德民回答说“哥们儿关系”。他们听后倒也讲哥们儿，操起电话打给了哈辛托，说了两句，又让曲德民接电话。曲德民如实说了被绑的事实，然后电话又从曲德民耳朵上移开，持电话的人又跟哈辛托说了几句，就“好好好”地挂了电话，接下来为他俩松了绑，然后用车将他俩又送回了施工现场。

你当这位“哈辛托”是谁，原来就是“老大”！虽说是虚惊一场，可谁又能说不是死里逃生呢？

遭遇巨蟒和野蜂

太阳烤着巴里纳斯州大地，使这里的地表温度达到50多摄氏度，让正忙于工作的项目部副经理范立国有些头晕目眩，但他仍时刻提高警惕。忽然，一阵“沙沙沙”声传入他的耳朵，顺着声音，范立国蓦然看到一条4米多长的巨蟒正盯着他。

范立国在林区长大，原本不怕蛇，但那天他还是受惊了，他一辈子都忘不了，那天是2011年10月25日。

那是上午10点多，范立国领着5个当地雇员采集地震数据。他们的工作地点一侧是水泡，一侧是甘蔗地。几个人仔细侦察了一番确认没危险，就忙活开了。

当时，约勒曼正准备操作仪器，演·卡罗斯正在确定布设电极方向，另外几个人有布设电极的，有埋置磁感应器的，范立国不时地给大家搭把手，并监督他们工作。

不知道是不是太热的缘故，范立国感觉周围特别安静。忽然，一阵“沙沙沙”的动物爬行声传过来，回头一看，在距他不足5米的水泡边，一条巨蟒已经露出了狰狞的面孔。

“有蛇！”范立国喊了一声后，六个人同时向反方向跑去，着实吓得不轻。水泡里的巨蟒听到周围有动静，便爬出来觅食。这家伙在当地很常见，虽然没毒，却能够吃下一些中型动物，能把一头小牛整个吞下去，自然也会吃人。还好范立国发现得及时，如果再晚哪怕半分钟，他们就进了巨蟒两三米的捕食范围，就会有人被攻击。如果真被它咬上，受伤都是轻的，生还的可能性很小。当地人非常了解蛇的本性，它们总是慢慢地向目标靠近，或是蹲守在那里等待，然后突然发起攻击，如果它们被目标发现，就不会再行动了。拍着胸脯惊魂未定的演·卡罗斯费力地把巨蟒拖走，几个人这才继续工作。

不光巨蟒，在热带雨林气候的环境下施工，还常能遇到鳄鱼等危险动物。蛇进屋、鳄鱼进院、蚂蟥蜇人，河里还有凶猛的食人鱼，但是最危险的还要数野蜂，那种蜂非常毒，人被蜇伤，半个小时得不到救治就会没命。

王浩声是驻委的一名项目经理，他所在的基地也在拉萨瓦奈达镇。一天清晨，大家吃罢早饭准备出工。6点20分，晨曦初现，清亮的阳光洒在草地上，坐在车上的王浩声心情格外好。汽车刚要发动，王浩声突然想起应该上网浏览一下，原来他和妻子还有在清华大学上学的女儿在网上建了一个叫“网巢”的QQ群——那可是他们筑在网上的家——昨天晚上聊天时突然断网，也不知道后来妻子和女儿是否有留言给他。

出工的时间到了，很快他们到达排列。王浩声叮嘱大家，最近是雨季，低洼的地方积水深，千万别被毒蛇和蚂蟥偷袭了。负责采集的姜庆国大咧咧地说，没事儿，他已经学会怎么捕蛇了。

看着姜庆国天不怕地不怕满不在乎的样子，王浩声还是有些担心。

果不其然，9 点 20 分左右，姜庆国的一声尖叫，让现场的气氛一下子紧张起来。原来他在树丛里冷不丁发现了一个野蜂窝，他知道被野蜂蜇一下可不是闹着玩的，于是赶紧叫来项目部专门在当地雇的捉蜂手，转眼间这些伶俐的捉蜂手就把野蜂们搬了家，危险总算消除了。

迎着朝阳出发

过了 12 点，大家感觉又累又饿，于是寻个阴凉处开始吃午餐，饭菜都是早晨从食堂打好带来的。还没吃几口，大风骤起，一时间头顶上堆起满天乌云，紧接着一场大暴雨不期而至，助纣为虐的河水霎时猛涨，三条传输地震勘探采集数据的电缆被大水冲断。王浩声赶紧放下饭盒带领大家抢修，人在洪流里随时都有被冲走的危险。雨势渐渐小了下来，稀稀拉拉下了一下午，直到傍晚收工前才停。返回基地后，王浩声顾不得换下一身的湿衣服，就带着几个人去给电瓶充电，以备第二天使用。这么一折腾，到食堂吃晚饭时已是晚上 7 点了。出了食堂，一轮明月缓缓升起，王浩声不由想起了他的“网巢”，可这个时间，家里恰好是早晨，妻子、女儿谁都不会在线上，他一身疲惫地回到宿舍，只能闭上眼睛躺在床上去想象地球另一面他的那个开始忙碌的家了。

夜深了，雨又下起来了，王浩声睡意全无。听着窗外哗哗的雨声，他感到胸口憋闷，起身来到走廊。走到窗边，他点上一支烟，烟是临行前妻子给他买的，此时一股浓重的烟草味让他的内心更加不安，他从来没有像此刻这样想家，又怕下雨误了工期，愁得在走廊里团团转。

眼瞅着快到深夜 11 点了，隔壁的房门突然开了，袁群力从屋里边走了出来，也是一副全无睡意的样子：“老王，还没睡啊。”

“嗯。”王浩声猛吸了两口，然后掐掉手里的烟蒂。

“这雨不见小啊……”袁群力看了看窗外，“又是为了施工进度着急上火呢吧。”

“可不是，10 月份工程就到期了，虽然已经完成了 75%，可是雨季也快来了。”说着王浩声又点燃一支烟。

谁都知道，在委内瑞拉，雨季到来就意味着会耽误工期，因此必须抢在雨季到来之前，在保证质量的前提下多抢一些工期出来。眼下不只是王浩声和袁群力，听着外面的雨声谁都睡不着啊，尽管钻井和填放炸药的工作早已完成，可偏偏天公不作美，委内瑞拉的雨季又很漫长，一旦大雨连天，积水深的地方根本无法进行引爆，洪水过的地方，埋在地下的炸药还可能不响，那就麻烦了。想到这里，王浩声催促袁群力赶快去睡觉，自己也转身进了屋，此时，他满脑子都是如何抢工期。

一觉醒来，天还有些擦黑，看了一下表，时针指向4时50分，王浩声胡乱洗了把脸，准备去吃早饭。食堂门口几个人影在闪动，原来大家早都到了，负责采集工作的副队长姜庆国拍了一下王浩声的肩膀："赶紧吃口饭吧，我们等你。"

王浩声进了食堂不一会儿就转身出来了，他手里掐着两个馒头，边吃边喊："赶紧上车，雨停了，说不定一会儿就能出太阳了。"

王浩声一行四人带上中午的干粮，上了一辆吉普车，摸黑就从大本营出发了。技术人员、安全人员和管理人员也陆续上了各自的车。此时，时钟的指针指向了5时04分。

"庆国啊，雨季到了，告诉大家，铺线的时候电缆接头处做好防雨措施，别漏电。"车一直向前开着，王浩声叮嘱着姜庆国。

"放心吧，我一定盯死了，最近大家在这方面都挺注意的，一会儿到前线，我再提醒一下。"姜庆国应着。

"对了，士君，记得今天要把采集组的救护车停到过河处，做好放线人员过河的安全工作。"王浩声转头嘱咐HSE监督吴士君。

"知道了，到现场我就让路易斯带人去。"吴士君说。

"还有就是千万别忘了把国旗带上。"王浩声放大嗓门补充了一句。

在车上，王浩声想起什么重要的事儿，就简单地嘱咐几句。叮嘱完了，就不再说话了。四个人各自想着一天里要做的事，工作如何安排。车一路匀速行驶，天还没亮，路上几乎见不到人影，偶尔路过一个村子，只能看到几只早起的鸡和狗，遇到几辆长途客车和运输货物的卡车。路两旁种着各种树，虽说在这里待了快一年了，他们还是只认得芒果树和腰果树。

天渐渐放亮了，工地也隐约出现在眼前。王浩声看了看表，5 时 34 分。很快，四个人开始忙活起来。不觉间，旭日懒洋洋地露出地平线，一缕有情有义的阳光射进他们期盼的瞳孔，施工人员顿时都精神了许多。

当地雇员纷纷从四面八方聚过来，开完了班前会，雇员们就开始去做准备工作，有的启动车辆，有的往车上装仪器和工具。6 时整，阳光大大方方地铺开了它的坦荡和热诚，把整个工地打扮成一处迷人的风景区。一面鲜艳的五星红旗醒目地飘扬在第一辆皮卡上面，在阳光下像一团跳动的火焰。事实上，这早已经是大庆物探驻委项目部的一个习惯——出工必打国旗，收工再带回来，已然形成一种独特的升国旗仪式了。在王浩声的带领下，列队的车辆准时从前线生产基地大院鱼贯出发，迎着初升的太阳，投入了紧张的工作。

下篇：草原大漠仟驰骋

物探人的草原胸怀

蒙古国与我国的内蒙古毗连。去过草原的人，对草原的空旷、寂寥和苍茫印象是十分深刻的，但对大庆物探蒙古项目部来说，那种空旷和寂寥恰恰为他们提供了一座历练的大舞台。在蒙古国塔木察格草原的勘探岁月里，他们不仅与蒙古兄弟结下了真诚的友谊，同时还完成了境外草原上最大的石油勘探项目，创出了大庆物探人自己的优质品牌，一举拿下 12501 万美元的大合同，从此创造出具有前瞻性的物探境外发展思路。

美丽的塔木察格草原位于蒙古国东南部，与我国的呼伦贝尔草原同属一个盆地。塔木察格草原夏秋季节短，进入冬季快。9 月下旬大雪纷纷扬扬地飘落下来，进入 10 月已然是滴水成冰的严冬时节了，到了 11 月气温骤降到零下 30 多摄氏度。安置在塔木察格冰天雪地上的帐篷，里面是冰冷冰冷的，没有点血气的汉子肯定会找出上千种理由逃离那里。可大庆物探人偏偏都是有血气的汉子，他们用内心的炽热支撑着找油找气的钢筋铁骨，实实在在践行着大庆物探人的“四特”精神。

蒙古国塔木察格施工场景

在塔木察格草原上勘探，免不了与牧民协调关系、商讨赔偿事宜。但也有不认钱只认人的好汉，这位好汉就是牧民哈丹巴特尔。那年 6 月，他的一块草地被大庆物探队占用过，这位善良的蒙古汉子，却无论如何也不接受付给他的一笔可观的赔偿费。没办法，项目部只好带上面粉、豆油和一些生活用品，开车前往他的蒙古包。这次哈丹巴特尔和他的妻子娜仁托娅不好意思再推托了，热情接受了送来的赔偿替代物。

蒙古人好客，来的客人一定得留下吃饭。哈丹巴特尔为此杀了一头牛和一只羊。牛肥肠是蒙古人待客的上品，哈丹巴特尔对牛肥肠处理得极简单又极特殊，他把草原上青嫩柔软的草絮填进肥肠中顶出牛粪，再简单地用一瓢清水冲一下，即刻放入锅里煮，水面上漂浮着粪草沫子，看得大家目瞪口呆，心中泛起一个问号：这能吃吗？娜仁托娅剁了羊肉，包了饺子，往炉灶里添了几块干牛粪烧水，水开了便开始下饺子，可没人见她洗过手，这再次令人感到困惑：这饺子能吃吗？肥肠熟了，出锅了，切成肠段儿，撒上少许盐面端上桌，饺子煮好了也端上桌来。桌上的杯子斟满了马奶酒，酒香诱人。入座了，可谁也不动筷子，看着香喷喷的肥肠和饺子不知所措。哈丹巴特尔早就瞧出客人们嫌脏的心理，他举起酒杯解释说，草原上的东西都是长生天赐给的，是最干净的，牛粪当然也是干净的，别看锅中漂着东西，那一点也不埋汰，草原的晨露、草原的天空、草原上的气息，无一不是大自然给的，干净得很！说罢，他往每个人的碟子里夹了一块牛肥肠。看来不吃是不行了，不吃等于不尊重蒙古朋友。吃吧，闭上眼睛吃吧。哇，香极了！再尝尝饺子，哇，香死了！

席间，哈丹巴特尔说，草原上的蒙古人死了，并不埋起来，所以草原是辽阔而平坦的，不见一个坟包。蒙古人将死去的人用白布裹好放在马爬犁上，待拉到远处时，再往马身上抽一鞭子，任马在草原奔跑，直到尸体在某个地方掉下来了，亲人们才围过去，默默地哀悼，算是告别了。亲人们离开了，裹尸便成了雄鹰啊，野鸟啊，苍狼啊，野狗的盘中餐，吃得越干净越好。

蒙古人的胸怀是无可比拟的，死去的人回到了大自然，变成了草原上生物链的一环。

与蒙古人交好，大庆物探人的胸怀也无比宽广，因为宽广，也没有了计较，哪怕不被人知道、不被人理解，在寂寥的苍穹下终究修炼出一条宽广的胜利之路。

蒙古巴音戈壁二维项目，是以 2160 地震队为主体的蒙古项目部全体员工抢前抓早打通海关、勇抗低温、最大限度发挥人员和设备的潜能，历时 77 天安全优质高效完成的。这个项目总工作量 520km、12310 炮，合同额为 182 万美元。当时通关工作难度大，加之施工期内气温特别低，工期时间短，人员和设备配备有限。蒙古市场的竞争也异常激烈，在目标工作量少的情况下，大庆物探人广泛开发潜在资源，着眼长远加强拓展，在圆满完成 11、18 区块处理解释任务的同时，又获得了 13、14 区块的项目，在国外市场首次实现了采集、处理解释市场一体化推进。胸怀决定眼界。在大草原上勘探施工，没有吃着碗里盯着锅里的眼界，你是无法取胜市场的。

深入“死亡之海”

刘自敏是大庆物探市场开发中心副主任，主管新疆项目开发，他为人沉稳练达，工作一丝不苟。当年首次入疆勘探，他的团队在夏河区块拿下了头一个市场份额，在市场竞争激烈的夹缝中，摘下一颗坚实的硕果，并由此打开了新疆物探市场的大门，摆脱了竞争者们的围追堵截，在6个投标队伍当中以第一名的战绩，荣获了工区的优选权，赢得了塔里木盆地东三维区块208平方公里的地震采集任务，拿下了3430万人民币的合同，将垄断的物探市场引向了合理的竞争轨道，刘自敏被当年的大庆媒体形容为“新疆大漠的冲浪者”。

新疆是个好地方，也是诗人向往的地方。而沙漠中的勘探者，却感觉新疆的美景黯淡无光，因为他们无暇顾及秀美的沙海景致，从不留恋常人不易见到的植被河流，他们认定的是哪里有石油，哪里就是他们梦里追逐的花园。

2009年8月，大庆物探议标获得了塔里木于田北—塘南二维地震采集项目，工作量是632.06 km、12101炮，合同额2338万元。这个项目的难点不是蜿蜒起伏的连绵沙丘形成的巨大屏障，不是没有淡水的饮食艰难，也不是随时袭来沙尘暴的围困，最难的是防恐压力，并且气候条件恶劣，地表条件极端复杂，给养供应因不确定因素时常中断。有着20年进疆作战施工经验的2288地震队（塔里木项目部）全体干部员工，采取深居简出避袭击、保暖固营抗低温、精细踏勘谋对策、多点专车供给养等措施，凭借长期征战沙漠的智慧和经验圆满完成了任务。

2010年，受国际金融危机影响，大庆油田公司对物探行业投资力度减弱，大庆物探外部市场拓展困难，经营压力逐渐增大。在严峻形势和巨大挑战面前，大庆物探人坚定实施“走出去”战略，解放思想，调整思路，系统思维，主动出击，外部市场开发依然活色生香。这一年，2288地震队第十六次深入“死亡之海”，圆满完成塔里木盆地玛北—玛东二维地震资料采集项目。

短平快的“印尼时代”

司成林进屋的时候，座谈会已近尾声了。他是大庆物探市场开发中心主任，也是时任印尼市场项目部经理。瘦高的个头，瘦削的脸，鼻梁上架着副近视镜，给我的第一印象是一个典型的知识分子。相互介绍完之后，我立即承认我的判断似乎不够准确，应该说他是个混合型的知识分子，既有知识分子的内敛，又有着工人兄弟的粗犷与豪放。寒暄两句，距离感消失了，便像兄弟般地聊了起来。他说，兄弟你来晚了，若十年前你亲近物探的话，物探正是盛极之时。接下来他话锋一转，冷峻地说，大庆物探这么多年吃的苦无计其数，爬冰卧雪外加抛头颅洒热血，鲁迅先生说过“吃的是草，挤出来的是奶”，而物探人吃的也是草，但挤出来的是血。在整个大庆油田发展史上，物探人的收入是最低的。可尽管风风雨雨这么些年，我们一直心系大庆油田，与大庆油田积累了深厚的感情。油田的原野上，留下了物探人深深的足迹。为勘探石油，我们没有任何怨言，因为我们深深眷恋着大庆油田这块为国家无私奉献、释放光热和温暖的土地，多么苦、多么累，没谁掉过一滴泪，这是我们物探人的本色。

印尼项目施工场景

印尼 MANOKWARI 二维项目是 2007—2008 年度的二维地震采集项目，设计工作量为 1562.94km、26092 炮，合同总额 1751 万美元，公司可控合同额为 572 万美元，工期 15 个月。2008 年底项目第 3 次全面停产时，甲方、国际工程公司和大庆物探的领导紧急磋商，采取多项有力措施，终使项目起死回生，延宕至 2009 年 10 月 30 日才完成全部剩余的工作量。

据司成林讲，他带领的大庆物探印尼项目部，曾经在印尼物探市场占据了一席重要之地，取得了突出的业绩，在严酷的竞争中，他们力压群雄，脱颖而出，在多个项目中接连不断地接到业主的邀请单，开拓了大庆物探在印尼的市场空间，完成了 2247 万美元的合同额。然而，正当他们踌躇满志决心在市场竞争中走向强势的时候，大庆物探印尼项目按照中石油的战略需要被划拨给另一家国内公司，虽然有些难以割舍，但这种牺牲维护了大局，也是不可或缺的。正是这段难忘的“印尼时代”短平快的努力进取，让大庆物探扬名东南亚市场，某种程度上它并非美丽的昙花倏忽一现，而是如同闪电一样，将刹那芳华凝固成一种记忆的永恒。

此外，在对巴西市场潜力、进入方式进行深入考察后，大庆物探开始尝试为大庆油田再次进入南美市场搭桥铺路，从而积累了宝贵的市场经验，同时还不忘全面提升综合物探技术拓展市场的能力，积极发挥综合物探的特殊作用，使 VSP 测井首次走出国门闯进莫桑比克市场。

千淘万漉虽辛苦，吹尽狂沙始到金。大庆物探勇闯外部市场的征程不会到此为止，随着加入东方地球物理公司的大合唱序列，他们一定会成为这支为国找石油昂扬战歌的高声部，他们的歌声将更加激越，更加雄壮！

【作家简历】齐中，1958 年 10 月出生。黑龙江省作家协会会员、大庆作家协会副秘书长，小说家。先后在《北方文学》《章回小说》《岁月》等报刊发表小说 50 余万字。

解码大地深处

霍春华

一

四九第一天，天气预报提醒市民冷空气来袭，降温降雪都在路上。果不其然，早上轻度雾霾笼罩在大庆上空，凛冽的东北风刀子似的不留情。都说三九四九棒打不走，可走进了大庆物探，才知道对于物探人没有不能走的天，更没有不能入的地。

一直以为大地上两种人不可小觑，一种是敢于惊天的人，另一种是敢于动地的人。一种是把目光投向天空以外的无限辽远，另一种是把目光探入大地不可预见的茫茫深处，从这个角度来说，似乎只有航天和地球物理勘探这两种领域了。大庆物探研究院被称为物探“硅谷”之地，这里有一群人，他们把研究方向和工作视角对准地下岩层，每天和数据、图纸打交道。在外人眼里，他们大概跟电影《通天神偷》和《异度空间》里的电脑高手类似，手指在键盘间跳跃，显示屏上区块色彩瞬息万变，将采集处理后的地震波刻画成像，从而得到地下地质结构信息，然后逐层破解地球密码，为哪里可以叩开“地宫之门”做出预判，业内称这种工作样态叫——物探解释，一般情况下大家都叫他们“活资料库”。

物探地震解释工作一度被形象地称为给地球做 CT，以此找到含油构造，进而进行油气田开发。医学上的 CT 工作原理是根据人体不同组织对 X 线的吸收与透过率的不同，应用灵敏度极高的仪器对人体进行测量，然后将测量所获取的数据输入电子计算机，电子计算机对数据进行处理后，就可摄下人体被检查部位的断面或立体的图像，发现体内任何部位的细小病变。而给地球做 CT，比给人的器官做 CT 复杂得多，它首先要通过系统的人工组织形式采集放炮产生的地震波，然后经过技术处理等环节，最后成像成图，用数字、线段、色彩等不同符号标记出地下哪个角落可能有“疑难杂症”，即哪里有油气资源，让地球成为“透明的星球”，然后进行井位部署，直至获得油气资源。

研究院科技人员正在精心解释经过处理的地震采集资料

人体的厚度才几十厘米，找油找气需要透视的地球厚度却多达几千米。地球内部结构复杂，地震波游走的路径也各不相同，长短不一，如何运用技术手段把直达波、折射波、反射波这些无形的波经过地球内部各个角落的足迹捕捉到，再用科学技术变无形于有形，由浅入深对地球深处几千米处看不见、摸不着的世界做出科学的解释，听起来充满了无穷的奥妙和神奇色彩，真正做起来却是严谨的呈几何级数的科学运算、无数的时间和数字的交错叠加和勘探解释实践中的一次次超常规探索……

大庆物探研究院勘探地震室，就是这个给地球做CT的专门科研机构之一。

二

2018年4月8日一早，刚上班的大庆物探研究院勘探地震室杨懋新主任接到院领导电话：由他们团队提供精心解释布设的双68井获得了高产工业油流，无阻流量每天110多吨！为此，院里向他们表示祝贺。这应该是一个特大喜讯，上一次获得这么高的单井产量还是在15年前，而且那口井的产量还是通过压裂获得的。对于这个振奋人心的好消息，杨懋新并不吃惊，他想起时任勘探地震室党支部书记的曹国银曾说过，油气层发现是个有缘的事，有缘是给有准备的人。这种“准备”对勘探地震室主任杨懋新来说体会更深。2017 年 10 月，他领导的双城解释团队在提交井位时，凭经验他就觉得这口井很有希望，而且前景不错。而此时此刻，当别人都认为应该庆祝一下的时候，杨懋新却习惯性地进入了他的“科研思维”，他开始静静地坐在电脑前仔细梳理双城会战的整个过程。

早在 2013 年，为保矿权，杨懋新他们用 20 世纪八九十年代的二维地震资料对双城地区深层进行解释，并建议侧重双 59 井。本是要打营城组的火山岩，却在砂岩中见到了低产工业油流，以前深层打的井都是产气，这是第一次见到油。敏感的杨懋新和同事们对岩层和地质又做了深度分析，一致认为在营城组发现的泾源岩应该是一个不小的发现。有了这样的认识，2014 年他们在双城南凹槽新布设了二维地震采集以加密测网，把新老资料结合再次开展二维地震解释。这一次，他们把目光投到凹陷的中心部位，同时在凹陷中的一个穹隆构造上布设了两口井，其中一口就是双 66 井。双 66 井在登娄库组钻遇油层，射孔后压裂获得日产 12 方工业油流，这意味着该地区深层勘探领域有了新突破，也正是因这个突破，2017 年初决定在这个地区部署三维地震采集。当时大庆油田公司要求开展井位部署，并在一个月内完成。如果按照正常进度，这些平时至少要 3 个月到 4 个月的工作量。时间、任务都不等人，一时间大家都觉得压力重重。当时，杨懋新他们正承担着 13 个生产和科研项目，人员紧张。另外，人员年龄结构也严重老化，在岗人员 47 人，女职工 32 人，年龄超过 45 岁的 33 人，而且大多是面临退休的女职工。除却人员配置困难，就是组织方式了。要把时间压缩突击，就没时间仔细思考，难免留下后患，严重的会造成工作反复。根据以往经验，实际进程中还会不断添加工作量，包括综合分析和井位部署等等，这些担心后来都一一应验了。如果说奔赴的是战场，按照兵法，这样排兵布阵显然是兵家大忌，但对于承担技术服务的乙方来说，做好才是硬道理，对于铁人队伍里一向当先锋打头阵的物探人来说，干起工作，从来都是有条件上，没条件创造条件拼命上。

双城解释攻关就在这样的情况下展开了。跟上甘岭战役一样，人人都知道这是一场硬仗，但却无人退缩。长期以来，勘探地震室这个团队堪称一路艰辛一路搏，一路风雨一路歌，经历了太多，大家彼此形成默契，忍耐、顽强、团结渐渐成了他们战斗的底气和灵魂的底色。在杨懋新的带领下，勘探地震室迅速成立了项目攻关组，由邵东然任项目责任人，负责生产协调和层位对比以及断陷地层构造特征研究工作。深层资深专家、现任副主任曹国银亲自领军担任项目长。这个被眼花和颈椎、腰椎痛纠缠困扰的“60后”，可是大家的主心骨，时间长了大家都亲切地叫他老曹。参加工作30多年来，曹国银一直从事地震勘探方面的工作，参与组织各类勘探开发解释项目及相关科研项目近40个。“只要他在，大家就心里有底。”大家说。项目落地后，制定方案、解释过程中随时遇到难题、综合评价、井位论证等等，曹国银都迅速和年轻人一样全力以赴投入工作。为了提高解释工作效率，曹国银还在技术上大胆创新，他特别重视油气藏综合分析、目标优选，独到地重视走滑断裂在成藏中的特殊作用，他们打破常规构造油藏探井位置，优选的目标井正是双68井。双68井是大庆长垣之后45年来首口自然产能超百万的探井，这在大庆油田外围勘探史上，可谓空前的自喷高产油井。也就是在这次勘探中，原来太平庄南断裂带都是交给大庆油田勘探开发研究院汇报的，这次是让曹国银他们自己直接汇报，而且一直到现在也是，足见这是对他们的高度认可。

2017年10月12日，记得当时完成第三次汇报回来是晚上6点多了，坐在车上，曹国银和杨懋新两个人一句话都不说，似乎一点声音都能让他们绷紧的神经断裂。行进的车里静悄悄的，只有引擎声和窗外的风声。10月的大地，植物也跟疲惫至极的他们一样少了精气神儿，回想到那一刻，杨懋新说了一句特别富有诗意的话：当时他只想看透天空的那一抹深蓝……

在问到杨懋新这些年工作上令他倍感荣耀的是不是布的这口高产井，或者哪个获得荣誉的瞬间时，他居然平静地说，是答辩后“甲方同意”的那一瞬间。又问他最难忘的是什么，他答，忘不了和大家一起为了项目按期完成，不分昼夜的每一场会战。再然后，他就如数家珍地谈起即将退休的陈波大姐和其他组员一样，在骄阳似火的7月天，每天穿着长长的棉衣和长棉靴坐在不足10摄氏度的大机房里，和大家一起加班加点，始终坚守在第一线的情形——因为脑力和体力的巨大消耗，有时她会缺氧，陈波也只是利用中午休息一小会儿然后又投入紧张的工作。从事解释工作30年的徐利华，在工作岗位上可谓一直任劳任怨，即便刚做完手术也不耽误工作。在承担组里的制图工作时，由于深层解释方案一改再改，每改一次解释方案，她的图就要重新做一次，每一次，她都毫无怨言，力争做到尽善尽美，从而为地质认识提供了扎实的图件。还有孩子遭遇车祸受重伤需要人照顾的张卫东，简单地和丈夫商量一下如何护理病床上的孩子后，依旧和大家一样加班加点，同事们本来想把她的那份活平摊掉，她却自己一个人承包了其中一个项目的所有图件，在需要作图的那段时间，她几乎一直住在单位，有时候加班太晚就住在大厅的长椅上。还有那个正在操心女儿婚事，却累得没时间去想怎么张罗孩子的婚礼，如何接待亲朋好友的雪艳，以及经常加班到深夜，需要丈夫常态化接送的技术精湛的任莉萍。王悦的父亲去世两天后就回来上班了，问她为什么不在家多休息几天，她说，和大家在一起，痛苦会少些。这些做地震解释工作的女人，以工作为首位，把事业看得很重，工作上一点不比男人差，经常和男同志一样正常加班。那时，所有参与攻关的科研人员加班加点是常事，很多人身兼几项工作。就凭着这份对梦想的坚守和对初心的执着，他们按期完成了加密、调整、反演，直至最后成图的一个个科研项目，有力地支撑了大庆油田的产能建设。

让杨懋新印象深刻的还有一场“不对称挑战”。当时，院里让他领头主攻“315”工程，即针对萨葡高油层，识别3m断层、1m储层和提高5%采收率。抛却这一目标实现的难度不说，单就如何取得采油厂对地震技术的正眼相看，在当时都是一个非常大的难题。那时候，采油厂理由看起来很充分：油田开发已经40多年了，工区内的井就3万多口，你们地震还能做什么？言外之意就是做也是白做。面对这种现实和情感上的不对称，杨懋新还是带着人开始调研，尽管心里七上八下还有起伏，他依然带领项目组翔实了解采油厂的地质工作方法，经过一段时间的摸底，他心里也逐渐有了底。他分析，勘探地震的弱点是纵向分辨率低，可横向上却有资料连续的优势。于是他们就从构造解释入手，做了3000多口井的合成记录，解释剖面达50多万公里，对比和统计了30000多口井的数据，最终为采油一、二、三厂提供了一整套油田开发以来最全面、最翔实的构造成果资料。第一采油厂是杨懋新他们的主要服务对象，由他们提供的成果，仅断层就增加了一倍，直接为采油一厂的开发部署发挥了重要作用。此外，他们用大量的科学数据解释了油田地下空间框架到底是什么样的，断裂的平面组合不是过去认为的那样简单而是多么复杂，包括哪些井的水驱效果为什么不好，哪些所谓的孤点、断点其实并不孤单，等等。

前面我经常提到“底气”一词。什么是“底气”？在杨懋新担纲的勘探地震室这个气势如虹的团队里，底气就是缜密、科学的论证，就是有理有据的分析，就是他们在一次次理论和实践结合中积累的闪闪发光的勘探思维。

听杨懋新不紧不慢娓娓道来，不论荣耀或遗憾都平静如水，遂想起《孙子兵法》里“顺，不妄喜；逆，不奢逸；危，不惊惧；胸有惊雷而面如平湖者，可拜上将军”的文字，那一刻在他身上立体呈现出来。只有对这块正在奋斗着的神奇的土地付出过真情的人，才可能真正懂得脚下土地原乡性的厚重；只有对这份事业充满深情的人，才会在心头如此镌刻上岁月里的分分秒秒和时光中的点点滴滴……

27年里，杨懋新从当年风华正茂的小伙子到现在鬓染霜发，见证了物探事业发展的很多重要节点。他从基层机房一步步做起，当了15年解释组长，这样的经历他记不清有多少次了，只觉得每经历一次，都是一次拔节般的成长。海拉尔、杏树岗、太平屯、高台子、漠河、大庆探区、松辽盆地，各种野外处理都经历过。最近两年，龙西会战的高产井，五家背靠背做资料，葡萄花井位部署建议14口，其中4口属于高产井。在他眼里，解释，没有绝对标准，各人认识不同。同样的油型柱，多人可有多种解释，做解释工作，事无巨细，越细越好，诚然再严格也有疏漏。

教材上说，地震解释就是把地震资料转化成抽象的地质术语，而杨懋新他们用近30年的倾情付出，得出的对地震解释的理解是，它是地震勘探的最后工序，更是地震技术融入地学这座殿堂的窗口；它需要个人努力，更需要团队配合；它是一种烧脑的活儿，需要不断地学习和经验积累，有时也需要一点儿灵感；它更是一种体力活，每天坐在电脑前，不仅劳动强度大，而且枯燥、乏味；它还是一门技术，这门技术不仅决定了石油人视野的宽度和广度，同时也决定了石油人认知的深度和细节；它更是一门学科，不仅在过去的年代里是人们认识地球的钥匙，同时更承载着人类对于我们家园的历史演化和未来发展的殷殷追问。

三

记得在一本书上看到过这样一句话："真正把事情做起来的人，考虑问题的过程永远是这件事我一定要做，缺什么我想办法去争取。"曲径通幽处，禅房花木深。每一次坚守的背后都是付出，每一个成长的背后都有曲折。徐家围子深层大气藏勘探那年，正值冬季，4000多平方公里的地盘，主探区是冰冻的池塘，里面深浅不明，在没弄清地质情况之前，不敢贸然带队伍进去。当时曹国银任徐深1井所在兴城北三维地震资料解释区块的项目组长，他急得沿着池塘转。人在转，思路也跟着转。基于对地质的认识，对深层火山岩气藏特征的研究认识，他做出了合理而精细的地震解释，并参与了徐深1井井位部署讨论，决定用洼中垄的方法一点点探向中心，尽力向中心探。利用他提供的徐深1井地震区块的可靠解释成果，竟然探出了一个大喜讯：1000多万方的天然气，3000多亿的储量！

要说这是喜讯的话，从大庆油田发现之初到现在，从高产稳产5000万吨到紧接着的4000万吨，这样的喜讯从来就没间断过，就是在建设百年油田的将来，物探先锋依然是油田发展的风向标。但越开发，物探的工作难度越大，尤其分开分立之后，处于一线的项目组长更不容易当了，不仅要承担日常巨大的工作压力，还要面对各种汇报和检查。解释技术人随着大庆油田发展到今天，每一步都走得格外艰辛，一代一代科技人员为此付出青春和热血……

一次，听到一个曾经在勘探地震室干过又调走的大学生谈起解释室的工作，他说，在解释室没有个5年左右的摸爬滚打实践积累根本不行，科室里10年内调走了14人。收入少、压力大、工作枯燥严肃，很多年轻人在那里既看不到前途，也看不到“钱”途，有的考了公务员，有的转岗，有的辞职去了南方。勘探开发研究院每年还要挖走一部分优秀的年轻人。现在物探研究院科室里称为年轻人的也基本是上有老下有小的中年人了。研究院里，人才济济，没有真才实学根本干不来，第一年、第二年还啥都不懂呢，边理论边实践的时候，就直接让你写汇报，跟中石油领导汇报，心理压力那个大呀，战战兢兢，满手是汗，都不知道怎么说、说什么。

看似平凡，有时也就彰显出了不平凡，差不多每个人都是这么压担子走过来的，解释工作就是头脑风暴，越细越好，没有最好。每一步都要一丝不苟，错一个参数，就得返工，那就不是一个人返工。二维资料解释还好，一条线；三维大区块几百条线合在一起，就是一整个区片，加之三维数据量特别大，每一步都有参数，数据要是错一点儿的话，反攻就得三四天，而且是解释项目全组的人都得跟你一起忙三四天，所以必须集中全部精力做细做好。每个项目，组长责任最大，需要决定参数，保证项目进度正常，这里耽误了，就得在别的地方抢，以确保项目正常推进。

在勘探地震室，工作看似紧张有序，可几乎每个人一年到头心里一直压着块大石头，感觉特压抑，大家都处于临界状态。老师傅中女的多些，她们细心、安静，责任感强。年轻人天性活泼，和师傅一起干活的时候，师傅一坐就三四个小时，年轻人不行啊，就想偷闲休息休息，借口上厕所，趁机溜达溜达。而师傅一坐就是一天，天天都那么坐着，盯住眼前那块天，每天都是重复地做，思路才不会断。那滋味很难受，而且还有个特点，一年接一年。今年这个项目刚完事，还没喘口气歇歇，冬天到了，野外又施工了，项目一出来，就得出设计。怎么做？有啥看法？搜集资料，项目总体规划，还要去油田公司答辩，怎么操作？怎么安排人干活？杨懋新他们心里压着石头的感觉又来了。

管理方面是如此繁复，技术方面就不用说了，一个参数试个几十遍都是很正常的事。大三维的解释工作一干就要半年时间，一个报告需经过五层审核才能过关——五层啊！每层都像能要人命似的。面对整个油田，又怎么去运作呢？简单说，物探是头道工序，地震队去测量、钻井下药、放线、放炮，然后提供一定的数据，之后回到研究院进行处理、解释，确定某个地方有没有油，是不是值得开采，用大庆物探的服务理念来概括说就是：把地下的真实情况准确地告诉开发者。剩下的事就是，确定下来具体坐标后，钻井公司才能上来打探井（所谓探井就是探一探这个地方有没有油气），探井打成了，接下来再固井，就是完钻之后下套管，用水泥固定，中间还有试油试采、射孔射开油层等环节，最后才是采油。所以说，油田开发建设，那是一环套一环的，第一位的就是物探，它的重要性可见一斑。

类似这样的谈话听得我心里也跟着紧张，我就想，物探是石油开发的眼睛，是油田开发的先锋队，井位部署的成功与否，直接影响油田的产量和储量的提交。大庆物探研究院作为油田一次解释的主要执行者和坚守者，他们结合自身实际总结提炼出来的质量理念（精确采集、精心处理、精细解释）早已经融入每个物探人的血液中。其中的“精细解释”指的就是地震解释工作，更是他们科研生活的写照，而勘探地震室就是秉承着这个优良传统，组织完成了大庆探区的九成解释任务。如果说世界上平均石油预探成功率为 30% ~40%，大庆物探的成功率则达到了 70% 以上。

四

艰难困苦不仅体现在泥浆里打滚，或是在天寒地冻里顶风冒雪拼命跋涉，还有一种是来自心头责任产生的压力，来自不断地挑战自己。

2005 年毕业于西安石油大学的韩云，大学毕业就来到大庆物探，开启了他的找油梦。为了更好地了解物探生产全过程，他主动要求到最前线去，便随着 2283 地震队投入三维地震采集工作中。在地震前线，他坚持到测量、钻井、放线、遥爆、仪器等所有艰苦岗位进行轮岗学习，每天全天跟组实践，随地震队早出晚归，与前线工人一起站在野地里啃馒头，他的想法就是：要做一名合格的物探人。有了扎实的实践基础，第二年夏天奔赴海拉尔乌东三维生产实践时，韩云跟着采集中心地球物理师开始做方法论证，一年实习期满，他就参与了三维资料采集和三维地震资料处理工作。通过这些艰苦的历练，韩云很快熟练掌握了地震采集的所有流程和相关技术，成为一名合格的地球物理师，当年便被评为钻探系统“十大优秀毕业生”。

2009 年，韩云开始独立负责解释项目。在太平川三维地震资料解释过程中，甲方对于解释精度提出超标准要求，他也随之进入超常规工作状态，连续几个晚上都在电脑前工作到深夜，探索进行属性优化组合。他把地震剖面翻了上百次，就连爱人临产时，他还扎在机房里组织成图，连续奋战 8 个多月后，如期完成了该项目。

海拉尔盆地贝尔凹陷构造极其复杂，一直是油气勘探的难点区域，海塔指挥部希望通过霍 12 三维项目提高构造和沉积认识，并把这个任务交给了大庆物探研究院。对于这个项目，很多老师傅都有些挠头，对于初出茅庐的韩云更是巨大挑战。有了对大庆物探人和工作性质的基本认识，不服输的韩云项目组成员进行了大量细致的研究试验工作，他们尝试应用多种新技术反复对比创建模型，不时地向院里专家和东北石油大学教授请教，最终取得突破性成果，在构造和储层上提出了新认识和新理念，为海塔取得新突破和提交新储量提供了重要依据。

多年来，韩云主持的解释项目成果丰硕，葡西三维解释成果验收后，首开物探先河，开展探井部署及会议论证，5 口探井完钻后获得高产油流，为古龙凹陷常规油岩性圈闭勘探做出了突出贡献。此外，他还主持完成了大庆油田首个国家级开发水平井试验区的精细构造解释和储层预测，优化水平井轨迹 13 口，现场跟踪水平井 8 口，8 口径验井构造深度的预测误差最小只有千分之 0.04，储层符合率平均达 92%，达到国际先进水平，由此他成了中国石油物探史上最年轻的解释项目长之一。如今的韩云已经成长为大庆物探科研生产一线的地震资料解释专家，别看他外表平实朴素，内心始终迸发着对石油事业火热的爱。也因此，韩云多次被评为大庆油田“青年岗位能手”“十大杰出青年”、中石油“优秀共产党员”。近期，因为项目，四年没回过家的韩云本打算项目做完了回家过年，看看父母，但没等到过年，父亲就去世了，这成了他一生的遗憾。

1982 年出生的吴玉金，是个文质彬彬的小伙子，现任大庆物探研究院勘探地震室党支部书记。参加工作 10 年来，他始终在一线从事地震资料解释、地质综合研究及井位部署工作。在勘探地震室的老前辈心里，他是一个亲切有礼的弟弟；在年轻人眼中，他是他们心中的榜样、学习的楷模。然而，就是这样一个优秀的小伙子，谈恋爱却成了“老大难”，原因只有一个，就是太忙了。吴玉金常常早上第一个到单位，晚上最后一个走，机房里、办公室里、会议室里，每一处都能看到他忙碌的身影，周六周日加班更是家常便饭，每年过年都是坚持到腊月二十八儿才匆匆忙忙回老家与父母团聚。一过了初四他就悄悄地返回单位工作，甚至连探亲假、带薪假都从没有休过。心中怀着工作、热爱生活的人，也一定会得到有心人的爱慕。慢慢地他交了一个女朋友，相处大半年后，他因为颈椎压迫椎动脉造成血管水肿，出现头痛难忍、眩晕呕吐等症状，住进了医院，为了取得女友的理解，他只好在电话里安慰她。其实吴玉金的想法很简单，就是“不能在我手中丢掉市场”。那些日子里，病痛刚刚有所缓解，他就挣扎着加班加点查看项目进展情况，因此，被女友称为“加班狂魔”。

还有那个人和名一样有才气的安徽人江才君，也是位年轻的解释项目长，他和那些异地分到勘探地震室工作的大学生一样，每到过年时，也是远在他乡的游子最想奔家的时候，他却忙着汇报工作。那个远方的家于是就成了他们心中的一个梦境。“都不如一个进城打工的，过年了想走就走……”江才君疲惫的眼睛里噙着难过的泪花儿。

1984 年出生的赵建芝，是个比一般人都要有韧劲的项目长。第一块李家店二维资料解释的关键时刻，他的女儿出生了，当时他正在答辩，答辩结束后，他直接带着拉杆箱飞一样赶回家去看女儿。因为是大寨人，项目组的同事开玩笑称他集大庆精神和大寨精神于一身，既爱国家又爱集体，还不忘爱老婆孩子。2017 年 12 月，方 15 区块资料解释工作正在如火如荼地展开，这时甲方根据合同需求将时间减少了一个半月，赵建芝就把自己关在单位，最后实在支持不住了，发烧居然到了39度，来不及去医院了，他就在附近小诊所打了点滴。点滴后有同事去看他，给他买了饺子，他都吃不下，可即便这样他还是坚持加班干完了手里的活儿。2018年11月，有一项科技项目要答辩，生产项目刚启动，赵建芝就又开始天天加班。由于前些年在野外地震队工作时，他的扁桃体发了炎，当时大夫就建议割掉，他也没来得及割，现在一着急上火、加班熬夜就特别容易发炎。

作为两个项目的解释项目长，赵建芝除了拥有隐忍和坚忍的意志、品质，他还具备一项本事，那就是从专业技术角度精准吃透，并力争出成果、见成效。方正区块地震资料解释进行当中，他硬是6个月没回家，吃住都在单位。他觉得油田要打一口井往往需要投入上亿元，万一废了损失巨大。咱是项目长，这个活儿交给咱了，咱就不能掉链子，还要不找任何客观理由，而是要尽自己最大努力务必做好，完成项目，这是责任。

一般情况下，大庆物探地震资料解释大项目需要十多个人，小项目也要5个人左右，大项目基本都是以项目长为主，其他人跟随项目长协同完成。作为项目长，不光活要干得主动、干得漂亮，还要做好项目协调。作为乙方，甲方有时候要迎接上面的检查或者向上级汇报工作，就会要求项目长提供素材，甲方要的东西有时候是生产上还没成型的，或者是工作上还没想到的，短时间内要拿出来，没办法，就得加班来完成。很多时候，白天基本都在做协调，只有晚上才有时间加班工作。

如果说这就是挑战的话，那他们每一次面对的情况多是新挑战，都是一场飞沙走石般的头脑风暴。地下情况何其复杂，就跟树上没有两片完全相同的叶子一样，地下也没有完全一样的地质构造，况且地下的情况大多是未知的，普通人两眼一抹黑，除了通过专业技术手段进行必要的技术分析和解释，别无他法。更多的时候一个项目接着一个项目，工作一上手时间就非常紧张着急，质量要求又非常高，任谁也来不得半点马虎。

不怕苦、不怕累、勇于担当是这群年轻项目长的成长缩影和现实写照。因此，他们必须认真对待每一个数据，负责好每一个项目，才能为油田提供优质的地震勘探数据，借用大庆新铁人李新民说过的一句话就是：技术来不得半点儿虚伪，一个数据也不能出错。

五

抱着丝毫不能出错的念头出入解释室，20 世纪 70 年代从成都地质学院毕业的任莉萍格外让人印象深刻，一直以来她都以技术水准精湛备受推崇和信赖。作为项目组主力成员，新老员工说起她都禁不住竖起为她点赞的大拇指。任莉萍干工作很有前瞻性，带徒弟又是出了名的有耐心，徒弟们一说起任师傅教英文版软件技术操作的情形，都很有感触。那时候的情形是，大家刚开始学会了，后来很快又忘了，任师傅就不厌其烦地手把手再教，一遍遍反复，一遍遍讲解，完全像教自己的孩子一样，直到大家学会为止。年轻的吴玉金书记禁不住称赞任莉萍为人实在，技术上乘，项目组有她在，无论在心理压力上还是克服困难上都轻松不少。双城南项目组组长邵东然提起师傅任莉萍教他参数怎么选时，带着赞佩的感情说，师傅在项目组里干活，一个人可顶四五个人，现在恐怕要顶十多个人了。“她是我们解释组的定盘星，更是言传身教，满腔热情地带着我们年轻人往前闯，从来都是不遗余力的。”邵东然自豪地说。

我被任莉萍的故事感染着、打动着，特别想马上见到她。直到她真的出现在我面前，我情不自禁地站起身走近她。她温婉的样子如一朵雨后的荷，恬静地微笑着，用婉转的声音跟我讲述她解释工作中的点点滴滴，似乎和同事们一次次“5 +2”“白加黑”的忙碌都是别人的故事，她的谈吐似轻风淡云，转瞬间那些曾经的汗水都被她升华成雨珠，滴答成我笔尖清亮亮的文字。她告诉我，早期建立数据库的时候，是因为当时室里资料特别乱，她边琢磨边试，遇到了很多问题。直觉告诉她，建立数据库是非常必要的。起初她还是有些犹豫的，毕竟工作量太大了，测线有一千多根，名字不统一，不光要改数据的名字，还要改对应数据体的名字。如果不建立统一的数据库，倒是省事了，拿来就用，但后续的工作会很麻烦。她把这个想法跟室里人说了后，大家非常理解她的顾虑，异口同声地跟她说："没事，咱们就加班弄吧！"没人要求，没人给任务，她们几个人自觉利用周末结伴来到单位，年纪大眼睛花的戴上花镜，年纪小的帮着查数据，一直做到大家满意为止。后来的很长时间里，室里的每个人一想到这项工作都很骄傲。现在看来，这个基础数据库是做对了，后来的工作中不断有新数据来了，面对大量的解释工作，这才发现当初那些加班多有意义呀。

从前我从没听说过世上还有"解释项目长"这样的称谓，它不像是个职务设置，倒是很像一个注解，一个对从事物探地震资料解释工作的人的简短广告语。直到我走进这个独特的团队，才有机会弄懂附着在其中的深刻内涵。在采访中我了解到，前段时间，面对二十多个勘探区块的解释工作，其中很多井位部署都要进行精细的解释，还要随时汇报，一个比一个急。很多问题一时解决不了，大家就很着急、很上火。项目长没剩几天就要汇报了，压力更大，但还是要装作不动声色地鼓励大家。所有人中午也不休息，跟着自己的项目长一起加班加点。在物探院，没有团结协作是根本干不好解释工作的，大家分工明确，又相互配合，你中有我，我中有你。你这块完成不好，就会影响下一块的进度。我看得出来，他们这个队伍，除了心细，坐得住，工作起来没有半点含糊外，更有一股坚不可摧的精诚合作的团队精神。

突然想起物理学家皮特·梅内瓦说的一句话："科学是可以解释的艺术。科学的前沿是介于可解与难解、已知与未知之间的全新疆域。我们赖以生存的地球深处，埋着多少矿藏，藏着多少奥秘，这些都是未知的。"通过地球物理勘探找油找气是探索未知事物的一种科学方法，探索时间可能长，也可能短，新区勘探可能一举突破，也可能迂回曲折，走弯路。地球上的地质信息每天都在消失，因为这样的不确定性，往往导致数据结果的多样性，在扑朔迷离的众多地震资料里，油气藏在哪里？井位该布在哪里？都期待我们找到答案。

龙西会战、古龙—英台北葡萄花油层目标优选、古龙黑帝庙油层构造解释及目标优选、英 88 - 新肇连片三维和金 27 三维、安达深层三维、富裕宝山和梅里斯二维、葡 33 高台子三维、巴彦查干三维和西斜坡油气预测项目、双城会战、葡33－高台子三维、胡吉吐莫三维、滨北和古中央隆起二维、西斜坡油气预测项目……物探人解释的项目名称还在不断增加，这里面的每个数据、每个区块还会源源不断地堆上物探人的心血和汗水。这些付出都是在为油田开发建设提供满意的地震资料剖面，而这，正是地震勘探人共同的目标。

杨懋新有句话已经刻上了我的心扉，他说："发现时间的深度，是地质学对人类的最大馈赠，面对数据体，解释人最主要的是地质分析。"这是一位近乎思想家经过反复的科学实践得出的一种独特的价值判断，他的话让我想起"波心荡，冷月无声"的诗句。每一次灵感与技术的碰撞都是解释人对地震波影子的一次捕捉和擦亮。石油是时间与地质的产物，人是岁月与情感的产物，人类与石油在哪个路口相遇？这是石油人的叩问，也是解释工作者一直用科学的方式向大地深处植入的生命的密码。

【作家简历】霍春华，笔名水落轻沙，网名伊人。中国散文学会会员、黑龙江省作家协会会员、大庆市作家协会常务理事。出版散文集《细草香生》《斑驳的时光》。

倾听大地的律动

丰 伟

历史上，中国人把开采于地下的黑褐色黏稠易燃物质叫作“石油”已经快1000年了。北宋科学家沈括在《梦溪笔谈》里说：“鄜、延境内有石油，旧说高奴县出脂水，即此也。”具有非凡文献价值的先秦志怪古籍《山海经》中有这样的记述：“令丘之山。无草木，多火。”说的是天然气溢到地面后发生燃烧的现象。那时的人类社会尚处于蒙昧状态，直到19世纪中叶，科学技术异军突起，现代石油工业出现萌芽，地球物理勘探作为重要的数据采集手段广泛应用到油气田开发建设中。

真正接触到石油物探行业还是在2019年初，当我随着“大庆作家写物探”的采风团队走进正在野外施工的地震队，采访过大庆物探人勘探生产的各个环节才恍然大悟，原来油田的发现是要经过物探作业来实现的，不禁对这个原本还有些神秘的群体产生了好奇和敬畏。带着这样的憧憬，我来到了2283地震队。

一张特殊的“名片”

没到2283地震队之前，我曾到杜尔伯特县敖林西伯乡诺尔村附近的冰面上感受过地震队采集数据的场景。一台停在冰面上的数据采集车，应该就是地震作业的核心了。据技术人员介绍，纵横交错的方圆几公里内几百个炮点反射的数据，都要通过数据采集车（仪器车）里面的电脑显示出来，技术人员经过整理分析，就可以初步知道这个地区的地质构造和油气含量等情况。站在连环湖这个无名的泡子上，迎着三九天的寒风，我们等待着来自地下7米的声音。放炮之前，几个穿红色棉工服的工人指挥我们要距离炮点100米以外，并且将手机关闭。我们刚刚关掉手机，刹那间，放炮员按动了电钮，只听“嗵”的一声——有点像春节放“二踢脚”的声音，但它的威力却高出了“二踢脚”的几十倍吧。因为在一瞬间，我直观地感受到了冰面的微微颤动。我确信，这就是地震，这就是在进行地球物理勘探。

其实，对于地球物理勘探，外行人是很难懂的。即使你上百度查资料，那些专业术语也让人“蒙圈”，无法理解那些术语背后隐藏的深意。好在我们能够实际接触到这些物探人，再借助网上浏览，对于石油物探总算有了个大概的了解，不至于当个“油盲”。我去2283地震队当然不是学习石油勘探知识的，而是采写地震队的工人弟兄们是如何面对工作、生活压力找石油的。

先前初步了解了大庆物探“特别能吃苦，特别能战斗，特别能忍耐，特别能奉献”的“四特”精神，当我现场看到这群找油人肩扛一捆沉甸甸的大线，脚踏荒原沼泽，爬山越岭，风里来雨里去，寻找地层深处的石油的时候，我才知道他们是多么能吃苦，克服了多少难，顶了多大压力。

广阔天地正是物探将士展示报国情怀的大舞台

那是大寒过后一个晴朗的上午。我在办公室见到了2283地震队队长苏铁。苏铁今年52岁，身材不高，岁月的风霜已将他的鬓角染白，从面部表情就能看出他有着丰富的工作经验和社会阅历。从他睿智的目光里，我们可以猜测他工作30多年经历的各种艰难、挫折、辛苦、奉献和希望……苏铁说，2283地震队今年没有勘探任务，一部分人员留守在队部驻地，还有一部分技术骨干到正在出工的地震队支援去了，因为今年有勘探任务的其他地震队缺人。这个冬天，2283地震队部分管理人员在家“修整”，养精蓄锐，说不定很快就会有更艰巨的任务等待他们队去干呢。说这话时，苏铁语调里充满了期待和自信。

从2016冬季到2017春季，2283地震队在队长苏铁、党支部书记张福景带领下，从肇东、肇州，再到安达，先后完成三维工作量336平方公里，采集工作量74000多炮。榆西三维、芳15三维、达深20井区三维分别位于不同的地理位置，也就是说他们分布在三个市县范围内。但工期紧、任务重，只能在冬天到开春的几个月里进行施工作业。队里决定采用昼夜不停、24小时连续运转的集中采集模式，争取在春耕之前全面完成任务。时间就是命令，时间就是效率，苏铁和张福景与工人们一同吃住在作业前线，靠前指挥，争分夺秒，创下了大庆物探在野外连续作战时间最长、完成工作量最大的新纪录。

洪河乡位于肇东西北部，距市区45公里。榆西三维地震勘探工区就在洪河乡地界。刚开始，乡政府同意11月15日以后可以施工。但是，面对繁重的施工任务，苏铁心急如焚。早一天进入施工区域，早一天放炮，早一天采集数据，就可以早一天完成今年的任务。等待不是苏铁的性格。他想，必须与洪河乡政府的领导沟通，哪怕提前三天、提前一天，也要为地震队争取到宝贵时间。他多次来到乡长办公室，讲明石油勘探的重要意义，讲明地企合作的前景，讲明地震队作业一定会保护村民的利益，即使有损害，也要给予一定的补偿。精诚所至，金石为开，乡长终于同意2283地震队11月2日就可以施工了，这样就把钻井工序启动的时间整整提前了13天，初战告捷。

很长时间里，无论是物探内部还是曾经的施工地区，大家都说苏铁不只是2283地震队的队长，他还是大庆物探享誉龙江的一张特殊

“名片”，这是因为多年来大庆物探的队伍在黑龙江省内，特别是“三肇”地区施工过程中，面对复杂的社会关系，每一次都是苏铁出面协调解决问题。当下什么是野外勘探最大的困难？综合各方面因素考察认定，就是协调与地方政府和当地老百姓的关系。地震队进入作业区之前，必须先与当地政府协商，征得同意后，才能进行施工。虽然国家有因石油勘探对农村耕地、林地、鱼池、房屋造成损失的补偿政策，但在具体实施过程中，常常遇到来自地方政府和村民的层层阻力。当然，地方政府和老百姓提出的有一些是合理的诉求，也有一些无理的要求。为了地震生产顺利展开，苏铁的一部分时间用在了拜访村主任、乡长、镇长、县长以及县土地、环保等相关部门的负责人身上，一出工先要和他们打交道已是家常便饭。为了顺利完成勘探任务，他甚至还要和私营企业主反复周旋，并以他的人格力量，晓之以理，动之以情，征服一个又一个拦路虎。

2016 年冬天施工的芳 15 三维区块位于肇州境内。油田开发初期，老百姓对勘探、钻井、采油等会战员工是友善的，也对他们辛苦的工作表示理解和同情。当钻井工人来到时，有的甚至送去青苞米、土豆、鸡蛋等慰问品。改革开放后，城乡差别逐渐拉大，一些农民看到大庆石油工人生活条件越来越好，工资奖金收入越来越高，心理不平衡，便产生在物探队、钻井队捞一把、揩点油的想法，这之后，物探工人、钻井工人再来村屯附近施工时，便显得不那么热情了。当勘探作业需要当地政府、老百姓配合时，有人就开始讲条件、争利益，还有个别人盗窃油田物资，给油田生产造成重大损失。芳 15 三维项目施工时，就遇到了这样的问题。由于前几年来的地震队与这个地区村民积怨较深，一名副队长与当地政府协商时，吃了闭门羹，谈了几次也没谈成。这时，苏铁出面了。乡长看到苏铁来了，笑着说：“苏队长，怎么又是你呀！”因为 2283 地震队施工的事，苏铁以前也曾和这位乡长有过交集。苏铁不慌不忙地笑着说：“这不是来求乡长大人了吗。走吧，咱们哥俩也挺长时间没见了，中午找个地方喝两杯，叙叙旧。”乡长刚开始还推脱有事。苏铁坚决地说：“不行，今天你必须给老弟这个面子，咱哥俩认识不是一天两天了，啥事儿你都得推了。”乡长拗不过苏铁，只好带着几个人赴宴。酒桌上，苏铁先从他们多年的交情谈起，回忆以前发生的故事，先打感情牌，再打工作牌。酒至中途，苏铁又大谈物探队与地方政府的互惠互利关系，包括这次他们队来此地勘探找油的重要意义，不一会儿就把气氛烘托出来了，大家相继提酒，酒桌上掀起了一个又一个高潮。乡长在农村长大，也是性情中人，答应今后只要有苏队长在，无论啥事儿都包在他身上。接下来很短的时间里，乡长他们迅速与村民沟通协商，处理各种关系，为地震队早日施工作业开绿灯。很快，2283 地震队立即进驻芳 15 三维区块，打开了探测地下油藏的奥秘之门，为完成全年施工任务赢得了宝贵时间。

如此这般，已经达成了一个共识：无论多么复杂的社会关系，只要大庆物探的苏队长出面，就没有办不成的事儿。这就是苏铁这张“名片”的特殊含义。

公关先生

听 2283 地震队的人介绍说，他们队有个公共关系组，这让人听起来很感兴趣。本来，地震队的工作就是野外放炮，把采集的数据反馈到地质专家那里，对地下油层及油气含量做出科学的研判。一套套勘探设备、一组组数据是最关键的，是石油勘探的核心命脉。那么“公共关系组”又是做什么的呢？它有存在的必要吗？事实上，如果你知道苏铁队长靠“刷脸”办成了那么多大事，你就知道公共关系的重要性了。随着社会的发展，特别是改革开放以后，人们的市场经济意识、法律意识不断增强，又有哪一行、哪一业能离开公共关系呢？

按照字典里的解释，公共关系也是一项管理艺术，目的是获得公众的谅解和接纳。建立良好的公共关系，需要谋略，需要技巧，更需要智慧和勇气。从前大家都知道“公关小姐”，可听了 2283 地震队公共关系部王伟、于成军的故事，他们的经历让人心生敬畏，也让我心有余悸，这里姑且把他们称作“公关先生”。

王军是个浓眉大眼的小伙子，现在是 2283 地震队公共关系组的组长。就是这样一个散发着青春活力的年轻人，谁能想到前几年曾经被一个村民用铁链把颜骨打伤。打伤王伟的是肇州某村的一位村民，因为施工车辆轧坏其耕地需要补偿的问题。按照国家有关规定，油田作业施工轧坏秋整地每平方米补偿40元，白茬地每平方米补偿30元。可那位村民认为地震队补偿太少，王伟跟他谈了几次也没谈拢。一天早晨，王伟决定再次去这位村民家里好好沟通一下。没想到，这位30多岁的汉子看到王伟进院，拿着一根铁链子就向王伟甩了过去，王伟猝不及防，铁链子正好打在他的脑袋上。顿时，殷红的血从额头流了下来。这位村民一看伤了人，也慌了，急忙叫人帮忙，把王伟送进了医院。其实，这位村民并无意伤害王伟，只是想吓唬吓唬他，想用恐吓的方式多争取一些补偿款，没想到意外失手，惹出祸端。当地公安机关经过调查，及时对村民进行了批评教育，要求他赔偿5000元医疗费。王伟住院两个月后，才回到工作岗位。

公共关系组是地震队的“外交部”，土地（包括鱼池等）赔偿工作某种程度上已然成了野外地震勘探的“拦路虎”和“绊脚石”。今年50岁的于成军是2283地震队的公共关系员，他深深知道这里涉及的关系错综复杂，不能看表面现象，必须利用各种资源，深入了解工区内涉及赔偿的各方面信息，一旦处理不好，就会产生连锁反应，耽误工期。因此，每次施工前，于成军都和相关人员在几百平方公里的工区内跑啊，找啊，问啊，对工区内的各个赔偿区域进行测量、录像、核实……就这样一天天下来，不知道有多少顿饭忘了吃，有多少个夜晚没睡觉，更不知道有多少时间在村民家度过才得到了第一手资料。他在处理问题时，常常是先与乡镇级以上部门沟通，到了村委会和村民那里就卡壳，于是他就亲自去现场解决。有时于成军一个人面对一群人，面对一群人，你必须有大将风度，处乱不惊。对待不同的村民，于成军经验丰富，工作方法多，手段强。他有时低三下四好话说尽，有时称兄道弟讲哥们义气，有时据理力争得理不饶人，有时就拖延时间和村民耗着，有时和村民到现场一起感受地震作业影响有多大，用事实说话，以理服人。可更多的时候他也被村民“围、追、堵、截”，被困在村委会或村民家里是常有的事。

有一次于成军还被“群殴”。

2015年秋天，在肇州县某乡，当地老百姓看到地震队来了，十几个人纠结起来，拦阻车辆不让地震队施工，理由是地震队放炮震动太大，震坏了他们的房子，于是索要房屋损失维修费。实际上，地震钻井炮眼儿一般埋在地下深5米左右，炸药1公斤左右，且距离民居50米开外，这样的爆炸仅相当于2级地震，一般人没有啥感觉，对建筑物根本造不成损害。但是，总有一些贪图小利的村民觉得地震队是块肥肉，能割一点是一点，千方百计阻挠施工。那天晚上七点多钟，于成军正在一位村民家里商谈此事，另一位村民忽然把灯关了。门开了，呼啦一下涌进来七八个村民，对于成军拳打脚踢，高声呐喊："不给钱就打死你！到底答不答应？"面对暴力威胁，于成军没有屈服，高声回应："你们打死我也没用，该给多少就给多少！"几个年长的村民看到把于成军打得不轻，就说："明天必须答复，不答复就别想放炮"。说完就散了。于成军强忍疼痛，爬起来一瘸一拐走回了地震队。第二天，公司领导与当地政府和公安机关协商，处理了几个当事人，平息了此事，施工才得以继续。

于成军1990年参加工作，刚开始是一名驾驶员，后来担任放线班班长。2004年，因他头脑灵活，善于交际，语言表达能力强，队里派他做公共关系员。在2283地震队，施工营地一般很难见到他的影子，他是一个忙碌在"隐蔽战线"的人。每天早晨不到五点钟，于成军就起床了，晚上十二点之前很少见他休息过。多年的野外生活，使他患上了胃病、颈椎病，可他从未耽误过工作。有一年冬天，他感冒了，正在医院打点滴，前线传来消息说施工受阻，于成军拔下针头就奔向施工现场，竭尽全力解决问题。颈椎病犯了的时候，为了不耽误工作，他常常脖子上戴着颈椎治疗仪奔波在田野上、村屯里，丝毫看不见都市白领"公关先生"的样子。这几年在肇州作业，当地警察看到他特别能吃苦，起早贪黑、废寝忘食的工作状态，连声说："大庆人真是好样的，大庆物探人真不愧是铁人的队伍。"

地震队每次施工任务下达后，于成军都及时对工区进行详细察看，认真了解鱼池、草原及林带等地表附着物的分布情况，据此做出科学周密的土地补偿成本预算。在施工过程中，为了控制土地补偿额度，每当夜深人静别人已入睡的时候，他还在仔细研究土地补偿合同，根据工区土地补偿标准，精打细算，严格控制补偿金额，始终让补偿金额在可控范围内。地方上一些想从他手里捞好处的人越来越“怵”他了，背地里都称他是“铁公鸡”。由于他坚持原则，不徇私情，严格控制土地补偿成本，从而维护了2283地震队和公司的利益。

其实，每个人心里都清楚，在地震队，公共关系是一项充满挑战性的工作。既要沟通施工生产过程中与地方政府和有关部门的关系，又要全面负责整个工区涉及土地补偿等相关事宜，工作内容繁杂，面临风险较大，很多问题都要求在最短时间内解决，这对个人能力要求很高。因此，只有高中学历的于成军，在没有施工任务的时候主动参加法律知识培训班，结合石油物探的生产实际深入了解和掌握土地补偿标准。他还买来《行为心理学》《人际交流与沟通》等书籍进行学习，同时下功夫向老师傅学习，向有经验的人学习，练就了自己在公共关系岗位的能力和本领。地震队的公共关系员说白了就是与钱打交道的，补偿款怎么给、给多少，这里面很有门道儿。国家的法律法规必须执行，但规定执行得太死也使工作难以开展，必须灵活掌握、灵活运用。同时，必须要求公共关系员有较高的事业心和责任感，有较强的自我约束能力和定力。当一次次风险来临，当可能被“群殴”的事件将要发生，于成军、王伟他们这些“公关先生”没有屈服，没有低头，而是毫不退缩，勇敢面对。因为他们觉得，做好自己的本职工作就是对各种困难和压力最有力的回击。领导信任的目光、队友们的热情鼓励，是对于成军、王伟他们工作的充分肯定，更坚定了他们当好一名地震队“公关先生”的决心和信心。

苦乐年华

野外作业，风餐露宿。头上青天一顶，脚下荒原一片。大庆石油会战初期经历的艰苦，物探人都经历过，亦饱尝辛酸。即使到了20世纪80年代，钻井工人的工作、生活条件改善了，风雪中奔走的物探人的生活条件依然艰难。在偏远的乡村，夜晚实在找不到住的地方，他们就住牛棚、马圈、地窖子……迈入新世纪以后，条件虽然改善了，但驻扎在野外板房里面也是人挤人、人挨人，没有多少活动的空间。为了减少对庄稼的损坏，地震队一般要等到农民秋收以后施工，时间的节点就是第一年的秋天到第二年的春天，施工期跨越整个冬季，跨越了元旦、春节。为了抢工期，地震队春节期间也要放炮作业，所有队领导、施工人员都不能与家人团聚，地下探测的炮声与节日的爆竹声混合在一起，仿佛是天地的交响与共鸣。三九天，食堂做好的饭菜送到前线时，已经凉透了。物探员工啃着凉馒头，喝着凉汤充饥。这样的生活，没有一点吃苦的精神，没有忍耐的毅力，谁能坚持？

身背测线穿越极寒，是最具大庆物探特征的时尚写照

2283 地震队有 80 名正式员工，每年到了施工季，最多时还要外雇 1000 多名合同工。长期野外作业，许多员工患上了胃病、心脏病、风湿。近两年就有两人因患肝病离开了人世，还有 5 人不能正常上班，两人长期住院。说到这里，队长苏铁眼眶有点湿润。苏铁本人也因长期在野外作业，患上了骨质增生，踝关节软组织坏死，走路不能超过一公里。他的家一直住在离地震队不远的杏五井，建于 20 世纪 80 年代初 50 多平方米的两居室。他说，女儿上大学了，50 多平方米的房子够住了，离单位近，上班方便。

到地震队采访时，我也到临时搭成的宿舍、食堂看了看。看着一排板房、300 多平方米的食堂，我不仅产生了疑问：这房子是整体吊装过来的还是先头部队搭建的？得到的回答是，打前站的后勤人员搭建的。即使是在地震队干了几十年野外工作的老员工，如果没有打过前站，也很少有人知道，每一年是怎样一次次地把废弃的厂房、学校、养殖基地变成队员们的临时住所的！那 300 多平方米的活动板房餐厅是怎么在一天之内就屹立在大家眼前的！当大家带着自己的行李搬进床位齐全、暖和舒适的野外营地时，队员们总能看到高子彬忙来忙去、跑前跑后的身影。高子彬是2283队的大忙人，后勤组组长。每到一个新的地方，建好了宿舍、食堂，他都会说：“前线就这条件，大家克服克服吧，我们尽量给大家创造好条件。”可是谁又知道，这几年大家能住上有暖气的房子，回到餐厅能吃上热腾腾的饭菜，其实都是高子彬带领打前站的人员挨着饿、受着冻创造出来的。

那一年2283地震队勘探项目下来得早，队里只给打前站人员留了两周时间。虽然高子彬每年都负责打前站，但是那一年似乎不太一样。天公不帮忙，隔三岔五就下一场雪，狂风卷着雪花好像故意和他们作对。因为没有适合的场地，800多人的驻地被分成了三部分。预备停放100多台施工车辆的停车场里杂物遍地，需要在两周时间内整理出来。开始很多人发牢骚，认为时间紧，工作量大，这是不可能完成的任务。高子彬对大家说：“咱们为啥先来啊，咱们这叫打前站啊，打前站就是先锋官，就是要干这些苦活儿、累活儿、脏活儿，我相信咱们这帮兄弟能完成!”

三天后，员工在他的带动下正激情满满地建营地，老高突然接到家里打来的电话，说家中老爹生病住院，需要手术，妻子催他回家看护，他对妻子说：“这两天正在清理停车场，走不开啊。你辛苦点，等忙完了这几天我再回去。”挂掉电话，他又想起临时办公桌的事来。以前都是用钉子钉的，容易损坏，既浪费材料又不方便装卸。经过几天的琢磨，他发现用自封钉最好，只要设计好需要下的料，采用自封钉组装桌子，既快捷又不会出现破损，搬迁时一部自封钉钻就搞定，来年再组装接着用。大家都说他这个办法好，一下比以前提高近一天的工作效率。

一晃五天过去了，老高的妻子再次打来电话，说：“老爷子明天出院，你明天回来吧，下午接老人出院。”他说：“我看看吧，现在进度挺快，我明天早晨安排完工作就回去。”他心里想：毕竟才出来100多公里，如果明天进展顺利的话，上午就能回去看看老爷子。

第二天天刚蒙蒙亮，老高就起床了，往窗外一看，糟糕！昨天后半夜就开始下雪，现在都没停，他赶紧穿上棉衣出门看看，地上的雪已经十几厘米厚了，大风吹成的雪壳子有半人高了。他进了前站的临时食堂，一边做饭，一边寻思怎么调整今天的工作安排。他想，室外部分只能等雪停了再说，但是人不能闲着，繁杂的前站工作稍有考虑不周就会窝工。等大家起来吃早饭时，他抽空给妻子发了条短信："雪大，任务有变动，回不去了。"一周后，场地终于修整完毕，开始搭建大型板房，一天就完成了两栋。看着自己和队友们搭建的板房，高子彬感到了一丝丝的欣慰。

由于天天在野外忙碌，睡觉的板房温度低，加之回不去家心里着急，高子彬病了。建板房的技术人员看到他一阵阵咳嗽病恹恹的样子，就说："老高，今天咱们就慢慢来吧，别再像以前那样抢速度了，要是把身子弄垮了咋办。"老高强打精神说："没事，我心里有底，还和前几天一样，今天把活动板房建好，晚上开餐时，大家就不必在外面冻着吃饭了。"

遇到这样的风雪天气，安全隐患较大，稍有疏忽就会发生意外。于是，高子彬先把人分好组，规定好各自工作区域，并设置人员进行安全监督。大家劲头十足地组装板房，他来回检查指点，有时指导组装顺序，有时纠正操作步骤。一天下来，除了吃中午饭那会儿，他没进屋休息过。大家都说，跟老高干活舒心，一点都不绕弯道，从来没有返工的时候。当夜幕降临，大家高兴地在刚建好的300多平方米的餐厅里就餐时，他却在检查暖气时晕倒在墙角。大伙发现他躺在地上，赶紧把他扶到床上休息，并请来大夫为他诊断。大夫确诊为重感冒，给他开了一个星期的静点药物，要求他静养休息。可谁知道，第二天他却早早出门干活去了。队领导知道后，说："老高啊，你不要命啦，大夫不是说这几天不能下床吗！"他说："过几天咱们施工队伍就要开进来了，我心里着急啊。早点把自来水接通，把电接上，我们就可以早几天完成任务。我没多大事，晚上打点滴就行。"高子彬带病坚持工作，感动了打前站的每一个人，大家齐心合力，硬是把前站工作提前了两天完成。

有一首歌这样唱："生活是一条路，怎能没有坑坑洼洼。生活是一杯酒，饱含着人生酸甜苦辣。生活像七彩缎，那也是一幅难描的画。

生活是一片霞，却又常把那寒风苦雨洒。生活是一条藤，总结着几颗苦涩的瓜。生活是一首歌，吟唱着人生悲喜交加苦乐年华。”年复一年，冬去春来，物探人在冰封的大地上品味着自己的苦乐年华，顽强地行走在平原、沙漠、山地、草原上。在漫长而又充满挑战的施工周期里，2283 地震队虽然承受了巨大压力，遇到了不少困难，但得到了公司的极大鼓励和肯定。春节前夕，公司领导特意为前线员工送来了 30 头猪、200 斤鱼和大量青菜，极大地改善了前线职工的生活。许多外雇工表示，在家过年也没有在队上吃得丰富、吃得实在，以后还想来 2283 队干活。公司工会还买来一批自动取暖棉马甲，为一线员工遮挡风寒。晚饭后，大家聚在一起打扑克、下象棋，丰富业余生活。活动板房里，不时传出阵阵笑声。队员们在短暂的娱乐里，忘记了不能与家人团聚的孤寂，忘记了疲劳和艰辛，以苦为乐，苦中作乐，跨越了一个个难关，走向一个个新的目标。

我爱这片土地

我曾数次参观过大庆油田发现井——松基三井，井旁的纪念碑上刻有李四光、黄汲清等人的名字。大家知道，李四光创立了地质力学，提出中国东部第四纪冰川的存在，他说，新华夏构造体系三个沉降带有广阔的找油远景，认为活动构造研究与地应力观测相结合才能找到大油田。地质科学家黄汲清则创建了多旋回构造运动说，进而将多旋回说与板块构造相结合，建立板块多旋回开合手风琴式运动模式，提出陆相生油论，他具体部署、指导了松辽盆地的石油勘探。

回望光辉历程，如果没有新中国第一代科学家的艰难探索、辛勤劳作，是很难发现大庆油田的，至少不能在建国 10 年后就甩掉了贫油帽子。回望石油勘探历史，我也发现无论是李四光还是黄汲清，都提到了“地震”两个字。其实，“地震”就是“地动”的意思。天然地震是地球内部发生运动而引起的地壳震动。地震勘探则是利用人工的方法引起地壳震动（如炸药爆炸、可控震源震动），再利用精密仪器按一定的观测方式记录爆炸后地面上各接收点的震动信息，利用通过对原始记录信息经过一系列加工处理得到的成果资料推断地下地质构造。

据考，石油地震勘探始于19世纪中叶的1845年，美国人R·马利特曾用人工激发的地震波来测量弹性波在地壳中的传播速度，这可以说是地震勘探方法的萌芽。中华人民共和国于1951年开始进行地震勘探，发现松基三井的时候，地震技术已经开始应用。历史在前进。当今这个找油的时代远远区别于沈括在地表发现石油和美国人在溪水中发现石油的时代了。目前2283地震队使用的三维地震技术是在二维地震技术的基础上发展起来的。这项技术是集物理学、数学、计算机学为一体的综合性应用技术，其应用目的是使地下目标的图像更加清晰、位置预测更加可靠。

在上一个作业时段，2283地震队在“三肇”遇到了复杂的岩性变化，遇到了大庆地区最难打的井。如何提高钻井效率成为完成采集任务的关键。2283地震队在队长苏铁、书记张福景的带领下，组织技术人员认真分析地层结构，研究钻具，结合实际做实验。在钻井班组投入生产前正式确定了钻机、钻头的类型和数量，避免了一边生产一边琢磨用哪种方式打井的被动局面，为接下来能够顺利实施采集工作奠定了基础。在滚动面积110多平方公里的采集区域，地面分布着40000多道采集测线。为了防止老百姓在耕地中烧荒造成设备损失，2283地震队及时和各乡镇政府沟通，联合乡镇政府发出了禁止烧荒的通告，并落实到各村各屯以及各家各户。白天，600多人、50多台车一边施工一边对各自区段严防死守；夜里，队里的安全人员和公共关系人员也配合放线班不间断地在工地巡逻，排查一切隐患，避免对勘探设备造成损坏。正是2283地震队全体员工强烈的责任心和使命感，才保证了地震勘探作业的平稳推进。

“是那山谷的风，吹动了我们的红旗；是那狂暴的雨，洗刷了我们的帐篷；是那天上的星，为我们点燃了明灯；是那林中的鸟，向我们报告了黎明。我们有火焰般的热情，战胜了一切疲劳和寒冷。背起了我们的行装，攀上了层层的山峰，我们满怀无限的希望，为祖国寻找出富饶的矿藏……”看到2283地震队员工肩扛设备艰难前行，不由得我想起了这首《勘探队员之歌》。这首歌深深打动了我，因为它穿越时空，如此真切地描绘了大庆物探人的生活。在严峻的生产和生活环境面前，在施工作业的各种挑战面前，2283 地震队选择了责任和担当，选择了团结协作。在达深 20 井施工时，2283 地震队决定采用突破大庆地区历史记录的高难度方法，即采集 21504 道，用 48 条测线接收。要知道，这可是在冰雪已经融化，春天就要到来时的施工项目。到底能不能完成？队里首先召开员工大会，统一思想认识，发扬“有条件要上，没有条件创造条件也要上”的铁人精神，员工纷纷表示：撸起袖子加油干，保证完成任务。大家心往一处想，劲往一处使。当前线作业遇到了突发情况，在驻地休息的员工听到消息，立刻从床上爬起来，穿上衣服喝口热水就出发。队员们都说：“只要能保证前方生产不停，施工的炮声就是命令，领导指向哪里我们就冲向哪里。把工作做好，早一点完成任务是我们的心愿。能抢一分是一分，能争一秒是一秒，三天的活儿一天干完也没说的。”

为什么我眼里常含泪水，因为我对这土地爱得深沉。

为了达深 20 井的施工，2283 地震队认真推进每一道工序，紧密安排每一个生产班组的任务。3 月 11 日，开始铺设大排列，仅一天半时间，16000 道外设就全部铺完，仪器车到位，当晚开始通宵工作，连夜排除排列时造成的故障。3 月 13 日中午 12 点，开始年检测试、TB 测试。当天下午 5 点 05 分，启动第一枚采集炮。从此，不分白天和黑夜，炮声此起彼伏，在“三肇”原野上鸣响。员工们不分昼夜，加班加点，连续作战已成常态。在钻井过程中，由于打的是水井，只要钻杆一旋转，泥水就像喷泉般散射出去，一会儿钻工身上就泥泥点点连成了片。十几口井下来，不少钻工的衣服都让泥水打透了。然而，由于特殊的工作性质，他们只能默默坚持着。3 月 26 日晚 7 点，达深 20 井区三维探测打响第 20376 炮，这是最后一炮，也是大庆物探本年度所有地震队的最后一炮，更是 2283 地震队在这个作业区的告捷炮。这一炮的意义非同一般，因为他们攀上了超大接收道数、超大数据量采集这座高峰，迎得了大会战的最终胜利。

2019 年是大庆油田开发建设 60 周年，在为国家奉献 20 多亿吨原油的功勋记录上，有着大庆物探和2283地震队不可磨灭的功绩。冬天来了，春天还会远吗？地震队员的每一次急行、每一次亮相，不仅为了与家人团聚，也为了奔走四方。奔走四方，是感受大地深处的律动，更是让地核释放更大的能量；奔走四方，是找油人的责任，更是找油人的光荣与梦想。

“火井沉荧于幽泉，高焰飞煽于天垂”，这简约深邃、精彩浪漫的华美诗句，是西晋著名文学家左思描写天然气喷发燃烧时的景象。沈括，这位在天文、地理、物理、军事等方面都有独到见解的科学家，对于石油的评价更是超前的：“此物后必大行于世，自余始为之。盖石油之多，生于地中无穷。”我想，伟大的科学家也是伟大的预言家。到了20世纪，石油真的大行于世了。从两次世界大战到海湾战争，从美国宾夕法尼亚州艾德温·德雷克先生钻下第一口油井到松嫩平原的石油大会战，正是石油搅热了这个世界，牵动着整个世界的神经！大庆物探2283地震队的找油人，我们为你们点赞，为你们骄傲，为你们自豪！

【作家简历】丰伟，1964年8月出生。黑龙江省作家协会会员、大庆作家协会常务理事。20世纪80年代开始进行文学创作，先后在《新作家》《四川文学》《北方文学》《石油文学》《岁月》《地火》《黑龙江日报》《中国石油报》《中国石化报》等报刊发表文学作品50多万字。部分作品收入《中国石油诗选》《大庆文学艺术四十年精粹》。2004年出版散文集《在边缘行走》。报告文学《旋转的魅力》获1998年《中国石化》杂志举办的“毕派克杯”征文赛一等奖。

“死亡之海”里的地震炮声

胡彦江

朋友，你听说过塔克拉玛干吗？如果没有，你一定听说过新疆吧。新疆大呀！昆仑山、天山、阿尔泰山把新疆分成南疆塔里木盆地和北疆准噶尔盆地，俗称“三山夹两盆”。它横跨3个时区，面积166万平方公里，比河南、山东、河北、北京、天津、山西、陕西、湖北、安徽、江苏、上海、浙江、湖南这13个省市加在一起还要大一点呢！

而塔克拉玛干则是位于南疆塔里木盆地中心的世界第二大流动沙漠。整个沙漠东西长约1000公里，南北宽约400公里。沙丘类型复杂多样：复合型沙山和沙垄，宛若隆起在素有“死亡之海”之称的塔克拉玛干沙漠深处的条条巨龙。塔形沙丘群，呈各种蜂窝状、羽毛状、鱼鳞状，变幻莫测；有时强飓风掀起沙尘暴，惊天地泣鬼神。新疆语塔克拉玛干的意思就是沙山横亘，大漠广袤，“进去了就别想出来”。

引　子

然而，在祖国北部边陲黑龙江大庆却有一支队伍，自1996年始，年年都要深入塔克拉玛干大沙漠腹地，运用地球物理勘探手段找油找气。他们在常人无法承受亦难以想象的恶劣自然环境中“辗转腾挪”“任意西东”，磨砺意志，锻炼队伍，成了“想进去就进去，想出来就出来”的“死亡之海”的挑战者、勘探铁军，在瀚海与高天之间恣意翱翔的沙漠鹰隼！

这支队伍就是大庆物探2288地震队。

2288地震队现有主要管理人员8人、专业工程技术人员22人、其他职工63人；拥有GT－7016双频接收机、428XL数字地震仪等仪器设备300多台套，资产折合人民币6亿多元。20多年来，他们采用常规数百道二维、21600高密度三维等勘探手段，共完成新疆探区中石油、中石化近30个区块二维13107.7公里、273248炮，三维3623.1平方公里、267765炮野外地震勘探任务，累计实现产值137972.3万元。荣获各种荣誉称号、锦旗奖牌近百个，是石油系统唯一一支被新疆维吾尔自治区和黑龙江省政府同时命名的“青年文明号”地震队。先后涌现出全国“五一劳动奖章”获得者、大庆油田六大标兵之一、被誉为“不畏艰险找油人”的袁福生，中国石油天然气集团公司十大杰出青年金昌赫、项宇，大庆油田功勋员工、感动油田杰出人物孙吉原等先进模范人物。他们是大庆石油物探的魂、精神图腾，是大庆精神、铁人精神的传承者，是“死亡之海”塔克拉玛干沙漠铁军高扬的英雄战旗！

前世今生40年

2288地震队始建于1978年。随着油田开发建设速度的提升，在围绕油田外围再找新油田思想的指导下，相关领导对野外地震勘探工作的重视程度前所未有，大庆物探顺势而上，陆续组建起好几支地震队。2288地震队组建之初，设备简陋，管理粗放，施工任务时多时少、时紧时松，平均每年只能放两三千炮。百十来人的队伍，人员素质参差不齐。施工期间，偷着喝点酒然后与当地青年约架打架现象时有发生，夜晚偶尔从老百姓家弄只鸡或鸭解解馋也见怪不怪。

1991年春，我到物探一公司从事宣传工作时，野外地震勘探工作早已步入了正轨，寻衅挑事、打架斗殴、偷鸡摸狗等不良现象均已绝迹。当时公司下设5个地震大队共21支地震队。每逢冬季，大庆外围、海拉尔大草原、呼兰河及松花江两岸，野外地震勘探炮声隆隆，惊天动地。大队与大队之间摽着劲地干，21支地震队之间更是你不让我，我不让你，地震队员们个个精神抖擞，干劲十足，唯恐落于人后。那时候，仿佛松嫩平原的整个冬天都属于大庆物探一公司的地震队，或者说是轰轰烈烈的野外地震勘探的炮声搅热了整个冰雪严寒的冬季。

彭福贵当时是2288地震队的队长。我描写他的作品《荒原上的青春之歌》，在《大庆日报》主办的"团旗下的青春"征文赛中荣获二等奖。这篇文章发表在1992年6月26日的《大庆日报》上，现节录两段，让我们一起回顾那些青葱岁月里，地震儿郎热火朝天找油找气的飒爽英姿与果敢豪迈。

今年26岁的彭福贵是物探公司21个地震队里最年轻的队长，他带队伍用老百姓的话说那叫"狗撵鸭子呱呱叫"，又是公司标兵、市局劳动模范，还戴着团徽就入了党……在依安探区施工时，有条测线要穿越乌裕尔河。河面冰薄，两岸又柳毛子成丛，塔头墩连片，车辆无法通过，施工一度进展缓慢。彭福贵急了，他甩掉棉帽子喊了一声"扛"，就猫腰抄起35公斤的大线往肩膀上一挂，直奔河对岸走去。几个临时雇来的随季工瞪大眼睛吃惊地瞧，只见冰面上彭福贵心不慌、腿不颤，一步一步过了河，缓缓融入茫茫雪原深处。这时几个人才醒过神来："还不快追！"……

当年彭福贵用他的青春热血，在荒原测线上谱写了一曲感人至深的青春之歌。而后，袁福生、金昌赫又先后带领2288队不断刷新纪录，续写着辉煌。如今，袁福生从公司工会主席职务上已退休多年，金昌赫则任物探一公司副经理。倒是几年前我写孙吉原队长《沙砺》的小故事，还原汁原味地保留着。

2010年10月，新疆玛北工区施工有序推进

那是2013年秋天的事了……

2288地震队破天荒接受了素有"死亡之海"之称的古城西大三维500多平方公里、5万炮的施工任务。工程量前所未有，招收外雇季节工（俗称合同工）的人数也前所未有，达到1000人。除了原班合同工

外，还要在四川、青海等地就近招收600人。那些日子，每天都有好几辆接送合同工的大客车，在工地与库尔勒火车站300多公里的距离间交叉穿行。

有人禁不住问了：招工，只管接来便是，怎么还要送？原来这些合同工多是大巴山区的少数民族青年，从未见过沙漠的阵势，更没有吃过野外地震勘探的苦。按合同规定，培训7天才能上岗，可是培训两三天，有的甚至还没有参加培训就闹着干不了。你拿合同约束，他就偷着往库尔勒火车站跑，要是中途出点什么意外，地震队得吃不了兜着走。于是，好几台大客车就这样在接回50人再送走30人的路上折腾。

一天清晨，工地暗无天日，沙霾浮在半空，像是心怀叵测地打着坏主意。队里早早便通知沙暴将至，队伍休整不出工。早饭过后，从一辆大客车上下来20多个四川某自治县来的合同工。

余某是同村4个合同工的头儿。山沟里天蓝水秀的看惯了，哪见过"死亡之海"的这种阵势。他眯缝着眼睛东张西望，只见百米外一片迷蒙，工地的简易房、车辆仿佛都被装进了一个沙的魔袋里，禁不住害怕起来，再想起书上看过的天门阵、八卦阵、诛仙阵……于是，他撺掇另外3个人："这哪里是人待的地方，咱们被骗进迷魂阵里啦，得赶紧逃命……"

勘探车队以一种仪仗之势穿越"死亡之海"

半个小时后，队里发现有4个新来的合同工失踪。孙吉原急忙安排主管安全的队长在附近搜寻，自己带上两辆车向库尔勒方向追赶。

起风了，地上的沙与天空的霾搅成一团。在风的作用下，沙粒波浪式匍匐前行。孙吉原心急如焚，他知道这仅仅是沙暴的序幕，如果不及时找到这4个人，他们注定迷路并有被沙暴吞噬的危险。他叫司机打开车灯，不时鸣笛，注意安全，拉开距离，并排前行，以扩大搜救面——反正沙漠里也没有现成的、固定的、有实际意义的路。

风更大，沙更疾；风助沙势，沙助风威，天地间一片混沌。能见度不足50米，行车已有困难，如果一阵疾风突如其来，车辆就有侧翻的危险。紧急关头，驾驶员一声尖叫，孙吉原悬着的心才算是落了地：前面4个黑影在风沙的谜团中摸爬滚打，踉踉跄跄迎着车灯扑了上来……

原来，在风魔与沙暴中辨不清东西南北，又觉得无路可走的4个人，正抱在一起号啕大哭，忽然看见了救命的车灯。孙吉原把几个人弄上车，看见危在旦夕的生命一瞬间化险为夷，不由得悲喜交加……

孙吉原1989年从大庆石油学院毕业来到2288地震队，看上去眉清目秀，文文弱弱，彬彬有礼，20多年的野外地震生活，尤其是新疆勘探这十几年，风雪沙暴已把他磨砺成具有砂岩一般坚韧品格的硬汉子。别看他对职工、合同工这样呵护备至、关爱有加，为了工作和事业，他可是个豁出性命来的主儿。

塔中22井区块靠近罗布泊核爆试验区。为了摸清地容地貌，为构建营地、施工做好前期准备，尤其是要测出核爆区对人体危害的准确数据，孙吉原带领7名勘探队员踏上了征程。

哪知出师不利，刚到库尔勒，孙吉原就阑尾炎急性发作，不得不做了切除手术。开工在即，探区情况却还一无所知，何况那又是一片神秘莫测的“死亡之海”。孙吉原急啊！好不容易熬到刀口拆线，就急匆匆带着两辆车及勘测仪器，卷一路尘烟冲进了沙漠。

纵横林立的沙丘，大的像山包，小的像坟冢。风挟着沙巡逻似的踅来踅去，偶尔犯浑，就搅得天昏地暗。没有路，行车难，孙吉原和几位队友就坐车、推车，爬沙丘、避风口，边宏观目测，边仪器精查。饿了，吃馒头就矿泉水；夜晚，支上简易帐篷倒头就睡。

就这样，他们4天在大漠里行车2000公里，圆满完成踏勘任务。

这时，孙吉原才感到腹部疼痛难耐。打开看时，只见刀口处裂开一条小口，边缘处已化脓红肿。人们这才想起踏勘第二天那惊险的一幕——车子在条状沙岗上疾驰，突然冲入二尺多深的沙沟，继而凭惯力一个鱼跃冲上了沙坎。剧烈颠簸中，孙吉原痛苦万分“啊”了一声……

大家面面相觑：这3天，孙吉原是怎样忍受的啊！接下来就是长时间的沉默和感动。挨到库尔勒医院，处置医生很纳闷、很生气：“你是不是玩命去了，这抻开了又化脓了的刀口里，咋还有这么多沙沫子?!”这正是：物探工人不畏难，大漠鏖战唱凯旋。沙暴狂风苦磨砺，锻造好汉孙吉原！

40年倏忽而过，依稀弹指一挥间。因工作需要，孙吉原现已调到公司任职。下面我们应该写写那些仍顽强拼搏在2288地震队一线的人和事。前几天采访时，我多次被他们的精神与意志、奉献与业绩感动得五体投地，俯首心折……

此项宇非彼项羽

“生当作人杰，死亦为鬼雄。至今思项羽，不肯过江东。”这是表弱骨刚的宋代著名女词人李清照脍炙人口的名句。全诗仅20个字，借项羽当年垓下战败，无颜回见江东父老的“人杰”“鬼雄”之魄之举，反衬、讥讽面对金人入侵一味求安，东逃西躲，苟延残喘的南宋政府的昏庸与软弱。项羽虽“气拔山兮力盖世”，强悍威猛，自立“西楚霸王”，并被词人所欣赏，但其人鲁莽霸道，刚愎自用，沽名钓誉，最终兵败垓下，痛别爱姬，自刎乌江。

此项宇非彼项羽。此项宇长江大学毕业，30岁才出头，一副精致的近视眼镜，更见文弱书生气。俗话说，好钢是炼出来的。组织上把他投到地震队前沿的风雪严寒中敲打锻造，投到塔克拉玛干“死亡之海”的酷暑高温里蒸煮，投到昏天黑地罕见的沙漠风暴里煎熬，历经了施工员、见习队长、副队长等六七个岗位，六七年一个台阶一个台阶地磨砺，他练硬了脚板、脊梁、翅膀，练就了“火眼金睛”，练就了沙漠鹰隼般的高瞻远瞩、自由翱翔。最终练成了指挥金戈铁马，独当一面的，在"死亡之海"里"辗转腾挪""进退自如"的"大漠勘探先锋"2288 地震队的三军统帅。

人们还记得他随测量组翻山越岭苦苦跋涉的执着与坚毅，同放线班爬冰卧雪匍匐前行的顽强与拼搏，海拉尔探区呼伦贝尔大草原朝阳下的傲然与挺拔，塔木察格荒漠戈壁苍凉孤寂中苦行僧般的爱恋与痴迷；还记得他的婚礼是抽出一周时间匆忙完成的，孩子是满月之后才见到面的，父母生病不仅不能床前身边伺候照顾，往往还是几十天后才知道的——因为"死亡之海"里经常没有通信信号，因为亲人们太熟悉他、了解他，许多事情明明是这样的，而他们却众口一词说是那样的——缺憾是一种美，天然纯粹的美，朴实无华的美，美得让人俯首心折，美得让人惊叹折服，美得让人看着、笑着就情不自禁泪流满面……

施工组深入塔里木盆地组织施工

人们不会忘记，2012 年，项宇第一次随队征战塔克拉玛干大沙漠"死亡之海"。一次施工推进到 E 测线时，由于沙沟地势复杂及突如其来的沙尘暴的缘故，原来推土机推出来的道路均被流沙掩埋，眼看后续工程钻井、下药、放炮就要停滞不前，而如果重新调动推土机上来，再推出一条通道至少需要一周时间。项宇主动请缨去沙梁上探索一条安全可行的通道。他独自一人走走停停，像沙漠之鹰盘旋搜寻，明察秋毫，倏而又舒展翅翼傲然远翔。大漠漫漫，横亘的沙丘如虎；寂寥岑岑，炙烤的烈日似炉。他如一头沙漠深处艰难困苦中顽强跋涉的骆驼，饥渴与疲惫、危险与恐惧，都在向往与追求面前瑟瑟发抖，悄然退去。他用一双脚板丈量着沙漠，也丈量着人生；他插下一枚枚小旗作为路标，也插下一座座信念的里程碑，引导着隆隆的地震炮声驶近心中的理想与目标，在“死亡之海”高高奏响中国石油人“奉献能源，创造和谐”的执着与豪迈之歌！

人们也不会忘记，2013 年 11 月 21 日中午时分，神秘莫测的“死亡之海”突然刮起沙尘暴。在沙漠中摸爬滚打、辗转腾挪了近两年的项宇已经初步摸清了塔克拉玛干大沙漠的“脾气秉性”。他凭经验马上判断出，如果继续施工将面临巨大风险。沙尘暴遮天蔽日说到就到，刻不容缓，他通过电台果断下令全队立即停工，所有人员戴好安全防护面具集体返回营地。为了以防万一，他要求各组组长认真清点人数，做到万无一失，一个人都不能少。开始，许多初上沙漠的合同工不理解，觉得项宇这是小题大做，虚张声势。

就在大家排队上车返回营地途中，漫天黄沙突兀而至，直吹得人们睁不开眼睛，浓见度瞬间不到 10 米，细碎的沙面一个劲往衣褶、脖颈、耳朵里灌。说话间，多处路段就被沙暴堵死或局部掩埋，车辆仿佛在妖魔鬼怪布下的迷魂阵里左冲右突。项宇紧急调集队里骨干做徒步引导员，又安排几名沙漠行车经验丰富的司机在前头开路，做到车车有人引路，车车缓慢紧跟随行，自己则留下来断后。就这样，全队近千人、几十辆车没有一人一车掉链子趴窝，全都安全撤回营地。沙尘暴一刮就是两三天，这些合同工蜷缩在帐篷里，望着望不透的塔克拉玛干的天空，未免心有余悸地慨叹：要不是撤得及时，非埋在沙漠里不可……

培根说，集体的习惯，其力量更大于个人的习惯。地震队是个战斗堡垒，需要勇于担当的能够挑起大梁的主帅，更需要班子成员齐心协力地齐抓共管。作为大庆油田第一支勇闯外部市场，第一支征战“死亡之海”，第一支首开 19008 道国内最大道数沙漠区域三维高密度勘探先河的地震队，他们面临的任务艰巨，面临的挑战严峻。

2016 年塔东北高密度三维、2017 年古城北三维、2018 年肖塘南三维都是超大道数接收。这是沙漠地震勘探的历史性突破，不设极限井深，全部潜水面下激发，也是再开沙漠勘探之先河。时下油价一跌再跌持续低迷，明知这是个烫手的山芋，他们也必须当作香馍馍捧在手里。因为国内可勘探区域已经越来越少，而国家发展建设不能没有后续能源保障。

果真是"老革命遇到了新问题"，看来用老观念、老套路、老方法解决"死亡之海"里遇到的新情况显然行不通了。队班子成员群策群力，集思广益，破解难题。要求党员干部带头发扬大庆人善于攻坚啃硬的优良作风，以创优质工程为目标，鼓舞斗志，激发干劲，并制定出了一套沙漠区域大道数高密度勘探施工切实有效的办法，即班组人员按施工顺序进入工地，任务一完成就及时撤回大庆，边检修边生产，优化推土机逢沙开路的方式，对遭沙尘暴破坏的"道路"及时修补；选派具有丰富沙漠施工经验的钻工和维修人员提前备足钻井所需材料，采用钻井米进尺与质量挂钩共同计酬的方式，调动员工优质高效生产的积极性；合理安排施工进度，保证各道工序良好衔接、良性运转，减少内耗，提高生产效率；加强员工思想教育工作，确保稳定的用工环境与施工中的安全环保；采用依托主营地，小搬家的灵活形式布局和施工，争分夺秒，保质保量。最终，他们靠集体的智慧和力量，圆满完成了古城北两个区块高密度三维 18666 炮和 24948 炮及肖塘南三维 40655 炮的生产任务。此外，还提前完成了公司临时增加的沙漠勘探科研任务。

这就是项宇，此项宇非彼项羽。他用脚踏实地的闪光足迹，在戈壁大漠、草莽荒原、崇山峻岭间，谱写出一曲令人扼腕的新时代找油人的青春之歌！他用舍小家为大家，含辛茹苦、兢兢业业、孜孜以求的高尚情怀，传承着大庆精神、铁人精神，感染并激励着年轻一代中国石油物探人开拓创新，砥砺前行，为璀璨而崇高的"宝石花"增光添彩！

奉献有责，青春无悔。队长肩上担子重、杂事多、责任大。因此，他不忘初心，牢记使命，谨言慎行；注重精细管理，培养良好习惯；注重责任意识，减少无谓失误。他说自己喜欢出工，喜欢沙漠上顽强的红柳和骆驼刺，喜欢在施工现场奔忙，觉得这样的日子才充实，才有活力，是干正事、干事业呢，年轻人的自我价值才有机会得以彰显或实现。

只有荒凉的大漠，没有荒凉的人生。沿着塔克拉玛干大沙漠深处红色诗行般逶迤跳跃的条条测线，项宇正带领2288地震队员工精神抖擞、信心满满地走向远方，走近理想，走进春潮般轰鸣的地震炮声里……

踏遍青山人未老

2288地震队是大庆物探特别能吃苦、特别能忍耐、特别能战斗、特别能奉献“四特”精神的发祥地。“踏遍青山人未老”，40年来，如项宇这样优秀的年轻人正茁壮成长，传承着“四特”精神，并逐步稳妥地挑起了地震队的大梁。如党支部书记谢焕琪这样的“老兵”，也是“青山在，人未老”，焕发着中年人成熟的光和热，香软柔蜜地温暖着“沙漠铁军”将士的情怀与身心。

2288地震队常年奔袭数千公里赶赴新疆施工，人都被烈日高温、沙尘暴磨砺锻造出了钢铁般的意志，披坚执锐，无往不胜。他们无愧于“沙漠铁军”光荣称号。多道数高密度大排列三维立体精查，需要的机械、人工投放量巨大，少则七八百人，多则将近1400人，仅用来推沙丘填沟壑“逢山开路”的推土机就有22台。谢焕琪说，由于工程量大，人员一卯顶一楔难以抽身，再加上新疆距大庆路途遥远（离回家最近的城市库尔勒还有800多公里，其中200多公里是他们用推土机推出来的“沙漠勘探专用通道”），塔里木盆地肖塘南、古城北区块工期6个月，仅张丛法和马新云因老父亲病故回过一次家。

谢焕琪1990年毕业于长春地质学院，2003年任“大漠勘探先锋”2288地震队党支部书记至今。十几年来，他总是带领打前站的人员第一个走进沙漠。建营地、储备生产生活物资，直至具备生产条件后，迎接大部队到来。施工结束，他又是最后一个离开沙漠。不论多苦多难，他都硬挺着坚持下来，竭尽全力把员工住宿、饮食、健康、业余生活等后勤保障方面的工作调整好，为主体工程顺利推进保驾护航。

2012年，集团公司将塔克拉玛干沙漠塔东12.6万平方公里探矿权交给大庆油田。多年来，2288地震队一直独立承担塔东区块的地震勘探施工任务。首个区块古城西项目6万余炮，工期170余天，职工

242人，外雇工多达1033人，占队伍员工总数的81%。艰巨的任务、艰苦的环境，使外雇工管理工作出现了很多新问题。由于外雇工人员构成复杂，人员来自不同省份，民族习惯、生活习惯差异较大，冬季生产后勤物资供应不及时影响吃住条件，加之沙漠施工，业余生活枯燥等诸多原因，造成大量外雇工流失，严重影响了施工进度，给队伍管理也带来了巨大的压力和挑战。为了实现集团公司塔克拉玛干探区“一年展开，三年突破，五年成规模”的战略构想，队党支部直面困难，积极探索解决办法。他们通过谈心、调查问卷等方式，对外雇工生产、生活中遇到的各类问题进行了深入调查。通过调研分析，发现外雇工对饮食习惯得不到保证、宿舍保温条件较差、精神需求得不到满足等问题的意见最大。队党支部认识到，这些问题是稳定外雇工队伍的关键因素，并由此确定了构建“暖胃、暖身、暖心”工程。通过几年的实践与探索，“三暖”工程已经发展成一套成熟完善的管理模式，有效稳定了塔东外雇工队伍，提升了外雇工的工作积极性和战斗力，确保了施工任务的顺利完成。

由于施工的特殊性，测量、钻井、放线、采集等班组在测线上布局分散，各自为战，相对独立。对于最大的班组放线班来说，员工取暖是最大的问题。他们七八百人绝大部分是外雇工，住在四十几栋军用帐篷里。沙漠昼夜温差大，工作时间长、强度大，对人的体能是个严峻的考验。出于成本及生产实际等诸多方面考虑，无法配备大功率发电机用于取暖。针对帐篷里如何取暖保暖问题，谢焕琪想了好多种办法，也进行了多次尝试。他还自学了土暖气安装技术，每到冬季，就领着几个后勤员工，早早来到放线班驻地，指挥大家安装土暖气。看他身着工作服一副行家里手的样子，俨然是个锅炉水暖工。怎么挖沟、接头，如何埋管道，阀门怎么缠麻丝，怎么垫好密封圈，关键部位都是他亲自上手操作。每栋帐篷需要安装两组暖气片，近50组暖气片，几公里的管道，谢焕琪和后勤人员克服重重困难，终于抢在放线班收工前安装、调试完毕。放线班的员工们在帐篷里，身上暖和，心里更暖和，连连称赞谢焕琪是“温暖书记”。

负责劳资人事工作的副队长陈岩，他的女儿是2018年2月5日零时在大庆妇女儿童医院出生的。那时候，塔克拉玛干肖塘南、古城北区块施工已进入收尾阶段，考勤、核实钻井进尺、结算工资等工作千头万绪，陈岩恨不得变成个孙猴子来个分身术。妻子入院待产那两天，不能陪伴爱人左右，既牵挂又内疚的他，经常遥望几千公里外东北方的天空祈愿平安。女儿呱呱坠地，家人打了一个小时卫星电话，总算把“母女平安”这个好消息报告给了鏖战在“死亡之海”沙漠深处的丈夫与父亲。那一刻，陈岩高兴得泪水夺眶而出，双手紧紧攥成了拳头。一会他又发疯了似的用拳头敲打自己的脑袋。那一刻，我们明白了什么叫愧喜交加，什么叫男儿有泪不轻弹，只因未到伤心处，也明白了什么叫好男儿志在四方。那飞溅而出的眼泪俨然沙漠流萤，闪烁着“宝石花”的璀璨光焰，弘扬着一代代石油物探人忠于职守、无私奉献、舍小家为大家的伟大情怀与崇高气节。回忆这段经历的时候，陈岩这位看上去书生气实足，甚至还有点腼腆的小伙子眼里再次噙满了泪花。我俨然也被他那一刻的表现感动了，好久好久说不出一句话……

沙海暖心风景线

沙漠施工苦啊，吃饭蘸着风就着沙，水是按人按量供应的。不必说洗脸洗澡，就是喝，也都得算计着、节省着用呢。沙漠里，沙子无处不在，为了节水、省事，绝大部分人员进驻施工现场前都剪掉了头发，因此“大漠勘探先锋”2288 地震队还有一个内部“雅称”——秃子地震队。沙漠深处，没有通信信号，和家里联系非常不便，即使亲人有病了，也得咬牙挺着、忍着、熬着，直到咽了这口气人走了，才能回去送一程——就是永别！

为了给祖国找到更多的后备油气储量，头上秃了就秃吧，他们认了！就是这样一群秃子，常年在比头上还秃的沙漠里、戈壁滩中勘探、跋涉、找油找气，放逐着青春、理想和人生……这是一幅何等苍凉与悲壮的艰苦壮美的画卷啊！令人浮想联翩，肃然起敬，感慨万千，赞叹不已！

塔克拉玛干沙漠深处的工作是极其艰苦的，生活也是极其枯燥乏味的。2288 地震队党支部千方百计调剂员工们的伙食和业余文化生活。每次出工打前站，都非常注重驻地选址，总是把茫茫沙海当成棕黄色的稿笺，把墨绿色的军用帐篷摆放成令人遐思无限的或方，或圆，或迤逦至远方和诗的模样……他们在驻地办起黑板报，宣传大庆石油物探人的“四特”精神，报道施工进展情况和好人好事，强调安全、质量和环保的重要性。他们还不定期出版以“大庆油田为祖国加油”为主旋律的《战旗》《沙海战报》等内部杂志，组织员工人人编写小故事、写纪实通讯、创作散文诗歌等文学作品，反映队伍的工作业绩和感人事迹，并定期开展优秀文章评比并予以物质奖励，进而调动了员工踊跃参与的积极性。还为员工订阅了《读者》《参考消息》等报刊，丰富员工的业余文化生活，提振队伍士气。他们还自己动手摄像、照相，再配上文字做网页微刊，让几千里之外的家人能有机会一睹沙海深处，尤其是亲人施工进展情况和工作风采，了解新疆塔克拉玛干沙漠的特别风情。偶尔他们也会请来记者和大家聊聊天、抒抒情，掏一掏在胸腔里郁闷已久的心里话，淘一淘几乎被沙粒打磨成册了的才情与诗意……就这样，“大漠勘探先锋”2288 地震队硬是给大漠深处的“死亡之海”筑起了一抹绿色的暖心风景线，抒写了一笺红色的铿锵诗行，奏起了一曲雄浑激昂、任沙尘暴也掩埋不了的“头顶天山鹅毛雪，脚踏戈壁大风沙”的石油战歌。

每逢佳节倍思亲。沙海沉沉，明月幽幽，相思绵绵。中秋夜，没有“明月何时照我还”的急切与无奈，只拜求沙漠懂得，明月懂得，思念中的父老乡亲懂得——于是《战旗》内刊第三期就刊发表了谢焕琪的即兴之作《懂你》：“一轮皎月 \ 把银灰的月光 \ 洒在浩瀚如海的沙漠 \ 物探男儿 \ 十五中秋夜 \ 把思乡的情结 \ 融入找油电波的遥远 \ 酷热的沙海 \ 蒸发出如泉的汗水 \ 坚定着 \ 找油人的信念 \ 滚滚沙尘 \ 阻隔了视线 \ 我们的脚步坚实昂扬 \ 沙海 \ 懂你的情怀 \ 明月 \ 懂你的情思 \ 油藏 \ 懂你的情感”……我们有理由相信：沙海懂你！明月懂你！油藏懂你！我们也懂你了呀！懂了你 2288 地震队是怎样的一支队伍，这支队伍又是怎样历经千锤百炼成了“大漠勘探先锋”！

人们更不会忘记，在一次新闻媒体现场采访会上，来自家乡的记者出人意料地递给负责设备与安全工作的副队长王国东一封信。王国东拆开一看，是妻子托记者捎来的一份温情与问候："国东，人家都说秋天是个美丽的季节，可我不喜欢秋天，甚至讨厌它。因为秋天一到，你又要出工走了……8 个月 240 天多么漫长难熬啊！我和孩子都想你，想你呀……"读着读着，王国东哭了，录像的新闻记者也哭了，采访现场一片泣不成声……敲打这些文字的时候，我笔记本电脑的键盘上，也沾上了类似于"感时花溅泪，恨别鸟惊心"的泪花……

这泪花既苦涩又甜蜜，苦涩的是在"死亡之海"沙漠深处施工苦哇，苦得想一想都心里发怵，望一望都会因胆寒而却步；甜蜜的是，我们的石油物探系统有这样一支支"特别能吃苦，特别能忍耐，特别能战斗，特别能奉献"的地震队，有一群群忠于职守、默默奉献、勇于创新的石油硬汉。这是石油之幸、祖国之幸、人民之幸！

尾　　声

"雄关漫道真如铁，而今迈步从头越。"成绩只能证明过去，代表不了未来。冰雪消融，二月料峭的东风把春天送来。春天是个全新的季节，是一年的开头。战斗正未有穷期，吾辈当更加努力。2019 年，2288 地震队仍将再上新疆，不同的是这次任务不是在沙漠里，而是在布满黑黢黢石砾的戈壁滩。试想，千余名着红色工装的地震队员，奔忙在数万米红色的大线之间，钻机轰鸣，岩浆飞溅，地震炮声富有磁性地压抑沉闷，撼山动地，仪器车接收机滴滴答答，将地震波每一瞬间的变化一一接收，再传向遥远的……

就在本文即将完成时，从天山脚下库尔勒市传来消息：2 月 13 日（农历正月初九）带着浓浓年味出发的 90 名先遣队员，已深入戈壁滩不毛之地做前期踏勘工作并搭建营地，同时启动了封存在当地的仪器设备，陆续抵达工区，进入随时可以投入生产的状态……

沉寂得有些瘆人的大漠戈壁啊，随着石油物探大部队的陆续涌入和工程的有序推进，又将繁殖起一行行墨绿色的娇嫩与浪漫，又将飘扬起“我为祖国献石油”高亢而豪迈的旋律——那些矫健的沙狐、翱翔的鹰隼、孤独的胡杨啊，又有了可以相互砥砺、相互依靠、相互效仿的参照与朋友——戈壁沉沉，炮声隆隆，一场更加波澜壮阔的鏖战，即将在新疆塔里木盆地的戈壁滩上徐徐拉开战幕！这是一场叩大地驱油龙，不获全胜绝不收兵之战，也是一场捍卫 2288 地震队“沙漠铁军”光荣称号的铄金之战！

让我们拭目以待……

【作家简历】 胡彦江，黑龙江阿城人。1968 年从事教育工作，1989 年转做新闻宣传工作。大庆作协常务理事。曾在《粤港信息报》《黑龙江日报》《中国石油报》《中国教育》《中国散文诗》《齐鲁文学》《北方文学》等报刊发表文学作品及新闻作品 500 余篇（首）。其中 40 余篇（首）获省、部、市、局级奖励。著有散文集《寂寞欢歌》《悒郁爽风》《凝露为霜》。

穿越春天的胡杨林

李永峰

十月金秋，正午的太阳还火辣辣地趴在窗户上。吴英林想到沙漠中的胡杨应该也呈金色了，这时候，正是沙漠最美丽的季节。

新疆施工是前年的事了，今年他们转战到了明水。

王晗书记带队走了以后，吴英林的心还是有些放不下。明水二维勘探地域地形地貌比滨北还复杂，水域面积较大，通肯河、呼兰河纵横在工区，加上几座大型水库，虽然耕地占大半，但有部分耕地起伏较大，他担心车辆找不着道，尤其河套区范围也比较大，车辆行不行，对钻井工也是个考验。

担心归担心，平时吴英林话就不多，这些心理活动，他是不会表露出来的，他也相信，多大的风浪，他们都能够克服。2284 地震队 1974 年建队，至今四十多年，经过的事太多了，参与施工的区域几乎包含了中国的各种地貌，在大庆也是独一份，甚至在全国地震队都没几支有他们这样经历的队伍。想到这些，作为队长的吴英林就十分欣慰。

夏天，过五十岁生日的时候，吴英林回顾了这三十年的工作经历。大学学的是物探专业，毕业就进了地震队，一干就是三十年。当队长也二十多年了，他从没有跟领导诉过苦，耍过熊。2003 年到 2284 地震队后，他更没给过手下人一次委屈。一到难啃的区块，领导就想起他们队。有的人不理解，问他，咱们怎么总干这些难干的地儿，啥时也能干点轻松的。他说，你不干，别的队也得干，还不如咱们干，咱们队经验丰富。大家已经习惯了，他平静地说话，多大的事，他说出来，都像没事一样。有了他的自信，大家干起活来，就有了主心骨。

可控震源施工在哈尔滨城区进行，前方为哈尔滨地标性建筑之一——防洪纪念塔

王晗也像吴英林一样，做得多，说得少。生产启动后，他就带领测量、采集人员踏勘明水工区，把所有地域蹚一遍，摸清安达市、绥化市、海伦市、望奎县、青冈县、绥化北林区的地形地貌，这些功课需要提前做好，情况都摸清了心里就有了底，驻地准备定在青冈永丰镇。另外，与当地政府以及卫生、消防、公安、水电等部门先接触了一下，又和去年滨北二维工区的一些老关系沟通好，熟门熟路事情好办些。看得出来，公司和当地政府沟通过了，但个别地区政府的协调会一时难以开成，实在不行，还得吴队长出面。

来2284地震队十几年了，王晗和这个队有了很深的感情，他们一起经历，一起担承，一起战胜困难。2010年在虎林区块，不是密林就是水田。在林区施工时，一律严禁吸烟，禁止单独行动，队里以小组为单位，配备哨子，不定时清点人数，水田坝塄高都在七八十厘米以上，车辆、人员通行都非常困难。王晗当时是采集副队长，领着大伙穿梭在河流和稻田之间。在河里，他们划着皮筏子，进入稻田就得抬着皮筏子走。在稻田里，要面对脚旁密密麻麻的秧苗。老百姓种点庄稼不容易，王晗提醒大家，一棵秧苗都不能踩坏。站在一米深的水里，稻田靴很快就进了水，稻田里有农药，水沾到皮肤上痒得不行。顾不了那么多，王晗催促大家赶紧检查检波器，快点把排列查通。

到下个点，直线距离三公里，坐车却要绕三四十公里，至少需要一个小时，反而没有走路快。王晗只说了句“抓紧时间”，就自己扛起三串小线向前走，身后的人忙抬起皮筏子跟了过去。

正值暑期，稻田闷得像间没窗户的铁皮房。没办法，根据雨季和春夏农田耕种情况，眼下这个区块需要分三次完成，看来要和水稻一块长大了。王晗心里想着，脚下不停。突然，他感到脚底一阵钻心的疼，抬起脚一看，一截柳枝穿过靴底，扎在脚心上，他咬咬牙，一狠心把柳枝拔掉，一瘸一拐继续往前走。

回头想起来，那天回到驻地，王晗只往伤口上擦了点白酒，贴上一片创可贴，确实有点草率。大家劝他去医院处理一下，他拒绝了。他不是不在乎稻田里的农药，可这条测线太难了，而且公共关系难度大，好不容易做通农户工作，必须抓紧时间把这条线干完，才能有心情顾别的事情。第二天，伤口果然发炎，体温升到40度，可王晗守着仪器车，硬是一步不离，“放”“放”的声音，不断从对讲机里传来，炮点一个个顺利起爆……说来也怪，他身上顿时清爽了不少。

“肖旭他们负责测量，比我们还要辛苦，这里的蚊虫够大，两个虾蜢就能装满一个火柴盒。立杆的时候，要专门有个人驱赶蚊虫，要不，咬得人没法干活。”王晗感慨地说。

令肖旭感慨的事情发生在2000年6月塔克拉玛干沙漠里。工区施工进入收工阶段，肖旭测量组最后撤，甲方检查完线，第二天就可以走。施工结束了，肖旭轻松多了。早上起来，他出去小解，突然腹部一阵剧痛，瞬间就蹲了下去，腰怎么也直不起来。大家七手八脚把他抬进帐篷，马上报告给队长。当时吴英林是书记，他急忙

挺进柴达木盆地北缘戈壁的特种勘探设备正在施工

从工地把最好的奔驰卡车调回驻地。沙漠路难走，几十公里跑了两个小时，赶到驻地都十一点多了，肖旭的疼痛仍没减轻。队医没敢打止痛针，怕延误病情，只好挂上吊瓶消炎，吴英林让他们马上送医院。

赶到 35 团医院的时候，接近下午五点了，可能是五个小时砖路颠的，肖旭的肚子居然不疼了，他跟吴英林说，没事了，回去吧。不行，吴英林坚决不同意，一定检查一下，看看咋回事。吴英林找到医院最好的医生，给肖旭进行了会诊，结果确诊为急性阑尾炎，必须马上手术。医生问家属来了吗，谁能签字。“我来签，我就是他的家属。”吴英林斩钉截铁的样子，在场的人都有些动容。

手术很成功。如果不手术，时间长了阑尾穿孔就会有生命危险。吴英林的签字分量很重，肖旭说，这份情到什么时候都不能忘，说着说着，一个铁硬的汉子也有些哽咽了。

吴英林也不会忘，但他心里的事装得更多。明水工区个别乡镇不够配合，他找来自己的老同学。吴英林觉得同学之间的感情踏实，同时又有些过意不去，毕竟不是第一次麻烦同学了，但为了工区能顺利施工，他就只能把老同学的情分记在心里。

吴英林重感情，在 2284 地震队乃至全公司是出了名的，对父母，对弟弟妹妹，对 2284 地震队不同时期的职工，始终关爱有加。老同学更知道他的为人，他乐于助人，反过来别人也愿意帮他。

明水工区是物探公司勘探史上最大的一个二维项目，2284 地震队又要有一项纪录载入大庆物探史册了，弟兄们的辛苦不会白付出。吴英林暗暗下决心，要为他们多排忧解难，减轻他们想家带来的疲惫。

在新疆沙漠施工时，由于通信不畅，各个施工班组又分散在沙漠腹地，电台信号又不好，失联是常事，家里有事根本联系不上。过年了，吴英林就驱车六百多公里跑到库尔勒，代表每个人挨个给家里打电话报平安。

想起 2284 地震队是公司唯一进入城区实施作业的勘探队伍，他就非常骄傲。可控震源车工作时的震动，早已融入 2284 人的血液，和他们心跳一样，在身体里自豪地游走。作为队长，这些自豪是他工作的动力，每战胜一个不同区块，他心底就多了一分这样的豪气。2005

年，2284地震队在吉林长岭获得“质量免检队”称号，2008年，他们在伊通的施工项目被吉林油田勘探部授予“优质工程”荣誉称号。这比过去大家喊他“沙漠胡杨”还要令人振奋。有时他会想，其实他们这个队就是一排雄壮的胡杨林。

在哈尔滨冰城的大街小巷，在美丽的松花江畔，在防洪纪念塔前，都有他们和可控震源车一起走过的影子。测量组的人比哈尔滨人还哈尔滨人，他们熟悉哈尔滨每条街道上公共厕所的位置；在大兴安岭腹地漠河林区，可控震源车也和他们一起忍受潮湿和蚊虫的叮咬。

明水工区内的通肯河、呼兰河是两条迷人的河流，通肯河是呼兰河骄傲的孩子，蜿蜒婀娜，沿途沟渠抱雪，柳挂冰霜，闲暇时，可以看看雪景。可是，钻井队长李忠义他们却无心观赏。测线跨度太大了，大雪封住了道路，每条测线，李忠义都会组织人提前跑一趟，看有没有捷径，有时离炮点就十几米甚至几米的距离，钻机和水罐车就是靠不上去，尤其水罐车重载后，很容易卡死不动。李忠义告诉司机，多准备钢丝绳。由于经常拖拽车辆，钢丝绳消耗比较大，李忠义在指挥车里备了一根粗一些的钢丝绳，哪里需要，不管多远，也要送到。李忠义态度很坚决，眉毛都跟着抖动。

钻井班有八台钻机，每台配备两台水罐车，还有雷管、炸药、抽水等辅助车辆，共三十多台车。

到了明水工区，李忠义就不停地找水源，不能让钻机没水喝。当了三十年物探人，他已经记不清和多少村民解释自己的工作，用老百姓家的水井，要做通老百姓工作，借用水库、鱼池的水，工作要更细，补偿要明明白白，一举两得是工作宗旨。谈下一个取水点，他就很兴奋。当年他在沙漠勘探时，看到200米高8公里长的沙垄，也是很兴奋，但那更多的是惊奇，至今QQ相册里他还保存着当时的照片，偶尔他会拿出来和大家分享，见过的人会感伤，没见过的人只有好奇和钦佩。尤其那些胡杨，李忠义觉得就像他们地震队一样。

工作不都是一帆风顺的，有的人家工作并不好做。

李忠义特别讨厌不守信用的人，这家人上午还说可以经过他家的地，下午就反悔了，偏说车轮轧得太深。李忠义和公共关系员里里外外地解释，他们会恢复原样，这家人一口咬定不行。看一时无法做通工作，李忠义只好组织大家绕过这块地向下一个钻井区域开进。他一边组织打井，一边回头观察那边的情况。终于，传来消息，老百姓同意打井了，他赶紧调派优秀的钻井小组回去打井。好手干活麻利，还好，没有耽误放炮，前面放线工作也没有耽误。这样的紧急情况，时不时会来上一次。

这是在考验咱们几个环节的协调作业能力，咱们就“癞蛤蟆打立正，露一小手”。李忠义开个玩笑，大家都笑了，笑一笑，就感觉不到风在用小刀割脸。

钻井和放线要有提前三天到四天的工作量，否则后面放炮、采集作业就会撵上来，工作的连续性就不能够保证，工作效率会马上降低。就像我们一个钻井组，司钻负责钻机，一钻卡瓦，二钻接钻杆，三钻放水，各负其责，又相互衔接紧密，谁都离不开谁，哪个环节都不能出错。李忠义打的比方很形象，一听就懂。

对手下这些钻工，有些人的水平连李忠义这个老钻工都十分佩服。进入依安时，在地下河流石中钻井，往井里下多少固井剂，这完全凭着钻工的经验，少了，药下不进去，多了，药下不到位。李忠义说，就像两个同事有矛盾，常年在一起摸爬滚打，啥矛盾都能磨没，钻井经验也是时间和大脑磨合的结果。

我们就是亲兄弟。材料员马凤伟语速不快，这句话谁都听见了，声音虽然不大，但很清楚。三四个月吃住在一起，比跟家人待的时间都长，明水工区以来，他们更是一起蹚爬雪窝，地垄沟里一起摔跤，感情越来越深。

在沙漠勘探的时候，洗不上脸，洗了也白洗，帐篷里睡一宿，早上起来，一脸沙子。照片上的沙漠物探人，一笑只有牙齿是白的，别见怪，那是正常颜色。常年看不到绿色，出了沙漠人都木讷了，见人傻呵呵的，不知道说啥。

马凤伟平时话少，但一旦触动他，也会多说几句，别看他说得轻松，其实肚子里装着一锅开水，早已翻滚开了。

有些伤痛，是不敢提，一提起就心酸。

“你们啥单位，怎么还联系不上呢？”姐姐哭着对马凤伟说，“你知道吗，老妈最后一刻，一直喊着你的名字。”姐姐使劲拍打着马凤伟的肩头，那里早没了知觉，马凤伟疼的是心。

马凤伟能想到母亲当时的样子。母亲最疼自己，也最惦记自己，这次如果不是在沙漠，如果能离家近一点，唉……

收工后才听到母亲去世的消息，赶回去时什么都晚了。后来，每次想起母亲，就会掏心掏肺般的痛。马凤伟表情凝重，脸上像敷了一块冰，他转身走了，若不走，那块冰就会融化，掉下来。

经历这种情况的，还有吴英林、王树林，还有许多在前线施工的物探人，他们交出了一颗赤诚之心，留下了永久的遗憾。每到家人团聚，马凤伟的痛就会加剧，吴英林也是在将老人的骨灰安放在墓地后，才露出久违的笑容。王树林趴在老人坟前痛哭一场，那天，雷神、雨神为他布起了乌云。

2284 地震队没有被任何困难吓怕过，一到冬季，他们必定会出现在哪块地域，无论是大雪覆盖的耕地、山地，还是沼泽密布的河流、容易迷路的森林，或是黄沙肆虐的沙漠、暴风雪无情的草原，哪里有困难，哪里就有 2284 地震队的人，哪里有攻不取的地域，哪里就有 2284 地震队的人。

吴英林交代公共关系副队长董钦喜多和乡、镇、村级地方政府沟通，赔偿问题要把政策讲清讲透，尤其对老百姓要反复讲政策，反复做工作，耐心，再耐心。吴英林不断嘱咐的地方，就是工作的难点，副队长都懂，格外用心。吴英林对在家里留守的综合干事王怀斌比较放心，他是队里的老人，工作踏实，不需要太多叮嘱。

在 2284 地震队队部，王怀斌一个人就是一个队。大家都在前线，家里的事情就靠他自己，除了开会、上情下达、报表、写材料，就是把前线交代下来的事情，尽快办好。王怀斌这两年身体虚弱，吴队长帮着找了几个医生也都没查出啥毛病，可是一个人代表一个党政工青俱全的地震队，他的腰板总是下意识地挺一挺。

20 世纪末，王怀斌还不到三十岁，和一个同事坐火车到青海哈尔盖取测量仪器，然后转邮格尔木，再发往大柴旦工地。哈尔盖站小得就像一只牦牛角，没有宾馆，没有饭店，只有一个铁路招待所。身处藏区，言语不通，干完活，两个大小伙子就只能待着。这里海拔已经超过 3000 米，头一天两人不知道，晚饭吃了一个馒头，当天夜里肚子胀得一宿没睡着，第二天，只好吃半个，又饿得睡不着。

到了大柴旦，如何打发业余时间，爱看书的王怀斌想到了书。他来到镇上唯一的书店，挑选了满满一丝袋子，在大柴旦干了三个月，这些书被他翻了几遍，很多书都翻烂了。虽然都是一些二十世纪八十年代的小说，具体内容王怀斌都不记得了，但有一本《四角号码字典》是商务印书馆出版的，他还记忆犹新。

离开大柴旦，他把书留给了下一个地震队。

王怀斌查了一下，大柴旦属于雅丹地貌，常年受风的磨蚀，许多小山包垮塌形成陡壁，有些外观看起来像是古城堡，荒无人烟，俗称魔鬼城。一走一过是风景，天天在这里工作，景就不是景了。

放完这炮，往下一个山顶炮点走。王怀斌吃力地爬上一百多米高的山包，就一屁股坐在地上，喘个不停。这讨厌的海拔，胳膊、腿、腰上像绑满了沙袋，不干活，走两步就累得够呛。刚才打电话，也是拿着电台和电瓶爬到山顶才有信号。对面山包看着也就几十米远，王怀斌知道，这一绕就要十几公里。歇会吧，这口气不喘匀是不能再走了。

坐着坐着，王怀斌又看见了“云母”，那是粉尘在阳光下亮晶晶的状态，他喜欢独自欣赏，别人都看不出来，他却看不够……

明水工区战线拉得长，马凤伟跟各专业沟通很勤，早打提前量，需要一根绳子、一颗螺丝，他都记在心里。明水工区地形复杂多样，车辆陷住的情况比较多，钢丝绳需求比较大，车辆备件也比较多，回到公司，消耗品大的他要做，细小的物品，他也不放过。即便如此，龙江地区环境还是比西部强得多。

青海的沙尘暴说来就来，虽然能见度最近时也就几十米，可是车不能停，前线急需物资，好不容易通过几辆车接力的方式把物资送出去，说什么也不能停车。

马凤伟看见四周卷起的沙尘，车就像在水中推着水流前进，刚清理完的空气滤子，这才几公里，又要堵。等水泥似的沙尘暴过去，马凤伟照着后视镜一看，自己也乐了，头发、眉毛都是一边黑一边白，就连嘴唇上方的胡子，也是一半黑一半白，活脱脱一个阴阳小鬼儿。

这次明水工区的任务量是以往的两倍多，王晗不敢怠慢。区内地形复杂，沟渠、水坝、水田、塔头众多，对钻机和施工设备都是个考验，安全一定要贯彻下去。王晗严厉起来，各个副队长都懂，分毫情面不会讲。前几年在新疆施工，路况特别差，后勤补给很困难，年夜饭驻地弄了十个菜给前线工地送去，其中有肘子和烧鸡。董晓雷回驻地的时候，带了点肘子回来，发现留在驻地的施工组和后线的同事没有吃到肘子和鸡肉，董晓雷心里一酸。书记，你就不会留点给后线的同志吃吗？王晗没说话。董晓雷知道书记的脾气，好东西必须紧着前线，工地没啥娱乐，年夜饭改善一下就算是过年了。

宽阔的工地上，有个人从排列头走到排列尾，再走回排列头，就这样来来回回走，也不嫌累。王怀斌问旁边的人："这是谁啊，不是咱队的吧？""他是咱们采集副队长王晗，2003 年来的，你走他来，你俩没见着。""噢，我说没见过。"这是王晗给王怀斌的第一印象。

董晓雷对王晗印象最深的一次是在依安。2014 年的最后一天，好像知道明天是新年，天气格外冷，似乎要把本年冬天的冷，在这一天全都释放出来。

王晗心里始终是暖的，他装着全队四百人的冷热。今天他就要包顿饺子，给大家迎接新年。恰好放线班休整，他们六个组每组过来四个人，加上后勤和食堂人员，足足三十多人。食堂班长于卫国是国家特三级厨师，他拌的酸菜馅儿味道绝对找不出第二人。董晓雷会擀皮，那就擀皮，会包饺子的人就包饺子，大家有说有笑，霎时，满屋热闹起来，饺子还没下锅，新年的味道就充满了整个食堂。

王晗知道，饺子的香来自家的味道，来自中国人传统中团团圆圆的气氛。在野外施工，面对大雪覆盖的冰面、冻硬的地垄，只有心底家的温暖能抵御凛冽的寒风。因此，王晗时刻让职工感到家的存在，2284 地震队就是一个大家庭，党支部就是大家共同的家。亲情文化已经渗透在大家心里。曾有个合同工说，就算 2284 地震队的工资低，我也要在这个队干，在这里干，心里踏实、舒坦。

有个职工过生日，吴英林嘱咐食堂煮碗面条给送去，然后他发条短信，内向的吴英林，这时就会向职工敞开心扉。

一万多个饺子静静地躺在帘子上，这个夜晚非常温馨。元旦早上四点钟，煮熟后，冒着热气盛在盘子里，等候出工的职工们品尝。早饭后，他们带着饱满的热情出发，带着一年的希冀出发，带着2284地震队永恒的战斗力走进雪野。

2013年来到2284地震队，董晓雷就感觉到了这个队浓浓的亲情。亲情使董晓雷一下子消除了陌生感，很快就融入这个集体。2016年年初，他们踏进新疆古城北塔克拉玛干沙漠腹地，走入无人区。

沙漠的夜空繁星点点，沙漠的夜声是发电机有规律的嗒嗒声，除了这些，任何声音都没有，到了这里，你就懂得了安静的含义。

进了沙漠，手机就成了摆设，董晓雷干脆关机。由于时差的缘故，出工的时候天虽然还是黑的，估摸也得七八点钟了。上了采集车，工作就算开始，一小时一百多炮，董晓雷没空想别的，收工的时候，才站起来伸伸四肢，看外边天还是黑的，晚上十点黑天，这时肯定十点多了。他搔了搔头，突然想不起来几点吃的午饭，甚至吃的啥都忘了。

沙漠过于安静，明水工区内的青冈县祯祥镇附近的村子却有些吵闹。

有个人横在地头，说什么也不让放线工过。这人三十多岁，个头一米七多点，身体偏瘦，圆脸，目光中露出一股狠劲。公共关系员张福林一看这人就不是善茬，对待这种人不能硬碰硬，要以柔克刚。张福林开始一遍一遍讲政策，讲了至少十几遍。“少来这套，不能过，就是不能过，说啥也白扯。”一边说，“瘦子”嘴里还不干不净地吐着脏话。

听说“瘦子”在大庆某地住，他媳妇在面馆打工，许多2284地震队的人也在某地住，经常去面馆吃饭，和他媳妇都认识。张福林转变方法，和他谈熟人、谈感情，把他的媳妇搬了出来，“瘦子”仍是油盐不进。

我在地震队干过，甭跟我玩这些手段，这我见多了。“瘦子”斜楞着眼睛。

他想狮子大开口，在补偿上多占点便宜。本来是他父亲的地，他却想自作主张。张福林很气愤，但不会表现出来，每年施工都会遇到一些奇怪人物，他已经习惯了。

公共关系副队长董钦喜带着乡长、村主任走过来，“瘦子”骂得更凶了，而且直指村主任。村主任打断他的话，说了他几句。他离开村子很多年了，啥话都听不进去，而且变本加厉。村主任受不了他的骂，转身走了。村主任没辙，乡长的工作也不好做。

这天的风都揣着刀子，一下就刺进了衣服，张福林一直站在外面，早就冻透了。

董晓雷一看实在谈不拢，就嘱咐放线和钻井组绕过这块地，这五口井不打了，重新放线钻井。

大家没走出多远，“瘦子”的父亲就小跑着过来：“你们去打井吧，我不阻拦了，打吧，去打吧。”董晓雷很奇怪，怎么说变就变。董钦喜向他眨了眨眼睛：“咱们不打井，就一点补偿没有。”两人笑了。

不久，董晓雷带班时又遇到了某村二三十人把他围起来的事。他没有害怕，也不会走，工作实在做不通也没关系，但不能给当地政府和老百姓留下不好的印象，他们代表的是国家石油勘探人，不是个人的一己私利，董晓雷很仗义，很有底气。

董晓雷还想到，后面还会有兄弟地震队到此工作，不能给后来的地震队伍带来任何负面影响。地震工作避免不了要和当地政府、老百姓打交道，要通过真诚沟通、合理补偿来实现顺利施工。

作为采集技术副队长，放线、排列、炮点、仪器都要管，晁西峰这个西北汉子，遇见的麻烦事不少，除了找政府、国土资源部门出面，有时也需要智慧。

通肯河和呼兰河之间的草原、鱼塘比较多，每过一处都要理顺关系再走。这天，又到了一处草原，主人说啥不让过，没办法，晁西峰就命令仪器车开动。等那人走了，晁西峰又叫仪器车停了下来。那人远远地看见，就折返回来。气哼哼地说：“不是不让你们干了吗，咋还干呢？”晁西峰理直气壮地说：“已经埋好了炸药，这些东西必须处理好，留下来给你是个风险隐患，容易出问题，我是干工程的，可不想惹事，你也不想留下这个危险品吧?”那人一听，那就赶紧处理完，处理完就回去吧。晁西峰对大伙使眼色，赶紧处理完，好收工。大家心领神会，钻井、放炮，结束后，都说处理完了，收工回家。

在中和镇的时候，晁西峰遇见一位老大爷，排列铺设要经过他家的地。晁西峰看得出来，大爷不是一点道理不讲的人。他就把施工的程序讲了一遍，讲了国家政策和赔偿标准。他说，地震工作不易，冰天雪地地走，一天走二十公里是常事，到现在还没吃午饭呢，原先寻思铺完这段就吃饭，这一耽搁，兜里的馒头都冻成冰坨了。晁西峰看见大爷脸色和缓下来，又接着说，看我们这些工人，和您的孩子年龄一样大，这要真是您的孩子，您忍心吗?请您相信我们，随后就会有人和您谈赔偿的问题，我们的工序是连续的，不能因为这一处影响整个工区的施工进度，那样国家损失可就大了。老大爷被感动了，也听懂了政策，同意施工。

一次经过一家耕地的时候，发生了惊险的一幕。那家人不让施工不说，还发动了车子对准了晁西峰。晁西峰没动，有种你就轧过来。那人开车向晁西峰冲去，临近他身前的时候，猛打方向盘从一旁开了过去。大家都吓傻了，直拍打晁西峰，你咋不知道躲呢?

我没想那么多，他敢撞我?晁西峰当时的确没怕，可回到驻地，他有点后怕，孩子那么小，父母从西安老家过来看孩子，他还没见着呢!

这些事，吴英林和王晗都是后来知道的，他们手下的兄弟，能担承，自己能处理的从不找他俩。

吴英林心疼这些跟随他多年的弟兄，他们一起吃过很多苦。睡帐篷、住车间、睡马槽子、被子拧出水、身上生虱子、大雪没到胸前，这些苦没有吓退他们，反而使他们的心紧紧贴在一起。他和王晗出去谈事，面对先喝三杯酒的局面，两人话都不多，干三杯就干三杯，只要事能谈成，只要施工能顺利进行。

有什么样的主官，就有什么样的兵。晁西峰带领几台车沿途找道，路过村庄、河流他都要亲自走一遍，让车辆走一趟，没问题了，他就在原地插一面旗，并在地图上做出标识。横贯工区的通肯河和呼兰河，没有阻滞他们的脚步。晁西峰想出建立临时停车点的主意，避免出现绕行河流一百多公里的问题。他和李忠义、董钦喜、董晓雷一商量，大家一致赞成，吴英林、王晗同意后，他们就抓紧选址。临时停车点很快就建立起来，这样水罐车来回取水方便不说，设备车辆又避免了无谓往返，人员坐大客车返回驻地，第二天一早，很快就能到达施工地点立即开工，既保证了人员、车辆的安全，又节约了成本。

吴英林、王晗对晁西峰非常信任，这个西北小伙子，是个“80后”，干起工作，勇气和智慧都具备，是不多得的将才。晁西峰两口子都在前线施工，孩子无人照顾，晁西峰也好几年没回西安老家探亲了，父母特意赶到大庆，想和他过个年。

王晗手里的烟一支接着一支，烟雾在他身前久久不散。地震队的小伙子都是好样的，整整一个冬季都在野外，过年在家里看不见身影，夏天却经常看见人在家里，逛市场、做饭、接送孩子，不知道的，以为这家女人找了个没工作的男人。

地震工作的苦，只有身在其中才能品尝到。在雪野还好，最难受的是沙漠，到了里面，就像关进了笼子，几乎看不见除了他们以外的其他生物。偶尔能看到天空飞过一只迷路的鸽子，他们会一直望着它飞出视线，若是能发现一只蜥蜴，胆大的敢抓起来玩。有一只沙漠狐狸，始终跟着他们，他们几次搬家，它都跟在后面，他们常常把菜叶扔给它，希望它做个好邻居，不要搬走。

快过年了，王晗把后勤工作又捋了一遍，一定要保证年夜饭不少于十四个菜，鸡、鱼都要有，肘子、排骨也不能缺，越丰盛，越有家的氛围，再少喝点酒，放几挂炮，年味浓了，大家工作劲头也更足了。

但是，家里别有意外，像去年在依安……

耿军接到妻子电话是大年二十九，岳母心脏病复发，昏迷了。“能不能回来呀，帮着照顾一下，我一个人实在忙不过来。”

耿军似乎看到了妻子的泪水顺着腮往下流，他不知该说什么，依安离家一百多公里，却使不上劲，当了二十多年钻井班长，进入工区攻坚阶段，那些含沙含砾的岩性地质，像钻机上的卡瓦把自己卡得紧紧的，不能脱身。他打电话给在家的朋友，让他们帮助照顾一下老人。

岳母安装了心脏起搏器，清醒后，耿军打电话却反被岳母安慰了一番："你不用惦记，我挺好的，放心吧，在野外，自己要多注意安全。"还没放下电话，耿军的眼泪已经到了嘴边。

大年初三早上五点出工，耿军四点半就出发赶往工地，这两天得了重感冒，上吐下泻，发起高烧。这六条线，地形复杂，钻井很吃力，耿军要跟住每口井。太难受了，耿军只好回到车上，昏昏沉沉的，也坐不住。吴英林听说了，打电话给后勤于卫国，让他带耿军马上去医院。路上，耿军接到水罐车司机电话，取水点不让抽水了，老百姓不同意。于卫国拗不过他，只好把车开到了取水点。见到老百姓，耿军清醒了些，反复和老百姓解释工程的重要性，解释工程用水既不不会影响正常用水，也不会污染水源，终于，老百姓思想通了。为了以防万一，他又在附近临时联系了一个取水点，解决了水源不足的情况。耿军感觉好点儿了，就叫于卫国先回去，自己直接奔了工地。没办法，王晗让人把药开了回来，送到前线的耿军手上。吃了药，耿军感觉好多了。两天后他才去医院，医生说，疲劳过度要多休息。听说要休息，耿军说，就是没多大事，该干啥干啥。

"认真打好每一口井"，吴英林、王晗这样要求钻井专业，李忠义这样管理钻井班组，耿军这样告诉钻工们。2284 地震队的人团结有力，像拧成一股的钢丝绳。在塔克拉玛干沙漠，有位钻工写了首诗："东北壮汉闯天涯，西北大漠战黄沙。千古沙海寻宝藏，为我泱泱大中华。"2284 地震队的目光不仅放在自己一个队上，还看到了国家整个勘探事业。

有台钻机车辆趴窝了，跟随的两个修理工一个钻到车底，一个掀开机盖，把身子趴进去。天越冷，钻井就越困难，车也越容易出故障。为了让车辆少跑腿，李忠义他们就要多费腿。每条测线，他都要提前跑一遍、看一遍，使每个机组都能找到最便捷的路，减少车辆设备的损耗，保证施工时正常运转，每台车能发挥最大作用，钻井效率能大大提高。

车辆修好了，耿军看见车底的修理工身下的雪全部融化，而身上的工衣却已经冻硬。他一面叫两个修理工赶紧回车上暖和，一面组织钻工向下一个炮点开进。

又下雪了，今年的雪格外多，春天的雪是瑞雪，预示着今年又是个丰收年。

经过一百二十多天的奋战，明水工区圆满收工。施工面积一万多平方公里，打了三万多炮，创造了公司勘探史上工区最大、炮数最多的新纪录。涉及六个市、县、区，大型乡镇四十四个，村庄一百多个，水库四个，鱼池四十六处，没有发生一起停产事故，没有发生大的纠纷。

返回大庆的车上，吴英林不停地跟家里通电话，给领导汇报工作，给家人报平安，嘱咐后面的兄弟整理好装备安全行车。吴晗想起了钻井班的那首诗："八四战旗迎风飘，铁骑威武逞英豪。将士齐心严律己，枕戈待战志气高。"是啊！2284 地震队是一个能征善战的队伍，始终充满高昂的士气，全体将士都有一股豪迈的志气，转战南北，战功累累；2284 地震队就是一排胡杨林，傲立困难面前，英勇顽强，克难攻坚。

王晗将车窗摇下一点，深深吸了口气。今天并不冷，空气非常新鲜，天空蓝得像通肯河、呼兰河的心思。前面就是高速出口，王晗已经看见了湿地大桥，它就横亘在北方的春天之上，等候 2284 地震队穿越。

【作家简历】 李永峰，1972 年出生。中国石油作家协会会员、大庆作家协会常务理事，诗人、作家。诗歌《父亲的枣树》获中国石油第六届职工艺术节文学专项二等奖。

构造里的石油风景

青　梅

在中国著名的石油城大庆，有这样一群人，通过爆破生成的地震波寻找石油和天然气，他们，就是大庆物探地震队的勘探工人。

在他们的身后，还有一群人，集中对勘探采集到的地震资料（原始数据）进行科学分析处理，经过电子计算机的加工运算，输出各种数据列表、曲线和图件，以供后续地质解释，继而为钻井确定井位。

大庆物探研究院处理室的72名科研人员，就在做着这样的工作。在枯燥的数据与烦冗的软件处理过程中，他们在一丝不苟地给地球做核磁，矢志破解构造里的奥秘。他们的心事或许永远都没有读者，甚至也没有人知道他们的名字，他们却依然默默地绽放着自己的青春韶华……

——题记

地下也有鸟语花香

杏五井，属大庆老区，如今住的大多是上了年纪的人，大白天走在街上，基本看不到几个行人。而位于此地的大庆物探研究院处理室，却终年繁忙。

研究院处理室，属于什么性质的工作？处理什么？何谓处理？

想说明白处理，得先说物探。

钻井队打井，不是随便找个地方就打，而是物探人做先锋，探得哪里有油，确定好井位后，才能动工开钻。

物探工作又分三个部分，一是采集，二是处理，三是解释。

前线地震队用相关的地震仪器打井后下炸药，炮打到地下，通过这种人工激发的方式，把产生的地震波以数字数据的形式记录下来，为采集。

处理，就是通过计算机处理软件和技术人员自身的专业知识，把前线工人采集来的地下各反射层的地震信息，处理成一个个反映地下真实界面的图像。

地下的每一层，因为它的介质不同，有的是泥，有的是沙，就会有不同的波形和频率。波形通过地震传送仪传到电脑上，会有很多噪音杂质，把这个噪音杂质去掉，处理成剖面，画出清晰的地层，就是处理室的工作。

处理室把处理好的清晰图像传给解释，解释再用综合的地质知识确定哪个地方有油，然后就在那个地方打井。

处理，属研究院工作的一个十分重要的中间环节。前有采集，后有解释，属“过堂客”，起着承上启下的作用。精确采集、精心处理、精细解释，是研究院的工作宗旨，镌刻在每一位工作人员心上，没有人在意“过堂客”本身，在意的只是责任。

“干处理，纵向可以有一两个反向点，但横向的偏移绝对不能有。如果有偏移，下一步确定井位，不就空了吗？那还得了?!”处理室的党支部书记王世清，看着是儒雅书生，干起工作来，却雷厉风行。

物探研究院可提供大量地震采集资料的精细处理工作

采访当日，员工们各自忙着手头的工作，不错眼珠地盯着眼前的电脑，看都没看我们一眼。

“处理解释是所有油田工作中最难的，综合性非常强，压力特别大，在私企干处理解释，年收入最少二三十万。”胡振华，几年前干过处理，如今在院里其他部门工作。采访时他说，干处理，一年到头心里一直压着块大石头，这个项目刚做完，下一个项目又来了，项目一上来，就得收集资料、做计划，你对这个项目有什么看法，总体的规划是什么样的，都得捋顺。处理时不能出错，因为错一个参数，就不是一个人返工了，三维，几百条线，每一步都有很多参数，错一个参数，得返工三四天，这个地方耽搁了，就得从别的地方抢回来。一个大三维，干下来得半年时间，还有很多审核，一个报告下来，得经过五层审核。加班时看到楼下有小孩玩，都特别羡慕。

这是一次专业性极强的采访，面对工作人员操作的电脑，我几乎看不出半点儿门道，满屏波动的线条，在我看来都是一个样儿，可他们每个人都沉迷其中，看得津津有味。

“即便是这个专业毕业的大学生，干处理，也得五年才算入门，前五年，一直在写报告，辅助师傅。整日和数据、信号打交道，导致做梦都在处理数据。刚出来的信号，只是原始信号，有很多频率，你得把频率拓宽。公式是客观的，得以你对这个区块的了解，自己填参数。处理，说白了就是给大地做 CT，做核磁。”王世清书记面对我的疑惑解释说。

铲点、打眼、放炮、放大线、钉锤、埋置检波器、提供数据、处理解释、试油试采、打探井、钻井、固井，这是油田一个油井产生的整个过程，这其中，物探人功不可没。而处理是一项承前启后的技术复杂、要求精细的工作，它直接影响到井位的部署及油田的开发。

“在你们看来，我们的工作枯燥，我们却都不觉得。从迷信的角度看地下，那是个仙侠鬼怪的世界。可我们这是科学，所以我们看地下，捕捉的是地质构造的丰富信息，侏罗纪、白垩纪、第四纪大冰期，通过处理动植物矿化得到的就是活生生的地质年代影像，那其中也有鸟语花香，也有千娇百媚和姹紫嫣红。”王世清打着比方开导我。

跟着他的思绪，对于这个区块到底有没有油，有多少油，值不值得开发等一系列问题，我似乎有些开窍了。而处理干的，就是这样的活儿。至于用了什么技术，干了哪些区块，不会有人提。因为科技含量太高、太抽象，也很少有人懂。和一部电视剧火了以后，人们记住的只是导演和演员，没有人去会关注灯光、舞美、摄像是谁一样。

市场都是抢下来的

朱敏，研究院处理室“元老”级人物，她讲述了一次“抢”市场的经历。

塔东，属大庆的一个探区，研究院处理室之前干的都是松辽盆地的活儿，对塔东的地下资料不是很有经验。甲方一开始也没把这块资料给院里，而是给了有很多经验的兄弟单位。

处理室不想失去这个市场，在甲方没给投资的情况下，主动揽下了这个活。

“就是白干活儿不给钱，我们也想试试，看看塔东的资料到底是什么样的，我们能不能做，差在哪儿。”朱敏说。

当时，研究院办公楼晚上十点锁门，工作人员经常被看门大爷锁在屋里，锁到屋里就出不了门，遇到这种情况，大家索性也就不回家了，困了，就在办公桌上对付一宿。后来这个活儿拿下来了，做出的成果，甲方也很满意。

塔东这块市场就这样抢下来了。接下来，甲方连着给大庆物探研究院三个区块，以前研究院一直不在对方的考虑范围之内。

张向辉，2005 年毕业，公司优秀员工。采访时他说，整个研究院，精神状态特别好，每一个年轻人都有两个师傅带，解释一个、处理一个，大家积极性都特别高。这个行业不容易学到东西，但能给你开放的平台，别的行业藏着掖着，这个行业没有，“老人儿”都希望年轻人赶紧上手。

张向辉介绍，曾经为抢一个工期，处理室十八个人，二十四小时加班加点，干了十八天，电脑一直没关过。累得实在受不了了，就在办公桌上眯一会儿。

看着眼前书生气十足的他，我实在想不出，连续干了十八天，他这样的体格，是怎么熬过来的。

张世斌，被王世清称作处理室最钻的人。喜欢计算机到痴迷的程度，大学时就自己开发软件。参加工作后，在单位现有的软件基础上，结合工作需要，又研发了一些处理软件。

说到今年春节加班，张世斌说："春节前后是最要工作量的时候，甲方要求多长时间完成，就得多长时间完成，活儿还要经过层层验收，不抢时间，不自己创新，咋整?"

兰金涛，为了工作，取消了蜜月。本想着度完蜜月回来工作，可甲方临时把工期改了，几个月的活，七天之内就得完成。没办法，订好的机票只能退了，那一次退票，他损失了近一个月的工资。

"没好好度个蜜月，到现在都觉得对不起媳妇，可单位有事儿了，就得员工上啊，个人啥事儿都是小事儿。"兰金涛说起这些，没有半点怨言。

修智侠，员工们都叫她大姐。工作时间长，经历的也多。几年前，有一份山地资料需要她处理，资料送来时已是晚上九点半，因为丈夫是地震队书记，出工在外，根本指不上，没办法，她只好大半夜将女儿送到了同学家。早干出一天，就少停工一天，野外几百人的队伍，一天不施工，日消耗成本不是个小数目，光吃饭，一天就得数十万。那一次，修智侠连着三天三夜没回家，女儿也撂在同学家三天三夜。

2003 年，非典时期。研究院和东北石油大学合作一个项目，工期资料非常难，女儿烧到 39 度，肺炎。因为是非典时期，当时听到咳嗽声，人心都慌，何况是肺炎。可为了工期，修智侠一天也没耽搁。

"妈妈，你就知道干活，我有病你也不回来看看我。"女儿在电话中的一席话，让坐在那儿干活的修智侠再也忍不住了，眼泪哗哗往下掉。那一次，项目组连续工作二十天，她在家就住了三个晚上。

女儿六七岁的时候，想妈妈，不敢和姥姥说，偷偷给修智侠打电话："妈，我想你了，你回来，看我一眼就行，就一眼。"可女儿看到修智侠，抱住她的脖子，说啥也不撒开了。没办法，她把孩子带到单位加班。

张锐，处理室副主任。一年前，有一个二维的剖面甲方着急要，第二天就得交。当时，工期数据进站还不到一周，前期的很多工作还在筹备当中，想一天时间完成全部工作，难上加难。

可为了让甲方认可，项目组按部就班，分头行动，熬了一宿，熬到第二天凌晨三点，活儿终于干完了。当天，张锐的孩子因为重感冒，正在医院点滴，妻子出差，他把孩子交给医生，就跑回了单位。

“能不惦记吗？但不敢往孩子那儿想，一堆活儿等着呢！”张锐说，作为父亲，想起这事儿就内疚，但没有办法，处理室的每一名员工，面临这样的选择，都会如此。

“今天是星期六，你们怎么还来上班？”我好奇地问。

这样的问题，显然是惊到处理室的每个人了，大家愕然，随即笑了：“我们早就没有周六、周天的概念了，常年这样。”

“计算机知识宽泛的张世斌，勇挑重担顶住压力赢得甲方好评的朱敏，精益求精的计算机能手杨帆，踏实工作的后起之秀郭文军，甘当人梯的专家刘得仁……”王世清书记一一介绍着他的员工，没说一句关于自己的事儿，“我自己没啥事迹，这些年轻人，父母年纪都大了，孩子还小，家人需要他们照顾，却常年不着家，才真的不易呢。”

处理室的很多员工，干处理前，都曾在地震前线待过。没来研究院之前，心里不服：“前线苦不苦？零下二三十摄氏度，我能背着仪器，每天走上个二三十公里。干处理，整天在办公室坐着，能有多累？”

可干了处理后，“话风”就变了：“如果可以选择，我宁愿在野外受冻挨累，也不想承受心理上的巨大压力，太累了。”

H12 三维项目，当时叠后偏移 28 天，叠前时间偏移 58 天，这在当时，几乎是不可能完成的任务。要想完成任务，只有成倍地缩短处理周期。抢市场主要就是抢时间。

那一次，张向辉经过潜心设计，独立研发出地震资料初至自动拾取技术，大大缩短了处理周期，如期完成了甲方的要求，开创了研究院三维地震资料非常规处理最短周期的先例。

“我曾在野外工作一年，那一次，才真正理解了处理。心理上的压力比身体的劳累更让人难以承受。”张向辉说。

处理室的烦恼

王喜平，西安人，说话实在：“还行，啥工作想干好都得累，毕竟咱学的就是这个。”

王喜平是考学过来的，因为工作忙，平常日子，根本没有时间回西安老家。结婚后，回谁家过年成了夫妻间最大的矛盾，他曾一度对妻子说：“实在不行，就各回各家，各找各妈。”

父亲知道儿子的这一想法后，命令他：“要回来，你俩都回来，哪有两口子过年分开的？你有父母，人家也有，两头轮换着过，谁也说不出啥！”

“家远，父母有个病，电话打过来了，却干瞪眼回不去，那滋味才不好受呢。知道我最怕什么吗？最怕家里人半夜来电话，一看是家里电话，接电话的时候，手都吓得直抖，就怕家人有啥意外。”

郭文军，陕西人，2016 年来大庆。石油勘探专业毕业的小伙子，头一天上班，心就凉了半截：“以后，我就这样生活了吗？”

也难怪郭文军心凉，参加工作第一天，他就上了前线，二十三岁的大男孩，背着测量仪，在雪地里走了二十多公里。吃饭的时候，见同事们站在雪地里，用铁盔子盛一盔子白菜汤，就着馒头往下咽，惊得半天闭不上嘴。

“冬天，物探工人在野外施工，想吃米饭？门儿都没有。零下二三十摄氏度，米饭拉到野外，不出几分钟就冻硬了，地震前线的员工们，午饭只能是馒头。没有水，吃完饭，大家就地取材，用雪刷碗。”郭文军回忆起地震前线的生活，像是就在昨天。

杨帆，四川人，大学毕业后分配到大庆。

杨帆两口子工作都忙，有了孩子后，原本还算正常的生活全部被打乱。丈母娘没退休，且平时喜欢唱歌跳舞，也不给他们小两口看孩子。

“我负责掏看孩子的钱，找谁看，你们自己想招儿。”丈母娘早早地就发话了。

别人看，不放心，也舍不得出那份钱。没招儿了，刚刚舍奶的孩子，两口子一狠心，送回了四川老家。

过年回老家，下了车，媳妇就往婆家跑，进了院儿，几步就蹿进屋，抱起孩子就开始哭。孩子在妈妈怀里，一抬脸，一张嘴，一口四川话。东北媳妇一听孩子满嘴的四川方言，哭得更厉害了。

兰金涛，媳妇是大庆本地姑娘，父母的心头肉。平时有个头疼脑热，父母都大呼小叫，心疼得直掉眼泪疙瘩。

媳妇得了乳腺病，这要是让她父母知道，那还得了？兰金涛怕岳父岳母担心，媳妇也怕父母怪丈夫没照顾好她，自己跑到公公婆婆家，藏了起来。病好了，才回娘家。

张世斌，家中独子。为了照顾患有脑血栓的父亲，忍痛把位于市区繁华路段的房子卖了，把家安在了年轻人不愿待的杏五井。

“新装修的房子卖了可惜，可没办法，父亲有病，家远回不去着急，在跟前儿住，加班时能回去看一眼，心里踏实。”

李海林，2018 年去新疆，到了库尔勒，怀孕三个月的妻子打电话，告诉他孕期出血。当时，又赶上家里的大孩儿出水痘，怕传染，妻子出院后就住进了宾馆。直到孩子生下来，全家人才长出了一口气。李海林在医院见到孩子第一眼，不是看脸，不是看是男是女，而是全身上下检查个遍，嘴里念叨着“不是畸形，不是畸形”，泪流满面。谁也不知道，妻子整个孕期，他承受着怎样的心理压力。妻子出血，他从新疆飞回来瞅瞅，咬牙又回了前线。

“到新疆，钱是比在单位多挣点，可活儿到手上了，没有谁会想钱的事儿。家里有事儿，有亲人呢，单位有事儿，员工不上谁上？”小伙子话说得实实在在。

物探人，常年和沙漠、荒野打交道，赶上信号不好，就会和家人相互联系不上，电话一接通，常常是家人在电话那头哭，员工们在电话这头哭。在沙漠待几个月，心就会揪上几个月。

长期的超负荷工作，物探人心里早就没了“放假”的概念，晚上十点回家是常态，即便不抢工期，也像跑顺了腿，周末会不自觉地溜达到单位。偶尔晚上五六点钟回家，反倒不正常了。

“你咋回来这么早呢?”有那么一两天早回家，家里人得挨个儿这么问上一遍。

“给多少钱啊，天天加班?”长年累月加班，外人无法理解，异样的眼光总是有。为免口舌，周末上班，处理室的人都避着邻居、熟人走。

更让人心酸的，是孩子的那句“妈妈加班”。

平常人家的孩子刚学话，一定不是先学会这句，处理室员工的孩子最先学会的完整的话，不是“妈妈加班”，就是“爸爸加班”。

“不好好学习，让你干处理”，这句话，处理室员工都对自己的孩子说过。

干处理累，同事们坐在一起，有时也会吐槽：“自己累也就罢了，坚决不能让孩子也干这行。”

说归说，处理室的孩子也真争气。处理室副主任张锐说，2013年，他到杏五井邮局帮两位同事取录取通知书，到了邮局，邮局的工作人员问他：“你是哪个单位的啊？一个单位，一年能考上两个清华，咋回事儿？人家爹妈是咋培养的?”

张锐说，那一瞬间，他感到特别骄傲，感觉同事家的孩子，成了自己家的孩子。

平常人家的孩子，可以流利地说出父母的职业，或医生，或老师，或公务员。可处理室员工的孩子，却说不清。孩子单纯的思维里，地球物理勘探这一名词，太抽象了。

“颈椎、风湿、腰椎间盘突出，再加上头发少，是处理室员工的通病。员工们腰椎间盘突出犯了，不敢弯腰，自己连袜子都穿不了，但也都坚持工作，没有人请假，因为他们知道，大家都忍着身体的不适干活呢。”王世清说。

都是精兵强将

大庆物探研究院处理室，成立于 1992 年 3 月 1 日，其中高工 25 人、工程师 40 人；大专 21 人、本科 22 人、硕士 22 人、博士 2 人；

党员24人。

处理室自成立以来，先后经历了人工技术处理、小型机模拟回放及数字处理、阵列机与向量机常规处理、并行机高分辨地震处理等数个阶段。其间，地震资料处理设备和处理软件系统得到了不断的更新和发展。

2003—2009年，处理室引进了72.6万亿次/秒IBM PC、HP PC集群计算机系统，美国西方地球物理公司Omega处理软件系统，法国CGG公司Geo Cluster处理软件系统。

处理能力实现了从二维到三维，从叠后到叠前，从声波到弹性波，从各向同性到各向异性，从单一到综合的发展。

处理室立足松辽盆地、海拉尔盆地地震资料处理的同时，扩展到吉林、辽河、新疆等地区和蒙古、苏丹、俄罗斯等国家。总计完成三维处理工作量36311.96平方公里。

针对大庆油田岩性油气藏勘探的实际，开展了相对保幅高分辨率处理技术的研究。处理过程中，注重折射波、层析层像静校正的应用，避免假构造现象的发生，提高了成像精度和信噪比。

地表一致性振幅补偿、地表一致性反褶积的应用，消除了近地表激发和接收因素造成的能量和子波的差异。

叠前时间偏移的应用，提高了微幅度构造、断点、断面、河道、砂体、超覆、尖灭等地质特征的准确成像，处理剖面质量有了很大程度的提高。

针对外围盆地、山地低信噪比资料，采用了低信噪比地震资料处理技术研究。分类、分域、分频噪声衰减，提高了地震资料信噪比，多次波衰减，确保了反射层的真实性。

针对海拉尔盆地、依—舒地堑、松辽盆地深层复杂构造，采用了折射波、层析层像静校正、叠前噪声衰减、地表一致性能量补偿、地表一致性反褶积、地表一致性剩余静校正、精细速度分析、叠前时间偏移、叠前深度偏移速度模型建立、叠前深度偏移（克希霍夫法）等技术，确保每一环节的处理质量。

上述技术的应用，明显提高了复杂构造的成像精度。

为了探索地下油气藏对横波的影响，开展了多波多分量处理技术研究。

通过对大庆长垣喇嘛甸多波多分量资料进行试验处理，形成了多波多分量处理技术，积累了多波多分量资料处理的经验，并形成了相应的系列处理技术。

处理室自成立以来，秉持精细、扎实、创新、担当的工作理念，先后获得了大庆石油管理局双文明建设先进单位、大庆石油管理局先进集体、大庆石油管理局先进党支部、大庆石油管理局三八红旗单位、大庆石油管理局钻探集团先进基层党组织，物探一公司先进党组织标杆，钻探工程公司先进党组织，大庆油田有限责任公司、大庆钻探工程公司、物探一公司先进集体等荣誉。

先后承担并完成了局级以上各类科研项目二百八十一项。其中，获国家级奖两项、省部级奖十七项、局级奖二百六十二项，获国家专利七项，在国家级核心期刊上发表论文一百九十七篇，在国际会议上交流论文二十四篇。

有些单位的领导，可能是所在行业的外行。可在东方物探大庆一公司研究院，每一个部门的领导，不仅是领导，更是专家，都是对所在行业有突出贡献的人。

王世清，研究院处理室书记，号称行业“大拿”，整个处理流程，没有他不精通的。

“不懂？那怎么干工作？不仅样样通，还得是样样精通，这样你才能知道工作进展怎么样了，你才能把握节奏进度，你说的话，别人才信服。”王书记说。

在外人看来，处理工作就是往计算机前一坐，风吹不着，雨淋不着，可静校正、叠前去噪、振幅补偿、反褶积、偏移成像，这么多的高科技应用，都需要时间和精力，一点一点试验论证。

有效信号与噪音的处理是个辩证的过程，多一分少一分，都是学问；反褶积与提频的处理，面临取舍；频率的极致、振幅的均衡，需要技术和经验。遇到山地资料，复杂多变，原始资料落后，就得大胆优化地震资料处理流程，合理运用地震资料处理技术。

在英54三维地震资料处理过程中，一个带有“脚印“的资料，无法满足“解释”的需求，面对这一难题，处理室员工通过技术研发，大量试验比对，最终破解了困惑多年的技术瓶颈，从地震资料处理环节，为野外采集观测系统设计提供了技术保障，间接地为野外采集施工节约了大量的成本。

“很多人不理解节约成本的概念，这么说吧，我们早干完一天，钻井就早开钻一天，一个几百人的队伍，提前完工一天，就少吃三顿饭。几百人的队伍，光是一道红烧肉下来，就得买六七头猪，还不算别的开销，你算算，得多少钱?”王书记说。

针对外部市场，处理室更是半点不能马虎。

有一次，研究院处理国外一个资料，不但前所未有地研究出一套完善的低信噪比地震资料处理流程，还完成了基岩底部较为清晰的图像，为后期石油勘探奠定了坚实的基础。

几年前，处理室承担了蒙古国两个二维区块。当时也是研究院首次接触外部市场项目，压力很大，不但要解决技术上遇到的问题，还要考虑甲方要求的周期。

国外专家对资料要求极为苛刻，吃、住都得在单位。当时负责该项目的张向辉，妻子生产，也顾不上了，自己撰写英文报告及操作多媒体，最后得到了甲方及国外专家的高度评价，为院里赢得了蒙古国市场。

构造里的石油风景

“一个月挣多少钱啊?值不值得这么干?”看到研究院的人长年累月加班，经常有人这样问。

“各项保险加公积金，全都扣完了，到手三千多块钱。”

这样的回答，显然出人意料。在外人看来，他们的付出与得到的报酬，明显不成正比。

“接手一个项目，责任就来了，因为干不好，后果不可估量，没人能负责得起。第二天要干哪些活，要干到哪一步，项目组每个人晚上睡觉前都得捋一遍，脑子里想的都是咋能把活干好，咋让甲方满意，没有人想值不值。”朱敏说。

朱敏讲述了一件事。

那一年 12 月，研究院接手一个项目，去了新疆塔西南。当时，机器老化，沙漠里天气又无常，项目组到的那些天，刮起了十二级的大风。风沙对机器伤害特别大，又遭遇断电，和外界联系不是很通畅，工作人员不仅要克服技术上的难度，还要克服生活上的不便。可那一次，在业界几乎不可能攻克的双 68 井，经过项目组的处理解释后开采，汩汩地涌出原油！

出油当日，项目组成员抱在一起，笑着笑着就流出了眼泪，只有同行才知道他们为这个井的出油，付出多少个不眠之夜，数以万计的线，怕出错，一遍一遍处理、确认。长时间盯着电脑，眼睛布满血丝，都不敢照镜子。

张向辉，高大，清瘦，英俊，小伙子大学毕业，从大西北来到大庆，如今已经十四个年头。他说，物探人，夏天头顶黄沙炉，冬天脚踏冰川行，在白山黑水间游走，在山地草原间横行，荒原百里不见人烟，工作虽苦，但每一个物探人，时常会在心头涌出职业的豪迈感。

“你想，茫茫大漠、莽莽荒原，只有物探和钻井兄弟行走其间，我们找油，他们打井，在哪儿打井，咱物探人说了算，那种征服大自然的感觉，是不是很快意？人生如此，夫复何求？”文文弱弱的男儿，说起自己的职业，瞬间骄傲成铮铮铁汉。

新疆美，塔克拉玛干沙漠美，有千年胡杨，有无尽的荒漠，每年不知有多少人千里迢迢远赴新疆，去看那千年胡杨，去踏那万里沙海。可即便在胡杨林附近工作，物探人也没有时间去赏玩，只能在计算机终端室里，用数字和线条描摹沙丘的起伏，用图片一览沙海的浩瀚。

纤柔手，银屏走，地宫追溯千重九。
山川裂，泥沙河，万年陈酿，百年求索。诺！诺！诺！
春依旧，人成叟，壮怀勘探河川柳。
情难舍，心描摹，倾情成果，更翻新阕。拓！拓！拓！

这是物探人写下的词句。细品，不乏豪情壮志，气势可吞山河。

大漠沙如雪，燕山月似钩，境美；千里冰封，万里雪飘，景美，可对物探人来说，更多是"走马川，雪海边，平沙茫茫黄入天"。

办公室、电脑、图纸、庞大的地震数据、冗杂的处理技术，终年地坚守。无论是领导还是员工，一旦任务来了，都"玩命"。

研究院有个"半夜机叫"的段子。

几年前，项目招标期间，员工们连续几天都吃住在单位。负责招标的贺玉山、王兆湖副院长被员工们戏称为"周扒皮"，因为即便是后半夜，只要他们有了技术上的思路，也会让员工们上机尝试。

失败了，大家坐在一起"戗戗"，到底哪儿不对了，应该怎么改进；成功了，机房里一片欢呼声。彼时，没有领导员工之分。他们，只是同一战壕的战友，为了一个战役奋力。

地下地质地貌，看不见，摸不着，有诸多不可预测的地质结构。处理人用自己的知识储备、处理方法和参数，描摹勾画着地下风貌。他们不放过每一个参数的调试与成图，为让每一个储层预测与圈闭划分更为合理，用尽所学知识，展示地质结构特征和岩性变化，寻找油气层。

在能源渐渐枯竭的今天，物探人的担子更重了。

人类最终会面临石油危机，而他们，只是尽自己所能，为国家寻尽深藏在千米以下的油层。没有人在身后撵着他们干，没有人逼着他们必须加班，只是责任，只是情怀，只是职业的操守，只是对国家的爱。

窄小河道砂体的精细刻画、致密油的精确预测、沉积微相和缝洞型储层的精细研究……这些关于地震处理技术的名词，生涩、深奥、抽象、无趣，没有人一开始就喜欢，只是选择了这个职业，就必须努力做到最好。

在他们眼里，构造里不只是一片混沌的数字和数不清的直线、曲线，而是一片普通人欣赏不了的石油风景。大地，不再是普通的大地，而是蕴藏着连绵起伏的高山、浩浩汤汤的大河、横无际崖的丘陵、一望无垠的草原。他们追溯地层脉络，描绘远古沉积，探究高山大河，切割地球纵深，与历史对话，与泥沙诉说。

千米厚的大地，他们一寸一寸探秘，为地球做着 CT。

他们，也是普通的人，也有七情六欲，也知儿女情长，可项目来了，他们就变得“冷酷无情”“六亲不认”，把所有的精力，投入工作中。

精益求精、追求极致，是他们的工作态度，更是他们自身的品格。

2018 年 12 月 10 日，东方地球物理公司完成了与大庆物探一公司的重组。重组后，他们的责任更大了。必须不断地创新、不断地进步，才能无愧于“东方物探”这个闪光的名称。

热爱工作的人，身上会散发出一束光，很多个热爱工作的人聚在一起，就会聚集成一团火。

东方物探大庆一公司研究院处理室的员工，就像一团炽火，在地震处理这一行业中，发光、发热。

他们，勘探地下岩层，描画地质风貌，涉猎国家地理，以怒放的花朵的形式，诠释着生命的价值。

他们身上的灼灼光芒，温暖而润泽，感召着更多的人，像他们一样，阳光、向上、奉献、求实。

他们澄澈的心灵、深远的情怀，势必会让东方物探走得更高、更远……

【作家简历】青梅，本名张淑玲，1972 年出生，蒙古族，黑龙江省肇源县人。大庆作家协会常务理事，萧红文学院第十八期学员，《大庆晚报》编辑。喜小说，擅随笔，文风犀利，为人洒脱。近期作品多收录于自媒体公众号“青梅和跳舞”中。

寻找失落的太阳

荆淑敏

走进大庆物探的那些日子，我一直被一种坚韧不拔、矢志找油的精气神深深鼓舞着、感动着，心里始终在翻腾着：这到底是一群什么样的人呢？某天夜里突然发起烧来，迷迷糊糊中梦见儿时听的一个神话故事：后羿为救天下苍生，神勇射落烘烤大地制造旱灾的九颗太阳，被射落的太阳瞬间化作三脚乌鸦进入地府，冷却下来后转化为液态的火焰——石油……我猛然惊醒，那些冒着严寒酷暑奔走在野外找石油的物探人，不就是在寻找那被后羿射落的九颗太阳吗？我被这样突如其来的灵感蛊惑着，脑子里跟着浮现出一群穿着橘红色工服的物探人打捞失落的太阳的情景……

初识地震队

那天天色已经很晚了，突然接到市作协通知，计划抽调十几名作家去大庆物探采访正在野外进行勘探生产的地震队。第二天早晨八点，来接我的吉普车已经停在楼区离我家最近的地方了，车的风挡玻璃前醒目地放置了一个标牌：作家采访专用车。我紧走几步来到采访车跟前。

我们的车从北向南横穿了半个大庆油田，经过一个多小时的路程，终于到了物探施工前线一个正在作业的工区，这里是物探地震队一个临时办公场所。

这是个废弃的饲料生产加工厂，也是这个前线地震队的临时工作区块的大本营。厂区和厂房的面积都很大，采暖设施、上下水也有。地震队的领导带领我们参观了工人食堂、宿舍。食堂很大，是废弃的仓库，有四五十张桌子，五六百人在这里就餐。我问：“能容纳下吗？”领导回答我：“分拨吃，错开时间，工人吃饭速度快，有时排队吃饭，后面还没有排到，前面就吃完了。”宿舍条件差一点，六七十人住在一个空房里。队领导告诉我们，这是他们多年野外作业中，遇上的最豪华的、最奢侈的一个住宿点，比他们以往住过的牛棚马圈好多了。

领导们接下来带我们去野外，我换上红色工作服，好沉好沉的。

我们的采访车行驶在一个冰封的湖面上，冰面滑得很，我几次险些摔倒，都被一个年轻的戴眼镜的大男孩扶住了，男孩文文静静，我随口问道：“你是大学生？”男孩回答我一个字：“是。”

大约走到了湖心，看见一辆仪器车，我想上去看看，戴眼镜男孩跟随我进了地震车。地震车上的操作员目不转睛地对着两个计算机的荧屏，就像做超声的医生在给病人诊断病情。屏幕上红蓝绿线条不停地变化着，操作员手里的步话机在和现场放炮的工作人员联络，那些专业术语，我一时听不懂，我只知道这就是物探地震队在作业。从仪器车上走下来，已经到了吃饭的时间。

“龙江作家写龙江”系列活动之“大庆作家写物探”，采风作家实地走进一线地震队

三三两两的工人聚在一起。一个保温桶里装的是馒头，另一个保温桶里装的是白菜豆腐汤。有的工人拿出自己带的咸菜或炸好的大酱。他们掰开一个馒头，塞点酱或者夹几根咸萝卜条，大口大口吃了起来，

吃得很香，吃得很快。我不知道自己为什么也模仿工人，都没有和前来陪同我们的领导们打招呼，径直走到工人中间，抓起一个馒头，也在里面塞了几根咸菜，开始了我的午餐。同来的晚报副主编和记者青梅也抓起馒头吃了起来。我吃得很急，馒头噎住了我，我捧起一位工人的汤碗，喝了一口，汤凉了。我抬头看见身边的工人，他们的帽子、睫毛上都挂满了霜。我想，他们喝的汤一定也是凉的，今天这里的气温是零下 21 摄氏度。

我把目光投向远方，远望大地开阔处，放线的工人们远去的背影在冬日阳光的照耀下，浓缩成一个个移动的小红点。大地苍茫，寒风凛冽。在远离城市喧嚣的原野上，枯草旁，有这么一伙人，在大地上插起一排排红旗、一排排蓝旗。太阳从东方升起的那片刻，就被他们背着、扛着。太阳落山了，他们又继续扛着月亮走。还有那部转动的钻机，溅起的是冰花和冰水，浸润着他们的衣服和鞋子，鞋是湿的。我有意和工人们靠得近一点，想拍一张照片。我靠近年纪很大的工人身边的时候，突然发现，他端菜喝汤的手有点抖。我随口问："师傅，你是不是有点冷？"他说："刚才不小心，鞋里进了水。"

那天我回家，半宿没怎么睡。眼前一直晃动着工人在野地里施工作业的画面。在油田这块土地上工作了三十多年，第一次来到物探施工一线，第一次看到，有这样一群人，在这样艰苦的环境下工作着……

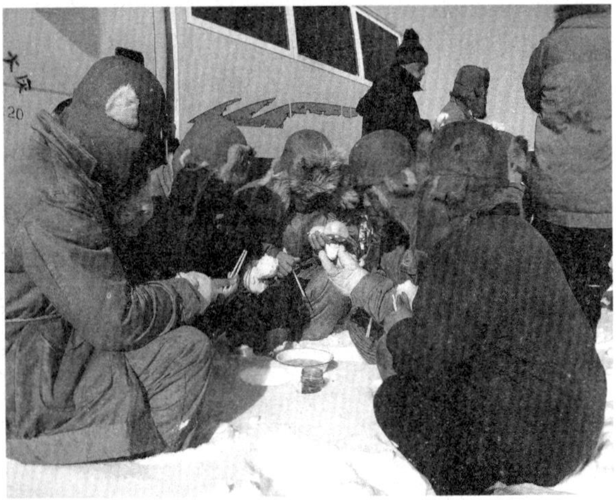

什么叫风餐露宿，物探人用行动给出了最恰切的注释

第二天，我收到了一组照片，除了我与工人们的合影，其余的都不是前一天的场景。有沙漠里的胡杨，有海湾停靠的船舶，有湖水涟漪，有明月清辉。照片中变化的是背景，不变的是每个人的身上的橘红色的

工服和他们胸前鲜艳的宝石花。

我很纳闷。给我传照片的是昨天加我微信那个戴眼镜的小伙子。这个戴眼镜的小伙子给我留了两行文字："老师你好，这是大庆物探2280地震队副队长刘平让我转发给你的地震队施工现场的照片。2280地震队全体干部员工欢迎你早一点来体验生活，我把刘平副队长的微信名片也转发给你，希望你们微信交流。"

我恍然大悟。原来我们采访这件事，大庆物探宣传部门已经通知到各个被采访单位，我采访的对象是2280地震队，他们非常重视这次采风活动。

我立刻在微信上添加了刘平，似曾相识一样开门见山："刘平，把你们2280地震队工作场面的照片再多给我发一些。"就这样，我认识了刘平，没有寒暄，没有问候，也不知道刘平多大年龄。

很快刘平又给我发了十几组2280地震队在野外施工的照片，如果没有去物探前线实地采访，也许这些照片我会从摄影的角度去欣赏，我会留意采光，我会留意色彩，我会留意焦距。可是，当我再一次欣赏这些照片时，仿佛又一次走进那个冰天雪地的寒冬野外，我似乎看见了2280地震队那些奋战在前线的工人们在野外施工的情景。

文人的心灵一旦受到撞击，文字便是最好的宣泄。我把这些照片发到大庆杏坛诗社QQ群里，我对这个充满激情和活力的群体充满感动，我也想看看这个世界上是否也有和我一样被大庆物探感动的人。

没有刻意要求诗人们去写什么或者做什么，我把手机放进包里。那是一群生活里每一天都离不开诗的人，明天早晨，我希望，我也确信，一定会有无数感情饱满的诗行，为那些令人感动的凝固的瞬间次第绽放。

清晨的太阳把我从梦中叫醒时，我登录了QQ，果然诗情喷薄而出，一首、两首、三首、十首……

踏雪荒原勘探，披星地底寻油。餐风饮露几春秋，岩层千百尺，地震一波流。

日月双肩担起，国家两义难休，心间忍却是离愁，欣欣多少梦，切切铸心头。

这是大庆杏坛诗社辅导老师、大庆女子诗社社长柳丁填的词。柳丁也是找油人的妻子，她正在新疆探亲，在克拉玛依油田陪着丈夫。或许此时，她望着家乡，看着这组照片，感慨万千，她用生动的诗句，表达着自己的心声：物探人，你们辛苦了。

大庆诗词学会公众号转载了刘平发来的照片，照片配上了诗人们的诗，第一时间给我打电话的有两个人，一个是曾经在物探前线工作过十年，叫军的老物探："诗写得好，感谢诗人！"另一位给我打电话的人叫芳，她是我最好的文友，丈夫也在物探工作，没事的时候，芳常给我讲，苦和累都是物探工人能忍的，那种走进沙漠、走进孤独，走不出家人和自己的两头牵挂是最可怕的。她打电话给我时，显然鼻音有点重，我想她是哭过了。也许现在她的爱人正在前线施工。芳是一位贤妻良母，为了照顾家，只上了十年班，她就早早辞去了自己喜欢的白衣天使的工作，回归家庭。

在这个世界，总有那么一种工作岗位，或艰苦，或危险，但总会有人去选择这份职业。选择了，当你做出牺牲和奉献的时候，你也一定不会是孤独的一个人，你的爱人、家人、亲友一起陪伴你，这就是物探人。曾经听人说"好女不嫁物探郎，一年四季守空房。春夏秋冬不见面，回家一包烂衣裳。"我要说，那是因为他们没有实地接触过这群人，不了解他们可爱的一面。

我忽然想马上去2280地震队采访，于是，便给刘平发了微信，又把他的微信设置成置顶聊天。

刘平很快回复我说，他们的工作区块还有一点收尾工作没完，问我能不能晚一两天去他们2280队采访。

我翻开日历，看看已经是农历腊月十五了，快过年了。后天去海南的机票早已经定好了。我不想耽搁这次采访，心里便有了自己的小九九。于是，我再次给刘平发微信，请他把2280地震队的一些情况，包括人员、队伍建设、典型材料等搜集好之后发到我邮箱，便于我在海南尽早熟悉2280地震队，尽快走进他们的生活。

专啃硬骨头

我的想法突然有了改变，我想改签机票。我对丈夫说，我想采访完2280地震队再去海南。丈夫建议我完全可以带一些资料走，他说，让我去海南，主要考虑我的身体状况，每年最好要去调理一下。我见丈夫的语速和声调有点急，便开始收拾行李。我再次给刘平打电话，跟他约好可能随时要录音采访。刘平说没有问题，我的心总算有了一点底。

刘平耐心为我传送过来2280地震队的大量资料，我把诗社的社员们写的诗，通过刘平转发给2280地震队的全体员工，也算我在新春来临之际，对全体员工的一份节日问候。刘平在微信上对我说，员工们读着我们的诗，心里暖暖的。他们知道，在这个世界上，不仅有家人在关心、关注他们，还有一群人用一种温馨的方式在关心、关注着他们。

我把刘平给我讲的关于2280地震队的故事重新整理打印出来，没有放进托运的行李里，而是随包而放，随手可取。坐在万米高空的飞机上，我随手取出几张资料，仔细地阅读起来。随着眼前每个人资料的出现，我似乎感觉每一个微笑的面庞都在和我打着招呼，我自言自语地说，2280地震队真是个不错的团队。

2280地震队1977年建队，先后转战于松辽盆地、海拉尔盆地、新疆和海外市场，承担过二维、三维、数字三分量地震勘探工程，能够承接平原、山地、沙漠、沼泽、城区等各种复杂地表条件下的地震资料采集工程。近三年来他们累计完成三维地震采集744.42平方公里，总炮数167949炮。特别是2015—2016年，在杜蒙自治县巴彦查干乡和龙45两个三维工区平均日采集1175炮，最高日采集2640炮。2017年，在胡吉吐莫三维工区平均日采集1208炮，最高日采集1812炮。2017—2018年，在胡吉吐莫南三维工区平均日采集796炮，最高日采集1479炮，可谓战绩卓著。

在我整理的资料中，有一个数字给我的印象最深，一个作业区块需要一百吨左右炸药、雷管十几万发、油料三四百吨。我仔细端详这一组组数据，想象经历过复杂地震勘探工程磨砺的2280地震队，从以前的二十一个地震队，大浪淘沙到今天的八个地震队，2280地震队以骄傲的姿态，稳稳地站在那里，该是怎样的一个特别能战斗的集体，怎样一支经验丰富、素质过硬的队伍呢？

我微微地闭上眼睛，脑海里浮现出一张张奋战在物探前线的地震工人的面孔，那种火热的工作场面，那种不畏艰难甘于奉献的精神，不断在我的眼前、心中升腾浮现……

雪原上，物探钻井施工正在进行中

从二十个世纪七十年代到今天，2280地震队作业过的区块，可能已经没有准确的数字能统计了。在长期的勘探生产实践中，每个工作区块从上级指令的下达，到最后的施工结束，每一个工作环节，都不是一帆风顺的，只是他们习惯了。就拿前年的一个工区来说吧，那可真是对他们的一种考验。

2017年元月，2280地震队突然接到一项紧急任务，马上进驻胡吉吐莫工区施工。队长翟双民有点着急了，临近春节，外设等都不到位，外雇人员有的不愿意出来，可时间不等人啊，过了春节又是雪化春耕的开始，在农民的耕地上施工放炮，很难达成协议，即使可以施工，赔偿的数额也是很大的。2280地震队领导班子刚刚调整完，书记张庆君刚从2287地震队调过来，他和翟双民这一对新搭档老相识，都是土生土长的油二代，骨子里都有着一股不服输的性格，两人互相交换一下眼神，彼此鼓励，算是达成了一种默契：上，2280地震队没有啃不下的硬骨头。

正月初六，2280地震队开始攻坚，派出了三个打前站的队员安排大部队的住宿，协调地方关系，很快就投入了施工，前后仅用了二十八天时间，成功打出 34103 炮。

当张书记和翟队长两人的目光再次相遇时，两人都会意地笑了。

每中标一个施工区块，就是一场战役的开始，几百人甚至上千人的住宿、就餐是打前站人员面临的主要问题。找不到空余的民房，牧民的猪圈、牛圈整理一下，就是工人们的宿舍。早晨五点，人车必须离开大院，开往前线施工现场。如果你问队长翟双民，地震队在前线施工，你最害怕什么，他一定会说，最害怕半夜加班工人打电话。前线电话一打进来，多半是出了事故，因此安全生产这根筋时刻得绷着。与地方百姓的关系要搞好，否则，你的炮会震得农民“老母猪流产”“大鹅不下蛋”“冬天睡觉的树提前醒了”“吃奶孩子的母亲没有奶水”……甭管有多荒唐，这都是探区农牧民索赔的理由。没办法，只好晓之以理，动之以情了。为了每一炮都能顺利进行，不少地震队员在一线时都认过干妈，喊过干爹，也有过被人一棒子打昏过去的时候。怎么办，法律没有明确的司法解释，企业内部的文件对百姓是一张废纸。大家都会无奈地说，谁叫咱是物探人呢，既然选择了这个行业，就要默默无闻地忍着，别忘了，咱们的“四特”精神有一项就是“特别能忍耐”啊。

都说地震队的干部能喝酒，其实，为了工作他们有时冒着搭上健康乃至生命的危险。不少人喝得没等走出房间，就哇哇大吐。在这方面，公共关系队长刘海涛感触最深，他常常是今天醉得连床都起不来，明天还得去跟人交涉赔偿等一系列问题，又得面对酒局……

每一个工作区块的完美收工，从干部到员工，身上就如同扒了一层皮。高强度的付出，成就了队伍能打硬仗的作风，也练就了干部员工挑战急难险重项目的钢筋铁骨。

2017 年冬天，胡吉吐莫作业区块完工，队长翟双民拖着疲惫的身子回家了。爱人为他改善伙食，他吃到一半就躺在沙发上睡着了。爱人心疼，就把床收拾好，让他好好地睡——他睡得那个香呀，被人抬走都不会醒。就在时针指向第二天清晨四点半的时候，翟双民突然一声大喊：“起床、起床，上工！”不仅大声喊，手脚还有辅助动作，脚使劲踹躺在身边的爱人。爱人被他踹醒了，先是责怪，后是心疼，最后眼泪禁不住掉了下来了：“知道你呀就是太累，神经绷得太紧了，睡吧，天还没亮，今天不出工！”

野外营地大门最能阐明大庆物探人的豪情壮志

地球物理勘探行业无论从哪个角度说，都是一个技能至上而又充满挑战的行业，尽管工人们的文化程度良莠不齐，但在翟双民的带领下，他们结合生产实践，不但工程质量总是优质，在技术领域也有不断的发明创造。经过反复研究和实践，他们最终研制出 20DX－10 检波器的专用钻头，较好地解决了检波器在冰面和硬土层的耦合及埋置问题，有效地避免了施工中人为造成的损坏，大大提高了施工效率和资料质量。

王庆光就是这样一个信奉勤奋出真知的发明能手。2007 年，2280 地震队在海拉尔施工，工区内有条河横穿工区，车辆需要跑很远才能绕到河对岸去施工，浪费大量时间和油料。王庆光经过长时间琢磨，研制出了长达二十米的浮桥，把浮桥放置在河流较窄的地方，车辆从浮桥上驶过，不用为了过到对岸而绕远，仅此一项就给单位节约了大量油料和时间，极大地提高了工作效率和员工积极性。2013 年，2280 地震队承担源 1 工区勘探任务，由于前线车辆在野外施工时总发生故障，所以各地震队在野外都配备了流动修理车，王庆光为配合工作专门发明了移动式修理间——一种移动式修理车厢，通过固定装载发电机、电焊机和打气泵等修理设备，使野外各班组能尽快处理车辆修理的问题，提高了工作效率。小型修理工具通过合理摆放，确保车辆通过复杂路面时不会因颠簸而丢失，晚上车厢内配有照明灯，温度也适宜，为此一天 24 小时都可保证随时进行修理服务，此发明获公司职工经济科技创新二等奖。此外，他还发明了冰面下药专用工具探笼杆和可拆分的移动式板房，都为单位开源节流、降本增效做出了突出贡献。

青春做伴

为充分调动青年职工的安全生产积极性，促进企业健康发展，2280 地震队从本队实际出发，积极组织开展创建“青年安全生产示范岗”活动。他们针对岗位工作要求，做出可行的安全承诺，开展技能培训，不但增强了安全意识，也极大地提高了生产效率。

龚江明参加工作就在地震队，2001 年他成为 2280 地震队爆炸班长。在物探生产实践中，“爆炸”被称为物探施工的“临门一脚”，说白了前链工作都在为这“临门一脚”做铺垫。参加工作以来，龚江明连续五年被评为大庆物探先进个人。在工作和生活中，他严于律己，扎扎实实，一次次出色完成队里布置的各项生产任务。

爆炸班的工作必须是严谨的，作为爆炸班长更是要一丝不苟、认真负责。每到施工期间，龚江明总是早上三点多就起床，去炸药库领取当天要使用的炸药和雷管。一个大三维工区，平均每天消耗炸药六吨到七吨，雷管至少需四千枚。要保证这些爆炸物在使用过程中不丢失、不出错，龚江明必须要认真仔细地核对炸药数量和每枚雷管的编码，确保爆炸工将雷管按编号顺序使用。他时刻牢记爆炸工作“三对应”原则，即每天领取的炸药、雷管数和每天使用的炸药、雷管数相对应；炸药、雷管的使用数量和班报及放炮数相对应；炸药库经警向省厅报告的炸药、雷管数必须和实际使用量相对应。从爆炸工的劳保着装到炮点的安全距离，事无巨细，作为爆炸班长，龚江明都要仔细巡查。他当爆炸班长八年来，从未发生过一次炸药、雷管丢失的事故。

为了使新来的爆炸工尽快掌握安全生产技能和操作技术，龚江明毫无保留地给他们讲授经验，手把手教他们各种操作技巧。工作中，他注意观察和掌握员工的思想动态，特别注重缓解他们的心理压力。平时的检查和考核中，他严格按规章制度办事，对于违反操作制度的组员，他心平气顺地向对方解释，让他们了解按章操作的重要性，这种亲情管理得到了员工的信任和支持。

2007 年春节期间，古龙工区施工正在紧张进行，钻井班补了二百口井，而此时爆炸班的工作已告一段落，大部分爆炸工已放假回家过年了，补这二百口井，没有足够的爆炸工了。怎么办？为了争取提前收工，龚江明毅然放弃与家人团聚过年，他带领剩下的两名爆炸工，一人多职，硬是在春节期间完成了二百口井的下药工作，为整个工区胜利完成任务争取了时间。2009 年，海拉尔霍 12 井工区施工时，龚江明的儿子参加高考，孩子因为高考压力大而产生紧张情绪，因为平时父子关系好，妻子很希望他能回家安抚一下儿子的情绪。可施工正值裉劲儿上，他没法放下手头的工作……直到儿子参加完高考，去了广西上大学，龚江明也没能亲自送送他，好在儿子并没怪他。父子俩约好等收工后，龚江明就去广西，好好陪陪儿子，以弥补内心的愧疚。

如果你不了解地震队的生活，也就无所谓了，但如果你对野外物探工作和生活环境稍有了解，就会不由自主地发出赞叹。走进 2280 地震队野外驻地食堂，只见几十张桌子排列整齐，从桌子到地面，从消毒柜到墙面，从主食间到副食间，连角落里都透着整洁干净。在繁华的市区找一间窗明几净的餐厅是很平常的事，可若是在一望无际的草原、大漠里找一个干净明亮的地方用餐，可就没那么简单了。2280 地震队野外驻地食堂之所以能做到这样，还要归功于它的炊事班长昝光华和他带的团队。

炊事班在一般人看来不过是干些跟肉、菜等食品打交道的平凡活，跟施工组比较，没有技术含量，跟钻井班、放线班比，没人家艰苦重要，对工期的进度似乎也没多大影响。可事实上，炊事班恰恰是整个工区安全生产、健康生活顶顶重要的一环。为防“病从口入”，昝光华几乎每天盯在食堂，亲自督促检查每一个环节。昝光华本来就是个爱干净的人，不管工区条件多艰苦，对饮食他从来都保持一贯的“洁癖”。从食堂的公共卫生到食堂工作人员的个人卫生、内务卫生，他都严抓严管，使食堂干净到每一个角落、每一个人。“不干不净，吃了没病”这样的说法在 2280 地震队食堂是绝对行不通的。食堂工作也确实不简单，一个大三维工区能让上千名员工吃好喝好，绝不是容易的事。

从食堂墙面上挂着的“每日菜谱”就可以看出昝光华的细致用心，他通过周密安排，保证每天变化菜谱，三天不重样，竭力让每个员工吃得放心，吃得满意，吃出干劲。这么多年来，2280 地震队从没有哪一个人因吃了食堂的饭菜引发疾病，昝光华带领的炊事班实实在在成了干部员工身体的“加油站”、行动的“助推剂”。

每天凌晨三点多，昝光华的“伙头军”就早早起来了，准备好一线员工的早餐，上午九点多还要提前做好午餐，并组织往前线送饭，几乎没有休息时间。2009 年海拉尔霍 12 井工区施工期间，因为和作业区施工冲突，放线班接连一个多星期都是凌晨一两点钟才收工，昝光华就安排食堂人员轮流值班，他自己一直坚持等最后一批工人吃完凌晨三点钟这顿饭，不等合一下眼，又开始组织准备第二天的早餐。那段时间大家感觉昝光华明显瘦了不少，可他每天还是乐呵呵的，用行动感染着炊事班每一个人。

虽处在后勤，炊事班也并非风平浪静的港湾，一个工区的外雇工加职工，少则几百，多则上千，人多了什么样的事儿都有。为了避免发生不必要的摩擦，昝光华要求炊事班人员严格遵守食堂工作制度，杜绝给熟人照顾，杜绝区别对待职工与外雇工。俗话说，靠山吃山，干哪一行就有哪一行的便利，干食堂的往往给人的感觉是吃得早、吃得好。可 2280 地震队炊事人员总是吃在最后，不管前线工人回来有多晚，炊事班的人都等，直到最后一个班组的人开完饭，他们才吃饭。经常是菜焐得太久，已经变了口味。有时候菜做少了，或是做了可口的菜，等其他班组吃完，就剩下些汤汤水水了。这些干食堂的人也觉得委屈，难免会有牢骚。昝光华听到了，就给他们做工作：咱们再辛苦，也是后勤，总比不过前线的人劳累，理所应当把最好的留给他们，没有他们的付出，任务就不会顺利完成，给他们吃好喝好，让他们有好心情，干起工作来也有劲！在他的耐心劝导下，2280 地震队炊事班想一线所想，坚守原则，给员工留下了非常好的印象。

经过了无数个工区的磨炼与考验，昝光华带领他的炊事班，不管是起早贪黑，还是吃苦受累，他们都共担责任与荣誉，也彼此分享苦楚与委屈。对他们来说，食堂工作不仅仅是一种职业，更是一种责任、一种生活态度。昝光华他们正是恪守这一信条，才让普通的岗位因敬业而精彩，平凡的人生因奉献而闪光。

李建国是2280地震队放线班长，1983年10月参加工作以来一直工作在野外一线，至今已二十四年。二十四年的风风雨雨早已把他锻炼成了一个坚忍、果敢的石油物探人。2006年，地震队对基层班组进行调整，李建国因爱岗敬业、认真负责被提拔为2280地震队放线班长。凭着多年野外工作的经验，李建国深知这个“兵头将尾”可不容易当。在野外地震队，放线班长管着的人最多、工作面最广、工作量最大，能不能当好放线班长对自己来说是一种异常艰巨的考验。

当放线班长，毫无疑问就要把应该做的工作做到最好。李建国这样说的，也是这样做的，他笃信“干一行，爱一行；干一行，就要干好一行”，更加认真学习专业知识，细心踏实地开展工作。他从班组管理入手，建立健全了各种管理制度，制定了各种考核细则，完善和细化了班组人员的职责和分工。

2006年冬古龙工区，这是李建国当放线班长后干的第一个工区。古龙工区虽是二维，但战线长，满覆盖超过五百平方公里，东西七十公里，南北一百一十多公里，施工范围达八千平方公里，横跨两省三县、一市一区，且多条测线穿越嫩江。工区内鱼池达三百多个，大小村庄几百个，地形、人员关系复杂，外雇工技能熟练程度不高，这些因素都直接影响生产进度。针对新招外雇工技能不熟练的问题，李建国在放线班采用新老外雇工合作的“一带一”模式，让新来的外雇工在最短时间内熟悉工作。担心车辆穿江时出意外，李建国带头开车走在车队最前面，让放线班的车辆沿着他的车辙走。施工作业中，他始终依照安全生产目标要求，在生产现场认真指挥，严格监督。工作中他始终牢记自身职责，处处起模范带头作用，充分调动了全班组人员的积极性，鼓励大家提高生产效率。在李建国和全体员工的共同努力下，放线班最终圆满完成了古龙工区13909炮的施工任务。2009年，海拉尔霍12井工区，位于呼伦贝尔西旗境内，施工范围内油田单位众多。一次测线穿越一个采油作业区，造成双方作业交集，为避免相互干扰，放线班选在夜间放炮。那段时间，李建国每天只能休息三四个小时，可即便如此，他从没放松对施工质量和施工安全的要求，保证了生产任务的胜利完成。

众所周知，不管在哪个岗位，没有过硬的业务技能，安全生产就无法保障，工作任务就无法很好地完成。为此，李建国一直尝试把技能培训作为班组的一项重要基础工作抓紧抓好，把班组作为一线职工教育培训的主阵地，着重针对生产施工中的薄弱环节，做到有针对性、有实效性地开展培训，提高工作效率，在班组内部形成“比学赶帮超”的气氛。他还结合放线班实际积极开展业务操作标准化竞赛活动，实施技能操作质量评估，比标准规范、比工作秩序、比文明生产、比作业环境，切实提高了施工质量。围绕节支降耗、强化管理、提高效益，创建节约型班组，搞好安全生产，他还组织开展无违章操作竞赛活动，强化班组安全管理，在班组的职工中形成保安全、促生产的良好氛围，从源头上杜绝违章、杜绝隐患、杜绝事故，保证了放线班组无一起安全及技术事故发生。

2012 年冬天，杨锦文毕业后第一次真正接触物探工作，也是这时候他第一次接触 SPS（观测系统），学生时期模糊的理论知识变成了实际工作。现实往往有许多机械性的重复，枯燥无聊，就像 SPS 的制作整理，但却非常重要，一旦出错就会耽误生产，造成巨大损失。当时有一个二维项目，基本上都要靠文本编辑器和 excel 来工作，费时费力，每次做完还得检查好几遍，生怕有一点错漏。杨锦文就想，如果有一个软件能够替代它完成，岂不是既轻松又放心。

2016 年，杨锦文从物探研究院调到 2280 地震队后开始重新考虑这个问题。尽管有一些 C + + 编程基础，但要做出一个完善的软件仍然是不够的，还需要学习。为了方便查找资料，杨锦文放弃了 C + +，重新学习了一门中文编程语言——E 语言，他花了十多天学习基本语法，然后边学边干，不懂就在论坛上求教。虽然以前接触过 SPS 工作，但毕竟没有遇到过实际问题，因此，他又向做 SPS 的其他同事请教，在制作整理过程中需要哪些功能。万事开头难，刚开工几天他就遇到了麻烦，表格数据加载慢，数据量还不能太大，根本没法用。他把能显示数据的组件试了个遍，最后选择了类文本框，既能显示数以千万条数据又能显示行号，然后优化代码，直到数据读入速度可以接受为止。

花了一个多月的时间，杨锦文完成了软件的主要功能开发，天天过着程序员的生活，基本没有夜里十二点前睡过觉，时间一长，颈椎就疼。更要命的是，一换大点的数据测试，就慢得无法忍受，必须不断地优化，寻求更快的算法提高效率。

直到地震队要出工了需要装软件，杨锦文才知道公司有一个现成的软件。当然这需要试了才知道，公司现在用的软件数据量小而且慢，基本上遇到的是同样的问题。杨锦文转念一想，做个软件自用也挺好，免得看见进度条一丁点一丁点前进急得难受。之后他又花了一个月时间编写了画观测系统图的程序，这应该是花的时间最多的一部分，也是最难的一部分了，要让整个观测系统能够快速灵活地展现在屏幕上，并且方便打印。

2017 年，2280 地震队出工，杨锦文负责 SPS 工作，在工作中检验新软件。工作之余他不断优化，以期达到更好的体验效果，实现更高效率。这一个多月他又添加了一些新的功能，让 SPS 的制作整理基本自动化而不需要手动修改，从而提高效率，减少了失误。在胡吉吐莫工区的工作中，杨锦文全程使用自己编写的软件工作，省心省力，而且基本没有出现问题，原来两个小时的工作，他几分钟就完成了。收工以后，软件完成封装，虽然花了近千小时，但是看见软件终于“硬”了起来，他还是感到很欣慰。

岁月当歌，青春做伴。在野外艰苦的勘探找油实践中，2280 地震队的青年骨干在充分展现聪明智慧的同时，也极大地绽放了他们的生命光华，贡献了自己的青春力量。也正是因为有了他们，2280 地震队在寻找打捞失落太阳的光辉历程中才充满了无限的活力，全方位地成就了大庆物探人的不屈品格和创造精神。

完美的和弦

尽管身在海南，我一直惦记着回去采访 2280 地震队这件事。于是，我偷偷退了家人为我订好的返程车票，提前一个月返回了大庆。虽然手头材料掌握了一些，我还是想快些去2280地震队实地采访。我没敢惊动家人去接机，自己坐上了哈尔滨去往大庆的大巴车。

到了家里，丈夫出乎意料的态度让我很欣慰："就知道肯定提前跑回来，你这性子谁都没有办法。不过你要好好休息两天，南北气候差异大，注意别感冒。"我好像没有听见他的话，直接就给刘平发了微信，约定第二天早晨去2280地震队采访，如方便，让他们来接我一下。

2012年3月7日，四辆客车从东北石油大学出发驶向了大庆物探2287地震队金27三维项目的前线驻地。车上坐满了即将毕业想要到野外参观物探生产的物探专业大学生。下车后，学生们看到的是一座奶牛公寓，职工们住在牛棚中，虽然经过改造，环境干净整洁，但上百人住在一座牛棚里，条件还是很艰苦的。到了前线工地，看到物探将士们爬冰卧雪，学生们内心里十分敬佩物探人这种攻坚啃硬的精神。返校途中，一个班长开玩笑地和大家说，毕业后，打死也不干物探，太艰苦了。可四个月后，这个班长就被分配到了2280地震队，他就是刘平。

刘平高高的个子，魁伟的身材，为人谦和，彬彬有礼。一如上次接我采访的司机，早早地就站在那里等待我。刘平的眼睛很尖，在匆匆忙忙的上班人群里，一眼便认出我来，老远就对我招手。

坐在车上，我自然是一份感谢，感谢一个多月来，刘平为我的采访组织了大量的材料，在我眼里他还是个孩子，可他却有着比同龄人成熟的思维和稳重的性格。

我们行驶在去往2280地震队队部的路上，我们的交流也在行程中进行。我问刘平，你们物探人的四特精神是什么呀？他居然脱口而出：特别能吃苦，特别能战斗，特别能忍耐，特别能奉献。这个2012年毕业的东北石油学院的大学生，自从参加工作那一天起，就把2280地震队当成了他自己的家。他学习刻苦，主动申请去一线实践，当时最主要的工作就是做室内资料整理，这个工作数据量大而且不允许有丝毫的错误，如果有错误会直接影响地震队生产。因为是刚走出校园，第一次接触实际生产工作缺少经验，他就多问、多练习，每天都是半夜十二点以后才睡觉，最晚的时候是凌晨五点睡，然后还是六点半就正常起床。2012 年冬季，降雪量特别大，野外施工行车困难，很多炮点设计点位和道路不通，需要偏移，他每天跟随钻井班到前线，遇到问题及时解决，保证了野外生产的顺利进行。

在 2280 地震队工作七个年头，和刘平一起分来的同学，有的去了后线研究院，有的调到了机关，可他，选择了坚守。如今的刘平，已经是 2280 地震队的副队长了。望着和我自己孩子同龄的这个年轻的物探人，我问他，为啥最后还是选择了物探，选择了坚守，刘平说，为了实现一个承诺。

那是一次工地上大年三十的晚餐，来到 2280 地震队实习的二十几名大学生们围坐餐桌前，队里的干部怕他们想家，就组织他们开个小型联欢会。刘平当时正是这群实习大学生中的一员。翟双民吩咐食堂多加了两道菜，他亲自给大家把酒斟满，并高兴地说和大家一起守岁。酒过三巡，大家都吃得很高兴了，情之所至，翟双民就带头大声唱了起来："锦绣河山美如画，祖国建设跨骏马，我当个石油工人多荣耀，头戴铝盔走天涯。"没想到队长的歌声刚起，所有人都拍着手随着一起唱了起来。这首几代石油人传唱的经典不衰的老歌，那激昂的旋律，配以 2280 地震队干部员工和实习生竹筷敲碗的声音，久久在旷野里回荡。刘平也给自己斟满一杯酒，走到书记和队长的跟前，一饮而尽："大丈夫一言既出，驷马难追，我刘平这辈子就是 2280 地震队的人了。"书记和队长的眼里泪花在闪动，书记说："我们终有退出岗位的那一天，你们来接班，我们就放心了。"

刘平的老家在黑龙江双鸭山农村，那年准备要和自己深爱多年的女友结婚了。队里考虑农村的风俗，加上刘平家里没有什么人，为了不让婚礼冷清，于是经请示上级，由队长翟双民带着二十几个队友前去刘平老家参加婚礼。伴随着优美的婚礼进行曲的，还有队友们的口哨声和掌声，形成一曲完美的和弦，在这个充满温情的团队里，还有什么艰难险阻是克服不了的？

是的，2280 地震队是一个和睦的大家庭，他们团结、拼搏、向上，生活在这个家庭的每一个人时时处处都能感受到家的温暖。2280地震队又是一个有着高度凝聚力的集体，这其中党员的先锋模范带头作用非常突出。

张庆君，这个有着二十多年党龄，土生土长的油二代，早在2287地震队担任党支部书记时，他就带出一个大庆油田优秀的党支部。三年前，他来到2280地震队，抓学习，提升党员干部政治素质；重践行，提升党员干部促发展的能力；强核心，提升基层党组织的凝聚力；建机制，促进各项规章制度的落地。这是他的工作，更是他的追求。

陈彬是一个有着十三年党龄的老党员，尽管他的年龄并不大，可他心系职工，职工的大事小情，他都时刻挂在心上，为大病职工捐款，就连职工的孩子参加高考，他都亲自用自家车接送。更可贵的是，他不单单关心本单位的事情，还特别关注外雇农民工的工作生活和思想变化，他说外雇工和我们正式职工一样，也有父母妻儿，自然他们也有人间最美的情怀。

有一次，一个农民工吃过晚饭后，小心翼翼地走到青年党员石磊跟前跟他说，想求他办一件事，当天是他爱人生日，他想通过网络给爱人发一封邮件。石磊立马打开电脑，选了一首好听的爱情歌曲，把农民工自己做的心形花束拍好照片，输进微机，链接到邮件里，一首农民工自己写的小诗插进这美丽的空间，邮件发走了，那位农民工特别高兴。

正是这种关心和照顾，使2280地震队多年来外雇的农民工在施工作业区，都能和在职的员工和谐相处、相互尊重，从未发生过意外事件。

在那些有爱的日子里

2280地震队的男子汉们，既有男人的英雄气概，铁骨铮铮，也有普通人的喜怒哀乐，百转柔肠。当他们转身的瞬间，你会发现他们也有儿女情长。男儿有泪不轻弹，只是未到伤心处。

“我们商量好啦，这个月26号你就和小丽办婚宴，还有一周的准备时间。”一向通情达理的丈母娘这回没得商量，直接“通知”石磊结婚仪式的日子。也难怪，他登记两年多，中间订过两次婚宴，可都因为工作原因取消了。这次婚礼虽然如期举行了，可小两口还没热乎上一周，他就又踏上行程，奔赴海拉尔前线去了。

石磊回头望一望站在阳台和自己挥手告别的妻子，心里有些酸楚。

石磊的父母从湖南老家来看望他们，石磊盘算着这次好好陪陪父母，半个月后石磊回到家，父母已经买好了回程的车票。火车在站台上缓缓启动了，石磊的泪珠被车轮碾碎了。父母年岁大了，什么时候能让父母也享受一下儿孙绕膝的生活？石磊拍了一下大腿，抱着刚刚修理好的爆炸机返回工地。

那年的情人节，满大街的玫瑰花香，点缀在空气里。2280 地震队的几个兄弟在工地加班晚了，回到宿舍，饭菜都凉了。哥儿个约好出去吃点便餐。来到一个小饭店，那一对一双的情侣上下打量着这几个身穿污渍工作服的男生，似乎是这个节日的夜晚中不和谐的音符。哥几个每人一碗汤面，急忙填饱肚子，仓皇逃走。连他们自己都弄不懂，为啥逃跑。走在去往工作区块的土路上，刘海涛给媳妇发了个微信，微信里有一支盛开的玫瑰花。

物探的男儿，也喜欢花前月下，也想为自己的爹娘尽一份孝心。

翟双民的父母，一个是大年初一的生日，一个是正月十五的生日，这个硬朗朗的男子汉，参加工作三十年，只有四五个春节和家人一起过。那个时候，他给父母点上蜡烛，切开蛋糕，唱一首生日歌。可是，其余的二十几年，每当过年，初一和十五，翟双民只有用电话问候父母，电话那头，老人的声音却变成了对他的问候：“儿子，你在哪里施工？你要注意身体。”

翟双民有一对可爱的双胞胎儿子，从儿子呱呱坠地那天起，他就没有更多照顾过，都是妻子一人承担。现在两个儿子一个读本科，一个读研究生。每每回忆起父亲，两个孩子有些责怪又有些心疼，父亲太忙了。

翟双民知道今生欠儿子、欠父母、欠妻子的太多了。

2018 年夏天，作业工区施工收尾，翟双民回到家里。妻子在做午饭，翟双民走到妻子的身后，想看看妻子在做什么好吃的。她突然发现，妻子的黑发里又多了几根白发，翟双民突然有个想法，带妻子出去旅游一次，弥补一下今生对爱人的亏欠。

他把想法和妻子说了，妻子一反常态，摸摸翟双民的额头："我说老翟，你没发烧吧？咋说胡话呢？"

翟双民一本正经地说："真的。"这一句"真的"，让翟双民爱人的眼泪流下来了。

翟双民驾驶着自家的车辆，今生第一次带着爱人去了南方。月光下的凤尾竹、缠缠绵绵的小夜曲，高山流水，小船悠悠……

他们驾车经过一段特殊的喀斯特地形地貌时，翟双民脱口说出："这里如果搞地震勘探，一定比在冰天雪地里勘探更难！"爱人用手指点了点翟双民的额头："老翟呀，我算服你啦！"老翟知道理亏，说错了话，三句不离本行，爱人挑了理，他狡黠一笑："老婆，我给你唱情歌。"

老翟嘴里立刻哼哼出没有词的曲调……

【作家简历】荆淑敏，20 世纪 60 年代出生，大学文化。中国石油作家协会会员、黑龙江省作家协会会员、黑龙江省诗词学会常务理事、大庆杏坛诗社社长、大庆诗词学会副会长、大庆作家协会副秘书长。20 世纪 80 年代开始写作，文学作品先后发表于《诗刊》《诗林》《地火》《北方文学》《岁月》《黑龙江日报》等文学刊物。散文《爱神交织我的娘》获 2017 年中国散文家学会举办的华人华语"漂母杯"大赛一等奖。散文《生命之上》入选 2018 年中国散文排行榜，获油田第二届文化大赛散文一等奖，首届《岁月》文学贡献奖。

物探队里的红月亮

清　雪

来到物探队的第一天晚上，草原就把它宝贵的红月亮贡献出来了。

到队上那阵儿，太阳正在下山，余晖把队部院子里的一切都映照得格外迷离。那些停在院子中间的汽车、在晚风中轻轻飘拂着的两面红旗（一面写着2122队名，一面写着“青年突击队”的字样）、几条拴在木杆上的铁丝晾衣绳、三两个带着新奇的神情望着我们的青年工人、一只蹲在房顶上后来听说是捡来的小鹰、两只趴在房角下的黄狗，都像在梦中，变幻着颜色，浮浮荡荡地不稳定。

队里的干部只剩下两位，一个就是黑黑胖胖的刘副队长，另一个是在队上专程等候的孙书记。孙书记挺老相，一搭眼有三十岁大多，其实他也就三十岁冒尖。他把我们迎进屋，就介绍起队上的情况来。队长刚下山，到海拉尔去了。队上其他干部都在工地，工地老远，坐车得一两个小时。这些物探工每天早上都要五点钟出工，晚上十一二点钟才收工。在呼伦贝尔的大草原上，他们一步一步地丈量每一片草地、每一寸沙丘，放线放炮，目的是为国家找到石油。

带我们来的是物探一大队的孙书记，他是个老物探，当过物探工、队长，是个耿直的山东汉子。来到队上，他就各处走，问这问那，像回到家一样。同行的老王低着头在笔记本上记着，恐怕漏掉一个字；小迟是在省城长大的，第一次来到草原，激动得可以，眼睛亮亮的，汪着水，什么都看得出新鲜来，她是个诗人。

我是第二次来呼伦贝尔草原，十几年前来前线时到的是陈巴尔虎右旗，在放线班里我和一群小伙儿、姑娘放过大线，在乌逊尔河边找过鸟蛋，寻访过来自上海、北京、天津的知青们的足迹。回去后，感情的波澜久久不能平息，有个声音不时地召唤我上山（物探队对海拉尔前线的特别称谓）。

这个队和我上次来的队也不一样，那个队是坐落在草原深处的十几栋野营房，围成一个四合院，白天空落落的，人都上工地了，驻地只有几个值班的干部、炊事员，外加工人们养的草原牧羊犬。直到晚上收工，四合院里才充满活力。这个队则是住在赫尔洪德车站上的几个大院里。在草原深处的小村落里，夜晚静静的，偶尔有一辆火车通过，旋起一阵声波，之后，天和地又陷落在更深的沙丘中。

渐渐地，草原的夜深了。院子里传来汽车马达的轰鸣。接着，一阵扑通通的脚步声从队部的院子里洒出院外，我们的房门开了，走进来几个人，都年轻，他们穿着橘红色的工装，工装上沾着灰土，脸晒得黑里透红，眼睛晶亮晶亮的，牙齿像我在西藏看见的一个孩子的白牙齿。他们都笑，眼睛大多看着我们几个人当中的小迟。这时，外面也喧闹起来，盥洗声、泼水声、嬉笑声、狗低低的叫声，还有录音机播放的流行歌曲声也参与进来。外面灯光通明，热闹得很。

朝窗外看看，东边房脊上露出一个月亮的头儿，光光的，颜色有些怪。我走出去，出了院子向东边走。

月亮是红的。

这是第二次领略红月亮的风采。许多年前，在萨尔图的柏油马路上，我第一次遇见它。那是个午夜，天像水洗般的蓝，星星也比往日大、亮。那轮红色的月亮在西面马路尽头浮起来，像勒勒车轮那么大，比盘子还圆，红通通的，有些像傍晚时那舔着了地平线的落日。夜深人静，没有人同我一起分享那个奇景，我有些胆战，急急地跑起来，向家的方向跑。而月亮也跑起来，也是急急地向前跑，好像要轧着我的后脚跟似的。我曾把这件事跟几个人说过，有两个人也见过红月。有人还对这种天文现象进行了科学的解释，说那是地上的水汽过滤了某种颜色，才让月亮变成了红色。

我们走出院子，在村头的沙丘上走了挺远，站在一个高高的沙丘上。那轮红月亮像女人一样在东面沙丘顶看着我们。它没有从前红了，上半部是黄的，下半部像缠着一道黏稠的红雾，或红浆汁。呼伦贝尔的夜空没有云，沙丘没有风，铁路没有火车开过，狗儿也不吠叫了，鸟儿和虫儿藏起来，只有那个月亮微微的笑声。

想想吧，在黄澄澄的沙丘上对着红艳艳的月亮，没有川流不息的汽车灯光，没有高音喇叭播出的摇滚音乐，没有霓虹灯影，没有卿卿我我，更没有矫情的赞叹，我们该想什么？该做什么？

孙书记悄悄跟上来，他指着这片沙丘说工号的事：沙丘施工很难，白天太阳一晒鞋子像要化了，晚上又冻得身上起鸡皮疙瘩。从前没有这么大片的沙丘，主测线和联络线都逃不开这片沙丘……

他还说起父亲，一个20世纪30年代参加革命的红军战士，临去世时告诉他，不要躺在老子的功劳簿上……

经风斗雨，披星戴月，不畏艰难，续写辉煌

他有一个儿子，妻子在一家经营状况不太好的单位，离家很远……他是在沙丘上，对着辽远的夜空说的，对着红月亮说的，喃喃的，像是自言自语。

后来，我们往驻地走了。走回的路上，我们发现孙书记的脚步是跛的。老徐告诉我们，他的脚发炎，脚面已经黑了，但为了工作，他没有下山，在山上涂点药，一瘸一拐地坚持工作。听到这些，我们很过意不去，连连道歉，说不该拖他去看月亮。他笑笑说没啥没啥，之后就到了队部，继续安排我们的住宿。

那天晚上，我在赫尔洪德睡了一个不大安稳的觉。第二天早上，眼圈都发青。再看看老王、小迟，他们的眼圈也一样颜色。

【作家简历】清雪，原名王清学，黑龙江安达人。中国作家协会会员、大庆市文联创作员，一级编剧。现为燕山大学文法学院教授。1974年开始发表作品，著有小说集《空楼》《小说九章》。

车辚辚

王立纯

在大庆，在大庆长年累月奔波于荒原旷野的地震队的人群中，我寻找着你——

我在展览馆的墙上好像见过你。那时你侧身回首，肩上扛着一捆粗黑的大线，狗皮帽子凝着霜花，向我绽开一丝明媚的微笑，灼人的阳刚之气从轧杠棉袄里透射出来。这个瞬间被固定下来的形象一直在我心中萦绕，我很想找到你的手。

头一次看见地震勘探队搬迁，我为它的恢宏大气而惊叹：那简直是一条吞云吐雾、挟雷持电的巨龙，鳞爪上还带着远古洪荒的泥土和藻类，雄壮地蜿蜒来去。大庆石油管理局地球物理勘探公司拥有 20 个这样的地震队，年轻的驭手们像神话中的羲和驾着龙骖载着太阳巡游。你照片下面的题字是“光明使者”。

年产石油占全国一半的大庆正处在极值线上。作为它的儿女，你必须不断找到新的油气构造补充自己。于是，勘探大军像一支支响箭射向四方：三肇平原、嫩江两岸、呼伦贝尔大草原……地震队是游动的部落、大自然的骄子，它以高度现代化的精良装备叩响地宫之门。而你，只是找油人当中的一个。

在坦荡如砥的呼伦贝尔大草原，距离大庆两千余里的中蒙边境上，你坐在空调宿营车的踏板上，默默抽着叶子烟。秋天的草原空寂而斑斓，到处盛开着淡蓝色的矢车菊。各式各样的车辆围成的小四合院里，青年们踏着迪斯科的旋律跳舞。而你已经年近花甲，头发灰白，目光凄清，不笑，也不看我，只是凝望着遥远的天际出神。你看看这张照片，用袖子小心拂拭了一下，点点头说，很像当年的我，很像。

我不知道该怎么称呼你。你不是劳模，也不是干部什么的，只是一位受人尊敬的长者。30 年来，你一直守着燃油灶，青春的年华随着车轮辗转消失在钢铁的铿锵声中。那时没有迪斯科，没有空调和卫星地面站，没有从美国、法国引进的高效设备，你和你的队友们睡过牛棚马圈，吃窝窝头，喝苞米面糊糊野菜汤，在坚硬的土地上刨泥浆坑，蹚着没膝深的大雪背过粮食……你吃的苦够多了，就像留在大地凌乱而漫长的车辙，扳着指头也数不清。现在条件好了，你也该退休了，而且你患有关节炎的手常连菜刀也拿不住。你捏住那张照片，眼睛贴在上面，手臂剧烈地颤抖起来，上面还沾着你用小手磨为队友们刚刚磨好的豆浆。你说，其实他更像你的儿子，那是个更帅气、更聪明的小伙子，在另外一个地震队开汽车，弹得一手好吉他。然而，他在不久前的一次事故中牺牲了。你的泪水像一串透明的小蝌蚪，呼呼地游开了，你轻轻呼唤他的名字。他和眼前这伙青年人一般大。

战车辚辚，铁马萧萧，勇闯禁区，再立新功

而你仍然在微笑，在一本新出版的杂志的插页上，和三点式摩登女郎，和骑着摩托跑买卖春风得意的“个体户”，和一个人救活一个厂的“小神仙”交相辉映。你的笑含蓄坚韧，嘴唇上淡淡的茸毛像春天刚出土的禾苗，能看到你呼出的乳白色热气。现在，你开着他留下的那台车，嘴里哼着“阿里巴巴”，拉着你的小哥们儿往来于勘测线上。大草原秀草无边，野狼大模大样地打量你，好像打量一盒香喷喷的午餐肉。你向我眨眼，吹一阵轻飘飘的哨音，加大油门朝野狼冲过去。车上的人发出一片呐喊，两种生命形态展开一场游戏。野狼终于支持不住，与金属的物质极不情愿地抵碰了一下，它的筋骨拆裂了，变成了一顿满不错的晚餐摆到地震队的桌子上。你喝了酒，在柔和的床头灯下看一封字迹娟秀的信，早晨起来我发现，你的枕头湿了。

你是在干打垒里出生的，现在那地方被夷为平地，盖起一幢幢现代风格的大楼。在萨尔图宽敞的大马路上，你的许多同龄人正在柳荫下挽着情侣踱步，正在新开业的西餐馆里满足胃口，正在潮水般的车流里驾着摩托大出风头。而你十八岁的时候就扛起了大线，引导着人工地震的炮声一路响过来。人们常常遗忘你，而你的梦境里却总是闪烁霓虹灯的光彩。你的身上从没有过男士化妆品的气味，有的只是阳光、泥土、荒风、雨雪和叶绿素。见面的时候你握握我的手，问我的第一句话就是，家里电影院在演什么片子。

你给我看了那封信。写信的人是你新婚的妻子，她和你一样，也是一名司机，不过她在另外一个地震队，和你相隔五十里。信上说，她想你，想你想得发疯，恨不能插上翅膀飞到你的身边。信上还说，最近她常恶心，喜欢吃酸的，酸儿辣女是不是？她希望你给未来的儿子起个好名。你躺在温暖的土地上，闻着蒿草成熟醉人的气息，一遍一遍翻着字典。后来你把最美好的字眼一股脑写在风筝上，扯断线儿，任它随风飘去。

你对我说，昨天，你车的里程表显示出了四万公里，也就是说，你绕行地球一圈之后刚刚回来。你的前任在挡杆上包了一块红绸子，至今你还能感到他留下的体温。他死去时身子低伏着，好像亲吻大地上深深的辙痕。这也是他唯一的一次亲吻，生前他连女孩子的手都没碰过一下。你对着我手上的照片摇头苦笑，坦率地承认，自己干上“物探”这行当就没照过相，他也一样。

那么你是谁？到底在哪里？你不回答，只是微笑。你的工服上印着一座巍峨的钻塔，一簇喷溅而起的浪花。你永远年轻、永远快乐，永远用清澈的眼睛看世界。在勘探队伍凯旋的路上，我看见一群又一群青年人从车窗里探出头来，向我调皮地伸出两个指头炫耀胜利。车队隆隆驶过。我想，我一定能在他们中间找到你。

【作家简历】 王立纯，1950 年出生于黑龙江巴彦。1983 年调入大庆从事专业创作。中国作家协会会员、黑龙江省作家协会主席团委员，驻地作家、国家一级作家。著有长篇小说《庆典》《北方故事》《苍山神话》《月亮上的篝火》，多部中短篇小说集，一部电影，两部长篇电视连续剧，两部话剧，两次入围茅盾文学奖。2011 年 5 月 15 日病逝于大庆。

奋战在世界屋脊

王文恒　陶文忠　高　伟

西进——艰难的跋涉

羌塘盆地，横跨藏北高原那曲和阿里地区，平均海拔高度达 5400 多米，空气稀薄，含氧量不足平原的一半，被称为“生命禁区”。

1995 年初，中国石油天然气总公司新区事业部在全国招标。在众多竞争对手中，大庆 710 电磁队与甲方签订了 180 个物理点资料采集的合同，奏响了大庆找油人向世界屋脊进军的第一个音符。市场经济使大庆人从松辽盆地登上了雪域高原，在海拔 5000 多米的世界“第三极”上，“大庆物探公司 710 电磁队”鲜红的队旗，为雪域高原增添了生命的气息。

1995 年 3 月 15 日上午 8 时，在物探公司领导和职工亲人的隆重欢送下，710 电磁队 13 名勇士带着公司职工的重托踏上了征程，开始了艰难的跋涉。路上他们风雨兼程，途经黑、吉、青海等 11 个省市，单程近 7000 公里，于 4 月 9 日到达海拔 2800 米的青海格尔木市。

几天后，他们在格尔木稍做修整，就向那曲进发了。那曲位于藏北，海拔 4700 米左右，是总公司前线指挥部所在地。从格尔木到那曲，要横跨昆仑山和唐古拉山几个大山脉，中间要经过“五道梁”和“沱沱河”。当地称“五道梁”是鬼门关，“沱沱河”是头疼河，提起“五道梁”和“沱沱河”，队员们都深有感触。他们从格尔木向那曲进发的第一夜就住在“五道梁”。一个所谓的招待所，其实就是几间低矮破旧的平房。当时，队员开始觉得头发涨，继而后脑勺开始剧烈疼痛，有的由于严重缺氧而从睡梦中憋醒。到了“沱沱河”，情况更加恶化，高原反应更加厉害，头疼、恶心、耳鸣在每个队员身上都有症状。在那曲，队员李天树因高原反应强烈，心跳过速，四肢无力，不得不被送往拉萨医院治疗。困难和险阻丝毫没有动摇队员们征服无人区的雄心壮志。5 月 9 日，他们做好了一切准备向工区挺进了。

工地——神秘的羌塘

羌塘盆地是我国石油工业尚未开垦的处女地。藏北无人区也是我国仅存的少数重力测量空白区之一。

刚刚向工区进发，从地形图上找，没有路，而眼前脚下确有一条由重型车队碾出来的平坦的“公路”。队员认为这条路一定是离他们工区邻近的其他队伍开出来的，大家都认为沿着这条路走就能很快抵近自己的工区。可是队员们万万没有想到，这条路是一条死路，前面被扎加藏布江截断了。因此，只好原路返回，一天内车跑了 200 多公里却没有产生位移，这是刚刚进入工区，“无人区”给队员们上的第一堂课。

1995 年 5 月，710 大地电磁测深队在藏北羌塘盆地（无人区）施工

俗话说“天有不测风云”，而这句话越发使得藏北羌塘盆地显得更加神秘，上半夜还是晴空万里，满天星斗，下半夜突然狂风大作，飞沙走石。5 月 28 日中午，队员们正在帐篷内小憩，突然一阵狂风将帐篷四角拉绳连根拔掉，大帐篷的围裙、上顶被撕碎。大家七手八脚爬起来想加固帐篷，可是人顺着风站不住脚，顶着风喘不过气、睁不开眼，只好眼看着帐篷荡然无存，只剩下光秃秃的支架在风中摇摆。帐篷坏了队员们只好住在车里，而车里住不下，刘明军、张立两名队员主动住在客货车的后车厢上。深夜来临，凉风

阵阵，挤在车里和屈在车厢中的队员们只好把双腿抱在胸前，本来氧气就不足，这一下更是感到气喘胸闷，根本休息不好。

在海拔5300多米的高原无人区，高原的地热似平原的沼泽，但它比沼泽更有危险性和隐蔽性，极难发现，它的表面有一层硬壳作为“伪装层”，地下为非常热的泥浆，一旦进入将难以脱身，在藏北高原上有许多动物就是这样一命呜呼的。5月22日，为了寻找失散的两台车，负责安全保卫的郝庚仁同志驾车急切地寻找着战友，在广袤的高原上奔驰。当时发现车的前方出现了一片广阔平坦的地方，但车一进入那个地方，眼前出现了碗口大的坑，按平时的驾驶经验，一颠而过，可是这次的情景却大不相同，越往前坑越大，整个车倏地一下子陷入这个隐藏的地热中，而且是越陷越深，往前行困难，往后退更不可能。面对死亡的威胁，他沉着冷静，用低速挡，一步步地把车开出了险境。事后，同车的队友都说若是地热发育期，他们将连遗书都来不及留下就将魂断“世界屋脊”。

生活——以苦为乐

进入工地开始施工初期，队员们还能基本保证一日三餐，即早晨大米稀饭就咸菜，中午、晚上吃罐头、方便面。但好景不长，没几天队员们嘴唇干裂，食量大减。罐头、方便面这类食品，常人偶尔吃两顿还会觉得很好吃，可经常吃的人胃受不了，嘴里就会感觉苦涩没味。到最后，在家一顿能吃六七个馒头的壮汉杨智，一天只吃一袋方便面。56天的施工期，杨智体重竟降低了25公斤。全队队员体重平均下降7.5公斤。当时人的体能大大下降，抵抗力大大下降，为了能够完成任务，为了不感冒，队员们每天都靠吃感冒药来支撑。

在56天的日子里，除了感冒可以危及队员的生命外，时常出没的野狼和牦牛等野生动物对他们也有很大的威胁，有时白天打的野兔来不及收拾，放在帐篷外，晚上就被野狼吃掉，然后还蹲在帐篷外不走。有时帐篷刚支起来，就不知从什么地方钻出一只狼来，在门口来回走动，瞪着两只凶恶的眼睛，注视着从未见过的物探人。

一次，鲍德臣等几名队员搬点，正好经过另一台仪器所在的点位，很远就看见一只狼正向仪器车逼近，鲍德臣赶紧用电台喊话，提醒他们注意。可是怎么喊也没有回答，原来对方把电台的电瓶搬到仪器上用了，操作员顾广瑞在车外的仪器旁边睡着了。见此情景，他们急中生智，把汽车挂到了最高挡，油门踩到底，同时鸣起了长笛，向那只狼开了过去。狼听到汽车的鸣笛声，看见汽车扬起的烟尘，开始向山上逃去。

在工区施工最让队员头疼和伤心的是误车，由于高原缺氧，油料燃烧不充分，车也像人一样没有劲儿，路上经常误车。在施工期间，他们每天平均至少误车 5 ~6 车次。

尾　　声

一次又一次的险情，一次又一次的搏斗，710 队队员们战胜了大自然，也锻炼了自己。6 月 28 日，他们完成任务胜利地到达了总公司前指所在地那曲。

他们的工区在各个施工工区的最西、最北，全部处于无人区中，工区三条线分别相距几十甚至上百公里，中间穿越三座大的山脉。从地质条件来说，羌塘盆地的地下电阻率比较低，是不利于采用大地电磁探测方法的。但是，710 队参战的 13 名队员时刻牢记公司领导和亲人们的重托：“为大庆争光，为物探争光”，圆满完成了施工任务。

总公司新区勘探事业部有关负责同志对大庆 710 队羌塘施工的总体评价是：工区海拔最高，距离前指最远，后勤供应最差，地理条件最困难，设备性能最差，而施工效率却最快，除因地形条件影响了空点率外，其他各项都达到了合同要求。

原载 1996 年 3 月 31 日《中国石油报》

【作家简历】王文恒，时任中国石油报记者；陶文忠、高伟，时任中国石油报通讯员。

藏北勘探风流歌

胡彦江

朋友，你去过西藏吗？那里是著名的“世界屋脊”，西域旅游胜地。

那里有瑰丽绚烂的冰川雪峰，清纯浓酽的藏风民俗，雄奇神秘的布达拉宫……

脚踏写满悲壮的高原热土，你便是地球上站得最高的人！

难怪有位诗人说：“没有到过西藏的生命，是残缺的！”

——题记

二月的北京飞雪飘零，大地凝寒。而物探公司生产准备大队及710大地电磁队领导陈丰年、鲍德臣的心里却春潮涌动，热血沸腾。经过几轮激烈竞争之后，他们终于不辱使命，把西藏新区勘探指挥部173个物理点的勘探任务揽到了大庆油田人的手中。

消息通过电波传到大庆油田物探公司，7000名职工群情激奋，禁不住翘首仰望西部——那173个物理点就像诱人的星星，悬挂在珠穆朗玛峰的颌下……

这是一个春风如鼓的日子：由15名勘探队员、6台机动车组成的赴藏勘探队就要出征了。公司领导赶来了，职工代表赶来了，家属们抱着孩子也赶来了。

壮行会上，公司领导表达了所有人祝福的心声——圆满完成勘探任务，早日捷报凯旋！

车轮滚滚……

经过40天的艰苦行程，710大地电磁队穿越11个省、两个直辖市，翻越了六盘山、昆仑山、唐古拉山，一路颠簸，一路风尘，抵达了海拔5000多米的藏北羌塘盆地任务勘测点。

征战藏北无人区，羌塘盆地著风流

五月，在江南水乡，定然已是草长莺飞、花团锦簇了吧？油城大庆也该是满眼新绿、春意盎然了吧？而在“一年不见四季，一天却有四季”的羌塘盆地，刚才还是蓝天红日、白云袅袅，眨眼间就是阴风怒号、雨雪霏霏；刚才还是风和景明、雪山如画，眨眼间就是电闪雷鸣、冰雹如鞭。除了变化无常的气候，勘探队员们还要应对缺水、误车、开辟通道等重重困难。

当然，最折磨人的还是高原缺氧！

到过拉萨的人都知道，即使在街上悠闲地漫步，在旅店里安静地躺着，也会感到一阵阵头晕或呼吸困难。而羌塘盆地海拔比拉萨还要高出2000米，而勘探队员们要扛着仪器，翻山越岭铺设测线……

随着测线的不断延伸，他们往往要一天拆一次帐篷，再移地搭一次“窝”。食品绝对是单调的。可是饿极了，方便面、咸菜条也成了美味佳肴。水是普通的，可在紧缺之时，雨水、雪水也成了玉液琼浆。

五一劳动节这天，炊事员拿出来珍藏了一个月的绿色食品——一颗冻得发亮的大白菜。切时，他摩挲许久不忍下刀；吃时，大家对望着，不忍动筷……

一颗平常的大白菜，在羌塘盆地，在勘探队员心中已经灵化、神圣，它的意义已不在于充饥，而在于引发勘探队员对绿色植物以及生命的种种美好回忆与联想……

由于燃料、食品有限，勘探队员们为了抢工期，每天早上8点出工，一直干到凌晨才收工。

一天，临时党支部书记衣秀才驾车去勘测点，途中因大雪封山迷了路。车子像一头失群了的牦牛东撞西闯了一天，终于疲惫不堪地抛锚在一个小山坳里。幸亏寻踪而来的队员们及时赶到……

据不完全统计，类似这样的迷路、误车，在羌塘盆地施工的一个月里，竟多达200台次。

艰苦的自然与生存环境，加之超负荷的拼命苦干，过早地把司机崔敬斌撂倒了。队长鲍德臣望着他心事重重：在高原无人区施工有“四怕”，即生病、遭遇狼群、缺氧、寂寞。而生病又居“四怕”之首。因为无论人们怎么心急火燎，要赶到设在那曲的藏区勘探总指挥部小诊所也得一天一夜。据说，前不久某局一位工程师突发心脏病，就“光荣”在下山就医的路途中……

卫生员赶紧给崔敬斌打点滴，炊事员也忙着捧来热乎乎的挂面。共产党员郝更仁主动担负起崔敬斌那份工作。大家同甘共苦、互励互勉，表现出大庆石油物探人无坚不摧、战无不胜的顽强品格和团结互助的优良作风。

高原硕大，盛不下勘探队员们的忠诚；珠峰高峻，举不起勘探队员们的执着。为了找到新的油气储量，他们含辛茹苦，风餐露宿，默默奉献着自己青春的光和热。

踏遍青山人未老，南征北战找油人！

经过一个月夜以继日的艰苦鏖战，在设备差、海拔高、难度大、战线长等不利条件下，710大地电磁队圆满完成了羌塘盆地173个物理点的勘测任务。其资料合格率达100%，优级品率达92%以上。

就要告别这巍巍高原莽莽探区了，710大地电磁队队员们满怀豪情将“进军羌塘盆地，为国找油找气”的豪言壮语，深情镌刻在一面平滑的山崖上，任苍鹰浏览，任风雨审读。

快打开相机吧！让青春的倩影、青春的追求与亘古的高原一起永恒。

这是人生难以磨灭的闪光一瞬，是大庆石油物探史上辉煌的一章。

连绵起伏的雪域高原留在了身后，神秘还有些恐怖的羌塘盆地留在了身后，令人向往与叩拜的布达拉宫留在了身后，荡气回肠的藏北勘探风流歌也留在了身后……

大庆油田物探公司710大地电磁队，又将轰轰烈烈驶向新的石油探区！

找油人的足迹

1959年9月26日，松辽平原滨洲线上萨尔图、让胡路至大同段松基三井喜喷原油。它标志着一个大油田即将在此呱呱坠地，新中国“贫油”的帽子即将从此甩进太平洋里去。

然而，在这喜悦与辉煌的背后，又浸染着石油物探人多少艰辛、多少血汗？是他们响应党中央的召唤，背井离乡，抛妻别子，在茫茫荒原、萋萋沼泽、莽莽大漠间，风餐露宿，熬严冬，冒酷暑，吃尽了千辛万苦，战胜了千难万险，为祖国和人民找到了一个又一个新的油气田——他们去时，那里还是一片荒凉，渺无人烟；他们走时，留下的脚窝可能就是一口井，扎营的地方可能就是一座生机盎然的新油城……

35年来，从碧波荡漾的松花江两岸到林涛作歌的兴安岭山麓，从绿草如茵的呼伦贝尔大草原到沙暴肆虐的腾格里大沙漠从稻谷飘香的三江垦区到巨石嶙峋的吉林长白山脚下，从界碑高矗的中蒙边境到空气稀薄的青藏高原，到处都留下了石油物探队伍呕心沥血找油找气的矫健身影，到处都留下了找油人盛满汗水与泪水、苦痛与欢欣的闪光足迹……

35年来，石油物探队伍采用航空磁测、重磁力普查、电法和二维地震勘探、三维高分辨率地震勘探等不断更新、不断进步、不断完善的物理勘探手段，在黑龙江、吉林、内蒙古、西藏羌塘盆地等80多万平方公里大地上辗转迁徙，南征北战，晓迎日出，暮送月落，年复一年进行野外地震勘探。其间共投入547个地震队次，累计完成地震剖面测线196993.27公里；找到了大庆长垣上的萨尔图、喇嘛甸、杏树岗、葡萄花、太平屯、高台子等7个油田；发现了宋芳屯、龙虎泡等23个外围油田，以及汪家屯、羊草、宋站、阿拉斯等7个气田和38个含油区；探明含油面积2601.8平方公里，储量486045万吨；探明含天然气面积202.5平方公里，储量2464500万立方米……为我国石油工业在艰难创业中訇然崛起，以及大庆油田持续高产稳产做出了有目共睹、不可磨灭的贡献。

在松辽平原抱出了一个个“金娃娃”之后，石油物探队伍又挥师南下，在渤海湾、在长江口一鼓作气又拿下了胜利、大港、江汉等几个前景可观的油气田。

转过山地，深入丘陵，物探人的足迹谱写出一曲生命壮歌

成功的背后是艰辛，阳光总在风雨后。气候不适、水土不服，加之血吸虫病、麻风病等疾病的威胁，石油物探人吃了多少苦、受了多少累，不必尽数，可想而知。但是他们无怨无悔，一往无前。因为顽强拼搏的吃苦精神、开拓进取的奉献精神，正是石油物探人所特有的崇高品格和执着追求……

王国富，一位刚刚转业不久的战士，一位石油物探队伍里的新兵。他憨实、热情、能干，对石油物探事业有着一种特殊的情感。在腾格里沙漠勘探施工时，因为意外事故，王国富献出了年轻的宝贵生命。至今，他青春的热血还奔涌在大漠上新崛起的二连油田滚滚不息的油流里……

有句顺口溜说：“有女不嫁物探郎，一年四季守空房。偶尔盼得回家转，抱回一堆脏衣裳。”勘探工作的性质决定，队员们一出工，少则几个月，多则一年半载。1986年，全国“五一劳动奖章”获得者袁福生的弟弟在淘井时意外身亡。1987年，袁福生爱人患泪囊炎手术，他都坚守在野外勘探一线，没能回家看上一眼。由于长年奔波在外，无暇顾及家庭，对孩子教育管束不够，小儿子在他野外施工期间，擅自跑到水塘洗澡，不幸溺水身亡……

为了找到更多的后备油气储量，像袁福生这样为大家舍小家，默默奉献了青春的光和热的物探职工还有许多许多。

石油开发，物探先行。35 年来，已有 29 名石油物探人为找油找气以身殉职。他们的名字和业绩将与勘探事业永存。他们的顽强拼搏、勇于奉献的精神品质，无时无刻不在鼓舞着奋战在野外地震勘探一线的将士们。

艰苦的生活与奋斗的情怀，早已和石油物探人结下了不解之缘。为了加强松辽盆地的二次勘探，早在 14 年前，大庆石油管理局就组建起了大庆地球物理勘探公司。7000 名石油物探职工把“在大庆外围再找一个大庆”作为工作的基点，21 支野外勘探地震队走出松辽盆地，把西至海拉尔盆地、北至三江口垦区、东至依通地堑、南至延吉山麓，当作自己“给地壳把脉，再擒新油龙”的大舞台。

近年来，在勘探方法、技术上，也有了新的突破与长足的发展：用具有国际先进水平的新式数字地震仪、三维高分辨率无线遥测仪取代了过去老化落后的 5.1 型和模拟式地震仪；变过去的 24 道为 480 道，变过去的 6 次覆盖为 30 次覆盖，并不断向多道化、高次覆盖发展；变过去的光点记录、磁带记录为地震数字化记录；变过去只能冬季施工为春夏秋冬四季施工；变过去只能白天施工为昼夜全天候施工；变过去只能陆地施工为水陆两栖无空白施工……

与此同时，地震资料的处理、解释工作也逐步迈上了新台阶。年处理能力由过去的 5000 公里提高到 15000 公里，处理、解释周期也由过去的 18 个月缩短到 12 个月。

科技是第一生产力。近年来，物探公司广大科技工作者群策群力，做了大量有益的探索和尝试，并取得了卓有成效的收获：人机连作新技术的初步应用，推广小层地震技术，进行砂岩横向预测，开展深层地震地层学的研究和解释，等等。

公司主管科技工作的副总告诉我们，公司目前已推广应用国内外新技术 121 项，完成技术革新 70 项，开题各类科研项目 260 个，其中两个获国家级大奖，11 个获省部级奖，12 个获市、局级奖。这是广大科技工作者智慧和汗水的结晶，也是公司重视科技人才、重视科学研究和科技推广工作的具体体现。

随着可探区域越来越小，勘探行业逐步推向市场带来竞争与挑战，大庆地球物理勘探公司的压力越来越大。然而压力也是动力，失望总是和希望同在。由于在宏观上采取了立足大庆，放眼全球，不断向国际勘探新水平靠拢的战略；在微观上采取了苦练内功，缩减成本，创先争优上水平，进一步提高市场竞争能力等一系列措施，公司在优质高效完成大庆石油管理局下达的地震勘探任务同时，多次在国内野外地震勘探招标中中标，并将竞争的触角敏锐地伸向国际市场。今年他们又将找油找气的步伐延伸到了孔繁森同志工作过的西藏海拔5000多米的阿里地区羌塘盆地。这是大庆石油物探史上的首创，是石油物探人在新形势下知难而进、勇闯市场的新举措、新成果。

商品经济和激烈的市场竞争锻炼了石油物探队伍，提高了职工的思想和业务素质。汹涌澎湃的大潮中，物探公司这只航船，正以崭新的姿态，鸣响驶向理想彼岸的汽笛，乘风破浪，高歌猛进……

战歌如此嘹亮

于中国　吕天琳

序　曲

你听到过吹冲锋号吗，如果你是个真正的战士，你胸膛里的血就会被它吹成火，吹成一支所向披靡的歌……

——写在2287地震队施工组长樊庆生采集手册扉页上的诗

“这不是我写的，是我上大学的时候记下的……”说出这句话的时候，樊庆生的脸上还透着一丝红晕。他把脸重新转向身边的电脑，那上面闪耀着的图谱与跳动着的数据仿佛璀璨的星空，他敲击键盘的声音娴熟而又轻盈，仿佛是在弹奏一支抒情的谣曲。

我像一位虔诚的欣赏者那样陶醉地看着、听着，心中的疑问也在升起：2287地震队究竟是怎样的一支队伍？在大庆石油管理局，在钻探集团，为什么人们一谈起它都会自然而然地同钢铁1205钻井队联系在一起，把它们相提并论？它们究竟有什么特别的地方，能够赢得众口一词的称颂，近期又被评为大庆油田二次创业基层建设十面红旗，并被命名为“特别能战斗的2287地震队”？

“追求卓越、持续创新就是我们的答案！”樊庆生静静地说。

几乎所有的哲学都在肯定这一点，因为真理向来都是由最朴素的逻辑构成的。樊庆生不经意间的这句话，恰恰真实地概括了作为石油行业开路先锋的物探地震队存在的意义和价值。没有追求卓越的胸怀和勇气，只能成为自甘沉沦的弱者；不懂得持续创新的团队，永远都是墨守成规的代名词。正是靠着一种承继下来的拼搏、奉献精神，

2287 地震队才得以成就“特别能战斗”的美誉。战斗，就要流血流汗，就要敢于牺牲；战斗，就要克服一切艰难险阻，把红旗插到高地上去！

2001 年 6 月，2287 地震队在人民大会堂参加“全国杰出青年文明号”授牌仪式

从 1978 年组建起，2287 地震队就以一支战斗队的姿态横空出世。经受了大庆油田一次创业大会战的洗礼，2287 地震队开始发出自己的声音，吹响了冲锋的第一次号角。说他们是先遣队，他们总是冲在油田产能建设的最前沿，逢山开路，遇水架桥；说它们是石油开发的侦察兵，它们总是不畏艰险，尽最大努力获取地下油藏构造最有价值的情报；说它们是炮兵，他们引爆了汹涌的地火，轰击出一片崭新的天地……将近 30 年的战斗年华，他们练就出一身无坚不摧、所向披靡的本领，无论是平原、沼泽、山地，还是戈壁、高原、大漠，遇到“强敌”他们敢于亮剑，遭受挫折他们绝不屈服，用骄人的业绩和英雄的胆略谱写出一曲铿锵的战歌……

从组建初期的“丑小鸭”，到今天翔集万仞的“美天鹅”，2287 地震队的成长历程旁证着一个不争的事实，那就是社会变革带来的历史性跨越已经让我们的国有石油企业进入市场这一没有硝烟的战场，接受检阅和考验。2287 地震队从“好战”到“能战”，再到今天的“特别能战”的成长轨迹，是它在长期的野战实践中一战成名的鲜明的线索。正是因为顺应了天时、地利的变化，他们及时转变观念，紧跟时代步伐，不但没有成为落伍者，而且一路高歌冲在最前面。从过去的几十人到现在的上千人，从起步时的简陋而又少得可怜的十几套设备到今天齐全、先进的近 200 台（套）设备，2287 地震队从过去的游击队状态转入今天的正规部队建制，不难看出，发展果真是硬道理。

近30年来，2287地震队先后转战二连浩特、海拉尔、松辽等20多个探区，完成三维采集3000平方千米、二维采集14000平方千米、40多万炮的地震资料采集工作量。先后荣获“全国杰出青年文明号”“全国优秀青年学习组织”、石油工业部“金牌队”、集团公司基层建设“百面红旗”、管理局“基层建设样板单位”等78项荣誉，两次走进人民大会堂接受党和国家领导人颁奖……

樊庆生他们这一代石油物探人无疑是幸运的，他们赶上了一个绚丽缤纷的伟大时代，又幸运地成为大庆油田英雄铁人旗帜下石油物探行业的后来者，无疑也是大有前途的。他指着松辽盆地杏西工区营地院中旗杆上的队旗自信地说：“你看着吧，今年这个工区就会成为我们2287地震队实现大转折和大跨越的中兴之地，等到收工验收的时候，我们的工程一定会评为优质的，我是施工组长，请相信我。到那时如果授予我们的十面红旗中属于我们的那一面能够领回来，我要亲手把它升起来，我跟书记、队长都申请好了！”

第一乐章

每当有人问起我的工作，我都会描绘得如诗如画，听的人觉得很浪漫。可我心里清楚，自己的工作是多么艰苦……

——2287地震队队长李清的内心独白

第一次见到李清是去年春三月在大庆物探公司团委组织的一次活动后，团委书记请参加活动的团干部吃饭，李清作为参加“讲队史”环节唯一的一位基层地震队队长，也在受邀之列。他很安静，并不像想象中那样壮怀激烈、叱咤风云，相反还有些腼腆。酒杯拿在手里，绝没有在工地上拿着对讲机指挥生产时那样自若从容，但每次碰杯后他都能一饮而尽，看来平时大家对他“工作从不拖泥带水，做人做事雷厉风行”的传说是不虚了。

1989年大学毕业后，李清带着他简单的行李和学到手的物探专业知识来到大庆物探公司227地震队当技术员。22岁，他站在了一条新刷出来的起跑线上。也许人生就是一场竞赛，终点暂时是未知的，能够被感知到的只有一颗年轻的心和朦朦胧胧的憧憬。在已经很少谈论理想的20世纪90年代初，目标是摇晃的。当所有的射击都没有了靶心的时候，瞭望是何其艰难啊，就更谈不上瞄准了。

李清似乎是个例外，别看只有20岁出头，他很稳健。他似乎很懂得一个射手的基本动作和技术要领，靠着在大学期间的刻苦训练，他敏捷地出手了。在227工作一年后，他因工作勤恳扎实被借调到物探公司纪检办公室，之后调到2105地震队，先当书记，后当队长。

似乎真是天降大任啊。1997年8月5日，李清到2287地震队当队长。他用8年的时间征服了自己，也赢得了信任，更具备了大显身手的能力。李清之于2287地震队，真是一种宿命的安排吗？没人能够准确回答这个问题。十年后的今天，当我们重新检视他和他的队伍获得的那些荣誉的时候，相信你的目光中一定会多了一点感动与欣喜……

地震队施工的黄金季节几乎都是在寒冷的冬春交替之际。在李清的记忆中，刚到地震队第一年的冬天真的很冷，雪下得很大，零下30摄氏度的气温是常有的事。施工现场离驻地很远，每天天不亮就要出发，有时干到半夜才返回，中午也只能在凛冽的寒风中吃着馒头和咸菜。

李清和队友们每天都把狗皮帽子严严地压在头上，穿着厚厚的棉大衣，可仍然遮挡不住寒风的侵袭，一会儿工夫，每个人的狗皮帽子上都像树挂一样雪白了，甚至露在外面的眉毛也如同圣诞老人一样素洁一片，那头上的汗就像蒸汽一样在风中飘散。他们会把穿着笨重的大头鞋的脚抬得高高的，把表面已经结成一层硬壳的雪使劲儿压在脚下，“咯吱咯吱”的，如同踩了碎玻璃。在没膝深的大雪中行走一天，那冰凉的雪也会无孔不入，钻进鞋里，钻进裤脚儿，钻进脖领，凉凉的、湿湿的。蓝天、白雪、吐着白气的地震队员，俨然一幅壮观的风雪图画。

“要想干一番事业，就必须能吃苦。”让李清坚定这个信念竟然很有点戏剧性呢。当年，不少地方流传这样的顺口溜：“远看像逃难的，近看像要饭的，仔细一瞧是地震勘探的。”有一次李清放线时路过一个村子，一位大嫂不相信他是大学生，她说："哪有大学生干这个的，还不如不考大学，当个农民冬天还能'猫冬'呢。"由于条件艰苦，很多外雇工干不了几天就走人了，有时一个施工期招来的人还没有走的人多。

2001年11月，甲方把1亿元的杏树岗三维地震采集项目派标给2287地震队，这是大庆乃至全国勘探史上首次在主要油区实行1920道三维高分辨率地震勘探，也是大庆油田可持续发展战略的开创性工程、"世纪工程"，干好这项工程意义重大。刚接到任务时，李清真是既兴奋又紧张。兴奋的是队伍凭实力拿到了这个项目，紧张的是第一次应用这么先进的技术，第一次管理这么多人员，还是在市区内施工，环境复杂，他真怕干不好。

杏树岗工区的地理位置十分复杂，要穿越东干线、西干线、萨大路、铁路等重要交通干线，经过采油二厂、采油四厂等油区，宏伟村、银浪等居民小区，地下布满了各种电线、电话线、油气管线，施工难度非常大。稍有疏忽，碰断哪根管线都会造成巨大的损失。这是2287地震队从来没有遇到过的难题。他们特地从北京请来专家，对该工区油田建设40年来地下铺设的各种管线进行了重新测绘，确保了施工中没有一处打漏管线的事情发生。就是凭着这种坚韧的精神，2287人在那滴水成冰的数九寒天里，在白雪茫茫的北国大地，迎着风、冒着雪，历时83天，优质高效地完成了生产任务，再一次把红旗插在了物探行业的前列。

2004年，海拉尔的初春乍暖还寒。沼泽地里漂浮着零星的碎冰，在阳光的照射下，闪闪发亮，别有一番景色。对于此时赴海拉尔施工的2287地震队来说，迎接他们的却是这美景遮蔽下的辛苦与艰难。布线要穿越沼泽与河流，车辆很难行驶，即便是一米多宽的特种大轮车，也时常陷入其中动弹不得。每到这时，工人们就必须穿着水衩，扛着几十公斤重的大线，深一脚浅一脚地在河水里艰难行走。还没有完全开化的河水冰冷刺骨，可是没有一个人叫苦喊累。身上穿的裤子弄湿了，他们就找来一些小木棍儿把裤子支起来，在风中自然晾干，然后继续干活儿。在冰水里待得时间长了，很多人的腿冻得抽筋，大家就互相揉揉，就是这样，也没有人顾得上休息，咬着牙坚持工作。

2007 年 9 月，中央电视台《焦点访谈》栏目在 2287 队部驻地现场采访

2005 年的一个冬夜，2287 地震队在测线穿肇源县新站镇民意村过程中，炮放到离村边不远时，地震波把村西一家本来就已松动的门墙皮土皮给震落了。村民情绪很激动，担心放炮会把他家的土房震塌，成群结伙冲击爆炸班。李清在电台里听到这件事后，命令剩下的十几炮不要放了，并叫放线班向老乡转达一下，明天他要亲自去看看。

为了保证出工正常放炮，第二天一大早，李队长就驱车来到民意村，敲开老乡家，并召集了老乡家附近的村民，向他们介绍地震队放炮不会影响房子，更不会震塌房子。为了证明放炮的安全性，他让老乡们都上“大轿车”，他自己一个人坐在老乡家的土房里，一排炮放过去后，村民对地震放炮有了清楚的认识。

从老乡家出来时，他才注意到自己早上摸黑儿起来时穿错了鞋，一样一只。老乡对李队长说：“你们撇家在外也真是不容易啊，我们不是难为你们，就是有点担心。看你忙得连鞋都穿错了，像你这样的领导我们信！”他们再也没有因为放炮而阻挠生产。

身为一队之长，除了带头和吃苦，李清更懂得凝聚一个整体才是更重要的。毕竟一个人再有能力也无法完成必须是一个团队才能完成的任务，你就是一个人背着一门大炮也是无济于事的。为此，他在全队提出了“多沟通少猜疑，多理解少埋怨，多支持少指责”的“三多三少”工作法，力求全面落实职工的知情权、参与权、决策权。释放了个体潜力、形成了整体合力，促进了队伍战斗力的不断提高。2003

年，管理局提出创建“绿色作业示范队”时，李清并未简单采取“班子推动”的方式，而是让职工充分酝酿，由大家决策拍板。经过认真学习和讨论，大部分职工都认为绿色地震队是今后持续发展的必然选择。由于达成了共识，全员参与“绿色作业示范队”建设的力量得到凝聚。靠众人“拾柴”和集体的力量，他们在公司第一个捧回了管理局“绿色作业示范队”奖牌。为了激发职工参与决策、参与民主管理的积极性，对平时的每次区块招标，他们都把工作量、难易程度、预计收入等情况向职工公开，依据职工大会决议进行投标。对计件工资、奖金分配等利益敏感问题，他们都将奖金系数、出勤天数、奖罚明细等考核标准和结果张榜公布，做到透明管理，职工心服口服，拼搏奉献的主动性不断增强。靠集体决策和全员负责，几年来，2287 地震队的团结局面不断巩固、战斗热情不断高涨、服务能力持续增强，职工收入始终名列公司前茅。目前，2287 地震队已经成为物探公司职工最向往的基层队，就连在研究所从事科研工作的高级工程师，也三番五次请求调到该队工作。在每年的用工招聘中，虽然地方劳动部门不断抬高进入该队的“门槛”，但也仍然有大量的外雇工争抢着到该队干活。即使对“人微言轻”的外雇工，2287 地震队也同样广开言路，畅通其参与决策的渠道，进一步浓厚了整体和谐、团结、民主的气氛，各群体力量得到了广泛的凝聚。2001 年在杏树岗工区施工时，2287 地震队外雇工达到 1400 多人。当时，他们针对外雇工人数众多，短时间内难以识别的实际，以岗位拼音字头和数字相结合的方式在他们工服背后印上编号，创造了“编号管理法”，对明确职责、加强考核起到了积极作用。一年后，一些外雇工认为这种管理方式伤害了他们的自尊，2287 地震队重视他们的呼声，把编号和该队“全国青年文明号”荣誉一起印成胸卡，既方便了管理，又激发了外雇工的集体荣誉感。由于 2287 地震队始终注重构建集体决策的民主机制，不断加大民主管理的力度，形成了办事公、队风正、人心齐的局面，队伍的凝聚力、战斗力不断提高，成为全国石油物探行业一面鲜艳的旗帜。

第二乐章

在地震队，安全是天大的事，这谁都知道。但要说怎样把住这一关，做到不出事，那就不是谁都知道的了。

——2287 地震队公共关系副队长肖伟如是说

在 2287 地震队，肖伟应该称得上是个大块头了，高大健壮的身形，率性坦荡的作风，深得大家的信赖和尊重。2000 年 1 月，2287 地震队在全公司内又一次率先拿下了施工任务，可眼瞅着就来到年了，这些年的除夕差不多都是在工地上过的，大家就盼着大年三十能和家人团聚一回。可是，生产任务已经下来了，任务就是命令。过去没条件还上呢，现在条件好了就更得上了，在哪儿过年都一样啊。可就在这个节骨眼上，偏偏又出现新的插曲。在三江工区施工的 2131 地震队因临时需要，需要增援 24 台钻井设备。此时离过年就 4 天了，自己队的工作讲不了了，还要在大过年的时候去打增援，大家都有点想不通。大块头肖伟一时也没辙了。不过正像有部电影片名那样，《大块头有大智慧》，肖伟灵机一动，挨个给每个司机和司钻家里打电话，内容只有一个：拜个早年。其实所有人都知道肖队的意思，大家的思想很快就通了，反过来都主动打电话向肖队请缨出战，24 台设备形成一道铁流，直奔三江地带 2131 地震队施工工地。

大年说到就到了。2 月 4 日除夕之夜，肖伟把大家召集到一起，在 2131 地震队食堂迎接春节的到来。2131 地震队对 2287 地震队的战友们大过年的来支援他们表示了感谢，他们用丰盛的饭菜来款待肖伟这支雪中送炭的“小分队”。大家正要举杯互致新春问候的当口儿，几道冒着热气香喷喷的地方特色菜端到了本来已经很丰盛的餐桌上，大家正感到诧异的时候，大块头肖伟举杯发话了：“兄弟们大过年的跟我肖伟出来打支援，都很辛苦，等这个工区结束回家后，我再请大家好好喝一顿。现在我在这里先给大家拜年了。干!”祝福的酒碗豪迈地碰在了一起，有的人眼圈儿里还汪着感激和幸福的泪水，大家也许一辈子都忘不了这顿既非在自己家又非在自己队的特殊的年夜饭。除夕的钟声就要敲响了，看看是时候了，肖队长又拿出自己的手机说：“我再给大家加一道特色菜。”原来，众人当中只有肖伟的手机能打长途，临出发之前，他特意提前交了1000元话费，为的就是保证随他前来征战的兄弟们能在除夕夜向家里的亲人报个平安。

也许这样的情景像是拍电影吧，的确，这正是一个没有导演的电影桥段，在这样朴素而真实的画面里，真情是无法虚构的。生活中有许多情节原是不需要导演的，任何故事都在渴望着本色的演出，就像现在呈现在你面前的情景一样。每个人脸上的笑容都被储藏在记忆的慢镜头里了，非常有趣的是大家谁都没有喝醉，都在为那与春天一同到来的情谊保持一份美丽的清醒，因为第二天早晨还要出工干活呢。

作为公共关系副队长，肖伟的公关策略就是以情动人。在他看来，长期在野外地震队工作和生活，人的情感得到了极大的丰富，内心相对来说就显得很单纯了。怎么说呢，地震队就好比是一座流动的学校，在这个特殊的校园里，阳奉阴违、尔虞我诈是进不来的。因此，真情在自由的流动中冲击碰撞，然后升华成一种永不褪色的情谊……

2287地震队企业文化示范区一角，2009年该示范区被命名为中国石油企业精神教育基地

协调与兄弟队和地方关系，2287地震队人人都是公共关系员，只不过肖伟能够让自己的角色发挥得更出色一些。他待人温和，充满了阳刚的坦荡与率性，在释放善意的同时把原则性的东西也贯彻进去。但他也有严峻得不讲情面的时候，可却在严厉中透着几分纯真与可爱。

2003年冬天，有个叫丁洪文的水罐车司机被派到正在大同区进行地震施工的2287地震队打支援。在丁洪文的印象中，那个冬天出奇的冷，柴油车早晨出工时总是出现挂蜡的现象，有时候车辆甚至一宿都不敢熄火。一天早上，东方的鱼肚白还没露出来，拂晓时的冷风组合成无数根细密的银针扎在脖子上。丁洪文赶紧跳进发动好的车里，和往常一样，驾着车跟随微测井组出工了。半路上，就见前方路面上洒出一条长长的水流，边洒边冻成薄薄的冰层。再往前走一公里才发现，原来是 2287 地震队一个水罐车后的水管子掉了下来，才出现这样一条长长的“尾巴”。正犹疑间，只见肖伟开着车追了上来，他立马拦下水罐车，火气很大地叫司机下来，大声吼着。司机赶紧把水管子重新固定住，然后开车走了，后脑勺上挨了肖伟一巴掌。

在丁洪文看来，水罐车行车时漏点水是常有的事，用得着大惊小怪吗？车来车往的，时间长了就会慢慢干了。他怀着好奇心快速赶上前车，在路边停下来，想安慰司机几句——毕竟都是开水罐车的。那司机以为又漏水了，赶紧下车。丁洪文赶上来，拍着同行的肩膀笑着说：“没事吧，兄弟，你们肖队长挺牛啊，剋你啦？”司机不好意思地笑笑说：“哪儿啊，他也发现我的车漏水了，这才撵上来骂我像飞机拉线呢……”

两个人都笑了，上车继续往前走。约半个小时后，当丁洪文再次回来拉水经过这段路的时候，发现一个大块头正领着几个人往数十米长的冰溜上铺垫沙土呢，这样做就是为了消除因路面结冰给来回经过的车辆造成的安全隐患。安全无小事，丁洪文开始明白了，他凝聚起精神，两只手不自觉地握紧方向盘，轻轻地按了一声喇叭。从后视镜里，他看清了，那个大块头正是肖伟。

“2287 地震队安全意识强，不只是肖伟一个人，每个领导都起着很好的带头作用。一到穿越各类冰面的时候，队干部都身先士卒，提前检测冰面的承受力，绝对是在为安全生产保驾护航。”特种装备分公司的张福军逢人就讲他在 2287 地震队支援的切身感受。

那还是 2004 年的冬天，2287 地震队在胡吉吐莫工区施工，这个工区环境复杂，鱼池、湖泊、水泡有数十个，给施工带来了极大的困难。12 月的冰面，很多地方上冻的厚度还不能达到承载施工车辆的程度。为了不耽误施工进度，杜绝施工人员和车辆落水事件的发生，书记李星和分管 HSE 工作的副队长王林就成了检测冰层厚度，判断冰层承载能力的“探险者”。在冰面上，李星和王林手持冰镩，顶着风雪镩冰，他们的身影就如同安全警示的标杆，长久地立在 2287 地震队每个人的心中……

第三乐章

> 在全部的产能建设实践中，地球物理勘探的技术密集型特征决定了人才的价值和力量。拿地震队来说吧，从踏勘到开工验收，到严密科学的采集过程，到解释资料，哪一个环节都浸透了技术人员的心血和才情。市场经济就是人才经济，建立现代企业制度同样也需要尖端人力资源的注入，上到管理局，小到地震队，情形大致如此。
>
> ——2287 地震队采集副队长盖宝成的人才观

盖宝成的话一点都不假。

如果我们把大庆石油管理局这样的大型国有企业比作世界石油经济大潮中游弋的航空母舰，那么地震队就像是它的一架小型舰载机，轻盈而又极具战斗力，机动性也特别强，能够灵活地执行多种地质条件下的作战任务。然而，支撑如此庞大航母战斗群的除了国家动力本身，更重要的是科学技术含量。地震队的确很小，然而，它自身的技术力量和人才优势是特别强大的，否则就无法适应今天日趋激烈的市场竞争，别说寻找油气储量，创造巨大财富，就是自身生存恐怕也是问题。

科技要管用，人才要实用，这就是石油物探地震队的基本价值观。学以致用，学而能用，用以见效，这就是现代企业的人才逻辑。2287 地震队今天的人力配置结构除了按照市场的要求进行完善，更重要的是，要想把队伍建设成一支特别能战斗的团队，还要更好地结合自身的特点和实际来进行有效的充实。

以李清、盖宝成、王永民为代表的专业院校毕业的大学生，如今已经成了 2287 地震队的龙头。他们学的是物探，现在干的是物探，在近 20 年的打拼和实战中，积累了丰富的经验，从某种意义上说，他们都已经是当之无愧的物探技术专家了。

除了统揽全队事务，队长李清以他极具前瞻性的战略眼光率先取得了国际 HSE 监督资格，这为 2287 地震队的 HSE 管理工作走在全国同行前列起到了关键作用。施工员代东升毕业于东北师范大学生物系，他发挥大学时所学生物专业的优势，在每个区块施工前，主动编写“地震施工生物保护方案”，突出强调本工区动植物保护的重点、难点，并逐个班组地为 1000 多人进行宣讲，增强了职工特别是外雇工的环保意识和行为能力。李世平毕业于中国地质大学，在履职 2287 地震队施工员岗位之前内心总有一种彷徨和失落感，如今他已经成了名副其实的业务骨干。李世平说，鹰的翅膀本就是属于蓝天的，你就是把它放到鸡窝里，它还是要飞的。盖宝成是个非常聪明的人，他说话语速快，点子多，常常能在不经意间闪耀出极有见地的思想火花。作为地震队的采集队长，盖宝成的心思都集中到了每一条无限延长的地震测线上。他的脑袋里永远都装着两个字：质量。有一回他在检查井口时，发现井口炮线丢失了，联想到以前听说别的队生产过程中常有地方老百姓偷走炮线回去做晾衣绳的事，他本能地意识到炮线被拔掉肯定会造成“哑炮”，尽管“哑炮”经过长时间的降解可以解除危险，但还是存在潜在隐患，犹如埋上一颗不定时的炸弹，既给地震生产造成巨大损失，也给地方百姓留下祸患。盖宝成立即和队长联系说明情况，并建议采用井口危险标识警告的办法。受队里委托，他找到地方政府和公安部门先征求意见再说明情况，最后意见达成一致，在井口上附上一张危险警示卡片，经过地方公安部门审核，加盖上公安局公章和 2287 地震队公章。这一办法果然见效，从此再也没有出现丢失炮线的现象。“哑炮”隐患排除了，质量也得到了保证，最重要的是“井口警示卡”的办法又在全公司范围内得到推广，可谓是一举三得。

在人才培养上，2287 地震队眼光长远，更舍得投入，竭力为人才成长创造条件。孙昌明就是一个普通的司机，酷爱钻研法律知识，他曾连续三年参加全国律师资格考试，但都没有通过。2000 年，鉴于孙昌明在解决土地赔偿方面能够自觉运用法律武器挽回一定的经济损失，队里决定让他担任土地员。2003年，队里自筹资金一万元，送孙昌明到司法部举办的法律培训班学习。一年过后，孙昌明顺利通过了考试，成为目前全国地震队中唯一具有律师执业资格的物探人。两年来，他运用法律开创了全国地震队独立运用法律维权的先河，在解决土地纠纷、促进生产进行中发挥了重要作用，累计挽回经济损失96万元，这在石油物探系统已然是个奇迹。

兰文国是一名司机，每当遇到司钻不足时，他就主动顶上。为了加快钻井速度，他还刻苦钻研新的钻井技术，平均一天能打60多口井，超过了专业司钻的水平。外雇工张国为了提高解除排列故障的速度，农闲时自费学习电子技术，现在已经成为全物探公司有名的“排列快手”。

针对外雇工业务素质参差不齐的实际，2287地震队注重对他们进行测量、爆炸、钻井等关键岗位的技能培训，待工程结束后，队里立即与他们签订下一区块的劳务协议，再集中起来进行授课式的培训，培训合格后发给资格证书，并选拔考核到班组长岗位上，充分调动他们工作的积极性和能动性。通过不断深入的培训，先后已有300多名外雇工成为放线、爆炸、钻井、测量等操作岗位的技术骨干。对工地因需要临时招聘的外雇工，2287地震队通过组织学习地震采集基础知识和编入各班组进行野外模拟训练等多种形式，对他们进行全面的岗前培训，保证了他们的技术水平能够适应采集工作的实际需要。此外，为充分发挥人才的作用，2287地震队还根据个人特长、学历、岗位工作经验等要素分类储备，在公司第一个建起“地震队人才数据库”，等到中标时明确任务后，只需在微机上调兵遣将，就可以在第一时间内完成人员的最佳组合与分配，做到了人尽其才，才尽其用，优化了战斗力要素，为最大限度发挥战斗力提供了人力支撑。

与此同时，2287地震队根据自身实际创办了名噪全国的“青工岗位技校”，并结合学习型班组建设，合理制定规划、落实措施，通过聘请专家讲课、外送考察、回访施工地以及“岗位练兵”“技术竞赛”等多种形式，激励职工“忙时练兵，闲事修功”，努力提高岗位技能。

在全方位、多层次培训措施的覆盖下和上级政策的支持下，全队早已形成苦练基本功的良好氛围，职工个个都有一手绝活，人人都是岗位能手。

2004 年隆冬，2287 地震队松辽盆地北部陇西地区塔 112 区块的三维高分辨率地震勘探进行得热火朝天。三九天夜长昼短，施工难免起早贪黑，有时甚至还要挑灯夜战。由于战线长、天色黑，寻找炮点难成了影响工程进度的问题。虽然也曾采取过“人站位、插竹竿、挂大旗、手电照”等土办法，还是感到耗时费力，放炮丢点的现象时有发生。

一天，小车司机刘广涛在休息的时候鬼使神差地鼓捣出一个二极管。无意中，他发现把二极管和电池连通后，就会发出橘红色的光束，那光束照得他眼前豁然开朗：这东西用不了几个钱，又易做易带，在每个炮眼上放一个当引路信号岂不正好？他把想法和盖宝成等人一说，大家都觉得主意不错，就一起张罗材料动手做了起来。晚上，他们顶着寒风，在施工现场进行试验，把那光束放到炮眼上一试，效果出奇地好：一串星光绵延远去，犹如暮色中闪烁的“萤火虫”，在荒野上绘制出一道奇异的景致。大家非常高兴，还是盖宝成，他灵机一动，给这项小发明起了个非常浪漫的名字：炮点引路星。这以后，晚上寻炮点放炮的人可乐坏了，不但不再丢失炮点，工程效率也大幅提升。在 2005 年物探公司评选优秀“金点子”成果中，这个“炮点引路星”评上了五小成果奖。

在寒冷的东北地区施工，起收检波器是相当麻烦的，因为大部分检波器的尾锥与泥土冻在一起，要想顺利取出来特别费功夫。收线工常常采用脚踢、手拽、镐刨、钎撬等方法收取检波器，极容易对其造成损坏，不仅极大地影响了施工质量和生产进度，而且也增加了修线人员的劳动强度，造成较大的经济损失。

这可急坏了高级工程师赵虎，想个什么办法能够轻巧地收取检波器呢？1983 年，赵虎从西南石油学院物探专业毕业来到大庆物探，从此他的命运就和这块神奇的土地连在了一起。20 多年的野外地震生产实践，不但使他找到了用武之地，还在他敏锐地内心深处积蓄了绚丽的创造热情。他反复琢磨，终于找到了一个小窍门儿，他借鉴在模板上起铁钉的原理，通过反复改进和不断完善，终于研制出一种收取检波器的专用工具，并为其取名“地震检波器采撷器”。这种专用工具巧妙地利用了杠杆原理，将检波器固定在工具的嵌套之中，使用时，工具自带的受力座与地面形成牢固的支点，工人用很小的力量，就可以将冻在泥水中的检波器轻松拔起而对检波器的任何部件及小线都不会造成丝毫损坏。这样不仅使得在冬天收检波器变得轻松自如，工人的劳动强度也大大降低，生产效率大大提高，而且杜绝了个别收线工人为了方便收而故意将检波器虚埋，以及插不到位等各种情况的发生，从而保证了地震检波器的接收灵敏度，大大提高了施工质量。据统计，在2003年高台子三维地震勘探资料采集中，2287地震队生产总炮数为43700炮，整个工区共埋置检波器5114880个，到收工时发现损坏的检波器只有80个，损坏率为0.00156%，与以往相比，损坏率极大降低，很大限度上节约了成本，为企业赢得了效益。工人们都高兴地说：“看不出来，这小发明里还真是藏着大文章哩!”

几年来，2287地震队全力为职工成才和发展创造条件。司机徐国峰等34名职工已经拿到地质专业大专文凭。原司机班长石伟华走上了后勤副队长岗位。樊庆生、赵江庆等22名青工已经承担施工、放线等班组长岗位的工作，他们在地震生产的实践中，发挥了重要作用

小小的地震队，巨大的含金量。这就如同一滴微不足道的水，看似平凡，也能折射出太阳的光辉。可见，科技和知识的确是一种硬实力，用它们武装起来的人就一定会有强大的战斗力，人才就是提升战斗力的法宝，是任何一个团队战无不胜的利器。

第四乐章

技术与艺术，从字面上看只有一字之差，都是人在劳动生活中智慧与才华的现实反映。不同的是，艺术强调以情动人，而技术强调的是以理服人。地球物理技术的应用，让我们实现了对于构造油藏的科学解释，从而找到一种现实的方

法来创造价值。干我们这行的，就是在做“以理服人”的努力，以便让更多的人了解物探，进一步了解我们的地震队……

——摘自2287地震队技术副队长王永民日记

近年来，随着石油物探技术的迅猛发展，地震采集方式由20世纪80年代的二维24道发展到现在的三维3000道。面对挑战，2287地震队把自主创新摆在突出位置，积极开展联合攻关和现场试验。他们先后与美国西方地球物理公司、俄罗斯石油公司、同济大学等合作开展了“高分辨率三维地震勘探”等14项新技术试验，在国内第一个应用“卫星遥感RTK测量”等13项新技术，为创建精品工程打下了坚实的基础。

那还是在1995年，2287地震队作为大庆油田唯一的地震采集实验队，承担松辽盆地深层找油、找气地震勘探新方法和新技术的实验工作。从当时的情况来看，这项实验工程的质量，直接关系到大庆油田5000万吨能否持续稳产。这对物探公司、对2287地震队来说，都是现实的压力，但同时也是动力，更是机遇。

肩负着使命也带着压力，王永民他们的实验课题攻关小组成立了。在进行1毫秒采样实验时，他们起五更爬半夜，实在太困了就用湿巾擦把脸。为了保证工程的全面性、准确性，他们频频调试仪器参数进行对比，有时同样的十多种检波器组合，就要做上百次实验；为了避免电磁波的干扰，他们反复探索，用铁皮箱罩住检波点起到静电屏蔽作用，有效地提高了资料质量，为下一步开展深层勘探探索出一套新的采集方法和标准，逐渐形成在全国领先的深层高分辨率地震勘探特色技术，攻克了以前难以勘探的地质目标。

这些实验成果一经应用就在徐家围子地区获取了优质的深层地质资料，豁然打开了著名的“徐深1井”天然气田的“气门儿”，为发现“庆深气田”做出了物探人不可估量的贡献，也为大庆油田更坚定地走向世界长了精神，提了气。与此同时，2287地震队又承担了穿越哈尔滨、大庆、齐齐哈尔等13个市县的“松深大剖面”项目，在测线频繁穿越嫩江、松花江，兄弟油田地震队知难而退的重大考验面前，他们不畏艰险，勇挑重担。

水下施工作业，最大的难题简单说就是接收资料的问题。那些日子里，李清和王永民他们的心思都放到了“地面与水下检波器联合接收技术”的研发上。要想得到优质的采集资料，首先必须计算出地面与水下两种检波器信号接收的误差，这样才能提高采集质量。冬季施工，检波器与土地冻结在一起，收起困难，毁损率高，有了“检波器采撷器”，一切都变得简单了，采集资料的质量就能够得到保证。现在出现了水下检波器的埋置，收取似乎已经不成问题了，重要的是有效地下到水里去。

没有什么捷径可走，只剩下身体力行了。王永民常常泡在河汊子里搞试验，三九天的冰层下有如暗藏着无数把利刃的刀丛一般，水衩到了冰水里铁皮似的僵硬，肉皮子瞬间就麻了。王永民赶紧灌了一口老白干，硬挺着把检波器准确下到测线要求的检波点上，然后用脚试探着踩了踩，确定已经插牢固，这才赶紧“逃命”，大家抢着把他拽上来，抬起来就往车上跑，身上的水一边滴落一边结成冰茬儿。就这样，不知试验了多少次，直到联合接收的效果符合设计要求为止。

在王永民等人的带动下，技术班组攻关不畏难，他们通过大量试验，大胆探索，又研究3项新技术：复杂地表条件下规则观测系统与不规则观测系统的联合应用技术；复杂地区表层结构调查和综合静校正技术；多种地表条件下的井炮和震源联合激发技术。这些复杂技术的实施和创新如果没有高素质的人才是不可能做到的。

科学是来不得半点虚假的，而实验是获得成功的唯一途径。在随后的工作中，王永民他们更是加大了科技创新力度，在公司有关单位和队友们的通力合作下，先后完成了“采集站查找系统”“勾股测量法”等19项新技术、新方法的实验和应用，进一步增强了团队打造精品工程的本领，提升了服务标准和服务质量，实现了“每一阶段都站在物探技术的前沿，每一项工程都达到甲方满意”的服务目标，以实际行动推进了“百年油田共建战略”的实施。

打铁首先自身硬。胸怀里汹涌着一种从容与大气，才能铸成大器，实现理性的超越。石油物探是一种高技术条件下的勘探作业方式，因此树立科学的发展观才能更有效地推动企业的发展，提高经济效益。2287 地震队尽管起点并不高，但他们能够及时更新观念，把握机遇，迎难而上，所以原本还有些稚嫩的身子骨逐渐硬朗起来，从蹒跚学步的丑小鸭到一飞冲天，如今已是搏击长空的雄鹰了。

在问到“你们靠什么实现大的跨越并获得长足发展的”问题时，王永民自信地回答说：“发展特色技术！”的确，这些年来，如果不是依靠活学活用的特色技术，就不会完胜 2001 年杏树岗三维地震采集项目——1 亿元的大工程啊——连甲方起初都怀疑最初派标的决定是不是在冒险。如果不是依靠集体智慧的特色技术，就不会有“徐深 1 井”的“大气磅礴”。如果不是依靠那么一种只争朝夕的攻关和严谨的科学态度，就不会有一个个金牌银奖，就谈不上是特别能战斗的地震队了。因为特别能战斗，所以才能形成并发展自己的特色技术；有了特别技术的支撑，2287 地震队才能不断地攻城略地打胜仗。找到了这样一种因果关系，也就不难理解，为什么 2287 地震队能迅速崛起为一支超强的勘探队伍，成为甲方信得过、用户信得过，上级领导满意，人人竖起大拇指的品牌了。

王永民他们这一代物探人无疑是幸运的，当科学技术成为第一生产力以后，一种逐渐宽松起来的科研氛围上升为主流价值观，技术人才进入精英阶层的主渠道，在市场经济怒潮的激荡下进而为国家的财富与社会的宠儿，像明星一样被罩在光环里。

有人说，没错，就连怀有“酸葡萄情结”的我也情不自禁地说，是的，没错！

第五乐章

地震生产对环境的影响的确很大，这是个现实，有建设就难免有破坏嘛。我们的工作当然是有意义的，不能说为了单纯保护环境而放弃石油生产，国家需要能源发展经济、巩固国防，只是我们在施工中要尽可能地保护生态环境，对于

我们来讲，这一点是非常重要的……
——2287 地震队 HSE 副队长王林的环保意识

1984 年，2287 地震队第一次接触美国西方地球物理公司，并与其进行合作勘探，破天荒地推行 HSE 管理标准的实践，在国内同行业中较早地实行垃圾分类回收、测线清理等清洁生产措施，并率先通过了 HSE 认证。因此，清洁发展已经成为推动 2287 地震队高速度、高水平、高效益发展的重要战斗力。针对大道数三维施工需要 1400 多人、170 余辆车、10 万多只检波器，每放一炮需要在 20 多平方千米范围内轮番作业，稍不注意就容易破坏环境的实际，2287 地震队发动职工出主意、想办法、搞革新，队里各班组“八仙过海，各显其能”，针对工作实际加强环境保护，块块工区有新措施，从而树立起“特别环保、特别清洁”的新形象，得到了甲方和社会的高度信赖，增强了推进持续发展的战斗力和竞争力 。

在 HSE 副队长王林的印象中，员工的身心健康、生产的安全高效、环境保护意识的提高，已经不是他个人的工作内容了，而是越来越多地得到了所有人的认同和重视。员工的衣食住行医几乎都装在他的心里，哪一个方面都马虎不得。比如说穿，穿得暖，更要穿得舒适，穿出风采还要穿出安全。从职工的冬夏两季工装到外雇工的劳动保护，哪一个工种都要穿出自己的特点，从视觉上很快就能识别出来。接触雷管炸药的员工，搬运或操作的时候就要穿静电防护服，这样就可避免不可预见事故的发生。再说就餐，2287 地震队是很讲究“吃”的，在他们看来，战斗力与吃有关，凝聚力也与吃有关。因此，他们提出“膳食合理，确保营养，暖在心头，吃出健康”十六字食堂工作准则，借以凝聚人心，提升人气，保持旺盛的战斗作风。外雇工之所以都愿意来 2287 队，除了平等待人、工资有保障，最重要的一条就是吃得好。说到住，王林的话匣子就打开了，他和李星书记在出工期间最担心的就两个地方：食堂和宿舍。食堂最怕的就是突发公共卫生事件，因此保洁和把住病从口入关就成了头等大事。再有就是宿舍的用煤用电安全。细心的员工都会发现，李书记的眼圈是黑的，王队的眼睑是红的。眼睛里布满血丝就是因为长时间不睡觉，贪黑起早地检查操劳熬出来的。说到行，王林倒不怎么操心了，这些年东挡西杀的，驾驶员都练出来了。“再加上总在不停地强调和培训，所以，行车安全是有保证的。”王林乐观地说。至于就医和用药，2287 地震队从来就没有忽视过。他们从正规医院聘请年富力强、医术精湛的大夫做随队医生，而且到什么地方，都事先与当地医院和卫生防疫部门建立联系，用大庆石油管理局一位负责健康安全环保工作的副处长的话说，2287 地震队是背着药箱搞勘探的队伍。

有了如此科学严密的保障体系，2287 地震队的士气进一步增强了。环境保护工作一直是衡量野外地震队文明施工的重要标准，一定程度上它直接关系到地震队的形象和声誉，弄得不好，认证的时候是要降级的。为此，2287 地震队加强对职工和外雇工进行环保意识的教育，并注重通过班组的方式落实具体措施，收到了很好的效果。比如在保护土壤方面，测线清理组就提出了“先除垃圾后填土，先填生土后熟土”回填井口的“两先两后”原则。爆炸组根据实际自制了防浮塞，避免了炸药上浮对近地表土壤造成的破坏。修理班在修理间、充电房均铺设了防渗漏胶皮，加油员在临时加油点设置了接油桶、吸油棉，等等。为保护植被，放线班采用“过路架杆法”，同时还发明了挖检波器坑的专用工具，这样埋置每个检波器的铲土面积由原来的 200 平方厘米减小到近 100 平方厘米，一个工区减少植被破坏近 1 平方千米。施工组也不甘落后，他们提出了“一线行车法”“一字作业法”等方法。钻井组也不示弱，他们将部分钻机和水罐改造成射程可达 50 米的简易消防车，顺带解决了草原、山地的防火问题。

最值得一提的是保护动物方面。有一回在施工中，几个放线工发现草丛中有不少鸟窝，这要在平时，那些罕见的鸟蛋早就被尝鲜了，此时他们不但没有那样做，还都自觉地在有鸟窝的地方做上标志，提示车辆绕行勿扰。

2004 年 4 月，2287 地震队在海拉尔进行大三维地震施工。一天，一个刚到 2287 地震队不长时间的外雇工晚上收工时抱回来一只小狼崽儿，这下可惹了大祸，母狼伤心欲绝，大半夜一直在驻地周围发出凄凉的哀号，这可把队长李清给吓坏了。那名外雇工更是吓得不得了，他生怕自己被赶出2287地震队，因为，他清楚地记得刚来的时候，队里强调的注重清洁施工、保护生态环境的制度要求。但出乎意料的是，当李清了解到情况后，反倒给他们讲了一个关于狼的故事。

早在20世纪70年代，辽阔的呼伦贝尔大草原成了当地牧民赖以栖息的家园，巴尔虎蒙古人是绿色草原的管理者和守护者。那时候，狼也是整个大草原上不可忽视的“生命存在”。据说，成吉思汗当年以数十万蒙古铁骑征服欧亚大陆，和他长期与狼为伍的经历有着不可分割的关系，狼的团队意识和战斗精神就成了成吉思汗开疆裂土的长生天的意志。草原人深深知道，每年狼除了袭击草原上的牛、马、羊之外，很大一部分食源是草原上大量的旱獭、兔子和黄羊。黄羊吃过的草地来年就再也不会生长了，旱獭和兔子的繁殖能力强，它们挖土盗洞，造成大面积草原沙化。近年来，随着人类活动的日益频繁，草原上狼的数目大大减少，草原的生态遭到了破坏，草场日益沙化，这些就是生态平衡遭到破坏造成的恶果。由此可见，狼是保护草原生态平衡的“功臣”。

听完队长讲的故事，那名外雇工和其他人都更加懂得保护动物的重要意义，他感慨地说：“以前，自己一直觉得狼不但吃牛、马、羊，有时还吃人，是最凶残的动物了，真没想到，狼还有这么大作用。”他终于认识到自己错了。李清欣慰地笑了：“没关系，不知者不怪嘛。我们现在进行绿色作业、清洁施工，就是要在做好工作的同时，尽量不破坏环境。”阑珊的夜色中，李清带着那名外雇工一同抱着被吓得一直哆嗦的小狼，走向了暮色中的草原，把小狼放送回了它应该生活的地方……

还是在海拉尔施工时，还是一个外雇工，同样鬼迷心窍地把狼崽儿抱回到驻地。晚上10点，王林知道后，叫上副队长张庆君，一起冒着被母狼咬伤的危险，硬是连夜开车把狼崽送回了狼窝。

有个叫李春山的司机，在施工中意外发现了一只受伤的国家三类保护动物——黄羊。当时，这只黄羊后腿皮肉绽开，骨头外露，看样子伤势还很重。李春山像救人那样马上把黄羊抱回队里医务室进行治疗。经过一个多月的精心照顾，黄羊完全恢复，队里专门举行了黄羊放生仪式，把它又放回了大草原。

多年来，实施绿色生产，创建环保家园始终是2287地震队孜孜以求的目标。2002年，2287地震队在大同区高台子工区进行三维地震勘探，整个工区贯穿城区、油田开发区、村镇、工厂、学校、公路、铁路，以及鱼池、冰泡、河流、树林等，给全资料采集带来了极大的影响，工作难度很大。经过不断实践探索，他们制定了一套既符合城镇地区施工特点，又适合草原地带作业的“四法一清”工作制度。即“一线行车法”——结合地震队车辆多、设备多的情况，由生产副队长统一带队，坚持每天出工、施工、收工按照统一路线行车，把车辆行驶对土地、绿色植被的损害降到最低。“一字形作业法”——在大三维地震生产施工中，人员达1200多人，针对实际，各班组在施工中横竖排成一字，并且尽量在没有生长植被的地方取土布点、埋置检波器、回填碎屑，减少施工占地面积。“四字钻井作业法”——在打井过程中，严格执行“槽、塞、填、闷”四字法，使用泥浆槽子，防止对地表的破坏，同时在炮点下药时使用防浮塞，防止炸药上浮破坏草皮，并做到闷井激发，防止井喷对土地造成污染；回填钻井碎屑，防止泥浆污染地表土。“过路架杆法”——在测线穿越公路时，采用架杆方式，避免刨坑、挖沟破坏植被，保持原有地貌。最关键的是，他们建立了“清理测线制度”——成立专门的测线清理组，对生产过程中残留的破碎物、垃圾、旗标等进行清理回收，并组织人员最大限度地恢复原有的地形地貌。

“四法一清”制度的实施，有效控制了野外大面积地震勘探造成的绿色植被损害，降低了土地赔偿成本，创建出实实在在的绿色精品工程。2004年，2287地震队荣获管理局“绿色作业示范队”荣誉称号。

第六乐章

……过去，地震队的浪费确实很大，以前曾有个别修理工用汽油擦洗车辆的现象。职工的节约意识也很淡薄，认为反正都是公家的，用完了、用坏了就去领。过去王铁人那一代石油人生活多艰苦、多朴素啊，看来艰苦奋斗还是不过时的，我们得把这个光荣接过来！

——听2287地震队设备副队长张庆君说节俭

过去我在报纸上看到过一则报道，说的是某钢铁厂厉行节约，一年内回收废钢铁多少多少吨。报道中极尽渲染之能事，把这家钢铁企业俨然描绘成一个巨型废品收购部。我就非常纳闷，那么多的废钢铁都是哪来的呢？答案是可想而知的，除了你们钢铁厂生产出大量残次品外，再有就是惊人的浪费了。

作为石油勘探行业，国家每年的投入都是相当巨大的，油品、材料的消耗，设备的维修与保养，生活必需品的用度，其开销也是相当大的。仅一个整编地震队一个工区的餐饮投入，按1200人计算，每人每天伙食标准15元，工期90天，这样到施工结束至少需要162万元。“因此，要想提高效益，没别的办法，只能是控制成本，缩短工期。”张庆君深有感触地说。

过去物探地震队的发展模式是拼资源、拼消耗，只有减少资源消耗，才能增强经营优势，形成独具特色的“无形”战斗力，提高发展的质量。地震队既是油气勘探的尖兵，但同时也是资源消耗的大户。单就成品油而言，目前每个大的区块耗油都在1000吨左右。2287地震队能够取得今天的业绩，就在于他们背后的算盘拨得响。他们努力在节约资源上下苦功、求实效，节约降耗、挖潜增效的能力不断增强。为提高职工节约油料的意识，他们坚持不懈地开展思想教育，展开了“找油与节油”大讨论。通过反复讨论，职工彻底转变了过去那种“国家石油再紧张，找油人也不应该缺油”的狭隘观念，树立起“当节约与自身利益有关时，固然应该节约；当节约与自身利益无关时，也应该节约；当节约与自身利益发生矛盾时，仍然应该节约”的全面节约观。

有个叫张全海的老职工曾动情地说，正因为我们是找油人，我们才深知石油的宝贵。一滴油，凝聚着多少石油人的艰辛和汗水，寄托着几代人的梦想和希望啊。为找油，有多少像张全海这样的老勘探进沙漠、上高原，走遍了大江南北，在地震队一干就是30几年，几多青丝变白发，挥洒血汗染绿洲，图个啥呀？就是希望我们的国家不缺油，不受人欺侮。现在，我们搞节约，搞成本核算，与伐木工人放下斧头扛起铁锹植树是一个理儿。

职工的认识提高了，焕发出极大的节约自觉性。张庆君经常叮嘱所有的司机，出工时主动带一份工区地形图，避免跑冤枉路，既省时间又省油，两全其美。或者天不太冷的时候，车辆就熄火停在向阳的地方，这样不开暖风也就省得耗油了。为了更进一步提高职工节约资源的意识，他们还把地震生产专用工具与日常生活用品的价格关系列成数量等式，在会议室、食堂等场所进行张贴，并开展了“一吨油等于一台大彩电，一个采集站等于一辆捷达车”的形象化教育，使职工对节约资源、保护专用工具的认识更加直观，主动节约资源的积极性不断提高。

值得一提的是2287地震队修理班，这些修理工在张庆君的带领下经常深入各班组收集废旧总成件、钻杆、动力头等进行拼装、焊接、修理。两年下来，共节省动力头40个，焊接钻杆230多根，节省价值百余万元。就连最不起眼的竹签、红布等测量标志，大家也都自觉回收再利用。几年来，2287地震队靠着一个环节一个环节地精打细算、一点一滴地节约挖潜、一步一个脚印地狠抓落实，聚沙成塔、集腋成裘，共节约支出近千万元，缓解了成本压力，增强了竞争能力，提升了战斗实力，形成了“以勤俭节约为荣，以损失浪费为耻”的优良队风。

节约是对资源的充分利用，是对他人劳动的尊重，更是对社会正气的弘扬。有了这样的意识，2287地震队完全告别了忽视节约的陋习，用实际行动诠释了新形势下石油企业更需要艰苦创业的精神。

第七乐章

这些年与地方政府和老百姓打交道多了，对他们的思想观念和生活方式有了一些深切的了解。我们有困难，他们也不容易，咱们到人家的地面上找油找气，等于是闯入了人家平静的生活，肯定对他们有影响。经验不少，教训也挺多，我的心得只有四个字：学会妥协。妥协是有原则的，接触是最好的办法，至于协议、合同和官司，那些都是程序。还是“和”为贵嘛！构建和谐社会，大家都有责任。

——听2287地震队公共关系员
李清武谈与地方关系

回顾大庆油田开发建设的历史，任何时候都没有离开地方政府和老百姓的大力支持。早在松基三井出油的年代，如果没有当地农民出动牛车、马车的鼎力相助，那么多钻井设备只靠人拉肩扛是到不了现场的。1998年大庆油田遭遇百年一遇的特大洪水，如果不是老百姓“宁舍农田，不淹油田”的高风亮节，损失的巨大也是可想而知的。不说太多了，就连王进喜“铁人”的名号都是房东大娘给起的。可见，融洽的工农和地企关系同样是巨大的生产力，即使在今天它也同样是油田产能建设和追求持续发展的重要外部支撑。

在物探地震队，土地员（现在叫公共关系员）一般都必须具备四种素质，俗曰“四能”，即能说会道、能掐会算、能抹下脸，最后一条能喝大酒。李清武应该就是这样的能人了。这样说倒不是说李清武人品如何，恰好相反，拥有好的品质才能胜任这个岗位。从外表看，李清武还很文质彬彬，长得有点像相声演员师胜杰。

“在我们2287地震队，涉及土地赔偿等问题，就没有清武解决不好的。”队长李清自信地说。

其实，李清武也没有什么特别的绝招，他只不过把那“四能”合理合法地变成了工作方法而已。“我其实也不会说什么，就是如实宣传我们的工作性质和国家政策。业务能力当然很重要了，这是我的职业或者说岗位决定的。”李清武说，“至于说到能掐会算，那可是高抬我了，我可不是什么神仙，只不过你得学会准确地判断。过去我们不懂得用法律来维护自己的合法权益，的确闹了很多笑话。”

李清武为人爽快随和，说话实在又很有感染力，会套近乎，能拉家常，再加上长期处理野外土地赔偿问题和解决经济纠纷的经验，使他培养了“到什么山上唱什么歌，见什么人说什么话”的机智与灵活。“最重要的还是以情动人。”李清武诚恳地说。

2002 年初春，2287 地震队在杏树岗村进行施工时，李清武了解到村里有一名刚分娩的产妇。他开车跑到市区的超市买来鸡蛋、奶粉前去看望，顺便向产妇家人宣传地震施工基本知识。为解除她们的担心和疑虑，李清武当即与队里协商，放炮时，专门派女职工来家陪护，几个人轮流帮她抱孩子。一个排列 76 炮过去了，在一个多小时的时间里，未满月的孩子静静地熟睡着，产妇也没有感到村民传说的那样惊险。一家人都非常感动，她们主动向邻居、村民宣传 2287 地震队。村民们都说，还得说大庆的队伍，就是不一样啊！

2003 年，2287 地震队测线正赶上穿越大庆市大同区第 35 中学。李清武听说该校有个学生因父母患病、哥哥精神分裂，家境十分困难而失学。队里便组织为其捐款，共 5000 元，资助其重返了校园。

还是早在 1996 年，2287 地震队在龙虎泡地区施工时，有个叫乌贞庆的学生因为父亲腿摔伤不能干活，下一学年的学费也没有了着落。听说大庆的地震队在附近找油，他抱着寻求帮助试试看的想法，放寒假后，直接来到队里说明情况要找活干。队领导考虑他的实际困难，又是个学生，不能耽误学习，就破例照顾他到图书室工作，同时还安排队里的几名大学毕业生工余时帮他补习功课。转眼 8 年过去了，2004 年的一天，当 2287 地震队再次到龙虎泡地区施工时，乌贞庆已经从军队转业到当地乡政府工作。在得知 2287 地震队又来施工的消息后，他专门从乡政府赶到驻地看望自己的恩人。施工中，他到处宣传自己和 2287 地震队的亲身经历，讲述 2287 地震队雪中送炭帮他的故事，并主动与乡政府和农民沟通，帮助疏通各种关系。

2005 年，测线在穿越肇源县新站镇民意村时，正常的地震波却意外地把一户人家年久失修的土房墙皮给震落了。老乡怕把房子震塌，极力阻拦不让放炮。为了证明放炮对房屋影响程度不大，队长李清便独自待在土房里。直到放炮完成，房子也没有倒，这使当地村民逐渐

了解了地震放炮的安全性，再也没有阻挠施工。

企业是人的集合体。企业发展和人的发展相互依存、相互作用。只有尊重个人发展、实现个人发展，才能激发人的积极性和创造性，为提高整体的战斗能力打下坚实的基础，实现共同进步，双赢发展。在李清武的记忆里，杨占海这个名字起初他并没怎么看好，他曾经3年调换了4个地震队，到哪个队，哪个队都不愿意要他。2002年，杨占海被分配到2287地震队，队里还专门为他开了个会，以欢迎的名义帮助杨占海找毛病，查缺点，求改进。经过分析，大家一致认为，杨占海缺点虽然明显，但优点也比较突出。他有比较强的应变能力，适合与外界沟通，只要给他展示特长的机遇，一样可以在工作中做出成绩来。一年的考验结束了，队里征求他个人意见后把他安置在土地员的岗位上，配合李清武工作。2003年，2287地震队到大同区施工，一个在当地颇有些势力的杨姓房主以水泥地面因放炮出现裂缝为由，无理索赔，阻挠施工，强行扣留了地震队8台车辆。针对那个房主的身份、背景和心理因素等特点进行分析后，杨占海出手了。他从两人同姓杨唠到双方老家，甚至再唠到血型、嗜好……最后唠到阻挠地震施工的严重性。有理有据的分析教育、入情入理的感情交流、苦口婆心的说服引导，那个房主不仅放弃了原有的想法，反而帮助2287地震队以零代价的结果顺利通过了这个村子的施工。3年来，杨占海负责处理了60多起土地赔偿纠纷，节约支出近百万元。

“要说能，杨占海这才叫真能呢!”李清武仿佛在为“四能”的说法找注解。“干我们这行的，不能也不行啊。说白了，不能就是无能。”他加重语气地说。接着他给我讲了一个他自己的故事。

有一年在茂兴工区施工时，设计测线要经过一大片精养鱼池，队里经过研究决定，大队人马出工之前，先由李清武上去做工作。接到这个任务后，李清武也有些挠头了。原来，那一带的鱼池有许多是他的亲戚和同学经营的，由于事先知道了2287地震队要来施工，不少亲戚朋友提前来找李清武，想让他手下开恩，多做些赔偿。有个同学甚至发话说，只要按他的要求赔偿，他就跟李清武“二一填作五”。李清武苦笑着，心里翻腾着，还没等说服人家，反倒让人家先下手了。

怎么办呢，亲亲故故的，同窗学友，谁也得罪不起呀。不得罪他们，那就得得罪队里和那么多职工，再说也助长了歪风邪气呀。干脆，就给你来个将计就计，围魏救赵吧。想到这儿，李清武把手机调到最大音量，他琢磨着，只要你来找我说事儿，我就来者不拒，奉陪到底了。

此后的一个星期里，只要有电话找他谈鱼池赔偿的事，李清武就有请必到，无论是谁，倒酒就喝。每到最后，都是他把人家灌醉，说服。鱼池的事情有着落了，2287 地震队大队人马就到了，工作不但一点没耽误，与亲戚、同学的关系走动得也非常融洽。这可真是“搂草打兔子”，一举两得啊。

为了建立融洽和谐的与地方的关系，2287 地震队主动沟通，切实搞好对农民、农村、农业利益的保护，增强了与社会和谐发展的能力，实现了期望中的工业对农业的“反哺”，促进了地震施工的顺利进行。他们就是这样靠着对农民的真情尊重和理解，使得原来一些设想中最难通过的地方完全变成了他们施工的“绿色通道”。

第八乐章

> 钻井与放线在地震队里算是最累的了，劳动强度大，周期长，人员、设备多，管理起来特别难。即使这样，我们的职工、外雇工也从不抱怨。不是有句话说吗：但问耕耘，莫问收获。这就是我们物探人的写照，如果我们只是强调苦和累，整天唉声叹气，怨天尤人，就不会有任何收获。还是老铁人说得好：不干，半点马列主义都没有！
>
> ——2287 地震队钻井副队长邵文伟

与 1205 等钻井队不同，物探钻井相对显得简单，没有太多的复杂工艺，只要沿着地震测线按照设计井深作业，能把雷管炸药下到里面去就算完成任务了。邵文伟带的就是这样一支没有高大井架，却是物探施工中劳动强度最大的“特遣队”。

“什么活儿最难干？钻井、下药和放线。”这是流传在物探地震队外雇工中的一句顺口溜。要想创造出地震精品工程，钻井这道工序确实很关键。无论什么样的地层，你都得按要求作业，劳动强度可想而知。井深和药量的把握又涉及技术和质量，打偏了不行，打斜了还不行，打不出来更不行。因此说，物探钻井工作的背后凝聚着艰辛，有汗水也有泪水。

邵文伟的脾气就有点钻头的韧劲儿和钻劲儿，别看他平时一脸朴实与憨笑，到了钻井前线，他还真有点儿《亮剑》里面参谋长张大彪挥舞着大刀片儿与鬼子肉搏的那股血性。1998 年冬在海拉尔施工时，连片的塔头地犹如缩小了的微型碉堡，日夜流淌的海拉尔河更像一柄利剑横亘在工区内。面对恶劣的地质条件，邵文伟和他的“特遣队”没有叫苦，更丝毫不会降低施工标准。架子车在上面行进就像跳“迪斯科”，水罐车也不离不弃紧跟着。司机被颠得差点把苦胆吐出来，司钻们深一脚浅一脚地“尾随”前进，很多时候泥浆槽子都放不稳。但就是这样，邵文伟他们也没有耽误生产。看不见枪林弹雨，却比迎着枪林弹雨挺进还要艰难。就是靠着那么一股豪情和韧性，邵文伟和他的人马终于走出了雪原草地，113 天，他们的“长征”胜利到达了终点。这一年，2287 队该区块资料优级品率超过招标要求 7 个百分点，队里把功劳第一个记在了钻井班的名下。

2001 年，杏树岗。2287 地震队的历史上最浓重的一笔便写在了这里。投资上亿元，开展 2000 道资料采集，面积 600 多平方千米，穿越大庆四区及安达市，地上地下油、气、水、通信管网纵横交错……英雄的 2287 人再一次亮出了闪光的利剑。党支部书记李星带领前站人员不分昼夜地奋战，因过度劳累两次晕倒在营地。队伍的士气瞬间鼓舞起来，前站人员只用一个星期就全部完成了营地建设，保证了 1400 多人住得下、冲得上、打得赢。采集副队长盖宝成带领放线班奔袭在施工现场，电台里他指挥铺线时嘶哑的声音远远胜过了召唤与怒吼，测线上有他处理排列时奔忙的身影，仪器车上有他检查资料质量时锐利的目光。钻井班长林海峰主动顶司钻打井。野外是零下 30 多摄氏度的气温，他戴的棉手套不到两小时就湿透一副，他全然不顾一身冰水一身泥，心中只想着快打井、打好井。爆炸组职工为缩短放炮间隔，不停地在刺骨的寒风中奔跑、穿梭，三九隆冬，滴水成冰，但他们头上却热气腾腾……冰天雪地中，将士们，傲对严寒，笑迎风雪，他们以苦为乐，誓争一流。3 个多月的艰苦奋战，五项足以写进中国石油物探史，“震源、井炮联合激发”“城镇大道数三维施工”的记录，为他们赢得了巨大的声誉。甲方评价说，2287 地震队以意想不到的速度，安全、优质、高效地完成了生产任务，达到了国内物探作业的一流水平。事实证明，这项工程获得中国石油物探承包商协会“优质工程奖”和中油集团“勘探工程技术服务银奖”。

2005 年 4 月，由于 2287 地震队对地震采集工程精益求精的负责态度，油田公司勘探开发研究院以甲方的名义直接派标他们负责海拉尔海参 4 井的开发地震工作。当时工区西部有 8 条测线穿过乌尔逊河，东部有 8200 个炮点分布在不能通车的碱沟和沼泽区内。为了加快工作进度，确保海拉尔油田开发整体部署的落实，2287 地震队干部职工毫不畏惧几十年一遇的大雪灾，他们一边清雪一边钻井、铺线，靠人拉肩抗，硬是在平均 30 厘米厚的雪中开出了总长超过 300 千米的施工测线，保证了施工的正常推进。为了提高采集质量，针对不同地形的地质情况，他们还科学选择水钻、沙驼宽带钻、空气反循环钻以及人抬钻进行钻井……靠着对创造精品工程的坚定追求，他们不仅比甲方要求整整提前 15 天完成了任务，而且创出了全区无一空炮、废炮，优级品率达到 92.8%，工程质量全优的好成绩，被甲方评为“绿色精品”工程。

从青冈县来的外雇工宋海只有初中文化，可他在 2287 地震队已经干了 15 年了。刚到 2287 地震队时，他被分到放线班放大线，可他偏偏对钻井有着浓厚的兴趣，队里协商后就把他派到钻井组。有着工人阶级传统的外形和强健的体魄，宋海一到钻机前就表现出一名优秀司钻应具备的全部职业特点，他灵活机智，手上有准头儿，操纵爆炸杆和卡钳犹如小孩子摆积木一样得心应手。如今，宋海已经是领导正式职工执行作业任务的钻井班长了，大家没有不服的。宋海说：“我这人没啥文化，就是有股子力气，能干活儿，认死理儿，但咱讲情义，顾大局。在 2287 地震队干活已经有些年头儿了，咱就是觉得在这儿干活踏实，人家也把咱当人看，让我管他们的正式职工，说实在的，我感到很光荣。只要队里信任我，我愿意好好干下去，不说什么为国家做贡献，跟大庆物探人干，横竖，值!”

第九乐章

在后转型时代的现代社会生活中，社会内部矛盾更加多元化了，因此就要求我们必须学会使用法律武器来依法维权。我们地震队在生产过程中经常会遇到这样那样的纠纷，焦点主要围绕在土地赔偿这一块。经验和教训都告诉我们，要想解决好这些纠纷，法律就是最好的手段之一。到什么山上唱什么歌，请律师太费了，靠谁也不是长久之计，关键时刻，我们只能自己爱自己了。

——2287 地震队自己的律师孙昌明的
“地震队司法解释”

在大庆物探公司，孙昌明的名字总会引来探寻的目光和叹服的声音。2000 年，孙昌明走上了 2287 地震队土地员岗位。和李清武不同的是，孙昌明直接用他执业律师的身份参与土地、鱼池等纠纷的赔偿工作，他相信诉讼比“做工作”更有利于问题的解决，因为法律讲的是公平正义。

土地员的工作在外人看来应该是个俏活儿，尽管平时跑断了腿儿磨破了嘴儿，但差不多能够“两边捞油水”。这的确有点“只在此山中”的意味了，殊不知其中的辛酸和痛苦是难以用言语来描述的。孙昌明“初出茅庐”就领教了地方雁过拔毛的厉害：放炮震得母鸡不下蛋了，母猪不产崽儿了，鱼池里的鱼花翻白眼了，等等，真是一团乱麻，纠缠不清。可咱如今是有了“金刚钻”，还怕揽不了这“瓷器活儿”吗，只要依法办事，任何难题都能迎刃而解。

当知道以前职工因为不懂依法维权，血汗钱白白落到敲诈勒索者的腰包时，孙昌明委屈地直想哭，甚至想骂人。有什么办法呢？请律师太贵了，有那钱还不如用来赔偿呢，也免得费事。队上施工，一天就要穿越几个甚至十几个村庄，时间也耽误不起，但只靠用钱打发，咱也赔不起呀。就是从那个时候起，孙昌明就产生了考律师的念头。可是自己这点墨水又怕别人笑话，于是，1998 年他先参加了成人高考。后来，他就利用和地方执法人员接触的机会“偷艺”，和当事人交涉回来后赶紧翻书查对，听说有开庭的官司，他就不顾劳累、不辞辛苦地去旁听，即使遭受人家白眼他也不在乎。2000 年他参加了司法考试，结果不理想。队领导和同事们都鼓励他继续考，这下他的信心又上来了。从此，他可是下了一番苦功夫，如痴如醉地学。晚上在工地宿舍，别人都睡了，他不敢开灯，就躲到发电房，在发电机的轰鸣中苦心钻研。经过不懈努力，2004 年，他终于在第 3 次考试中考取了国家律师执业证书。

第十乐章

> 过去我们带队伍，管理上还是粗放型的，甚至有时候是粗暴型的，因此地震队给人家的印象一直不好。有人因此用“三野”形象来形容我们，即野人、野马、野作风。现在，我们实施“五个一”工程，情况就大不一样了……
>
> ——2287 地震队党支部书记李星话“家”常

如果说队长李清就是 2287 这支战斗队的连长，那么党支部书记李星无疑就是这支连队里当之无愧的指导员了。指导员——这个早在大庆油田会战中后期地调处时代的称谓，在今天看来早已经成为历史了，但它的精髓却被李星名正言顺地继承下来。

有一次我随李星一起去肇源县新站镇一个叫“先进”的村子走访，负责调解土地赔偿纠纷的公共关系员李清武想先打个电话通知对方准备准备，说李书记要去看他们，同行的还有大庆石油管理局工会的领导和媒体记者。李星突然严肃起来说：“别打招呼，我们去看人家，是去走亲戚，让人家准备什么。”停了一下他接着说：“以前我们队在那儿施工，人家没少帮咱们……”

自然是没有锣鼓鞭炮，没有穷其所能置办的“盛宴”，农民的朴实和热情都在李星的记忆里变成香醇的老酒了。简单的寒暄后是大锅烧的开水，大碗里的白开水像当地农民的情一样热。先进村的党支部书记和红旗队的党支部书记仿佛八百年没见面的老姑亲，两个人握手、问候，吐露的都是掏心窝子的话。一会儿小学校的校长也来了，当了解到有两个四年级的女孩子因家庭极其贫困辍学回家时，李星当即掏出2000元钱交到校长手里叮嘱说：“让孩子回来上学吧，以后她们的学费我们来想办法。”

看着校长接也不是，不接也不是的样子，没等李星说话，村支书老周开腔了：“你就接过来吧，又不是啥外人，就当是那俩孩子的亲舅舅给的压岁钱吧！”

大家都笑了，李星和老周也会心地笑了起来。说起来这是李星的脾气，但同时也是他的工作思路：定期回访以前施工时工区内的老百姓，说白了就是不能干一锤子买卖的事。就是以后咱们队不来这儿施工了，别的兄弟队不还得来吗。都是大庆物探的队伍，做好和当地老百姓的沟通，经常保持来往，不仅仅是人之常情，更重要的是有助于以后的工作。

如果说这是经验，这的确应该说是带有前瞻性的“李星式”的经验，他的经验或者说“感情投入”确实很快就见了效果。次年冬季来新站施工的另一支地震队完全被当作2287地震队来对待，他们享受到了当地农民给2287地震队同样的礼遇，真像当年抗战时期老百姓支援八路军一样，施工非常顺利。

作为支部书记，李星不仅讲究工作方法、研究工作对象，还善于像真正作战部队的指导员那样带队伍，他非常善于总结经验，经过反复推敲论证，直至最后形成“理论”。“五个一”工程就是他的研究成果，即发放一张卡、吃好一顿饭、呵护一双脚、温暖一间房、备足一盒药。这可不是什么进行自我炒作的宣传策略，它的着眼点就是2287地震队这个现实的平面。在李星看来，一支队伍就是一个家，因此得用“家”的方式来进行建设与管理。

李星其实是个非常细致有耐心的人，别看他外表上壮硕魁梧，线条粗犷，似乎“干练”和“精明”一类的词汇都无法用来形容他，可他就是内秀如晶莹的玉器，粗放的胸怀里藏着一副大家族里老母亲般的柔肠。

企业爱职工，职工才会爱企业。企业像温馨的家，职工才能更爱它，也才能心甘情愿、无怨无悔地为家拼搏战斗。长期以来，2287 地震队自觉定调了“87 是我家，发展靠大家”的亲情主旋律，围绕建设“温暖、和谐、关爱”的家园文化，踏踏实实、竭尽全力做好李星提出的“五个一”工程。

发放一张卡。这是个读“卡”的年代，如何理解“卡”的意义，怎样用好“卡”，应该说是一种现代意识的时尚体现。为了解决职工的后顾之忧，每次出工前，李星和班子成员做的第一件事就是首先成立“家事处理组”。李星常跟大家说，一个有责任心、有事业心的人，不但能做好单位的工作，还能妥善处理好家里的事情。他就琢磨，怎样才能在出工后不让职工断了同家里的联系呢？正巧那天他给爱人买了一张新的手机卡，能不能在“卡”上做点文章呢？要是把队里书记、队长、生活管理员的联系方式印在一张卡片上，就如同超市发给顾客的送货卡，粮油店发给顾客的送粮卡……想到这，李星自己情不自禁地点点头，笑意像扩散的水纹在他方正的脸上漫开。对，咱也弄一张这样的联系卡，出工前发到职工家里，家属有事就打电话。就是因为这么一张不起眼的联系卡，去年出工期间，2287 地震队没有一个职工因为家务牵扯精力误工的。小小一张卡，搭起了职工和企业的“连心桥”，职工对“家”的感情更深切、更具责任感，为“家”奉献的动力更强了。

2004 年 1 月 8 日，修线女工汤向侠正背着小线向修线房走，在路上被书记李星喊住了：“小汤，今天晚上有事吗，队里有个活动你参加一下。”汤向侠以为是队里开会，毫不犹豫就答应了。晚上 5 点 30 分，小汤按照李书记的通知，准时来到队里接待室，只见书记李星和自己在队里的女友廖庆、谭慧，还有自己的丈夫刘广涛等人，围着一桌丰盛的晚餐在说话，中间还摆着一只生日蛋糕。汤向侠纳闷了：“这是谁过生日?”看到她进来，李书记和大家相继站起来，李书记说道：“小汤，今天是你的生日，我代表李队长和队班子祝你生日快乐!”小汤恍然大悟，原来今天是自己的生日，由于工作忙，早就把这事忘在了脑后。大家一起点上生日蜡烛，一起为汤向侠唱起了生日歌。

几年来，2287地震队针对队伍中女职工少、年龄比较小，施工周期又长的实际，建立了“女职工生日簿”。在施工期间，队领导把这件事儿放在心上，每逢哪位女职工生日，队里都会为她开一个别开生面的生日会，让这些远离家人在前线施工的女工们多一点潇洒、多一份温馨。

吃好一顿饭。地震队的炊事班一点都不比硝烟弥漫的战场上“身背行军锅，瓢勺打天下”的野战部队炊事班差，那也是人多嘴杂，难调众口啊。不说别的，仅一顿饭做一次红烧肉，满打满算就得8口300斤左右的猪；一道土豆炖小鸡，也要用去400只白条鸡；一顿炖羊肉，起码也要30只羊啊。这还不考虑一顿饭两麻袋大米、十袋面粉的主食呢。1400多人分3次坐流水席一样用餐，锅碗瓢盆自然演奏成一曲生动的“会餐交响曲”，仅用水一项，一顿饭就能抽干3眼老水井。

“这还是最保守、最节约的计算呢!”生活管理员杨兵摇着头说。

“有一回，与我们同在一个工区进行钻井作业的钻井二公司一个钻井队的队长和书记抽空来我们这做客，当看到我们用餐的场面时，他们惊住了。他们跟我说，都说你们地震队能吃苦，有冲劲，这可真是不看不知道啊，连吃饭都这么壮观。跟你们相比，我们出来施工就像旅游来了一样，看来还是你们苦啊!”后勤副队长石伟华说。

“还多亏了李书记想得周到，大家才能吃好饭，干起活来有劲头啊!”正在刷饭盒的修理班长徐国锋说。

原来，为了让大家吃好每一顿饭，李星绞尽了脑汁，结合实际想了不少办法。他们从关心职工身心健康的角度出发，坚持执行每周两次改善伙食的食堂工作制度。遇到有职工和外雇工过生日，食堂还专门做生日餐，李星还叮嘱生活管理员等人，出去采购食品时顺便买来生日蛋糕。要是遇到病号，食堂不但精工细作，还负责把饭菜送到病号的床前，也许并不用十分具体、安慰的话，那浓浓的亲情早就如同春风拂过心头，心中的暖流自然胜过任何灵丹妙药了。一种发自肺腑的疼爱起自干部的胸间，过电一样输送到职工心里……

呵护一双脚。在昔日二万五千里的长征路上，红军的脚被称作“量天尺”，今天石油物探人的脚走过的路，累计起来何止二万五千里，他们的脚当然也是这样的“量天尺”了。物探是油气开发的头道工序，世上所有建设者走过的路，物探人几乎都走过，特别是向无路的地方开路前进，物探人更是一马当先。脚，对物探人来说实在是太重要了，没有他们踏遍青山的壮阔与豪迈，怎能有大地上的生动与繁华啊。

为了呵护好职工的一双铁脚板，从出工的第一天开始，2287 地震队每天都要烧好几炉热水。烧茶炉的是一位与公司有偿解除劳动合同的老师傅，名叫唐缠牛，原是公司器材站的一名老工人，今年已经 58 岁了。本来老唐准备回老家的，没承想，这干待着的日子实在难挨，按他的脾气，天长日久保不齐会憋出病来。组织上了解到老唐的想法，就把他派到 2287 地震队。李星第一次见到唐师傅的时候就乐了，原来他们早就认识。“你就给我们烧茶炉吧，那活儿我怕小年轻的干不来，现在你就是 87 队的人了。”李星笑呵呵地对唐师傅说。

“87 队是远近闻名的先进队，咱不能给你们脸上抹黑，李书记你就放心吧。”重新“归队”地喜悦化作了倾情奉献的原动力，从此老唐是起早贪黑，兢兢业业，炉子捅得红红亮亮，水烧得沸沸扬扬。他每天只睡四五个小时的觉。凌晨两点半起床，掏灰、运煤、加水，一干就是一个多小时。由于测量、放线、钻井等工序出工、收工时间不同，为确保所有人都能及时喝上开水，老唐每天要这样忙乎五六气儿。有时困极了，就蹲坐在茶炉边眯一会儿。大家都说挨冷受冻一天了，老唐的茶炉就是温暖的家啊！

考虑到爆炸组人员工作危险系数大、劳动强度重的实际，李星和队长商量，专门给他们发放两套工服，还给他们的作业车上加装了大功率的暖风。有时候收工回来，看到不少职工的棉工装都被汗水浸透了，队里就向上级领导请示，专门设立了安全通风的烤衣房，方便职工烘烤工服和工鞋。衣服干爽了，脚也暖了，心就热了，干劲也更足了。

爆炸工田文阳喜欢踢足球，收工的时候经常和队里的小兄弟们组队踢球，晚上回到家，球鞋里总是湿漉漉的，加上又乏又累，有时候甚至连澡都顾不上洗，倒头就睡。第二天早晨起来穿鞋，两只脚就好像插到了烂泥里。因此，他最喜欢出工了，干了一天活儿，鞋里边早就是捂得闷湿，晚上回来，把鞋送进烤衣房，第二天早上出工就干干爽爽的了。他动情地说：在我们 87 队，李书记和李队长不像是头儿，倒像是家长一样，想得比我老爸老妈还周到呢！

温暖一间房。2287 地震队非常注重营地建设，他们在外施工时住的民房总是规划得像招待所一样，要是住楼房，就像是大学宿舍了，即使在草原上住帐篷，他们也布置得俨然一座整洁的军营。草绿色的帐篷四方周正，所有车辆和设备排列得刀切斧剁一般整齐。从消防沟到紧急集合点，从雷管、炸药库到厕所，标识醒目，防范有序。营地最核心的区域就数营房了，而营房中最神秘、最干净的那就得数女工宿舍了。

在 2287 地震队，女工宿舍紧邻队部已成惯例，虽然功能上比不了队部，但她们的房间无疑是样板。那里的床铺平整干净，轻柔的音乐泉水一样洗涤着每个疲惫的大脑，空气清新剂制造出的茉莉的芳香四散弥漫着，阳光总能从理想的角度照进来，照在行李箱上的镜面上。赶上晴好的天气，不出工的女工把队友的衣服和被子拿出来晾晒，下午 3 点多再收回去。一种安恬静谧的家园氛围成了一道怡人的风景。

李星的作息时间像钟表一样精确，出工时他每天的工作仿佛一个设计好了的软件系统，遇到临时性的工作，他通常安排人去做，没有极特别的情况，他一般不出营地大门。此时，他刚安排好生活管理员出去采购蔬菜，返身回到自己的床铺前整理被子。

“有必要整得那么齐吗？多麻烦啊，晚上还得睡呢，干脆铺散着得了。”我逗他。

“那可不行，一会儿有检查的。我们总喊着让别人做好，自己却不规矩，以后还怎么约束工人呢？”李星一边不慌不忙地叠被子，一边回答我。

“我看别的队队部里的内务一般都是安排个别女工帮着整理的，你们干吗自己弄呢？一天也挺累的，还不如好好歇一会儿，让别人帮着干吧。”我开始认真起来。

“别人我不管，我们这儿不行。大家都是一样出工，都很累，怎么好麻烦别人呢！”李星收拾好自己的床铺，转过身来对我说，“你看李队长和其他几个队长的床铺，都比我弄得利落，总在外面出工，都养成习惯了。”我这才仔细扫视了一遍屋里的所有床铺，整齐划一的，果然有军事化的作风，不禁心生敬佩之情。这些平时粗声大嗓说话，酒桌上大口喝酒的家伙，居然一个个都深藏着细腻的“内家”功夫，钻井、放炮、开大轮儿是把好手，内务也弄得锦上添花。“真是服了你们了。”我由衷地说。

“这还不算什么”，李星喝了一口水静静地说，“最重要的是宿舍里的通风和消毒了，白天大家都出工了，我们在家的人也开始忙活，通风消毒后还得把屋子烧得热乎乎的，省得工人得病。”

“听说你们一周还给工人发一张澡票，外雇工也有份儿吗？”我有点挑衅。

李星也不说话，他走出队部，看到一个正准备出去送饭的青工，便叫他过来：“上周发给你的澡票用了吗？”那小伙子愣了愣，随即笑着说：“早就去洗过了，我们在食堂干活，谁敢不干干净净的，还不花钱洗澡……”

我笑了。我注意到李星也笑了，不过他笑得很牛气，有点打赌赌赢了的感觉。

备足一盒药。中午的时候，李星的手机响了，拉材料上来的司机打来的，带上来几箱子药品。每次出工，2287 地震队都聘请专业医院的医生建立驻队医务室，同时还针对有的职工患有胃溃疡、关节炎的实际，配备了相关的药品，确保职工有病能够得到及时治疗……多年来，2287 地震队从类似这些点滴小事入手，把关心职工的身心健康当成大事来抓，不但温暖了人心，孕育了和谐，赢得了职工喝彩，同时更加激发了战斗潜力。现在，“人人关爱别人，人人被别人关爱”已经成为这个大家庭中的一种风气。

2004 年冬季的一天，2287 地震队在杜尔伯特蒙古族自治县境内的胡吉吐莫工区施工，有个叫孙长权的外雇工刚到队里，电话就追上来了，原来是他的孩子有病无钱住院，想和队上及其他职工借些钱。他寻思，自己是个外雇工，刚来几天，人都认不全呢，就是张口也是白搭。晚上吃饭的时候他一个人躲在一旁发呆，愁得心烦意乱。然而，他的焦虑情绪还是被发现了，在大家的反复追问下，孙长权万般无奈地说出了自己的难处。

“还是跟李书记说说吧，他准能帮你。”有人开始给孙长权出主意。

“这点小事还用跟李书记说吗，咱们大伙凑点不就行了吗？”有个职工自作主张了。

爱心就是一种号召力。也就在不到一个小时的工夫，大家就自愿捐了3000块钱送到了绝望中的孙长权手里。稍后，李星也知道了这件事，他被自己职工的举动感动了，他找到队长和其他几个班子成员一合计，决定队里立即派车送孙长权回家，给孩子看病。据说，当时孙长权是大哭着坐进车里的，他根本就想不明白自己这是到了哪儿，他连做梦也没想到现如今还有这样的人、这样的队伍和这样的领导。

作为地震队的领导，李星始终把职工的冷暖挂在心上，想自己的时候确实很少很少。他总觉得在地震队当共产党最基层的书记，你就是不能想自己，你总去想自己，心里肯定就没有别人了。

在采访中我了解到关于李星的一件陈年旧事。那是1987年11月，当时李星是2287地震队钻井班的班长，20出头的他就已经是全公司赫赫有名的钻井能手了。有一天在施工作业中，由于链条发生故障导致钻杆动力头突然滑落，那个又大又沉的大铁疙突然砸下来，李星的安全帽硬是被砸出了一个坑，当场就被震晕过去了。这次事故虽然没有生命危险，却给李星留下了永远的“后遗症”，每当过度劳累，就会头晕，至今他的两只眼睛还被像熊猫那样的黑眼圈儿包围着……

正是因为有像李星这样长期与职工在一线打拼的基层干部，才使得2287地震队干群关系融洽，职工们更是心悦诚服。他们身上体现出来的大庆物探“四特”精神，就是电视剧里李云龙身上所表现出来的“亮剑”精神，也正是这种团结一心、英勇无畏的“亮剑”精神，让

2287 地震队所向披靡，无往不胜。

第十一乐章

说起我们的企业文化示范区，我的心里确实充满了骄傲与激情。虽然一开始我不太情愿当讲解员，认为那活儿简单机械，没什么挑战性，出工多好啊，跟着队伍闯市场、长见识……自从去了铁人纪念馆参观学习，感受了人家的讲解员那种忘我投入的敬业精神，我的想法改变了：能够通过示范区这个窗口很好地宣传我们2287 地震队，宣传大庆物探人和他们的英雄业绩，不也是一种自我实现吗！

——2287 地震队企业文化示范区
讲解员王雁的文化情结

谁都知道，任何企业要想实现长足持续的发展，最终拼的就是企业文化。物探公司的最高决策者们深刻地认识到了这一点，需要有一个恰到好处的平台，选取一个最有代表性的窗口，客观而独到地展现大庆石油物探人不畏艰难找油找气的辉煌业绩和英雄风貌。经过多方论证和反复斟酌，物探公司决定以 2287 地震队为窗口，建设一个资料翔实丰富又图文并茂的企业文化示范区。

王雁被抽到示范区当讲解员的那一天恰好是她 28 岁的生日，她认为这个礼物太奇特了，却绝对没有意识到那是她命运的一次小转折。她各方面的条件都很好，端庄稳健、清秀大方，声音富有感染力，就是少了一点激情，最要命的是，她一点儿当讲解员的经验都没有，她觉得把她抽上来纯粹是“赶鸭子上架”，心里总有点疑惑和不安。

年轻的心是最容易感知活力的，就如同开春的山溪水获得了本来的节奏汩汩流动成滋润心灵的泉水，王雁的讲解也于最初的平淡进步成现在流畅且富有情感地表达了。参加全国石油物探系统政研会的领导和代表从哈尔滨前来大庆参观完铁人纪念馆后，走进了 2287 地震队企业文化示范区。与所有人在壮观的铁人纪念馆获得的视觉体验不同的是，大庆物探公司一个叫2287的基层地震队，热情袒露出的是它独有的温馨与大气，让他们仿佛置身于一个典雅安恬的画廊里。伴随着讲解员王雁极富感染力的导引，来宾们仔细地浏览着、不绝地赞叹着。参观结束的时候，王雁热情邀请石油物探政研会会长李玉超为2287地震队题词，李会长欣然应允，他对随行的代表们说，一个基层地震队搞得这么好不容易，讲解得也很到位，不愧是大庆的队伍啊！

随着前来参观学习的人越来越多，王雁的工作也更忙碌了。由于不少内容需要定期丰富，讲解词也要进行相应的修改，王雁几乎把全部的精力都用在了背讲解词上。此外，还有示范区内外的维护，以及日常的事务性接待工作，忙得王雁像一个采蜜的工蜂一样应接不暇。

“和以前在队里出工一点儿都不一样，这项工作给我很大的压力。以前在地震队里，我就像一只候鸟那样轻松快乐，每天和大家在一起，感到安全又充实，现在到了这儿，我就变成一只留鸟了，尽管还是在自己队里，总感到有一点陌生。不过现在好了，因为我的工作而让更多的人知道了2287，了解了大庆物探，我感到一种从没有过的幸运。”王雁像背讲解词那样袒露自己的心声。

有时候没有接待任务了，王雁就一个人泡在示范区里和图片里的队友说说心里话，或者闷在图书室里一边分类整理统计书籍，一边读书自学，她深知博采众长才能博闻强记，要想做好讲解，满足不同的参观者探寻和希冀的目光，自己首先就要加强学习，汲取更多知识，这样才能不辜负领导的信任和队友们的希望，更胜任这份工作。

目前，2287地震队企业文化示范区已经向中国石油集团公司报请批准“企业精神教育基地”，相信在不久的将来，2287示范区，这个袖珍的铁人纪念馆一定会以更崭新的面貌迎来更多的参观者，让它切实成为大庆物探人走向世界的一个最美的窗口。

尾声：战歌嘹亮

大庆物探公司党委书记张海说：“2287地震队的班子有凝聚力，职工队伍有向心力，全体将士都有战斗力，这些都是让他们勇往直前、勇夺红旗的动力。”

大庆物探公司经理慕万军认为，2287 地震队是一支优秀的队伍，能打硬仗、善打硬仗，责任心极强，把急难险重的任务交给他们，领导放心。

自 2001 年以来，在面临与油田外部物探队伍竞争等诸多不利因素的影响下，2287 地震队坚持把“条条都是攻关线、块块都是试验段、项项都是精品工程”确定为最高服务目标，正是这个“最高目标”，让他们连续 5 年夺得大庆油田勘探工作量最大的地震采集工程，完成产值 5 亿多元人民币。

“管理科学当为企业楷模，纪律严明堪称物探之首。”这是肇州县丰乐镇党政主要领导在施工结束后送给 2287 地震队的一面锦旗上的评语。它间接地告诉我们，管理科学和纪律严明向来就是来之能战、战之能胜的两大法宝。就连作为甲方的大庆油田有限责任公司勘探开发研究院和大庆石油管理局勘探公司的领导和专家对 2287 地震队的工作也是给予了极高的评价和充分的肯定的，他们一致认为，2287 地震队无论是在技术准备、工程质量还是环境保护等方面，都做出了表率，已经跨入国家一流地震队的行列，是名副其实的“红旗”。石油管理局党政领导、钻探集团主要领导多次深入 2287 地震队施工现场和驻地示范区考察指导，给 2287 全队职工极大的鞭策和鼓舞……

高树多悲风，海水扬其波。巨大的荣誉如果不用未来更努力地奋斗和拼搏去擦亮，它也可能生锈变为沉重的负担，只有以盔明甲亮的赳赳气势和壮志凌云的战斗豪情大胆亮出手中的利剑，才能捍卫英雄主义所赋予我们的全部骄傲和历史责任。

有人高唱：“为什么战旗美如画？”2287 人就会这样和：“战士的热血浇灌了它！”

有人放歌：“为什么大地春常在？”2287 人合唱：“是因为物探人的足迹满天涯！”

2006 年 12 月初稿

2007 年 3 月完稿

后记

有温度的态度

开始着手写这篇后记的时候，我突然觉得本书基本上算是编完了，但我深知，书中的故事永远都不会完结。因为身外就是一个无边无际的生活现场，人类生活的精彩与惊悚、欢乐与忧伤、荡气回肠与一声叹息、爱与恨……依然还在上演，包括石油勘探开发、油田增储上产的历史与现实，或许一刻都没有停歇。

我非常怀念年初的时光，恍惚又倍觉美好。领导们审时度势，觉得应该用一种不寻常的方式，通过记录自身的成长史来回望从前的难忘岁月，并把它作为献给未来的礼物。再加上 2019 年也是不同寻常的，中华人民共和国至此走过 70 年的峥嵘岁月，每个人都应该表达一份祝福。于是决定搞一项活动，出一本书。有了主厨，还要有精美的食材，于是破天荒请来了大庆的 12 位作家。有了食材还要有口炒锅，于是几经周折，通过黑龙江省作家协会介绍，找到了黑龙江人民出版社。万事俱备，于我也是万分荣幸，于是烹调开始，一道美食大餐即将和盘托出了。

常听人说：态度决定一切。在本书立意、创作、出版的过程中，我真切感受到了这句话的正确性。态度决定一切，我觉得，有温度的态度不但能决定一切，还能把一切做好。

首先是领导的态度。起初，宣传部第一时间把活动和出书的策划向领导做了汇报，得到了主要领导的肯定和支持。此后，领导们不管工作有多忙，始终都在关心着作家的采风活动，关注着出版的进展。可以说没有领导们这种有温度的态度，采风创作活动是不会如此顺利进行下去的，找正规出版社出版这本书更是不敢想的。所以我说，领导们的态度不仅有温度，而且还是恒温的。其次是作家朋友们的态度。采风活动确定下来后，宣传部便迅速与大庆作协商议如何推进。作协王鸿达主席、红雪秘书长爽快地表示大力支持，于是开始选择作家。经过缜密考虑和筛选，终于选定除鸿达主席、红雪秘书长之外的 10 位作家，他（她）们都是省级以上作协会员，不但当前创作活跃，而且都颇有成就，也颇具实力，颇有后劲，有的在国内已很有名气，更难得的是他们均表示愿意参加这项有意义的活动。通过循环往复地辛勤采访、调研、搜集资料，截至 3 月末，大家都如期上交了别具一格且质量上乘的作品。值得一提的是，黑龙江省作家协会得知这件事后，立刻要求大庆作协把“大庆作家写物探”这项活动纳入“龙江作家写龙江”的全省范畴内来运作。由此可见，不仅作家个体的态度有温度，省、市两级作协领导的态度也很有温度，甚至我已经感觉到了他们不断升温的热度。

最后是出版社的态度。正规出版确定下来后，我们开始通盘考量在全国遴选出版社。通过朋友找了几家，反复比较，觉得主要是时间上来不及，因为 2019 年国内重大事件多，很多出版社出版计划已排到 2020 年下半年，这样与我们原来的设定有冲突，于是决定眼睛向内，在省内考虑。最后省作协组联处徐一星处长帮忙，引荐我们找到黑龙江人民出版社的李春兰老师，她是位国内有名的出版家，为人直爽，古道热肠，正式接受了我们的出书请求。随后就是一次次与李春兰老师指定的责任编辑崔冉老师沟通联系，先后两次更改书名，三次修改封面，无数次修订正文。两位老师始终充满热情，不厌其烦地接收、发送图片、文稿、文件及相关出版资料。在她们身上，我不仅感受到了一种严谨的工作态度和求实的敬业精神，还无数次地体会到一种充满温情的人文态度。

是的，正是因为有了这三重有温度的态度，我们的工作才会得到良性的、健康的进展。同样，正是因为这种有温度的态度，我们的国家和社会，我们的行业和企业，才会高效良性运转，我们的事业才会兴旺发达。

有人说，修养，就是以一双孩子的眼睛，对世界保持欣赏。我非常欣赏这种“有温度的态度”，并且因为这种态度，我对生活和世界永远保持感恩和敬畏。

编者

2020 年 1 月于大庆